Catherine Bybee

# Jawort am Freitag

Aus der Reihe:
Eine Braut für jeden Tag

Roman

Aus dem Amerikanischen von Teresa Hein

amazon crossing

Die Originalausgabe erschien 2013 unter dem Titel »Fiancé by Friday« bei
Montlake Romance, Las Vegas.

Deutsche Erstveröffentlichung bei
AmazonCrossing, Amazon Media E.U. Sàrl
5 Rue Plaetis, L-2338, Luxembourg
März 2015


Umschlaggestaltung: bürosüd° München, www.buerosued.de
Lektorat: Nora Weber
Satz: Judith Zimmer, Hamburg

Printed in Germany
By Amazon Distribution GmbH
Amazonstraße 1
04347 Leipzig, Germany

ISBN: 978-1-503-94432-9

www.amazon.com/crossing

*Für Crystal*
*Dich zur Freundin zu haben, ist ein großes Glück.*

# Eins

Als die Kameras klickten, straffte sie die Schultern und hob das Kinn. Lächelnd drehte sie sich zu den lärmenden Paparazzi um. Die Fotografen kannten sie nicht, das war Lady Harrison klar. Hier in den Staaten wurde sie nicht auf Schritt und Tritt von Klatschreportern verfolgt. Die Paparazzi sahen in ihr nur eine elegante Frau, die vielleicht in einem Kinofilm mitgespielt hatte, dabei war sie in Wahrheit die Tochter eines verstorbenen Herzogs. Ganz sicher würden die Reporter eifrig recherchieren, um ihren Namen herauszufinden. Ihr Bruder, der jetzige Herzog von Albany, war hierzulande ziemlich bekannt. Mit ihm und seinen Freunden war Gwen hin und wieder auf Zeitungsfotos zu sehen.

Nach einem letzten Lächeln für die Medienmeute wandte sie sich ab. Sie hatte zu tun.

Gwen war für die Arbeit auf Veranstaltungen wie dem Wilson-Charity-Ball geboren. Als Tochter einer äußerst standesbewussten Mutter und eines Vaters, der sie nur wahrnahm, wenn sie ihm die Aussicht verstellte, war sie auf einem herrschaftlichen Anwesen unweit von London aufgewachsen und das Paradebeispiel für eine junge Dame aus höheren Kreisen. Hier würde niemand sie als Konkurrentin betrachten. Die meisten Gäste waren Filmstars, prominente Aktivisten, Persönlichkeiten aus Politik und Gesellschaft und deren Lebensabschnittsgefährten. Gwen gehörte nicht zu diesen Kreisen. Sie war hier, um nach Kundschaft für Alliance Ausschau zu halten.

Im Saal bot ihr ein Kellner Champagner an. Lächelnd nahm sie ein Glas und schlenderte weiter.

Einige Gesichter kannte sie. Eliza, eine Freundin und ehemalige Mitarbeiterin von Alliance, hatte ihr bereits viele wichtige Leute vorgestellt.

»Lady Harrison.« Aus einer kleinen Gruppe schallte ihr ihr Name entgegen.

Marilyn Cohen, zierlich, atemberaubend und die vermutlich bekannteste Prominente im Saal, winkte sie zu sich.

Sie begrüßte Gwen mit Wangenküsschen. »Ach, wie schön«, sagte Gwen. »Wann haben wir uns zuletzt gesehen?«

»Ich glaube, das war auf dem Gouverneursball«, antwortete Marilyn. »Wie geht es Eliza und Carter?«

»Sie gewöhnen sich an ihre neuen Aufgaben.« Carter hatte die Gouverneurswahl gewonnen und lebte seit seiner Amtseinführung mit Eliza in Sacramento. Er war Blakes bester Freund und Eliza war für Gwen fast wie die Schwester, die sie sich immer gewünscht hatte.

Suchend schaute sich Gwen nach Marilyns Ehemann um. »Sind Sie heute allein hier?«

»Tom filmt gerade in Grönland. Ich wüsste zu gern, warum es nicht möglich sein soll, diesen grässlichen Ort hier bei uns als Kulisse nachzubauen. Und Sie? Sind Sie allein?«

Gwen setzte ein strahlendes Lächeln auf. »Doch nicht in einem Saal voller Menschen.«

Das Gedränge war tatsächlich beachtlich. Die Frauen trugen bodenlange Abendkleider, die Männer Smokings. Und zwar keine geliehenen.

Marilyn hakte sich bei Gwen unter und zog sie mit. »Sollen wir mal sehen, was wir hier anrichten können?« Winkend steuerte sie auf eine Gruppe Schauspieler zu. »Sind Sie beruflich hier?«, flüsterte Marilyn.

Sie wusste in groben Zügen, was Alliance machte. Samantha – für ihre Freunde auch Sam – hatte die Partnervermittlungsagentur gegründet. Aber Alliance war kein einfacher Dating-Service. Nein, Alliance unterstützte Menschen bei der Lebensplanung. In der Kundenkartei standen Männer und Frauen, die das perfekte Gegenstück zum Heiraten suchten. Um Liebe ging es dabei allerdings nur in Ausnahmefällen. Die Kunden waren Politiker, die sich als Familienmenschen präsentieren mussten, um gewählt zu werden. Es gab Herzöge, die wegen einer Klausel im Testament ihres Vaters eine Ehefrau brauchten, um Millionen erben zu können. Und manche Leinwandgröße wollte per Skandal dafür sorgen, dass ihr Name nicht in Vergessenheit geriet.

Zahlungskräftige Kundschaft fand Gwen bei Veranstaltungen wie dieser. Hin und wieder entdeckte sie unter den Gästen auch die passende Frau für einen Herrn in der Kartei.

Nicht jeder heiratete aus Liebe und für immer. Ihre Kunden hatten sehr persönliche Gründe für eine Eheschließung auf Zeit und die Agentur ließ sich für ihren Service gut bezahlen.

Marilyn stellte Gwen jedem vor, der irgendwas oder irgendwer war. Hin und wieder nickte sie in Richtung eines potenziellen Kunden, dem Gwen dann ein paar diskrete Fragen stellte. Alliance war ein sehr exklusives Unternehmen – keins, das mit Visitenkarten für sich warb.

Doch je länger sich der Abend hinzog, desto mehr fürchtete Gwen, sie hätte sich umsonst herbemüht.

Dann sagte plötzlich hinter ihr jemand ihren Namen.

Mit einem höflichen Lächeln drehte sie sich zu der Stimme um. Ihr breitschultriger Besitzer überragte sie um einige Zentimeter und seine lässige Haltung verriet ihr, dass er keine Scheu hatte, Fremde anzusprechen. »Entschuldigen Sie, kennen wir uns?«

Er lachte auf, als wäre das ein gelungener Scherz. »Wir sind uns noch nicht vorgestellt worden.« Er streckte ihr die Hand hin. »Michael Wolfe.«

Gwen drückte seine Hand, doch er ließ ihre schnell wieder los. »Habe ich etwas Lustiges gesagt, Mr Wolfe?«

Er lehnte sich an einen Tisch und lächelte einem vorbeigehenden Paar zu. »Sie wissen wirklich nicht, wer ich bin?«

Sie schüttelte den Kopf. »Tut mir leid.«

»Ich bin Schauspieler.«

»Wie schön für sie. Aber, ganz ehrlich, ich kenne Sie nicht.«

Jetzt lachte er richtig los. Er schien sich tatsächlich zu amüsieren. »Was sagt man dazu? Ich würde Sie ja auf einen Drink einladen, aber die Getränke sind heute umsonst.«

Aus dem Mund jedes anderen hätte das nach einer plumpen Anmache geklungen. Nicht so bei diesem Prachtstück.

Seine Augen huschten von ihr zu einer Gruppe Männer in einiger Entfernung.

*Hmmm?*

»Also, Lady Harrison. Wie läuft denn die *Ehe* Ihres Bruders?«

Gwen bemühte sich um einen neutralen Gesichtsausdruck. »Sie kennen meinen Bruder?«

Michael Wolfe schüttelte den Kopf. »Ich hatte noch nicht das Vergnügen. Aber wir haben gemeinsame Bekannte.«

Was bedeutete, dass sich Michael Wolfe nicht nach Blake und Sam erkundigte, sondern tatsächlich nach deren Verbindung. Und das wiederum hieß, er interessierte sich für Alliance.

»Sollen wir ein Glas Champagner trinken, Mr Wolfe?«

»Ich glaube, ich habe den perfekten Ehemann für dich gefunden.« Gwen zog sich die Louboutins von den Füßen und ließ sie zu Boden fallen. *Man sollte doch denken, dass einem in Schuhen für fast tausend Dollar nicht die Füße wehtun.* Leider war das nicht der Fall.

»Du hast *was* gefunden?« Karen stellte den Fernseher leiser und drehte sich zu ihr.

»Einen Gatten für dich.«

Jetzt war Karen ganz Ohr. Die Mattscheibe wurde schwarz und sie klopfte neben sich aufs Sofa. »Setz dich! Erzähl!«

Gwen stellte die Handtasche auf die Ablage im Flur, schloss die Haustür ab und schaltete die Alarmanlage ein. »Erst muss ich aus diesem Kleid raus. Die Perlenstickereien kratzen fürchterlich.«

Mit der stummen Aufforderung, ihr den Reißverschluss aufzuziehen, drehte sie Karen den Rücken zu.

Karen öffnete die Schließe und den Reißverschluss, dann folgte sie Gwen die Treppe hinauf. »Du kannst nicht das G-Wort sagen und dann einfach davonlaufen, Gwen. Das ist gemein.«

Gwen drückte sich mit einer Hand das Oberteil des Kleides an die Brust, mit der anderen hob sie den Rock an. So schaffte sie es stolperfrei die Treppe hinauf.

»Der Wilson-Charity-Ball war gut besucht. Jede Menge Paare und Schauspielervolk.« Gwen betrat den begehbaren Kleiderschrank, ließ das Kleid von ihren Schultern gleiten und hängte es auf einen Bügel. In einem Bademantel spazierte sie in ihr Zimmer zurück. »Samantha war der Meinung, ich hätte von solchen Abenden bald die Nase voll. Aber mir macht das Spaß. Seit ich hier wohne, habe ich so viele interessante Leute kennengelernt.«

Gwen war vor knapp einem Jahr in die Staaten gezogen. Bis zu ihrem einunddreißigsten Lebensjahr hatte sie auf dem Anwesen ihrer Familie bei London ein behütetes Leben geführt und hin und wieder eine Reise unternommen – aber immer zusammen mit ihrer Mutter oder einem Leibwächter.

Inzwischen hatte ihr Bruder den Herzogtitel und das Anwesen in England geerbt. Gwen hätte dort wohnen bleiben können, doch für sie war seine Heirat mit Sam die Gelegenheit gewesen, ihrem Leben eine neue Wendung zu geben. Unter anderem, weil Sam ihr gezeigt hatte, womit sie ihr Geld verdiente.

Als Vollzeit-Ehefrau, -Mutter und -Herzogin konnte Samantha sich nicht mehr um die Agentur kümmern. Gwen war bei Alliance für sie eingesprungen, obwohl sie keinerlei Vorerfahrung hatte. Doch als Spross eines Adelsgeschlechts wusste sie, wie man sich inmitten der Reichen und Schönen auf dem gesellschaftlichen Parkett bewegte. Und was Gwen fehlte, brachte Karen mit. Organisatorische Aufgaben, den Schriftkram und die Buchhaltung hatte sie besser im Griff als manche hoch bezahlte Sekretärin. Sie waren ein Dream-Team.

»Zurück zum Thema perfekter Ehemann …«

»Er sieht sehr gut aus, ist groß und nett.« Gwen saß auf der Bettkante und öffnete bedächtig die Verschlüsse an ihren Strapsen.

»Du weißt schon, dass so was kein Mensch mehr trägt?« Karen zeigt auf Gwens Unterwäsche.

»Wenn dem so wäre, könnte man Strapse und Strümpfe auch nirgendwo mehr kaufen.«

»Man kriegt sie schon noch. Aber nur in Läden für sexy Dessous.«

»Männer lieben hübsche Unterwäsche.«

»Scheint aber nicht zu helfen. Der einzige Mensch, der sie ab und zu zu sehen bekommt, bin ich.«

Gwen lachte auf, dann sprach sie weiter. »Sein Name ist Wolfe, Michael Wolfe. Vielleicht hast du schon mal von ihm gehört.«

»Du meinst den Schauspieler Michael Wolfe?«, fragte Karen.

»Du weißt also, wer er ist.«

Karen schüttelte den Kopf. »Dass Michael Wolfe über eine Agentur nach einer Ehefrau auf Zeit sucht, ist völlig ausgeschlossen. Im Moment ist er das Heißeste, was die Kinoleinwand zu bieten hat.«

»Das hat er mir auch gesagt.«

»Dir gesagt? Heißt das, du wusstest es nicht?«

Gwen zuckte die Achseln, legte den BH ab und zog sich das Nachthemd über den Kopf. »Wann hast du mich zuletzt ins Kino gehen sehen? Ein gutes Buch ist mir lieber.«

»Aber Michael Wolfe! Der Mann ist ein Star, Gwen.« Karen folgte ihr ins Badezimmer und schaute zu, wie Gwen ihr Make-up entfernte.

»Der Name ist mir kein Begriff. Ich kenne bloß ein paar Bond-Darsteller.«

Karen lehnte sich gegen den Türrahmen und schaute Gwen im Spiegel an. »Und du veräppelst mich nicht? Michael Wolfe?«

»Netter Kerl. Amüsant.«

»Und sexy und Single und reich. Die Frauen schlagen sich um ihn.«

Und genau das, dachte Gwen, war das Problem.

Sie drückte die Klospülung, damit das Geräusch ihre Worte übertönte. Dann beugte sie sich zu Karen und flüsterte: »Ich glaube, er steht auf Männer.«

Karen riss die Augen auf. »Wirklich?«

»Pscht!«

In dem Haus in Tarzana gab es eine hochmoderne Überwachungsanlage. Mikrofone und Kameras zeichneten rund um die Uhr alles auf. Bevor sie Carter geheiratet hatte, hatte Eliza hier gewohnt, und Carter hatte aus verschiedenen Gründen auf besonderen Sicherheitsmaßnahmen bestanden. Er und Eliza waren nach seinem Wahlsieg nach Sacramento gezogen, das Überwachungssystem war geblieben. Dafür hatte Gwens Bruder Blake gesorgt.

Und Neil.

»Du glaubst, er ist schwul?«

»Pschscht!« Gwen zeigte Richtung Flur. In den Schlafräumen und Badezimmern gab es keine Kameras, aber der Flur wurde überwacht. »Unsere Kunden erwarten absolute Diskretion.«

Karen verdrehte die Augen. »Du meine Güte, Gwen. Wir stolzieren halb nackt durch dieses Haus und du machst dir Gedanken über die Privatsphäre unserer Kundschaft? Du kennst doch Neil. Er würde nie zulassen, dass irgendjemand mithört, was wir hier reden.«

In Gwens Bauch breitete sich ein warmes Gefühl aus – dafür genügte es schon, Neils Namen zu hören. Der Mann war eine Naturgewalt und hätte ohne Weiteres als Hochlandkrieger aus dem sechzehnten Jahrhundert durchgehen können. Auf andere mochten seine harten Züge und seine imposante Statur bedrohlich wirken, aber Gwen wollte am liebsten bei ihm einziehen.

Nur schade, dass Neil nie die Tür aufmachte.

»Der Schutz ihrer Privatsphäre ist für unsere Kunden das A und O. Gewisse Informationen dürfen nie nach außen dringen. Der Meinung bist du doch sicher auch.«

Karen verdrehte die Augen, dann gingen sie zurück ins Erdgeschoss.

»Wenn Michael also … du weißt schon … ist, was will er dann von uns? Wie bist du überhaupt mit ihm ins Gespräch gekommen?«

Gwen machte es sich auf dem Sofa im Wohnzimmer bequem. Das konnte ein längeres Gespräch werden. »Er hat *mich* angesprochen. Anscheinend ist Alliance den VIPs inzwischen ein Begriff.«

»Gut zu wissen. In Hollywood hat man pralle Geldbeutel.«

»Schauspieler sind perfekte Kunden. Besonders, wenn sie etwas auf Zeit suchen.« Wer eine Ehe mit festgelegtem Verfallsdatum anstrebte, war meist bereit, dafür tief in die Tasche zu greifen. Schöne Frauen konnten leicht einen Mann finden, aber manche Frauen suchten nicht nach Liebe.

Gwen wusste noch nicht, aus welchem Grund Karen eine Kurzzeitehe anstrebte, die sie langfristig finanziell absichern würde. Aber wenn zwei Erwachsene in gegenseitigem Einvernehmen bestimmten, wann ihre Verbindung enden sollte, konnten beide damit glücklich werden.

»Bei Michael glaubt doch immer alle Welt, er sei in seine jeweils aktuelle Filmpartnerin verliebt«, sagte Karen. »Was bringt dich darauf, dass er …?«

»Direkt gesagt hat er es mir nicht. Noch nicht. Er hat sich vorgestellt und war total verwundert, dass ich nicht wusste, wer er ist.«

»Er ist ein Leinwandgott, Gwen.«

»Kann schon sein. Er hat sich erkundigt, wie es mit der Ehe meines Bruders läuft. Seltsame Frage. Als ich wissen wollte, ob er Blake kennt, hat er das verneint und gesagt, er und Blake hätten gemeinsame Bekannte.«

»Ein subtiler Hinweis, dass er von Alliance weiß.«

»Genau. Auf mein Angebot hin, ihm ein paar meiner Freundinnen vorzustellen, hat er mir zwinkernd seine Visitenkarte gegeben.«

Karen warf die Hände in die Luft. »Aber was bringt dich denn nun auf den Gedanken, dass er …?«

»Es waren Kleinigkeiten. Aber manchmal merkt man das einfach.«

Michael hatte mit den Frauen im Saal geflirtet und die Männer abgecheckt – ganz unauffällig natürlich. Aber wenn Gwen in den letzten Monaten eins gelernt hatte, dann, die Absichten von Männern zu lesen.

Männer, die auf der Suche waren, hatten eine bestimmte Aura. Eliza hatte Gwen gezeigt, wie man diese Männer erkannte, auf sie zuging und ihnen die Dienste von Alliance näherbrachte. Auf manchen Veranstaltungen passierte gar nichts. Bei anderen fand Gwen Männer und auch Frauen, die sie in die Kartei aufnehmen konnte.

»Michael Wolfe?« Karen tippte sich ans Kinn.

»Wenn er etwas zeitlich Begrenztes will, würdest du perfekt zu ihm passen.«

»Wie kommst du darauf?«

»Erstens seid ihr beide schöne Menschen. Die Kameras würden nicht genug von euch bekommen. Zweitens würden bei einer Berühmtheit wie Michael viele Frauen den Kopf verlieren. Und dir, meine Liebe, passiert so was nicht.«

»Was soll das heißen?«

»Wenn du dir ein Ziel setzt, behältst du es auch unter schwierigen Bedingungen im Auge.« Gwen spreizte drei Finger ab. »Und drittens gibst du dich nicht der Illusion hin, dass eine Ehe auf Zeit sich in eine Liebesbeziehung verwandeln könnte.«

»Das behaupten alle unsere Kunden.«

»Und manche bleiben dabei. Wenn Michael also *du weißt schon* ist, ist ein Liebes-Happy-End von vornherein ausgeschlossen.«

Karen zuckte mit den Schultern und stemmte sich von der Couch hoch. »Ich glaube, ich gehe jetzt ins Bett und schaue mir im Bezahlsender einen Film von ihm an.«

Gwen wünschte Karen eine gute Nacht, dann ging sie in die Küche und setzte Teewasser auf. Seufzend sah sie sich in dem gemütlichen kleinen Raum mit der Cottage-Atmosphäre um. Wenn Alliance einen Bräutigam für Karen fand, würde Karen ausziehen, und dann würde sie allein hier wohnen.

Neil MacBain hielt die Tonaufnahme an, schüttelte den Kopf, spulte das verdammte Ding zurück und hörte es sich noch einmal an.

*»Du weißt schon, dass so was kein Mensch mehr trägt.«*
*»Wenn dem so wäre, könnte man Strapse und Strümpfe auch nirgendwo mehr kaufen.«*
*»Man kriegt sie schon noch. Aber nur in Läden für sexy Dessous.«*
*»Männer lieben hübsche Unterwäsche.«*

Das war die reinste Folter. Neil packte die Maus und stellte den Ton ab.

*Verdammt! Ich gehöre dringend flachgelegt!*

Gwen mit ihrem vornehmen britischen Akzent über Strapse und Strümpfe reden zu hören, schoss ihm von den Ohren direkt in südlichere Regionen.

Der Wunsch, die Videomonitore anzuschalten, wurde so übermächtig, dass er fast anfing zu schielen. Aber er beherrschte sich und zwang sich, den Überwachungsraum zu verlassen.

Blake und Samantha waren mit ihrem kleinen Sohn Eddie und Sams Schwester Jordan in Europa. Sie würden mindestens einen Monat lang wegbleiben. In ihrer Abwesenheit hatte er weniger Leute zu beschützen und mehr Zeit zum Nachdenken.

Er verabscheute Nachdenken.

Etwas tun zu können, war tausendmal besser.

Das bedeutete meist, sich im Schatten hoher Gebäude herumzudrücken und von dort aus diskret das einzige Mitglied des

Harrison-Clans zu bewachen, das sich derzeit in den Staaten aufhielt.

Nicht, dass ihm das schwerfiel. Heute Abend hatte Gwens bodenlanges, mit Goldperlen besticktes Kleid im Blitzlicht der Fotografen am roten Teppich gefunkelt. Für die Medienmeute mochte sie nicht die wichtigste Person des Abends gewesen sein, wohl aber für ihn. Nach einem Blick und einem Lächeln für die Paparazzi war sie im Saal verschwunden. Ihr geschmeidiger Körper bewegte sich mit einer Anmut, die die meisten Menschen anstrebten, aber nie wirklich erreichten.

Gwen spielte die Hauptrolle in seinen Fantasien.

In Tagträumen, die nie Wirklichkeit werden würden.

Neil streifte die schwarze Lederjacke ab und warf sie über die Sofalehne. Obenauf legte er das Holster mit der Beretta M9, die ihn stets begleitete.

Das Gästehaus auf Blakes und Samanthas Anwesen in Malibu war seit fünf Jahren sein Domizil. Hier fühlte er sich inzwischen halbwegs wohl … und zu Hause. Nachts musste Neil derzeit lediglich für die Sicherheit der Haushälterin und Köchin sorgen.

Er überprüfte vom Kontrollraum aus noch einmal die Aufzeichnungsgeräte des Hauses in Tarzana und überzeugte sich, dass die Alarmanlage eingeschaltet war. Falls jemand versuchte, in das Haus einzudringen, würde das Ding losgehen. Wenn Gwen und Karen ausgingen oder schliefen, sorgte die Anlage für Sicherheit.

Mehr wegen der Geräuschkulisse als aus echtem Interesse schaltete Neil die Lokalnachrichten an, schenkte sich einen Drink ein und streckte sich auf dem Sofa aus.

Genauso stellte er sich das Leben vor. Mit wenig Stress und ohne aufzufallen. Einen Herzog samt Familie konnte er im Schlaf bewachen. Notfalls auch im Schlaf und mit einem Kater von der Sorte, bei der sich beim Aufwachen noch immer der ganze Raum um einen drehte. Seine Bekannten von früher würden sagen, dass er seine Zeit verschwendete.

Aber es war seine Zeit und er konnte damit machen, was er wollte.

Er wischte die Erinnerungen an die *Bekannten von früher* weg, legte den Kopf zurück und schloss die Augen. Langsam glitt er in den Schlaf hinüber. Sein Körper entspannte sich.

Ein schriller Ton ließ ihn hochschnellen. Er war sofort hellwach.

Neil rannte in den Überwachungsraum und erweckte mit einem Druck auf den Hauptschalter ein Dutzend Monitore zum Leben. Der Alarm kam aus Tarzana. Das sah er sofort. Der rot blinkende Tarzana-Bildschirm zeigte ihm verschiedene Innen- und Außenansichten des Hauses. Neil drückte mit einem Finger die Kurzwahltaste, mit der anderen Hand holte er sich Tarzana auf den großen Monitor.

Auf den Kamerabildern des Flurs konnte er nichts Verdächtiges erkennen und der Bewegungsmelder hatte die Außenlichter nicht angeschaltet. Die Haustür war zu. Das Problem war die Hintertür.

»Gwen?« Neil hörte Karens Stimme. Die Tonübertragung aus Tarzana war klar und deutlich. Das Geheul kam von der Sirene innen im Haus, die vermutlich die ganze Nachbarschaft weckte. Neil hörte das Telefon gleichzeitig an seinem Ohr und durch das Mikrofon in Tarzana klingeln.

Er holte sich weitere Innenansichten auf den Monitor, suchte nach ihr … Sein Herz setzte ein paar Schläge lang aus, dann erschien sie endlich auf dem Bildschirm.

Sie rannte zum Kontrollpanel und drückte ein paar Tasten. Als Neil sicher war, dass ihr nichts fehlte, schaute er sich die anderen Ansichten des Hauses an. »Geh an das verdammte Telefon«, zischte er.

»Ich habe vergessen …«, rief Gwen über das Sirenenheulen hinweg.

»Schalt das Gejaule aus!«, rief Karen.

Gwen und Karen standen gemeinsam an der Konsole. Sobald der passende Code eingegeben war, verstummte die Sirene.

Gwen ging ans Telefon. »Hallo?«

»Was ist passiert?« Neils Hand schwebte über der Maus. Ein Klick und die Besatzung der nächstgelegenen Polizeidienststelle würde sich auf den Weg nach Tarzana machen.

»Hallo Neil.«

Ihm war nicht nach Plaudern zumute. »Gwen?« Sein Ton klang angespannt.

»Ich habe die Hintertür aufgemacht und vergessen, vorher den Alarm abzustellen.«

Karen stapfte ungerührt die Treppe hinauf.

Gwen ging von einem Zimmer zum anderen. Das Nachthemd bedeckte ihren Hintern nur knapp.

»Warum?«

»Warum was?«

»Die Hintertür. Warum ist sie offen?« Die Kamera im Garten hinter dem Haus zeigte nichts Verdächtiges.

»Die Nacht ist so schön. Ich wollte nur ein bisschen frische Luft hereinlassen. Es ist alles in Ordnung, Neil. Entschuldigen Sie, dass ich Sie geweckt habe.«

Sie lehnte mit dem Telefon am Ohr in der Tür, die sie geöffnet hatte.

»Ich habe nicht geschlafen.«

»Ach richtig. Sie schlafen ja nie, nicht wahr?«

»Gelegentlich schon.« *Nur nicht in einem Bett. Und nie längere Zeit.*

»Und wovon träumt Neil so, wenn er doch mal schläft?« Aus irgendwelchen, nur ihr bekannten Gründen fand sie es lustig, in der dritten Person über ihn zu sprechen.

Neil schaltete die Warnlämpchen aus und setzte sich auf den schwarzen Ledersessel in der Mitte des Raums.

»Also?«

Was hatte sie ihn gefragt? Ach ja, wovon er träumte. Von einer Platinblonden mit britischem Akzent, in Strapsen und Strümpfen … und sonst nichts.

»Ich träume nicht.«

»Jeder träumt.«

*Schüsse, Explosionen … zerrissene Körper.*

»Ich nicht.«

»Nicht zu träumen, kann auf gesundheitliche Probleme hindeuten.« Sie wickelte sich eine Haarsträhne um den Finger und schaute versonnen aus der Hintertür. Der Tür, die nicht nur zu, sondern abgeschlossen und durch die Alarmanlage gesichert sein sollte.

»Mir geht's blendend. Wie lange wollen Sie die Tür noch offen lassen?«

Gwen hörte auf, mit ihrem Haar zu spielen, und schaute sich um. »Sie beobachten mich?«

Neil schluckte. Zweimal.

»Neil?«

»Sie müssen die Tür schließen und die Alarmanlage wieder anstellen.«

Gwen stellte den Fuß auf einen Küchenschemel. Das kurze Nachthemd rutschte an ihrem Schenkel nach oben. Sie tat, als würde sie sich am Bein kratzen, aber ihm war klar, dass sie das absichtlich machte. Gwen wusste, dass er ihr zusah. Sie flirtete schon seit Monaten mit ihm.

»Machen Sie die Tür zu, Gwen.«

»Ich mag den frischen Luftzug. Hier ist es wärmer als in Malibu.«

»Schalten Sie die Klimaanlage ein.« *Und nimm das Bein runter.*

»Keine Sorge, Neil. Kein Mensch will Karen oder mir etwas Böses.«

»Schließen Sie die Tür.«

»Ich lege jetzt auf, Neil. Gute Nacht. Schlafen Sie gut.«

Er wusste, dass sie die Tür nicht zumachen und schon gar nicht abschließen würde. »Gwen!«

»Träumen Sie was Schönes.«

»Verdammt, Gwen!«

Ohne sich um seine Aufforderung zu scheren, legte sie auf. Es gab nur eine einzige Person auf der Welt, die seine Anweisungen nicht befolgte: Gwen Harrison. Lady Gwen Harrison.

Lady Gwen trank in dem frischen Luftzug ihren Tee aus. Die Fliegenschutztür schloss sie ab, damit die Nachbarskatze sie nicht aufstieß und den Alarm auslöste. Dann löschte sie das Küchenlicht und verließ den Raum.

Die Hintertür ließ sie sperrangelweit offen stehen.

*Ich wollte sowieso nicht schlafen.*

# Zwei

Gwen schob die Jalousie ein wenig beiseite und spähte hinaus. Neil hing auf der nach hinten gestellten Sitzlehne seines dunklen Wagens. Hin und wieder kippte ihm beim Kampf gegen den Schlaf der Kopf zur Seite.

Vor einer Stunde hatte sie zum ersten Mal hinausgesehen und ihn bemerkt. Er musste mitten in der Nacht hergefahren sein, um sie zu bewachen. Sie spürte einen Anflug von schlechtem Gewissen. Eigentlich hatte sie die Hintertür nur offen gelassen, um ihn ein wenig zu triezen. Damit, dass er gleich herkommen würde, hatte sie nicht gerechnet.

Sie hatte ihn falsch eingeschätzt.

In ihre Gewissensbisse mischte sich noch ein anderes Gefühl … ein freudiges Kribbeln.

Sie war ihm nicht gleichgültig. Okay, er wehrte sich dagegen. Aber Gwen wusste, dass irgendwo unter der rauen Schale ein großes Herz schlug.

Neil gab sich Mühe, stets auf Distanz zu bleiben, zumindest körperlich. Auf ihre nicht allzu subtilen Andeutungen, wie anziehend sie ihn fand, ging er nicht ein. Der Mann war schwerer zu knacken als ein Panzerschrank. Aber kaum ließ sie eine Tür offen stehen, war er auch schon da.

Hmmm. Interessant.

Ein leises »Ping« aus der Küche verriet ihr, dass der Kaffee fertig war. Tee war ihr zwar lieber, aber sie hatte Kaffee gekocht, weil sie sich bei Neil für die Umstände entschuldigen wollte, die sie ihm gemacht hatte.

Eigentlich hätte sie ihn lieber auf ganz andere Art dafür belohnt. Aber den Kaffee würde er wenigstens annehmen.

Gwen füllte eine Tasse, wollte zu Milch und Zucker greifen, schüttelte dann aber den Kopf.

*Sicher trinkt er ihn schwarz.* Alles andere passte nicht zu seinem Charakter. So stark, so kernig …

*Er trinkt ihn schwarz.*

Gwen schnürte den Gürtel ihres kuscheligen pinkfarbenen Bademantels zu und schlüpfte in passende Slipper. Mit der Kaffeetasse in der Hand trat sie hinaus in den frischen Morgen.

Das Tarzana-Viertel war noch nicht zum Leben erwacht, die Straße war menschenleer.

Hinter den getönten Autoscheiben sah Gwen einen Laptop und einen Tablet-Computer. Beide zeigten Echtzeitaufnahmen ihres Hauses. Neils Kopf war zur Seite gekippt, seine breite Brust hob und senkte sich im Rhythmus seiner ruhigen Atemzüge.

*Er schläft also doch gelegentlich.*

Ihre heimliche Freude wurde wieder von schlechtem Gewissen verdrängt.

Sie atmete durch, legte die Fingerknöchel ans Fenster und klopfte zaghaft an, um Neil nicht allzu unsanft aus dem Schlaf zu reißen.

Das ging gründlich daneben.

Neil reagierte explosionsartig. Dazu gehörte auch, dass Gwen plötzlich in eine Pistolenmündung starrte, die wie aus dem Nichts erschienen war. Gwen schrie auf, die Kaffeetasse fiel ihr aus der Hand und das Herz sprang ihr fast aus der Brust. Brühend heißer Kaffee versengte ihr Bein, Scherben bohrten sich in ihre Haut.

Neil war hellwach. Die Pistole verschwand, er sprang aus dem Wagen.

»Was soll das, zum Teufel? Wollen Sie sich umbringen?«

Gwen konnte nichts sagen, stand nur zitternd da.

Neil kam auf sie zu. Die zerbrochene Tasse knirschte unter seinem Absatz. Er warf einen Blick nach unten, dann fluchte er leise.

Während Gwen noch nach ihrer Stimme suchte, schloss er mit einem Tritt die Autotür und packte sie.

»Lassen Sie mich los.«

Ungerührt trug er sie über die Straße.

Er pflügte sich mit ihr durch die Haustür wie ein Footballspieler durch die gegnerischen Reihen.

»Lassen Sie mich runter, Neil.«

Wortlos stürmte er mit ihr in die Küche, setzte sie auf die Arbeitsplatte und stellte ihr pochendes Bein ins Spülbecken. Er drehte so energisch am Wasserhahn, dass Gwen fürchtete, er würde ihn abreißen. Dann zog er ihr mit einer Behutsamkeit, die sie ihm nicht zugetraut hätte, den Schuh vom Fuß und träufelte mit der Hand kaltes Wasser auf ihre versengte Haut.

»Was ist denn hier los?« Karen streifte auf dem Weg in die Küche ihren Bademantel über. »Neil?« Seine Anwesenheit überraschte sie.

Gwen zuckte zusammen, als Neil eine Scherbe berührte, die sich in ihre Haut gebohrt hatte. »Ich … ich habe eine Tasse fallen lassen.«

Karen versuchte, sich an Neil vorbeizuschieben und einen Blick auf Gwens Bein zu erhaschen.

»Autsch!« Gwen protestierte.

»Stillhalten.« Neils große Finger packten die Scherbe und zogen sie heraus.

»Das tut weh.«

Schnaubend untersuchte Neil die angrenzende Haut auf weitere Fremdkörper.

Karen trat einen Schritt zurück. »Ich glaube, du kommst noch mal davon.« Sie schenkte sich eine Tasse Kaffee ein. »Warum sind Sie eigentlich hier, Neil?«

Gwen blickte in Neils braune Augen, die je nach Stimmung heller oder dunkler wirkten. Wie üblich lieferte er keine Erklärung für seine Anwesenheit, stattdessen konzentrierte er sich wieder auf ihr Bein. Die Schnittwunde war nicht tief, aber ihr Oberschenkel war vom heißen Kaffee knallrot.

»Es macht immer viel Freude, mit Ihnen zu plaudern, Neil«, sagte Karen lachend. »Gwen?«

»Ich …« Sie räusperte sich. »Ich habe die Hintertür offen gelassen. Neil wollte nachsehen, ob alles in Ordnung ist.«

Karen nahm einen Schluck Kaffee. »Ah.« Damit verließ sie mit ihrer Tasse die Küche.

Neil drehte das Wasser ab, bettete Gwens Wade in seine mächtige Pranke und tupfte ihre Haut vorsichtig mit einem Küchentuch trocken.

»Das muss desinfiziert werden«, sagte er.

»Die Hausapotheke ist oben.«

Obwohl er mit dem Säubern der Wunde fertig war, ließ er die Hand an ihrem Fußgelenk liegen. Ohne aufzublicken, sagte er: »Schleichen Sie sich niemals an mich an.«

Gwen hätte schwören können, dass seine Stimme zitterte. Aber das wäre ein Zeichen von Schwäche gewesen und Neil war niemals schwach.

»Abgespeichert und verstanden.« Den harten Gesichtsausdruck, mit dem er die Waffe gezogen hatte, würde sie nie vergessen.

Zögernd ließ er sie los, ging zur Hintertür und zog sie energisch ins Schloss.

Ohne ein weiteres Wort marschierte er aus der Küche und verließ das Haus. Gwen konnte ihm nur schweigend hinterherstarren.

Neil bog um die nächste Ecke. In einer Seitenstraße fuhr er rechts ran.

Er hielt das Lenkrad so fest umklammert, dass seine Fingerknöchel weiß wurden. Seit Gwen an seine Wagentür geklopft hatte, raste sein Herz. Das tiefe Entsetzen und die Angst, mit der sie in die Pistolenmündung gestarrt hatte, würden ihn für alle Zeiten verfolgen. Sein Finger hatte am Abzug gelegen. Eine kleine Bewegung und … Er schüttelte den Kopf, um den Gedanken zu verscheuchen.

Verdammt, wie hatte er einschlafen können? Warum hatte er nicht gemerkt, dass sie sich näherte?

Er wurde nachlässig und das war schlecht. Auf die Art konnten Menschen zu Schaden kommen. Sogar sterben.

Wenn Gwen während seiner Dienstzeit etwas zustieß – und er war immer im Dienst –, würde er sich das nie verzeihen.

Mit einem Tastendruck hatte er einen Mann aus seinem Team am Telefon. »Ich tauche für ein paar Stunden ab«, sagte er zu Dillon. »Ich brauche deine Augen in Tarzana und in Malibu.«

»Kein Problem, Boss.«

Neil legte auf und schaltete die Videoübertragungen ab. Er musste sich sammeln und zur Ruhe kommen – und das schaffte er nur durch härtestes Training.

Aus der üblichen halben Stunde auf dem Laufband machte er eine ganze. Die Langhantel stemmte er doppelt so oft wie sonst und packte noch ein paar Kilo drauf. Er belastete seine Muskeln bis ans Limit und darüber hinaus. Nach dem Duschen streckte er sich nackt auf dem Bett aus … auf dem Bett, in dem er nur selten schlief … Er schloss die Augen.

Und träumte.

Und wie er träumte …

Für ihre Begriffe recht leger gekleidet, saß Gwen bei einem Eistee auf der Terrasse eines Cafés in Santa Monica. Sie war früh genug gekommen, um sich einen Tisch zu sichern, an dem sie und ihr Kunde vor neugierigen Blicken geschützt waren.

Mit der Schildmütze auf dem Kopf fühlte sie sich sehr amerikanisch, aber das Ding drückte ihr Haar platt und eigentlich bevorzugte sie andere Hüte.

Sie behielt den Zugang zur Terrasse im Auge. Michael war pünktlich. Er schob sich am Empfangstisch vorbei und steuerte direkt auf sie zu. Auch er hatte sein dunkles Haar bedeckt und versteckte seine Augen und einen Großteil des Gesichts hinter einer Sonnenbrille. Gwen erhob sich und ertrug tapfer, dass er sie mit einer Umarmung und einem Wangenkuss begrüßte, als wäre sie eine gute Freundin. »Schön, Sie wiederzusehen!«, sagte sie. Für den Fall, dass jemand mithörte, verzichtete sie darauf, seinen Namen zu nennen.

»Danke, dass Sie sich Zeit genommen haben.« Er setzte sich erst, als sie auch wieder saß, dann schaute er sich um. Für Lunch war es noch zu früh, deshalb war auf der Terrasse nicht viel los. Der nächste belegte Tisch befand sich außer Hörweite.

»Ich bin sicher, Sie legen Wert auf Diskretion«, raunte Gwen. »Ich hoffe, unser Treffpunkt entspricht Ihren Vorstellungen.«

Er sah sich noch einmal um. »Und ich hoffe, das bleibt unser einziges Treffen dieser Art.«

Der Kellner nahm ihre Bestellung auf. Sie suchten sich nur ein paar Kleinigkeiten aus und sagten ihm, sie seien nicht zum Essen hier.

Als Michaels Limonade da war und der Kellner wieder weg, fragte Gwen: »Sagen Sie, Michael … Soll ich Sie überhaupt Michael nennen?«

»Für heute bleiben wir lieber bei Mike. Aus irgendeinem Grund bringen meine Fans mich damit nicht in Verbindung.«

Gwen lächelte. »Was wissen Sie über Alliance, Mike?«

»Ich weiß, dass Sie mir jemanden vermitteln können, der meinen Bedürfnissen entspricht. Meinen vorübergehenden Bedürfnissen.«

»Das hört sich an, als würden Sie uns für einen Escortservice halten.«

Lächelnd schüttelte Michael den Kopf. »Solche Dienstleistungen stehen nicht auf meiner Wunschliste.«

Ah ja. Offenbar lag sie mit ihrer Vermutung hinsichtlich seiner sexuellen Orientierung richtig. Trotzdem hakte sie vorsichtshalber noch einmal nach. »Ich habe mir sagen lassen, Sie könnten jede *Frau* haben, die Sie wollen. Wofür brauchen Sie dann uns?«

Michael beugte sich vor und sah sie über den Rand seiner Sonnenbrille hinweg an. »Ich kann tatsächlich jede *Frau* haben. Und zu Ihnen komme ich, weil ich keine will, aber eine brauche.«

»Verstehe.«

Er rückte die Brille zurecht und lehnte sich zurück. »Ich bin Schauspieler, Miss Harrison. Wenn ich etwas darstelle, wirkt es echt. Und dasselbe erwarte ich von meiner Frau.«

»Dann sind Sie bei uns richtig. Unsere Kandidatinnen kennen die Regeln.«

»Aber in meinem Fall müsste sie viele öffentliche Auftritte meistern und nach außen hin genauso in unserem Eheglück schwelgen wie ich. Zumindest bis zur Scheidung.«

Gwen sah den Kellner kommen und machte eine Bemerkung übers Wetter. Als die Häppchen auf dem Tisch standen, fragte sie: »Und wie lange soll Ihre Ehe dauern?«

»Ein Jahr, vielleicht etwas länger. Ich habe in den nächsten achtzehn Monaten einen sehr engen Terminplan und werde viel im Ausland drehen.«

»Was es Ihnen und Ihrer Gemahlin leichter machen wird, nicht allzu viel Zeit gemeinsam zu verbringen.«

»Richtig. Aber wenn wir zusammen sind, müssen wir das perfekte Paar abgeben. Ich werde sie öffentlich küssen, vor den Kameras umarmen und sie als meine große Liebe präsentieren.«

Gwen musste ständig an Karen denken. Sie wäre die Idealbesetzung für diese Rolle und hätte gut selbst Schauspielerin werden können. Ihre entspannte Einstellung, was die sexuelle Orientierung betraf, und ihre Fähigkeit, mit Teens von der Straße genauso klarzukommen wie mit Spitzenpolitikern, machten sie zu einer perfekten Wahl für Michael.

»Aber wozu die ganze Mühe?«

»Ich habe meine Gründe«, sagte Michael. »Millionen Gründe. Nicht einmal mein Manager darf wissen, was gespielt wird.

Die Wahrheit werden nur Sie und die betreffende Kandidatin kennen.«

Gwen rutschte auf die Stuhlkante und kostete von den Häppchen. Dann erklärte sie Michael den Vertrag, den er unterzeichnen musste, und die Höhe und Fälligkeit der Teilbeträge, die zu bezahlen waren. »Leider müssen Sie etliche Formulare ausfüllen. Ich werde meine Nase in Ihr Leben stecken, Mike, und dabei vermutlich ein paar Dinge herausfinden, die Sie lieber für sich behalten würden.« Gwen dachte daran, mit wie viel Charme Samantha potenziellen Kunden klarmachte, dass ihr Leben ein offenes Buch für sie war, das sie Seite für Seite lesen würde.

»Sie werden nur sehen, was ich Sie sehen lassen will.« Er lächelte sie herausfordernd an.

Nun war sie es, die den Blick über ihre Sonnenbrille hinweg in seinen senkte. »Wenn ich mit Ihnen fertig bin, weiß ich alles, bis hin zum Namen Ihrer ersten Liebe. Manche unserer Kunden haben noch viel größere Geheimnisse als Sie. Wenn Sie bereit sind, offen zu sein, bin ich bereit, Ihnen zu helfen.«

»Es gibt ein paar Dinge, die nicht einmal die Journalisten herausgefunden haben. Wie kommen Sie darauf, dass Ihnen das gelingt?«

»Die Medien wollen eine Story. Ich will meine Kandidatinnen schützen und sicher sein, dass ich sie nicht in Gefahr oder auch nur in eine unangenehme Situation bringe. Meine Gründe sind persönlicher, Mike.« Sie schob die Sonnenbrille zurück an ihren Platz und ließ ihre Worte wirken.

»Ich mag Sie, Gwen. Sind Sie verheiratet?«

Lachend warf Gwen den Kopf zurück. »Nein. Und nein danke.« Auf diese Art hatte Samantha ihren Bruder kennengelernt: Sie hatte als Eignerin von Alliance eine Ehe für ihn arrangieren sollen. Aber Blake hatte nie eine der Kandidatinnen aus der Alliance-Kartei getroffen – dafür feierten Sam und er bald zum dritten Mal Hochzeit. Aber Gwen war nicht Samantha und auch ganz anders als ihr Bruder.

»Wühlen Sie ruhig in meiner Vergangenheit«, sagte Mike. »Ich freue mich schon darauf, mich mal mit jemandem zu unterhalten, der alle meine Geheimnisse kennt.«

»Ihre Frau wird ebenfalls alles erfahren.«

»Davon gehe ich aus. Wann höre ich wieder von Ihnen?«, fragte er.

»Ich glaube, ich habe schon die passende Kandidatin für Sie.«

»Vertrauenswürdig?«

»Das sind alle Personen in unserer Kartei. Aber diese Frau ist vermutlich die einzige, die nicht schon bei der Nennung Ihres Namens weiche Knie bekommt. Ich hatte keine Ahnung, wie berühmt Sie sind, aber unsere heiratswilligen Damen wissen es sicher.«

»Bestimmt.«

»Vorausgesetzt die Frau, die mir für Sie vorschwebt, ist einverstanden – wie schnell wollen Sie sie kennenlernen? Wie schnell wollen Sie heiraten?«

»Wir sind in Hollywood. Alles, aber auch alles, was ich tue, muss filmreif sein. Ich möchte eine zufällige Begegnung, einen prickelnden Flirt, aus dem sich tiefe Gefühle entwickeln, und dann die ganz große Liebe.« Während seiner Erklärung war Michaels Stimme eine Oktave tiefer geworden. Der Charme, für den die Produktionsfirmen Hollywoods ihn fürstlich bezahlten, schlug Gwen in den Bann.

*Zu schade, dass er lieber Männer mag.*

»Das heißt, wir sprechen von einem Monat … allerhöchstens?«, fragte sie grinsend.

»Das müsste hinhauen. Ich würde gern direkt nach meinem Drehtermin in New York loslegen. Glauben Sie, unser Zeitplan ist realistisch?«

*Wenn Karen einverstanden ist.*

»Kein Problem.«

# Drei

Klickend fing die Kamera Bild für Bild von den beiden ein, die gerade das Restaurant verließen. Zum Abschied küsste der Mann die Frau auf die Wange.

Von seiner Position aus konnte er die Marke und das Modell des Wagens erkennen, den der Mann fuhr. Er fotografierte das Nummernschild, dann richtete er die Linse auf die Frau. Als sie in ihrer Handtasche nach etwas suchte, nahm sie die Sonnenbrille ab. Dann schaute sie sich plötzlich um, als fühlte sie sich beobachtet.

»Ich bin von nun an immer bei dir«, flüsterte er vor sich hin. »Gewöhn dich dran.«

Als der Mann ahnungslos an ihm vorbeieilte, senkte er die Kamera.

Er ließ die Frau wegfahren, warf sich ein Bonbon in den Mund und folgte ihr.

Gwen wählte die ellenlange ausländische Nummer und hörte die typisch britischen doppelten Klingeltöne. Nach einem kurzen Plausch mit Tamara, der Haushälterin auf Albany, musste sie sich gedulden, bis die Frau Samantha gefunden hatte.

»Hallo?«

»Schön, deine Stimme zu hören. Wie ist es bei euch in England?«

»Nass.« Samantha lachte. »Und in Tarzana?«

»Heiß und trocken.«

»Wie läuft es bei euch? Wie geht es Karen?«

»Blendend. Eigentlich rufe ich sogar ihretwegen an. Ich brauche einen Backgroundcheck über einen potenziellen Ehemann für sie. Hast du schon mal von Michael Wolfe gehört?«

»Dem Schauspieler?«

Warum kannte den jeder außer ihr? »Oh, gut. Der Name sagt dir was.«

Seit ihrer Heirat kümmerte sich Samantha nicht mehr um das Tagesgeschäft von Alliance. Aber sie verfügte über jede Menge Kontakte für Backgroundchecks. Je berühmter ein Kunde war, desto schwieriger war es, etwas über ihn auszugraben. Doch wenn es einen dunklen Fleck in seiner Vergangenheit gab, dann fand sie ihn auch.

»Den kennt doch jeder, Gwen.«

»Das hat Karen auch gesagt. Hast du Zeit für ein paar Recherchen?«

Samantha lachte. »Du kennst doch das Leben auf Albany. Zeit habe ich hier im Überfluss. In diesem Gemäuer gibt es mehr Angestellte, als Leute in deiner Straße wohnen. Wenn ich im Badezimmer ein Handtuch auf den Boden fallen lasse, ist es schon weg, bevor ich aus der Dusche komme.«

Gwen wusste, wovon Samantha redete. In den Fluren des herzoglichen Anwesens wimmelte es von Hausangestellten. Aber vor die Wahl gestellt, ob sie lieber ihre Privatsphäre oder drei ordentliche Mahlzeiten am Tag haben wollte, würde sie sich jederzeit für die Privatsphäre entscheiden. Und das, obwohl sie eine lausige Köchin war. Gwen schaute zu der Kamera in der Ecke des Zimmers hinauf.

*Für eine gewisse Privatsphäre.*

»Und was hat das mit Karen zu tun?«

»Sie ist die passende Frau für ihn. Er braucht eine sehr schöne Partnerin, damit seine Wahl glaubwürdig wirkt. Vor allem für seine Fans. Wenn er so begehrt ist, wie alle behaupten, könnte er jede Frau haben, die er will.«

»Könnte er«, sagte Samantha.

»Karen sieht umwerfend aus. Die beiden werden ein schönes Paar abgeben und dass er ein Mega-VIP ist, bringt Karen nicht aus der Ruhe. Für die anderen Frauen in unserer Kartei würde ich da nicht die Hand ins Feuer legen.«

»Ich auch nicht.«

Gwen listete weitere Gründe auf, die für Karen sprachen. »Ihre engsten Freundinnen sind wir – du, Eliza und ich. Mit uns kann sie über ihren Ehemann reden, ohne Gefahr zu laufen, dass jemand mit den Informationen zu den Medien rennt. Sie kennt die Regeln und weiß, was auf dem Spiel steht. Und sie muss lediglich die Jugendlichen in ihrem Club davon überzeugen, dass sie sich hoffnungslos verliebt hat.«

»Sie könnte tatsächlich die perfekte Frau für ihn sein«, erwiderte Samantha. »Wenn er den Backgroundcheck besteht.«

»Da bin ich sicher. Die beiden würden sich hervorragend verstehen.«

»Sie hat ihn noch nicht kennengelernt?«

»Nein. Ich wollte deine Recherchen abwarten. Was glaubst du, wie lange wirst du brauchen?«

»Gib mir achtundvierzig Stunden. Michael Wolfe ... Spannende Aufgabe. Du weißt, was passieren wird, wenn es klappt, oder?«

Gwen schnaubte. Sie ahnte, was Samantha gleich sagen würde. »Ja. Ich werde endlich so was wie ein Privatleben haben.« Gwen wohnte gern mit einer Freundin zusammen, brauchte aber niemanden, der sie andauernd begluckte, und schon gar kein Mitleid von ihrer Familie, weil sie vielleicht bald allein leben würde.

»Mir machst du nichts vor, Gwen.«

»Ich weiß nicht, wovon du redest. Huch, schon so spät? Ich muss noch ein paar Anrufe erledigen. Sei so lieb und gib meinem Bruder einen Kuss von mir, ja?«

»Überlass das Schauspielern lieber Michael. Du hast dafür null Talent.«

Gwen lachte, schickte ein Küsschen durch die Leitung und legte auf.

»Hey Gwen?«, rief Karen.

Gwen folgte ihrer Stimme und fand sie am Küchenfenster.

»Was da wohl drin ist?« Karen zeigte zum Nachbargarten hinter dem Zaun. Ein Kran senkte gerade eine große Holzkiste von der Straße aus aufs Nachbargrundstück.

»Keine Ahnung.«

»Ich weiß, dass das Haus zwangsversteigert wurde. Das Verkaufsschild ist vor ein paar Wochen verschwunden. Was unsere neuen Nachbarn wohl vorhaben?«

Gwen öffnete die Hintertür. Der Klang eines halben Dutzends männlicher Stimmen in mindestens zwei Sprachen drang in die Küche. Gwen marschierte zum Zaun und spähte hinüber. Die Holzkiste schwebte an einem Kabel in Höhe der Dachtraufe des Hauses. Als jemand dem Kranführer ein Stoppkommando zurief, hielt Gwen den Atem an. Karen kam zu ihr und stieg auf einen Gartenstuhl, um eine bessere Aussicht zu haben.

»Siehst du was?«

Der Gartenzaun bestand aus einer Kombination von Betonbauteilen und Holzlatten und war nur etwa eins fünfzig hoch. Auch ein paar Bäume standen an der Grundstücksgrenze, aber von einem uneinsehbaren Garten konnte man beim besten Willen nicht sprechen.

»Ich glaube, das ist ein Whirlpool.«

Die Holzkiste hing in der Luft. Plötzlich klang die Hydraulik des Krans, als hätte sie Schluckauf, und die Kiste ruckelte näher ans Haus.

»Ich hoffe, sie fällt nicht aufs Dach«, sagte Karen.

»Da bist du nicht die Einzige.«

Gebannt beobachteten sie das Manöver, bis die Kiste sicher auf dem Boden stand.

»Was machen wir hier eigentlich?«, fragte Karen. »Von deinem Zimmer aus haben wir eine viel bessere Sicht.«

Gwen ging ins Haus zurück. »Du kannst gern raufgehen.« Die Vorgänge im Nachbargarten zu beobachten, war ganz unterhaltsam, aber Gwen hatte drüben keinen Mann gesehen, der sie zu einem zweiten Blick veranlasst hätte.

Auch Karen kehrte schon nach wenigen Augenblicken an Gwens Zimmerfenster an den Schreibtisch in ihrem gemeinsamen Büro zurück. »Du weißt, was das bedeutet, oder?«

Gwen suchte im Unterhaltungsteil eines Onlinemagazins nach Informationen über ihren neuen Kunden. »Nein, was denn?«

»Mrs Sweeny wird wieder mal die Luft verpesten.«

Gwen kniff die Augen zusammen. Ihre Nachbarin, Mrs Sweeny, begrüßte neu Zugezogene und Frischvermählte stets mit komplett ungenießbarer Pasta mit Muschelsoße. Der Geruch vertrieb selbst den hungrigsten Straßenköter und sogar Katzen.

»Lass uns die Fenster geschlossen halten und die Klimaanlage anstellen, sobald wir das Nudelwasser riechen.«

»Wenn sie nur Nudeln kochen würde, hätte niemand was dagegen.«

»Stimmt.« Gwen entdeckte ein weiteres Bild von Michael mit einer Schauspielerin am Arm. Auf jedem Foto, das sie fand, war er mit einer anderen zu sehen. »Ich habe mit Samantha gesprochen. Sie kümmert sich um Michaels Background.«

Karen war ganz Ohr.

»Irgendwie bezweifle ich, dass sie etwas findet, das wir nicht sowieso schon über den Mann wissen.«

»Oder vermuten«, fügte Gwen hinzu.

»Weißt du, wo er wohnt?«

»Er ist vor einem Jahr nach Beverly Hills gezogen. Davor hatte er ein Haus in Hollywood Hills.« So stand es in den Klatschspalten.

»Gut abgeschirmt?«

»Das sind die meisten Häuser in Beverly Hills. Von der Straße aus sieht man die Gebäude kaum. Es sei denn, der Besitzer will gesehen werden und zeigen, was er hat.«

»Ich nehme mal an, das will Michael nicht.« Karen zuckte die Achseln. »Damit kann ich leben.«

Gwen musterte ihre Freundin. »Eine Privatsphäre zu haben, wird sicher eine angenehme Abwechslung für dich. Dank der Kameras und der Nähe zu unseren rührigen Nachbarn haben wir hier ja so gut wie keine.«

»Ich bin gern unter Menschen.«

Karen arbeitete ehrenamtlich bei einem Club für benachteiligte Jugendliche und spendete mindestens die Hälfte ihres Einkommens für diesen guten Zweck. Lange bevor Gwen zu Alliance gestoßen war, hatte Samantha einen kompletten Backgroundcheck über Karen durchgeführt. Gwen lag es fern, darüber hinaus in Karens Vergangenheit zu wühlen. Falls Michael Fragen über Karen hatte, würde Samantha mit ihm telefonieren. Vielleicht würde Karen auch noch etwas auftauen und mehr über sich preisgeben. Immerhin wohnten und arbeiteten sie zusammen. Und wenn sie es nicht tat, war das ihre Sache.

»Was machst du mit dem Geld … wenn die Ehe zwischen Michael und dir zustande kommt?« Die Frauen in der Alliance-Kartei ließen sich für eine Kurzehe mit einem reichen Mann gut bezahlen. Vertraglich festgelegt war ein Minimum von zwei Millionen Dollar. Dazu kam die zwanzigprozentige Provision für Alliance. Der Bräutigam verpflichtete sich auch, für alle anfallenden Zusatzkosten seiner Zukünftigen aufzukommen – von der neuen Garderobe bis zum neuen Wagen. Die Einzelheiten des Zusammenlebens waren klar geregelt. Es gab Paare, die zusammen wohnten, allerdings mit getrennten Schlafzimmern. Eine Klausel im Vertrag befreite Alliance von sämtlichen Verpflichtungen, falls die beiden einander doch näher kamen. Sorgerechtsfragen und Alimente mussten die Ehepartner auf Zeit untereinander klären. Und auch wenn die Ehe länger hielt als geplant, wurde die volle Provision für Alliance fällig. Die Änderung oder Auflösung des ursprünglichen Ehevertrags hatte das Paar in diesem Fall selbst zu regeln.

Nur ein sehr kleiner Kundenkreis war auf der Suche nach der großen Liebe. Anhand der Kundenprofile machte Alliance dann Vorschläge für einen passenden Lebenspartner und die Heiratswilligen bezahlten neben der Vermittlungsgebühr zusätzlich die Kosten für die Backgroundchecks.

Samantha hatte Alliance vor fünf Jahren gegründet. Durch die Agentur hatten Paare einander kennengelernt, geheiratet und sich in aller Freundschaft wieder scheiden lassen. Achtzig Prozent der Kunden, die sich eine Liebesheirat gewünscht hatten, waren immer noch zusammen. Und nur zwanzig Prozent derer, die eher nüchterne Erwägungen zu Alliance geführt hatten, waren über das Vertragsende hinaus beieinander geblieben. Manche hatten wie Samantha und Blake Kinder bekommen und lebten jetzt in einer Ehe ohne festgelegtes Verfallsdatum. Die anderen hatten sich wie geplant scheiden lassen.

»Die Hälfte des Geldes lege ich an, damit ich später finanziell abgesichert bin.«

»Und die andere Hälfte?«

»Ich denke daran, ein Haus für Ausreißer zu eröffnen. Eine Auffangstelle für Jugendliche, in der sie sich sicher fühlen können. Einen Platz für diejenigen, die sonst nirgendwo hinkönnen.«

Gwen war nun neugieriger denn je. »Das klingt nach viel Arbeit.«

»Aber es lohnt sich. Viele obdachlose Teenager machen haarsträubende Dummheiten, um an ein bisschen Geld für Essen zu kommen.« Damit wandte sich Karen ab und Gwen schloss daraus, dass sie nicht weiter darüber reden wollte. »Der Ex-Frau eines berühmten Schauspielers sollte es nicht allzu schwerfallen, Leute zu Spenden für bedürftige Jugendliche zu bewegen«, setzte Karen noch hinzu. »Einen Versuch ist es wert.«

Karen hatte ein großes Herz. »Dann hoffen wir, dass Michael den Backgroundcheck besteht.«

Gwens klingelndes Handy bewahrte Karen vor weiteren Fragen.

»Hallo?«

»Was ist bei Ihren Nachbarn los?« Neil kam wie üblich ohne Umschweife zur Sache.

»Wie bitte?«

»Auf dem angrenzenden Grundstück. Die Bewegungsmelder spielen verrückt, aber auf den Überwachungsbildern vom Haus ist alles ruhig.« Neils knappe Fragen und sein geschäftsmäßiger Ton machten es schwierig, locker und freundlich zu antworten.

»Wir haben neue Nachbarn und die haben sich per Kran einen Whirlpool in den Garten setzen lassen.«

»Die Nachbarn direkt hinter dem Haus?«, fragte Neil.

»Genau.«

Ein paar Sekunden lang blieb die Leitung still. »Neil? Sind Sie noch da?«

»Ich muss Sie bitten, kurz nach draußen zu gehen.«

»Und weshalb?« Gwen war bereits aufgestanden und auf dem Weg zur Hintertür.

»Ich muss etwas testen.«

Gwen öffnete die Hintertür und ging in den Garten. »Hat Ihnen schon mal jemand gesagt, dass Sie unter Verfolgungswahn leiden?«

»Die meisten Leute sagen lieber nichts, was mich ärgern könnte.«

Sie lächelte. »Dann bin ich die Ausnahme.«

Neils Auflachen klang mehr nach einem Schnauben.

»Haben Sie gerade gelacht, Neil?«

Der Mann brachte höchst selten auch nur ein Lächeln zustande. Aber wenn es einmal passierte, verlor sich Gwen gebannt in seinem Blick. Schade, dass er nicht hier war. Sie hätte ihn gern angesehen, statt ihn sich nur vorzustellen.

»Da sind Sie ja.« Auf ihre Frage ging er nicht ein.

Gwen winkte in die Kamera.

»Gehen Sie zum Zaun.«

Sie stakste auf den Zehenspitzen los, damit ihre Absätze nicht in den weichen Rasen sanken.

»Sind Sie dort?«

»Ja. Sehen Sie mich nicht?«

»Ich muss die Kameras neu justieren. Ich brauche ein größeres Blickfeld.«

»Ich gehe jetzt wieder rein.« Die Männer auf dem angrenzenden Grundstück hatten sie bemerkt. Sie winkte ihnen zu, lächelte und ging zurück zum Haus. »War's das? Ich muss wieder an die Arbeit.«

»Ich bin … Ich … Was macht Ihr Bein?«

Gwen blieb in der Küche stehen und sah an sich hinunter. »Tut kaum noch weh. Danke.«

»Gut. Ähm, ich bin in einer Stunde bei Ihnen und überprüfe die Kameras.«

Sie freute sich darauf. »Verfolgungswahn. Eindeutig.«

Er schnaubte noch einmal, dann legte er auf.

# Vier

*Ich sollte gar nicht hier sein.*

Aber verdammt, er konnte einfach nicht wegbleiben. Die Bewegungsmelder reagierten vermutlich nur auf die Aktivitäten auf dem Nachbargrundstück. Kein Grund zur Sorge. Selbst eine streunende Katze oder der Wind konnten Signale auslösen.

Gwen hatte recht. Er litt unter Verfolgungswahn.

Den er genauso wenig abstellen konnte wie die Gedanken an sie und das Entsetzen in ihren Augen, als er die Waffe auf sie gerichtet hatte.

Eine persönliche Nähe zur Schutzperson – und nichts anderes waren Gwen und alle anderen Harrisons – zuzulassen, machte ihn angreifbar. Er musste auf Distanz gehen ... und bleiben.

Aber warum zum Teufel fuhr er dann nach Tarzana, um nach einer Frau zu sehen, die seine Hilfe weder wollte noch brauchte?

Neil ignorierte sämtliche inneren Alarmglocken, bog in Gwens Einfahrt ein und stellte seinen Wagen neben ihren. Weshalb parkte sie nicht in der Garage?

Mit energischen Schritten stapfte er zur Tür. Er klopfte zweimal, dann trat er zurück, damit Gwen oder Karen ihn auf dem Monitor an der Tür deutlich sehen konnten.

Im Haus blieb alles still. Er klopfte noch einmal an, diesmal länger und kräftiger.

»Bin schon da ...«

So schnell und mühelos wie Gwen die Tür öffnete, wusste er sofort, dass sie nicht abgeschlossen gewesen war. »Ach, hallo.«

Sie trat zur Seite und ließ ihn ein.

»Haben Sie überhaupt nachgeschaut, wer vor dem Haus steht?«

»Sie haben doch gesagt, dass Sie kommen.«

»Aber haben Sie nachgesehen?« Er schob sich an ihr vorbei und versuchte, nicht auf den blumigen Duft ihrer Haut zu achten, der ihn an den Frühling erinnerte.

Sie blieb ihm die Antwort schuldig. Also hatte sie nicht auf den Monitor geschaut. Gwen machte die Tür zu, schloss sie aber nicht ab.

*Wenn ich weiterhin ständig mit den Zähnen knirsche, bin ich bald reif für die Dritten.*

Als Gwen den Flur verlassen wollte, verstellte Neil ihr den Weg und griff nach ihrer Hand. Wie bei einem Kind führte er ihre Finger zum Türschloss und hielt sie dort fest. »Haben Sie nicht was vergessen?«

Sie lächelte ihn an und schob sich dicht an ihn heran. »Ich glaube nicht, dass sich jemand hier reinwagt, wenn Sie im Haus sind, großer Beschützer.« Ihre hellblauen Augen blitzten.

»Ihr Bruder hat mich gebeten, auf Sie aufzupassen, Gwendolyn.«

Sie drehte das Schloss unter seiner Hand und senkte die Stimme. »Ich mag es, wenn Sie mich bei meinem vollen Namen nennen, Neil. Dann könnte ich fast glauben, dass ich Ihnen wichtig bin.«

Jede andere Frau hätte er gegen die Wand gedrückt, mit seinem Körper dort festgehalten und ihr die passende Antwort auf ihre verführerische Stimme und die lockenden Blicke gegeben.

Er nahm seine Hand von ihrer und riss den Blick von ihr los.

*Verdammtes Weib!*

»Wo ist Karen?«

»Hatte was zu erledigen.«

Gwen war allein, die Tür nicht abgeschlossen und ihr Wagen stand vor der Garage. Warum hängte sie nicht gleich ein beschissenes Schild raus, auf dem stand: »Freier Zutritt für Räuber und Entführer!«?

*Ich hasse dieses Viertel. Es ist schwer, den Überblick zu behalten. Nachbarn in Reichweite, vorbeifahrende Autos. Unverschlossene Tore.*

Neil ging in die Küche und dann zur Hintertür hinaus. Die Kamera hing unauffällig unter der Dachtraufe. Wortlos marschierte er ums Haus und überprüfte die Seitentür.

*Unverschlossen!*

Er suchte sich eine Leiter, dann kehrte er zurück in den Garten. Den Laptop stellte er auf den Terrassentisch. Anschließend versetzte er die Kamera an die Stelle, an der er sie haben wollte, reinigte die Bewegungsmelder und überprüfte die Verkabelung.

Die neuen Nachbarn hatten mitten in ihren kleinen Garten einen Whirlpool stellen lassen. Die rundum aufgestapelten Bretter deuteten darauf hin, dass bald noch mehr Leute hier sein würden, vielleicht sogar ein kleiner Bautrupp.

Neil beschloss, um den Block zu fahren, sich die geparkten Autos anzusehen und ein paar Kennzeichen zu überprüfen.

»Fertig da oben?«, fragte Gwen von der Tür aus. Erst jetzt merkte er, dass sie ihn beobachtete.

Als er wieder festen Boden unter den Füßen hatte, fragte er: »Haben Sie Ihre neuen Nachbarn schon kennengelernt?«

»Noch nicht. Seit das Haus verkauft worden ist, war heute zum ersten Mal jemand im Garten.«

»Es wurde zwangsversteigert, oder?«

Gwen nickte. »Das weiß ich aber nur von Eliza. Die früheren Nachbarn habe ich nicht kennengelernt.«

Mehr Augen – so lange es freundlich gesinnte waren – waren besser als weniger. Neugierige Nachbarn riefen gern mal die Polizei an, wenn sie etwas Verdächtiges beobachteten.

»Worum geht es hier eigentlich, Neil?«

»Ich mache meinen Job.«

»Und Sie sind sicher, dass das alles ist?«

Ohne seine Antwort abzuwarten, verschränkte Gwen trotzig die Arme vor der Brust. »Es hat nicht zufällig etwas damit zu tun, dass Karen demnächst ausziehen könnte, oder?«

Er setzte die Leiter ab. »Karen zieht aus?«

»Möglicherweise. Haben Sie das nicht mitbekommen?«

»Was denn mitbekommen?« Er musste wirklich noch öfter reinhören, was sich in Tarzana so tat.

Gwen senkte die Stimme. »Es könnte sein, dass ich einen Mann für Karen gefunden habe. Wenn es gut läuft, zieht sie bis in ein paar Monaten hier aus. Vielleicht sogar schon früher.«

»Im Ernst?«

»Ich höre schon die Hochzeitsglocken läuten.«

Ein Muskel in seinem Kiefer begann zu zucken. Er versuchte, locker zu bleiben. Erfolglos.

»Sie starren mich an, Neil.«

Er rieb sich das Kinn, stellte die Leiter wieder auf und schaute nach, ob die Verkabelung die Installation einer weiteren Kamera zuließ. Er wollte jeden Quadratzentimeter des kleinen Gartens überblicken können.

Die nächste halbe Stunde verbrachte er damit, die Sicherheitstechnik noch zweimal zu überprüfen. Eines der Außenmikrofone zeichnete nur Rauschen auf. Der Elektriker würde es auswechseln müssen.

Während des Gerätechecks dachte Neil ununterbrochen daran, dass Gwen bald keine Mitbewohnerin mehr haben würde.

Lady Gwendolyn Harrison, die behütete Tochter eines Herzogs und die aufregendste Frau, die derzeit auf Erden wandelte, durfte auf keinen Fall allein hier in diesem heruntergekommenen Viertel wohnen – nur ein paar Straßenecken von Mördern, Vergewaltigern und Einbrechern entfernt. Neil hörte oft genug den Polizeifunk ab. Er wusste, was in dieser Gegend vor sich ging.

Kein Wunder, dass man die Prinzessinnen in den Märchen in hohe Türme steckte, damit keiner an sie herankam.

»Sie haben dieses Schloss schon dreimal überprüft.« Gwen schenkte ihm ein perfektes Zahnpastalächeln.

»Es klemmt manchmal.«

»Ah ja.«

»Wann werden Sie wissen, wie es mit Karen weitergeht?« Er testete das Schloss zum vierten Mal.

»Im Moment läuft der Backgroundcheck, danach kommt das erste Treffen. Ob es funktioniert, wissen wir in ein paar Wochen. Vielleicht auch früher.«

*Genügend Zeit, um noch ein paar Kameras zu installieren und die Technik auf den neuesten Stand zu bringen*. Die hyperaktiven Bewegungsmelder machten ihm Sorgen. Obwohl er reglos im Garten stand, schlugen die Dinger an wie verrückt. Wenn es ständig falschen Alarm gab, achtete man irgendwann nicht mehr darauf.

Er tippte auf das Kontrollpanel der Alarmanlage. »Wie lautet Ihr persönliches Notsignal?«

»Zod.«

»Welche Ziffern?«

»Neun, sechs, drei.«

»Wann benutzen Sie die?« Er hämmerte ihr die Abläufe ein. Mehr konnte er nicht tun.

»Wenn jemand hier eindringt, mich bedroht und verlangt, dass ich den Alarm abstelle. Ich weiß, was ich zu tun habe. Ich bin ein großes Mädchen. Mir wird nichts passieren.«

»Falsch. Sie sind ein ganz kleines Mädchen. Selbst der Zeitungsjunge könnte Sie mühelos zerquetschen.«

»Das würde Tommy nie tun. Er ist ein guter Junge.«

Neils Mundwinkel zuckten fast unmerklich.

»Sollte das etwa ein Lächeln werden?«

Er kniff den Mund zu einem schmalen Strich zusammen.

»Oh. Anscheinend habe ich mich geirrt.« Gwen versteckte ihr Grinsen.

»Ich rufe morgen an und sage Ihnen, wer herkommt und die Anlage neu einstellt.« Neil packte seine Ausrüstung ein. »Und schließen Sie die Tür hinter mir ab.«

»Jawohl, Sir!« Sie salutierte.

»Ich meine es ernst, Gwen. Sie sehen das alles viel zu locker. Wenn Sie sich nicht am Riemen reißen, lässt Ihr Bruder sie nicht allein hier wohnen.«

Ihr schelmisches Grinsen fiel in sich zusammen und Neil wusste, dass er die falschen Worte gewählt hatte, um sie zur Vernunft zu bringen.

»Mein Bruder ist nicht mein Vormund.«

»Ihm gehört das Haus.«

»Es gehört Samantha und sie würde nie verlangen, dass ich ausziehe.«

Neils Kiefer fing wieder an zu zucken.

»Ich darf Sie daran erinnern, dass ich kein Kind mehr bin.«

Seine Augen huschten über ihren Körper. »Das brauchen Sie mir nicht extra zu sagen.«

Sie machte einen Schritt auf ihn zu und legte ihm die Hand auf den Arm. »Ich werde versuchen, mich zu bessern und die Türen in Zukunft abzuschließen.«

Er nickte. Auf keinen Fall sollte sie merken, wie sehr ihn der Gedanke beunruhigte, dass sie bald allein hier wohnen würde. Schon halb aus der Tür, rief er ihr über die Schulter zu: »Und parken Sie Ihren Wagen in der Garage.«

O mein Gott, Gwen! Komm rauf zu mir!«, rief Karen lachend aus dem oberen Stockwerk. »Schnell!«

Gwen hetzte die Stufen hinauf. Karen stand an ihrem Zimmerfenster. Sie hatte die Gardine ein klein wenig beiseitegeschoben und spähte hinaus.

»Was gibt's?«

»Schau selbst!«

Karen trat beiseite und überließ Gwen ihren Platz. Gwen kniff die Augen zusammen. Es war Nacht und das einzige Licht in der Dunkelheit kam vom Whirlpool der neuen Nachbarn, die vor ein paar Tagen eingezogen waren. Im Wasser saßen zwei Leute – eine Frau und ein Mann. Gwen schätzte die beiden auf Mitte sechzig. »Was soll daran so Besonderes sein?«

»Wart's ab.«

Gwen wollte sich schon wieder abwenden, da stand die Frau plötzlich auf und wechselte den Platz.

»Sie ist nackt.«

Karen fing an zu lachen. »Von oben bis unten!«

»Wir haben nackte Nachbarn.« *In England wäre mir das nicht passiert.*

Kichernd schob sich Karen neben Gwen. »Guck mal, wie haarig er ist.«

Gwen schlug die Augen nieder. »Wir sollten die zwei nicht beobachten.«

»Sie sollten nicht nackt durch die Gegend spazieren.«

»Sie sind in ihrem eigenen Garten.«

»Umgeben von zweigeschossigen Häusern.« Karens Modellächeln blitzte. »So was Verrücktes kriegst du hinter hohen Mauern oder in einer bewachten Wohnsiedlung nicht zu sehen.«

Da konnte Gwen ihr nur zustimmen. Sie riskierte einen weiteren kurzen Blick.

Als das Telefon klingelte, zuckten beide zusammen.

»Wir sollten unsere Nachbarn nicht begaffen.«

Karen blieb am Fenster stehen, während Gwen ans Telefon ging. »Hallo?«

»Ich höre Geräusche aus dem Garten.« Neil hielt sich wieder nicht mit Nettigkeiten auf. »Sehen Sie nach, ob alle Türen abgeschlossen sind.«

»Es soll Leute geben, die einen Anruf mit einer freundlichen Begrüßung beginnen. ›Hallo! Wie geht's?‹ wäre eine Möglichkeit.«

»Die Bewegungsmelder machen auch schon wieder Stress.« Neil klang frustriert.

Gwen sagte absichtlich erst einmal nichts.

Sie hörte ihn seufzen. »Hallo Gwen. Würden Sie mir bitte sagen, was bei Ihnen los ist?«

*Na also – geht doch.* »Ach, hallo Neil. Schön, dass Sie anrufen. Hier ist alles wie immer, nur dass unsere neuen Nachbarn im

Whirlpool sitzen. Vielleicht bringt der Pool die Überwachungstechnik durcheinander.«

»Ich sollte rüberkommen und nachsehen.«

»Auf gar keinen Fall.«

»Weshalb denn nicht?«

»Ich will nicht, dass die Nachbarn denken, ich hätte Leute zum Gaffen eingeladen.« Das wäre kein guter Auftakt für ein harmonisches nachbarschaftliches Verhältnis.

»Gaffen? Wer redet hier von Gaffen?«

Gwen linste noch einmal durch den kleinen Spalt zwischen Fensterrahmen und Gardine und hatte freie Sicht auf einen behaarten Männerhintern. »Anscheinend herrscht in ihrem Whirlpool keine Textilpflicht.«

»Bitte was?«

»Die beiden sitzen splitternackt im Sprudelbad. Und Sie werden auf keinen Fall durch den Garten stapfen, solange die zwei im Wasser planschen. Wenn es was zu reparieren gibt, kommen Sie einfach morgen.«

»Sie sind nackt?«

»Komplett. Die Türen sind abgeschlossen, die Alarmanlage ist an. Hier ist alles in Ordnung, Neil. Großes Pfadfinderehrenwort.«

»Schön. Ich komme morgen früh.«

»Wie Sie meinen. Ich werde nicht zu Hause sein. Ich habe einen Termin.«

»In Ordnung.«

»Gute Nacht, Neil.«

Das Telefon klickte. Ein freundliches Hallo und ein freundlicher Abschiedsgruß in ein und demselben Gespräch waren offenbar zu viel verlangt.

# Fünf

Auf dem Weg zu ihrem zweiten Treffen mit Michael holte Gwen sich in der Bäckerei an der Ecke Tee und ein paar Kekse zum Frühstück.

Die Leichen in Michaels Keller waren nicht unerwartet und keine davon ließ bei Samantha, Karen oder Gwen die Alarmglocken schrillen.

Karen wagte bereits, sich vorsichtig zu freuen.

Nach dem unbedenklichen Backgroundcheck konnte Michael sich jetzt Karens Portfolio ansehen und dann entscheiden, ob er sie kennenlernen wollte.

Gwen fuhr durch die Tore seines Anwesens abseits der Hauptstraßen von Beverly Hills. Auf den überall für ein paar Dollar erhältlichen Touristenstadtplänen war Michaels Haus mit einem Stern gekennzeichnet, aber um einen Blick in seinen Garten zu werfen, hätten die Schaulustigen erst eine vier Meter hohe Mauer erklimmen müssen.

Die gepflasterte Einfahrt erinnerte Gwen an zu Hause, aber damit endeten die Gemeinsamkeiten. Wo sie auch hinschaute, sah sie spanische Stilelemente. An den Säulen am Eingang begrüßte üppig rankende Bougainvillea Gäste mit feurigen Lila- und Rottönen. Die Bogenfenster und -türen erinnerten Gwen an die Missionsstationen entlang der kalifornischen Küste.

Michael kam ihr an der Tür entgegen und breitete die Arme aus. »Lady Harrison.«

Er küsste sie auf beide Wangen.

»Gwen, bitte. Lady Harrison nennen mich nur Leute, die etwas von mir wollen.«

»Dann passt die förmliche Anrede in meinem Fall doch ganz gut. Herzlich willkommen.«

»Ihr Haus ist ein Traum.« Sie hatte moderne Architektur erwartet, kühle Eleganz.

»Aber doch anders, als Sie gedacht haben?«

»Bin ich so leicht zu durchschauen?« Auch die Innenausstattung gefiel ihr ausnehmend gut. Die hohen Wände waren mit Kunstwerken in sinnlichen Farben geschmückt. Von den gewölbten Decken hingen schmiedeeiserne Kronleuchter.

»Ich konnte nichts finden, was meinen Vorstellungen von einer spanischen Villa näher kommt. Jedenfalls nicht nördlich der Grenze.«

»Es ist fantastisch, Michael.« *Karen wird begeistert sein.*

»Wenn alles läuft wie geplant, werden Sie in Zukunft sicher öfter hier sein und sich hier wohlfühlen.«

Er führte sie in einen großen Raum mit hohen Fenstern. Der Blick ging hinaus in einen Garten im Innenhof. Ein Plätschern lenkte Gwens Aufmerksamkeit auf den Brunnen in der Mitte der Freifläche. Blühende Bäume und Sträucher sorgten zusätzlich für Farbtupfer.

»Ich hatte mit einem moderneren Dekor gerechnet.«

»Ecken, Kanten und harte Kontraste? Nein, danke. Zu einigen meiner Filmfiguren würde das vielleicht passen, aber nicht zu mir.« Mit einer Geste forderte Michael sie auf, sich zu setzen. »In dem kleinen Ort, in dem ich aufgewachsen bin, war ein schöner Garten wichtiger als ein dicker Wagen. Das hat vermutlich abgefärbt.«

»Ich muss leider zugeben, dass ich noch nie einen Ihrer Filme gesehen habe.«

»Das haben Sie bereits erwähnt. Und die Frau, die Sie für mich ausgesucht haben? Kennt die meine Filme?«

Gwen konzentrierte sich nun wieder ganz auf ihre eigentliche Aufgabe. »Karen wusste sofort, wer Sie sind.«

»Ist sie ein Fan von mir?«

»Fan klingt nach ›fanatisch‹. Und das ist Karen höchstens, wenn es darum geht, ein Kind mit einem schweren Schicksal zu retten. Ruhm beeindruckt sie dagegen wenig. Geld übrigens ebenfalls nicht, auch wenn Sie mir das vielleicht nicht glauben.«

Er lehnte sich zurück und verschränkte die Arme vor seiner breiten Brust. »Warum steht sie dann für diese Heirat zur Verfügung?«

»Nicht um das Geld mit vollen Händen ausgeben zu können.« Mit einer ausladenden Geste schloss Gwen den ganzen Raum mit ein. »Und so will sie auch nicht für immer leben.«

»Jemanden, der darauf keine Lust hat, muss ich erst noch kennenlernen.«

Gwen zog Karens Akte aus ihrer Mappe.

Michael nahm die Unterlagen und sah sich das Foto an. »Sie ist sehr schön.«

Gwen zuckte die Achseln. »Wenn Sie sich was aus Frauen machen würden, wären Sie vielleicht versucht, sie nicht mehr gehen zu lassen. Aber wir wissen beide, dass das nicht passieren wird.« Samantha hatte bei ihrem Backgroundcheck den Namen seines ersten Liebhabers herausgefunden – aber nicht viele weitere. Michael hatte es tatsächlich geschafft, sein Privatleben unter Verschluss zu halten.

Er warf ihr beim Umblättern ein kleines Lächeln zu. »Darf ich weiterlesen?«

»Sicher. Deshalb bin ich ja hier.«

»Kann ich Ihnen etwas zu trinken anbieten?«

»Ein Glas Wasser wäre nett.«

Er holte ihr eigenhändig zwei Flaschen Wasser aus der Küche. Eine mit Kohlensäure, eine ohne. Gwen nahm das stille Wasser und sagte ihm, er solle sich Zeit lassen.

Dann setzte sie sich in den Innenhof, damit Michael Karens Profil in aller Ruhe durchlesen konnte.

Außer dem Foto gab es Informationen über ihre Interessen und darüber, womit sie ihre Zeit verbrachte. Bevor Samantha sie zu Alliance geholt hatte, hatte Karen eine Pflegeeinrichtung für junge Leute mit Behinderungen geleitet. Auf den ersten Blick konnte man ihr ein Helfersyndrom unterstellen. Ständig kümmerte sie sich um Menschen, die es nicht so gut getroffen hatten wie sie selbst. Ihre einzige Angehörige war eine Tante, die vor Kurzem einen steinreichen älteren Herrn geheiratet hatte. Eigentlich hatte er Alliance mit der Suche nach einer jüngeren Frau beauftragt. Mit einer jungen Gattin hatte er seinen Kindern und Enkeln eins auswischen wollen, die sich bereits um sein Erbe stritten. Aber Karen hatte ihre Tante Edie mit Stanly verkuppelt, und jetzt schwebten die beiden im siebten Ehehimmel.

»Diese Frau klingt wie eine Heilige«, sagte Michael von der Tür her.

»Das werde ich ihr gern ausrichten.«

Michael setzte sich zu Gwen in den Garten. »Im Ernst. Kein Mensch ist derart vollkommen.« Er ließ die Akte auf einen Tisch fallen. »Wie ist sie denn wirklich?«

»Alles, was Sie gelesen haben, ist wahr.«

»Okay, verstanden. Aber wie ist sie denn nun?«

Gwen wollte ihm sagen, Karen sei eine liebenswürdige, kluge und schlagfertige Person, die er sehr sympathisch finden würde, überlegte es sich aber anders.

»Während der Fernsehnachrichten gestern Abend hat Karen mich zu sich in den ersten Stock gerufen. Sie hatte vom Fenster aus unsere Nachbarn beobachtet.«

Michaels Augenbrauen schossen in die Höhe. »Beobachtet?«

»Anscheinend haben unsere neuen, schon etwas älteren und ziemlich unattraktiven Nachbarn beschlossen, aus ihrem gut einsehbaren Garten eine Nudistenoase zu machen.«

Michaels Reaktion ließ ein wenig auf sich warten, aber plötzlich platzte das Lachen laut aus ihm heraus.

»Karen ist keine Heilige. Natürlich stimmt alles, was über sie in den Unterlagen steht. Sie ist hochintelligent, witzig und nicht auf den Mund gefallen. Wenn Sie der Filmstar sind, ist Karen Ihr Oscargewinn. Und falls sie tatsächlich heiraten, gehe ich jede Wette ein, dass sie für immer Freunde bleiben.«

»Wann können wir uns treffen?«

Gwen hob das Kinn. *Perfekt.*

Kurze Zeit später brachte Michael sie zu ihrem Wagen.

Gwen hielt nach Überwachungskameras Ausschau, denn sie fühlte sich beobachtet. Fehlanzeige.

»Wonach suchen Sie?«, fragte Michael.

»Wo sind Ihre Überwachungskameras?« Bei Michael hingen sie nicht wie in Tarzana an der Dachtraufe.

»Es gibt nur eine einzige am Eingangstor. Und ich habe eine Alarmanlage.«

Gwen drehte sich einmal um die eigene Achse. »Ich hätte gedacht, dass Sie hier strengere Sicherheitsmaßnahmen haben.«

»Glauben Sie, das ist für Karen ein Problem?«

Gwen schüttelte den Kopf. »Nein, überhaupt nicht.« Sie schaute sich noch einmal um. *Neils Verfolgungswahn färbt langsam auf mich ab.*

Eliza!« Gwen stürmte mit ausgebreiteten Armen auf Eliza zu und drückte ihre Freundin. »Ach, ist das schön, dich zu sehen. Wie geht es der First Lady von Kalifornien?«

Gwen trat beiseite und ließ Eliza ins Haus.

»Ich habe sagenhaft viel zu tun.« Eliza marschierte an ihr vorbei. »Wer hätte gedacht, dass Carters Amt so anstrengend für mich wird?«

»Sam und ich haben dich gewarnt.«

Eliza schob sich eine dunkle Haarsträhne hinters Ohr und warf ihre Handtasche auf den Couchtisch. »Ich dachte, ihr übertreibt. Wir haben mindestens einen offiziellen Abendtermin pro Woche, manchmal auch zwei. Je nachdem, welche Politgrößen gerade in der Stadt sind. Und dann die endlosen Damenprogramme mit Weibsbildern, die kaum zu ertragen sind. Mit dir, Karen und Sam wäre das etwas anders. Dazu kommen zahllose Eröffnungen, Einweihungen und die Kurztrips nach Washington …«

Eliza trug die Litanei mit einem Lächeln vor.

»Willst du lieber dein altes Leben zurück?«

»Nur wenn ich Carter mitnehmen kann. Er liebt seinen Job. Es ist verdammt viel Arbeit, unseren Staat wieder auf Vordermann zu bringen, aber wenn es jemand schafft, dann er. Und wie geht es dir?«

»Prima. Ich nehme an, Samantha hat dir von der Sache mit Karen erzählt?«

Elizas Augen strahlten auf. »Meinst du, das klappt?«

»An deiner Stelle würde ich mich schon mal auf zwei Hochzeiten einstellen.« Blake hatte Samantha fürs Jawort nach Las Vegas geschleppt und machte das wieder gut, indem er und Sam ihr Ehegelübde jedes Jahr mit einer schönen Feier erneuerten.

»Klingt spannend! Hat Karen ihn schon kennengelernt?«

»Ihr ›Zufallstreffen‹ findet im Lauf der nächsten Stunde statt. Sie ist im Jugendclub und er legt dort einen spontanen PR-Stopp ein.«

»Ich wünschte, wir könnten dabei sein.«

»Das wäre zu auffällig. Ab jetzt haben die beiden die Sache selbst in der Hand.«

Eliza sah sich um. »Wird sie weiter hier arbeiten? Habt ihr darüber überhaupt schon gesprochen?«

»Karen erledigt ihren Teil der Arbeit vorwiegend online oder am Telefon. Das kann sie auch von Michaels Haus aus machen.«

»Dann wärst du hier aber ganz allein.«

Gwen sprang von der Couch. »O bitte, nicht du auch noch.« Sie ging in die Küche.

»Was soll das heißen?« Eliza folgte ihr.

Gwen holte eine Flasche Chardonnay aus dem Kühlschrank und hielt sie Eliza unter die Nase. »Ist es noch zu früh für ein Glas Wein?«

»Dafür ist es nie zu früh.«

*Gut. Das Du-wirst-bald-allein-hier-wohnen-Gespräch ertrage ich sonst nicht.* »Ich habe langsam genug davon, dass alle so tun, als wäre ich ein kleines Kind und komplett unfähig, allein klarzukommen.

Als du weggezogen bist, ist Karen eingezogen. Es ist schön, eine Mitbewohnerin zu haben. Aber ich brauche keinen Aufpasser.«

»Von einem Aufpasser habe ich nichts gesagt.«

Gwen sah die Zweifel in Elizas Blick. »Seit Samantha mich hier einziehen lassen hat und erst recht, seit wir an dem Arrangement zwischen Karen und Michael arbeiten, kommt Neil andauernd her und schaut nach mir.« Sie zog den Korken aus der Flasche, schenkte zwei Gläser voll und gab eines ihrer Freundin.

»Neil im Haus zu haben, ist sicher nicht so schlimm … für dich.«

Obwohl Gwen nie über ihre Gefühle für Neil gesprochen hatte, hatte Eliza schon lange den Verdacht, dass er ihr alles andere als gleichgültig war. Hier im Haus würde Gwen nichts preisgeben. Schließlich konnte Neil alles hören, was die Mikrofone aufzeichneten.

»Das Wetter ist herrlich. Wollen wir nicht ein bisschen in den Garten gehen?« Die Audiomitschnitte von draußen waren lange nicht so klar, wie Neil es sich wünschte.

Sobald sie mit ihren Gläsern im Garten saßen, redete Eliza Klartext: »Okay, Gwen, was ist los?«

»*Ihn* hier zu haben, wäre wirklich nicht schlimm. Aber seit ich hier eingezogen bin, herrscht absolute Flaute, was Männer betrifft. Dabei war mein Liebesleben zu Hause auch nicht wirklich prickelnd. Eigentlich war es sogar eher langweilig. Es gab nur belanglose Affären, die meist eine Woche später endeten, als sie hätten enden sollen.«

Eliza nippte an ihrem Wein. »Wo hast du die Männer kennengelernt, mit denen du zusammen warst?«

»Im Bekanntenkreis meiner Familie. Die meisten waren Söhne von Geschäftsfreunden meines Vaters und alles war öde und vorhersehbar. Ich hatte nie das Bedürfnis, mein Herz an einen von ihnen zu hängen.«

»Das hört sich an, als wären es ziemlich viele gewesen.«

»So viele auch wieder nicht. In den vergangenen Monaten ist mir klar geworden, wie behütet ich immer gelebt habe. Hier ist alles anders als auf Albany, aber doch wieder gleich. Ständig stehe ich unter Beobachtung und in letzter Zeit fühle ich mich regelrecht verfolgt.«

»Vielleicht meldet sich dein Unterbewusstsein. Du bist daran gewöhnt, Leute um dich zu haben … Kameras und Alarmanlagen.«

Gwen malte mit ihrem manikürten Nagel Muster auf ihr beschlagenes Weinglas. »Aber das richtige Leben sieht anders aus, oder?«

»Das ist das Leben, wie du es kennst.«

»Aber ich will und brauche nicht rund um die Uhr einen Babysitter.«

Eliza beugte sich vor und senkte die Stimme. »Keiner weiß besser als ich, wie es ist, ständig von Bodyguards umgeben zu sein. Aber dein Bruder ist nun mal ein superreicher Adliger und auf deinem Treuhandkonto liegt mehr Geld herum, als ich je in Händen halten werde. Für manche Leute wäre das ein guter Grund, dich zu entführen. Du willst frei sein, das verstehe ich. Und ganz sicher weißt du inzwischen mehr übers richtige Leben als vor deinem Einzug hier. Aber wenn du ohne viele Sicherheitsmaßnahmen weiter hier wohnen willst, musst du erst mal beweisen, dass du tatsächlich allein klarkommst. Deinem Bruder, Neil … aber vor allem dir selbst.«

Gwen musste ihrer Freundin recht geben. Das Gefühl, beobachtet oder gar verfolgt zu werden, hatte etwas mit Unsicherheit zu tun, vielleicht sogar mit Verfolgungswahn. Sie verschanzte sich im Haus oder in ihrem Wagen. Wenn sie ihr Leben tatsächlich selbst bestimmen und mehr als ein Anhängsel ihres Bruders sein wollte, musste sich etwas ändern.

»Ja, das ist sicher richtig.«

Eliza lächelte zufrieden. »Aber jetzt planen wir erst mal die Inselhochzeit.«

»Die Kleider suchst diesmal du aus«, lachte Gwen. Die gelben Rüschenungetüme für die Brautjungfern bei Sams und Blakes Texas-Hochzeit im vergangenen Jahr waren ihre Idee gewesen.

Eliza hatte die Roben abscheulich gefunden und darauf bestanden, die Kleider für Aruba auszuwählen. Gwen würde ihren Fehlgriff eines Tages wiedergutmachen können. Schließlich feierten Blake und Samantha jedes Jahr Hochzeit.

»Wir werden auf einer Insel sein … Ich denke an etwas Schlichtes. Und an typische regionale Speisen … und Blumen.«

Gwen hörte bereits die Wellen plätschern und sah die Sonne blutrot untergehen. »Klingt traumhaft.«

»Gut. Ich besorge die Kleider und die Accessoires gleich hier, wir fliegen ein paar Tage vor der Zeremonie auf die Insel und kümmern uns um die Details. Diesmal wird die Feier kleiner. Samantha möchte nur den engsten Familienkreis und ein paar ausgewählte Freunde dabeihaben.«

»Es kann nicht jedes Mal ein rauschendes Fest geben.«

»Nicht wenn man alljährlich feiert.«

Gwen verdrehte die Augen. »Einmal würde mir schon reichen.«

Eliza trank ihren Wein aus und stand auf, um die Flasche zu holen. »Du willst heiraten?«

»Ich will jedenfalls nicht als Single versauern.« Als Tante Gwen, die Frau, die keinen abbekommen hatte. Der keine eigene Familie vergönnt gewesen war. Nein, so sollte man nicht von ihr sprechen.

»Einen Mann zu finden, dürfte dir nicht schwerfallen, Gwen. Aber dazu musst du unter Leute gehen. Darauf zu warten, dass *du weißt schon wer* den ersten Schritt macht, ist Zeitverschwendung. Das könnte nämlich ewig dauern.« Eliza schenkte Gwen nach und goss sich ein zweites Glas ein.

»Ich warte auf nichts und niemanden.«

»Mir machst du nichts vor. Aber wenn du dein Leben tatsächlich in die eigenen Hände nehmen willst, könntest du mit einem Date anfangen.«

Gwen gab nur ungern zu, wie richtig Eliza lag. Und noch weniger gefiel ihr, dass ein kleiner Feigling in ihrem Kopf sie davon abhielt, in der nächstbesten Bar einen Mann aufzugabeln … und sei es nur für eine Nacht.

# Sechs

Karen spürte, wie sie feuchte Hände bekam. Zu behaupten, sie wäre nicht nervös, wäre gelogen.

»Miss Jones?«

Sie zwang sich, sich wieder auf die Lerngruppe an ihrem Tisch zu konzentrieren. Vier Mädchen und drei Jungen saßen mit aufgeschlagenen Mathebüchern und Schreibblöcken vor ihr. Zwei der Jungs waren mit ihren Handys beschäftigt, der dritte flirtete mit dem ältesten Mädchen am Tisch.

»Entschuldige, Amy. Was hast du gefragt?«

»Ist das richtig so?«

Karen entdeckte Amys Fehler auf den ersten Blick. »Schau dir den Bruch noch mal an.«

Mit Hausaufgabenhilfe konnte man die Zahl der Schulabbrecher reduzieren. Manche der Teenager am Tisch stammten aus zerrütteten Familien. Andere hatten Eltern, die sie bei den Schularbeiten nicht unterstützen konnten. Oft genug, weil sie mit Zweitjobs die Haushaltskasse aufbessern mussten. Die jungen Leute brauchten Hilfe und Unterstützung, damit sie in den Problemvierteln, in denen sie lebten, nicht unter die Räder kamen.

Karen erkannte gefährdete Jugendliche auf den ersten Blick. Viele bekamen nicht genug zu essen, einige versuchten zu verheimlichen, dass sie in einem Auto oder auf der Straße schliefen. Oder in einem selbst gebauten Unterschlupf. Obdachlosigkeit, Drogen und Schulversagen gehörten zu den Hauptproblemen.

Amy korrigierte den Fehler und schob Karen ihren Schreibblock hin. »Prima!«

Jeff, der Clubleiter, kam auf sie zu. Sein Grinsen reichte von einem Ohr bis zum anderen und Karen hätte schwören können, dass er nicht ging, sondern hüpfte. »Hast du einen Moment Zeit, Karen?«

»Klar.«

Den Teens war Jeffs aufgeregter Ton nicht entgangen. Sie schauten zwischen ihm und Karen hin und her. »Mal sehen, ob ihr zwei Aufgaben schafft, solange ich weg bin, Jungs.«

Einer der Jungen tat, als hätte er nichts gehört, und starrte weiterhin auf sein Handy. Die beiden anderen rückten näher an den Tisch, zogen ihre Bücher zu sich und griffen nach den Stiften.

»Was gibt's denn, Jeff?«, fragte Karen, als sie ein paar Schritte vom Tisch entfernt waren.

»Gerade hat ein Mann namens Tony angerufen. Er managt einen Promi, der gleich vorbeikommen und sich unsere Einrichtung ansehen will.«

Ihr Herz machte einen Sprung. »Ein Promi?«

Jeff nickte. »Es handelt sich um einen bekannten Schauspieler, der gern einen größeren Betrag für die Jugendarbeit spenden möchte. Aus Steuergründen.«

*Wie originell.* Karen schaffte es, nicht die Augen zu verdrehen. »Ach ja? Und was hat das mit mir zu tun?«

»Er möchte von jemandem herumgeführt werden, der schon länger hier mitarbeitet.« Jeff scharrte vor Freude mit den Füßen. Vielleicht auch vor Aufregung, das war schwer zu sagen.

Karen zuckte die Achseln und gab sich Mühe, desinteressiert zu wirken. »Du machst hier schon viel länger mit als ich. Willst du das nicht übernehmen?«

Jeff wuchs um ein paar Zentimeter. »Ich bin mit dabei. Aber du kennst unsere Kids am besten. Wenn jemand ihre Bedürfnisse überzeugend darstellen kann, dann du.«

»In Ordnung. Sag mir Bescheid, wenn der Geldsack auftaucht.« *Und der Oscar geht an …*

Sie kehrte zu ihrem Tisch zurück und warf einen Blick auf die Rechenaufgaben.

»Wenn du in Mathe nicht untergehen willst, musst du irgendwann anfangen, deine Aufgaben zu machen, Juan«, sagte sie zu dem Jungen, der tat, als wollte er gar nicht mit am Tisch sitzen.

»Dieses Zeug brauche ich doch nie im Leben.«

»Das kannst du nicht wissen.«

Juan fläzte auf seinem Stuhl und starrte sie an. »Doch, kann ich.«

Vermutlich lag er richtig. Aber sie würde sich lieber die Zunge abbeißen, als ihm das zu sagen. »Hast du irgendwo eine Kristallkugel, mit der du in die Zukunft sehen kannst?«

Juan feixte.

»Jetzt mach schon. Wenn du am Freitag in deinem Test eine Drei oder etwas Besseres schreibst, gibt es Pizza für alle.«

Die anderen Teens am Tisch horchten auf.

Karen war sicher, dass Juan die Drei mühelos schaffen konnte, sonst hätte sie ihn nicht unter Druck gesetzt. Der Junge war nicht dumm, nur ein bisschen großspurig und unmotiviert.

Sein Freund knuffte ihn in den Arm. »Stell dich nicht so an, Juan. Ich helfe dir.«

Juan griff nach seinem Stift und fing an, die Gleichung nach x aufzulösen.

Zwanzig Minuten und einige Matheaufgaben später stieg plötzlich der Geräuschpegel im Raum. Karen und ihre Matheschüler schauten zum Eingang.

Dort stand ein Mann in Designerjeans und mit einer Sonnenbrille, für deren Gegenwert man sämtliche Jugendliche im Raum eine Woche lang mit Pizza hätte versorgen können. Ihr Zukünftiger. Jeff ging zu Michael und einem etwas kleineren Mann, den Karen nicht kannte.

Als Jeff sie zu sich winkte, fingen die Kinder an zu tuscheln. »O mein Gott. Ist das Michael Wolfe?«

»Michael Wer?«, fragte Karen. *Wenn schon, dann richtig.*

»Der Schauspieler«, japste Amy aufgeregt.

Karen stand auf. »Der aus den Actionfilmen?«

»Jetzt im Ernst, Miss Jones. Kennen Sie den wirklich nicht?«

Karen zwinkerte den Mädchen zu. »Ich gehe auch manchmal ins Kino. Aber er ist bloß ein Mensch wie ihr oder ich.« Die Jugendlichen zu überzeugen, dass sie genauso wichtig und wertvoll waren wie Michael Wolfe, war vielleicht schwierig, aber nicht unmöglich.

Michaels Blick erwiderte sie mit einem höflichen Lächeln.

»Da ist sie ja«, sagte Jeff. »Darf ich vorstellen: Karen Jones – Michael Wolfe. Du kennst Mister Wolfe doch sicher, Karen. Und das ist Tony, sein Manager.«

»Actionstreifen … oder?« Sie streckte Michael die Hand hin.

Er drückte sie und legte seine andere Hand über ihre.

*Oh. Ein doppelter Händedruck. Sehr überzeugend.*

»Ja, richtig.«

Sie wandte sich an Tony. »Schön, Sie kennenzulernen.«

»Mr Wolfe möchte gern durch unsere Einrichtung geführt werden, Karen.«

»Kein Problem. Unsere Teens freuen sich sicher. Es macht Ihnen doch nichts aus, sich mit ihnen zu unterhalten, Mr Wolfe?«

»Michael. Bitte nennen Sie mich Michael.« Er steckte die Sonnenbrille in die Hemdtasche und schaute sich um. Im Raum herrschte nahezu andächtige Stille. »Ich unterhalte mich gern mit den jungen Leuten, Miss Jones.«

Sie überlegte, ob sie ihm anbieten sollte, sie beim Vornamen zu nennen. Aber immer schön eins nach dem andern.

Einige der keckeren Mädchen schlichen hinter ihnen her. Die anderen drückten sich schüchtern in die Ecken und tuschelten.

Aber alle Jugendlichen verfolgten sie mit riesigen Kulleraugen. Karen legte kurz die Hand auf Michaels, damit er stehen blieb.

»Hey Leute«, rief sie in den Raum. »Wir führen Mr Wolfe jetzt kurz durch den Club. Aber er hat *versprochen,* sich hinterher mit euch zu unterhalten. Macht solange einfach ganz normal weiter. Okay?«

Die meisten Teenager starrten Michael weiterhin mit großen Augen an. Manche machten sich wieder an die Hausaufgaben oder setzten ihre begonnenen Spiele fort.

»Ich glaube nicht, dass Mr Wolfe irgendwas versprochen hat, Karen«, raunte Jeff.

»Doch, hat er. Er hat gesagt, er würde mit den Kids reden. Stimmt's Michael?«

»Das habe ich gesagt.« Bei einem echten Zufallstreffen hätten sein Lächeln und der Blick, mit dem er sie festhielt, bei ihr für weiche Knie gesorgt.

Er steht auf Männer, ermahnte sie sich stumm.

»Waren Sie schon mal in einem Jugendclub?«

»Nein, noch nie.«

Sie führte ihn durch das Spielezimmer. Hier standen Sofas und Sessel, es gab Sitzsäcke und große Kissen. »Wir haben eine klare Zielsetzung. Alle jungen Leute, besonders diejenigen, die unsere Unterstützung am meisten brauchen, sollen ihre Fähigkeiten entwickeln können und zu engagierten und verantwortungsvollen Mitgliedern unserer Gesellschaft heranreifen.« Karen kannte den Leitsatz des Clubs auswendig.

»Das erreichen wir, indem wir den Jugendlichen einen sicheren Ort bieten, an dem sie sich nach der Schule aufhalten können. Sie sind verrückt nach Videospielen, darauf sind wir eingerichtet.« Den großen Flachbildschirm hatte sie dem Club spendiert. Dazu gab es zwei Spielekonsolen und an den Wänden standen ein paar ältere Spielautomaten. »Tischtennis und Billard kommen auch gut an. Und es gibt ein Freigelände. Das zeige ich Ihnen gleich.«

»Wie viele Jugendliche kommen in den Club?«

»Das ist unterschiedlich. Etwa hundert sind fest angemeldet und jeden Tag hier. Doppelt so viele kommen nur zeitweise oder gelegentlich vorbei.«

Michael sah die Teens an, die sich große Mühe gaben, möglichst cool und desinteressiert zu wirken. »Sie müssen sich anmelden?«

»Ja. Das hat versicherungstechnische Gründe. Unser Grundsatz lautet, dass jeder bezahlen soll, was er kann. Aber die meisten haben kein Geld. Deshalb sammeln wir Spenden.«

»Bei vielen Spendensammelaktionen arbeiten unsere Jugendlichen aktiv mit«, fügte Jeff hinzu. »Letzen Monat haben sie mit Autowaschen etliche hundert Dollar für den Club verdient.«

»Aber das reicht vermutlich nicht mal für Ihre Stromrechnung.«

»Da haben Sie leider recht.« Karen war überrascht über das aufrichtige Interesse in Michaels Stimme.

»Nach der Schule bieten wir Hausaufgabenhilfe und Hilfe bei Schulprojekten an. Zu uns kommen größtenteils Teenager, aber auch Elf- oder Zwölfjährige.« Karen ging am Tisch ihrer Matheschüler vorbei und warf einen Blick auf Juans Rechnungen. »Wenn du nicht weiter als bis Aufgabe sechs kommst, wird das nichts mit der Pizza, Kumpel.« Sie hatte ein Lachen in der Stimme. Sie wollte, dass ihre Schützlinge vorankamen.

»Verstanden, Miss Jones.«

Karen führte Michael in die Küche. »Unsere Küche ist voll ausgestattet. Es gibt Snacks, aber auch komplette Mahlzeiten. Leider bekommen viele Kinder zu Hause kein ordentliches Essen. Sie wissen, dass sie hier etwas kriegen können, aber vielen ist es peinlich zuzugeben, dass sie Hunger haben.«

»Und wie lässt sich das ändern?«

»Wir geben vorher bekannt, an welchen Tagen es Essen gibt, und dann sind alle da.«

»Warum kochen Sie nicht einfach jeden Tag?«

Karen schaute Michael ins Gesicht. »Dazu fehlen uns die Mittel.«

»Oh.«

Er hielt ihr die Tür auf. Jeff ging zusammen mit Tony ein paar Schritte hinter ihnen. Tony ließ sich von ihm über die laufenden Kosten des Clubs informieren.

»Wir haben einen Baseballcourt und organisieren Turniere, damit wir die Kids wenigstens ab und zu vom Bildschirm wegkriegen.«

Karen spürte, wie Michael sie von der Seite musterte, und musste lächeln.

»Anscheinend arbeiten Sie gern hier mit.«

»Die Kids sind großartig. Manchen fehlt nur ein bisschen Anleitung oder das richtige Vorbild. Ich glaube, wir leisten einen wichtigen Beitrag dazu, sie von der Straße, von Drogen und den Gangs fernzuhalten.«

Er setzte die Sonnenbrille auf. »Haben Sie viel mit solchen Problemen zu tun?«

»Wir hatten ein paar schwierige Fälle. Aber wenn uns etwas auffällt, kümmern wir uns sofort darum. Zwei-, dreimal im Monat haben wir einen Therapeuten hier. Unser Club soll ein sicherer Ort zum Wohlfühlen sein. Mobbing dulden wir nicht und unsere Tür steht allen offen.«

»Klingt gut.«

Jeff stand ein paar Schritte entfernt außer Hörweite. Die Teens auf dem Freigelände unterhielten sich miteinander.

Karen senkte die Stimme. »Sie wollen Geld für benachteiligte Jugendliche spenden?«

Michael warf einen Blick über die Schulter. »Ist doch nicht schlecht, oder?«

Karen lachte. »Und, wie ist Ihr erster Eindruck?«

Er schüttelte den Kopf. »Ich glaube, Ihr Profil täuscht nicht: Sie sind *doch* eine Heilige. Sie machen das alles ohne Bezahlung?«

»So würde ich *ehrenamtlich* definieren.«

Er lachte. »Und dann auch noch klugscheißen. Sie werden sich in Hollywood wohlfühlen.«

Sie deutete mit dem Zeigefinger auf seine Brust. »Klugscheißen, aber mit Heiligenschein. So viel Zeit muss sein. Weiß Tony, weshalb Sie tatsächlich hier sind?«

Michael schüttelte den Kopf. »Das wissen nur Sie und ich … und Gwen.«

Jeff und Tony kamen näher, deshalb wechselte sie schnell das Thema. »Und? Was meinen Sie?«

»Ich bin beeindruckt. Für Jugendliche, die auf die schiefe Bahn geraten sind, gibt es alle möglichen Hilfsangebote. Ihr Club versucht, es gar nicht so weit kommen zu lassen.« Entweder

Michaels Interesse war echt oder er war tatsächlich ein begnadeter Schauspieler.

Sie gingen zurück in den Hauptraum, wo die Teens gespannt auf sie warteten.

Michael beugte sich zu Karen und flüsterte ihr ins Ohr: »Zeit für die Charmeoffensive.«

Er legte sofort los.

Karen stellte ihm einen Stuhl hin. »In welche Schule geht ihr?«, fragte er die Jugendlichen, um den Ball ins Rollen zu bringen. »Was gefällt euch an der Schule am besten?«

»Die Ferien«, antworteten einige Kids prompt.

Amy erklärte, ihr gefiele am besten, dass sie nach der Schule in den Club kommen könne.

»Und was gefällt euch an der Schule am allerwenigsten?«

»Algebra!«, rief Juan vom Mathetisch herüber.

»Denk einfach an die Pizza-Party«, gab Karen zurück. »Dann fällt dir sicher wieder ein, wie man Gleichungen auflöst.«

Ein paar Jugendliche lachten.

»Pizza-Party?«, fragte Michael.

»Miss Jones besticht uns mit Pizza, damit wir gute Noten schreiben.«

»Wenn ich eine so coole Nachhilfelehrerin gehabt hätte, wäre ich Klassenbester geworden.« Michael schaute ihr tief in die Augen. »Auch ohne Bestechung.«

Die Teens pfiffen und johlten.

»Ihre Schulzeit liegt schon länger zurück, Mister Wolfe. Die Zeiten haben sich geändert.« Sie spielte den Ball zurück. Er sollte sich ruhig ein bisschen anstrengen.

Seinem Gesichtsausdruck nach gefiel ihm der kleine Schlagabtausch.

Die Jugendlichen lachten und mindestens einer schoss mit seinem Handy Bilder.

»Wisst ihr was? Wenn jemand von euch Miss Jones überreden kann, mit mir auszugehen, spendiere ich euch etwas Besseres als Pizza.«

Die Kids gerieten völlig aus dem Häuschen.

»O mein Gott, Miss Jones! Michael Wolfe will ein Date mit Ihnen!«»Sie müssen Ja sagen, Miss Jones.«

Michael griff den Ton der Kids auf. »Ja genau, Miss Jones.«

»Brauchen Sie immer die Unterstützung eines ganzen Jugendclubs, um ein Date zu bekommen, Mr Wolfe?«

Michael legte den Kopf schief. »Nein, aber es hilft.«

Inzwischen waren mindestens vier Handys auf sie gerichtet. Wenn sie später nach Hause kam, war sie sicher schon ein Youtube-Star.

»Los doch, Miss Jones.«

»Am besten ich gebe Ihnen meine Telefonnummer, dann können wir uns ohne Publikum unterhalten.«

»Gute Idee.«

Sie schaute in die gespannte Runde. »Hat jemand einen Kuli für mich?«

Sofort wurde ihr einer hingestreckt. Sie ging zu ihrem Zukünftigen, nahm seine Hand und tat etwas, das sicher noch niemand gemacht hatte: Sie schrieb ihm ihre Telefonnummer in die Handfläche. Als sie fertig war, hielt er ihre Hand fest und küsste sie.

Karen hatte das Gefühl, dass die kommenden zwölf Monate ein Riesenspaß werden würden.

Und wenn dabei für die Kids auch etwas heraussprang, war sie gern dabei.

Genau so was habe ich gebraucht«, sagte Karen.

Gwen hob lächelnd ihr Glas. »Wenn Michael weiterhin ein dermaßen hohes Tempo fährt, ist das hier vielleicht schon deine Junggesellinnen-Party.«

Karen und Gwen saßen im Hard Rock Café am Sunset Boulevard. Gwen hatte beschlossen, Elizas Rat zu beherzigen: *Geh unter Leute. Sei offen. Gönn dir ein paar Dates.*

Sie wollte endlich mal keinen langweiligen, verantwortungsbewussten jungen Mann, der zwar pünktlich war, aber auch total berechenbar. Sie hatte keine Lust mehr auf öde Dates mit laschen Typen. Deshalb musste sie sich außerhalb der Ballsäle umsehen, in denen sie für Alliance ihre Abende verbrachte.

Die Bar war brechend voll. Die Gäste tranken und lachten, vergaßen für eine Weile den Alltag.

»Er ist wirklich nett. Die Teens fanden ihn toll.«

Gwen ließ den Blick durch den Raum schweifen, entdeckte aber niemanden, der sie und Karen beobachtete. »Er ist ein Promi. Sicher steigst du im Ansehen der Kids noch ein paar Stufen höher, falls das überhaupt möglich ist.«

»Er ist das Sahnehäubchen.«

»Auf eine erfolgreiche Beziehung.« Gwen tippte mit ihrem Cocktailglas Karens an.

»Darauf trinke ich gern.« Beide nahmen einen Schluck. »Ich kann es noch gar nicht fassen.«

»Warte ab, bis du sein Haus siehst.«

Karen lächelte über Gwens Schulter hinweg. »Hier sind wir!« Sie winkte.

Eliza ließ ihre Clutch auf den Tisch fallen. »Ich habe mir schon Gedanken gemacht, wie ich euch in diesem Zoo finden soll. Können die die Bude überhaupt noch voller stopfen?«

»Vermutlich.«

»Schön, dich zu sehen«, sagte Eliza zu Karen. »Offenbar darf man gratulieren.«

»Noch nicht, aber es könnte bald so weit sein.«

Eliza winkte einer Kellnerin und bestellte einen Martini. »Manche Dinge ändern sich anscheinend nie«, sagte sie, als die Kellnerin weg war.

»Wie meinst du das?«, fragte Gwen.

»Wir sitzen in einer Bar und dein gigantischer Schatten hängt ebenfalls hier rum.« Eliza warf sich eine Erdnuss in den Mund.

»Mein Schatten?«

Eliza deutete mit dem Kinn in die Ecke rechts neben der Theke. »Jepp. Der Mann, der so tut, als würde er bloß seinen Job machen, die Augen aber nicht von dir lassen kann. Wenn ich Neil nicht kennen würde, würde ich ihn glatt für einen Stalker halten.«

Gwen drehte sich auf ihrem Stuhl. Tatsächlich: Neil klemmte in der hintersten Ecke der Bar auf einem Hocker.

»Was macht er hier?«

Einen Sekundenbruchteil lang kreuzten sich ihre Blicke, dann schaute Gwen beiseite.

»Ich denke, das ist klar.«

Sie knirschte unwillkürlich mit den Zähnen. »Ich brauche keinen Babysitter.«

»Ich weiß nicht, Gwen. Als wir das letzte Mal in einer Bar saßen, war eine gewisse Person ziemlich angeschickert und am Ende gab es eine Prügelei.«

Das würde sie sich noch ewig anhören müssen. Gwen und Eliza hatten sich in einer texanischen Bar einen netten Abend machen wollen. Die Cowboys hatten sich vor Aufmerksamkeit fast überschlagen. ›Ja, Ma'am‹ hier, ›Hallo Schätzchen‹ da. Gwen hatte getanzt und viel Spaß gehabt. Und, ja, sie hatte ein bisschen viel getrunken. Als einer der Cowboys ihr Lächeln als Einladung missdeutet hatte, war Neil auf ihn losgestürzt und hatte ihm handfest die Bedeutung des Wortes *Nein* erklärt.

An dem Abend hatte Neil sie verteidigt. Sie gab es ungern zu, aber sie fand es prickelnd, dass er in Rage geriet, wenn ein anderer Mann sie ansah. »Das war letztes Jahr.«

»Und was hat sich seither geändert?«

Nichts! Egal, wie heftig sie mit dem Mann flirtete oder wie deutlich sie ihm zeigte, dass sie ihn anziehend fand – Neil biss einfach nicht an.

»Alles.« Gwen stand auf. Zeit für ein paar deutliche Worte. »Ich bin gleich wieder da.«

Sie pflügte durch die Menge auf Neil zu. Er kniff die Lippen zusammen und hielt sich an seiner Bierflasche fest.

Gwen schob sich zwischen ihn und die Frau auf dem Hocker neben ihm, stemmte die Hand in die Hüfte und knurrte: »Was tun Sie hier?«

Er blinzelte, dann hob er die Flasche. »Ich trinke ein Bier.«

Sie wollte schreien. »Ein Bier«, wiederholte sie.

Er nahm einen Schluck.

»Ich weiß, was Sie hier treiben, Neil. Und das passt mir überhaupt nicht. Ich will keinen Bodyguard und ich brauche auch keinen.«

»Darüber lässt sich streiten.«

Nur mit Mühe gelang es ihr, nicht wütend mit dem Fuß aufzustampfen.

Stattdessen bohrte sie ihm den Finger in die Brust und rückte noch näher an ihn heran. »Wissen Sie eigentlich, wie schwierig es ist, ein Liebesleben zu führen, wenn einem ständig ein Hundert-Kilo-Muskelprotz im Weg steht?«

Sein Kiefer wurde hart. »Hundertzehn.«

»Ahhh!« Jetzt schrie sie tatsächlich.

Wieder hob er die Flasche, aber bevor er einen weiteren Schluck nehmen konnte, riss Gwen sie ihm aus der Hand und trank sie aus.

Mit einer Entschlossenheit, die Eliza und Karen mit Stolz erfüllen würde, drückte sie ihm die leere Flasche in die Hand und schob sich zwischen seine Schenkel.

Sein Kiefer zuckte.

Neils männlicher Moschusduft betörte ihre Sinne. Sie legte eine Hand auf seinen Oberschenkel und ließ sie dort. »Okay, Neil. Es gibt zwei Möglichkeiten: Machen Sie endlich Nägel mit Köpfen oder halten Sie sich von mir fern.«

Gwen drückte seinen Schenkel, dann rückte sie von ihm ab und marschierte zurück zu ihren Freundinnen.

Ein zufriedenes Lächeln huschte über ihr Gesicht.

# Sieben

*Verflucht, was war das denn?*

Auf dem Weg zurück zum Tisch schwang Gwen ihren wohlgeformten Hintern.

Noch bevor ihm richtig klar war, was sie gerade zu ihm gesagt hatte, hörte er jemanden nach sich rufen.

»Mac? Bist du das?«

Neil erstarrte. Der Name aus seiner Vergangenheit schnürte ihm die Kehle zu. Er überlegte, ob er sich tatsächlich umdrehen sollte.

Er warf dem Barmann einen Blick zu und hob die leere Flasche.

»MacBain?«

Widerstrebend warf Neil einen Blick über die Schulter. »Rick?« Er traute seinen Augen nicht. Zuletzt hatte er ihn gesehen, als …

*In der stickigen Hitze hing der Geruch von Erde, Blut und Tod. Der Blackhawk trug den Rest seiner Einheit aus der Gefahrenzone. Fünf von ihnen hatten es geschafft. Aber einer würde noch vor der Landung des Hubschraubers seinen letzten Atemzug tun.*

*Es war seine Schuld.*

Rick knallte die Hand in Neils und ließ eine zupackende Männerumarmung folgen. »Verdammt gut, dich zu sehen.«

»Du siehst gut aus«, presste Neil hervor. Er war dankbar, dass der Barmann ihm eine neue Flasche hinstellte.

»Und du siehst so zornig aus wie eh und je.« Rick »Smiley« Evans setzte sich auf den Hocker, der gerade neben Neil frei geworden war, und bestellte sich einen Whiskey. Smiley hatten ihn die Männer der Einheit genannt, weil sein breiter Mund auch dann noch lächelte, wenn der Himmel über ihnen zusammenfiel.

»Wie lange ist das jetzt her?«

Über Ricks Schulter hinweg sah Neil Gwen lachen.

»Ein paar Jahre.« Fünf Jahre, acht Monate und ein paar Tage.

Ricks Augen folgten Neils Blick. »Brandheiß, die Ladys an dem Tisch dort drüben. Kennst du sie?«

Neil drehte sich schnell zu seinem früheren Kameraden. Er hatte nicht die geringste Lust, ihm Gwen zu erklären. Verdammt, er konnte sie ja nicht mal sich selbst erklären. »Was machst du in L. A.? Ich dachte, du magst die Westküste nicht.«

Rick griff nach seinem Drink. Sein sonst so standfestes Lächeln fiel in sich zusammen.

Neil lief ein Schauer über den Rücken.

»Ich hasse diese Plastikwelt.«

»Warum bist du dann hier?« Irgendetwas sagte Neil, dass ihm die Antwort nicht gefallen würde.

Rick leerte sein Glas mit einem Schluck. »Wegen dir.«

*Scheiße.*

Rick warf einen Zwanziger auf den Tresen und stand auf. »Lass uns irgendwohin gehen, wo es ruhiger ist.«

Neils Kiefer schmerzte. Er wollte Gwen im Auge behalten, wusste aber, dass Rick einen guten Grund haben musste, wenn er mit ihm reden wollte. Nach einem letzten Blick zu Gwen folgte er Rick aus der Bar.

In L. A. gab es jede Menge Kneipen, in denen man unauffällig sitzen konnte. Sie suchten sich eine, bestellten sich Drinks und verhielten sich unauffällig.

»Billy ist tot.«

»Was?« Die Härchen auf Neils Armen richteten sich auf und blieben so. Billy Thompson, das Landei aus den Wäldern von Tennessee, hatte zu Neils Männern gehört. Billys Großvater war ein berühmt-berüchtigter Schwarzbrenner gewesen und hatte sein Wissen an Billy weitergegeben. Billy brachte seine hochprozentigen Erzeugnisse gern in Einmachgläsern unters Volk. Er mochte ein Redneck sein, aber er konnte eine Riesenratte durch den Dschungel verfolgen und aus einer Meile Entfernung mit einem Schuss durchs Auge erledigen. Er war unschätzbar wertvoll für das Team.

*Gewesen.*

»Wie?«

»Im offiziellen Bericht steht Selbstmord. Posttraumatisches Belastungssyndrom. Bla, bla.«

»Kompletter Stuss.« An Billy prallten selbst Dinge ab, die den anderen schwer an die Nieren gingen. Neil hatte gehört, dass er seine Highschool-Liebe geheiratet und seine Militärzeit abgehakt hatte.

Rick nahm einen Schluck von seinem Drink. »Sehe ich genauso. Die Tatsache, dass es überhaupt einen Bericht gibt, den man hacken konnte, sagt mir, dass unsere Leute ihn beobachtet haben.«

»Warum?«

»In dem Kaff, in dem er gelebt hat, heißt es, seine Frau sei abgehauen. Aber nicht mit ihm zusammen. Die offizielle Version lautet, er hätte sich bis zur Besinnungslosigkeit betrunken und von einer Felswand gestürzt.«

Neil beugte sich vor. »Wenn Billys Frau mit einem anderen durchgebrannt wäre, hätte er sie gesucht und zurückgeholt.«

Rick lächelte. »Genau.«

»Was glaubst du? Was ist wirklich passiert?«

»Ich möchte wetten, dass ihn jemand von dem Felsen gestoßen hat. Und derjenige hat auch seine Frau. Tot oder lebendig. Bislang hat man sie nicht gefunden.«

»Wie kommst du darauf?«

»Lucy war Kellnerin in einem Restaurant. An dem Tag, an dem sie verschwunden ist, wurde sie dabei gesehen, wie sie auf dem Parkplatz mit einem Mann geredet hat. Dieser Typ war nicht Billy.«

»Woher weißt du das alles?«

Rick antwortete mit einem Achselzucken. »Manche Leute reden nun mal gern. Billy stammt aus einer Kleinstadt, wo die Nachbarn den Fernseher leiser stellen, damit sie kein Wort von dem Streit nebenan verpassen. Spannende Unterhaltung und auch noch kostenlos. Am Tag darauf ist Lucy nicht zur Arbeit erschienen.«

»Und?«

»Billy kommt von der Schicht in der Sägemühle nach Hause. Im Bericht steht, einige ihrer Kleider seien weg gewesen. Aber ihre Mutter sagt, nur ihre Handtasche hätte gefehlt.«

»Ist Billy zur Polizei gegangen?«

»Damit ein Trupp Hinterwäldler nach ihr sucht? Das kann nicht dein Ernst sein.«

»Du hast recht. Billy hätte sie selbst schneller gefunden.«

Rick nickte. »Aber Billy bleibt zu Hause und sucht nicht nach ihr. Er wurde dreimal auf dem Festnetz angerufen – immer von öffentlichen Münzfernsprechern aus. Wer zum Teufel benutzt solche Dinger noch?«

»Leute, die anonym bleiben wollen.«

»Genau.«

»Als Lucy nicht zur Arbeit erscheint, ruft ihr Boss an, und Billy sagt ihm, sie wäre durchgebrannt.«

Neils Kiefer zuckte. »Glaubst du, jemand hat sich Lucy geschnappt und dann Billy angerufen? Jemand hat ihn ködern wollen … ihn bedroht … oder Lösegeld gefordert?«

Rick zeigte mit seinem Bier auf Neil. »So wird es wohl gewesen sein. Aber um Geld ging es sicher nicht.«

»Du meinst, bei Billy war nichts zu holen.«

»Genau. Deshalb glaube ich, dass sie Billy fertigmachen wollten, ihn quälen.«

»Herrgott, ist das krank.«

»Ein paar junge Typen haben bei der Jagd Billys Leiche auf dem Grund einer Schlucht gefunden.«

»Versteckt?«

»Nein. Auf einem Pfad … oder direkt daneben. Wer immer dahintersteckt, wollte, dass man ihn findet.«

Neil rieb sich das Kinn. »Und jetzt willst du Jagd auf denjenigen machen, der Billy auf dem Gewissen hat.«

»Worauf du dich verlassen kannst. Aber deshalb bin ich nicht hier.«

»Ach?«

Ricks Blick wurde kalt und hart. »Die haben Billy einen toten Raben in die Jacke gesteckt.«

Neil lief ein Schauer über den Rücken, der sich wie ein Eispanzer anfühlte.

Gwen drehte ihr Kopfkissen schon zum dritten Mal um, suchte nach einer kühlen Stelle und kniff die Augen fest zu. Schlafen konnte sie trotzdem nicht.

Er war gegangen. Einfach davongestapft, ohne sich noch einmal umzudrehen. Erst hatte er sie bewacht und dann war er von einer Sekunde zur anderen verschwunden.

Für sie gab es dafür nur eine Erklärung … *Ich habe ihn verscheucht*.

Karen und Eliza meinten, sie sollte sich einen anderen suchen. Egal, wie sehr es zwischen ihnen knisterte – wenn Neil sich nicht aus der Deckung wagte, würde nie etwas daraus werden.

Und doch hätte Gwen beim Verlassen der Bar schwören können, dass jemand sie beobachtete. Vielleicht beschattete Neil sie jetzt heimlich.

Eliza hatte ihr einen Selbstverteidigungskurs empfohlen und eine Waffe sollte sie sich auch zulegen. Dann konnte sie sich zumindest etwas sicherer fühlen, wenn sie allein im Haus war. Dass sie so cool war, wie sie sich gab, nahm Eliza ihrer Freundin nicht ab. Gwen tat, als wäre es nichts Besonderes, allein zu leben. Aber sie hatte es noch nie ausprobiert. Das Schießen hatte Eliza ihr beigebracht. Bis zu Elizas Auszug nach ihrer Hochzeit war immer eine Waffe im Haus gewesen. Eliza hatte ihre Eltern schon als kleines Mädchen verloren. Sie waren ermordet worden und der Täter hatte geschworen, auch Eliza umzubringen. Deshalb hatte sie fast ihr ganzes Leben unter Zeugenschutz gestanden und trug stets eine Pistole bei sich. Jetzt wohnte statt Eliza Karen mit im Haus. Mit Karen als Mitbewohnerin und Neil als Bodyguard hatte Gwen nie das Gefühl gehabt, eine Waffe zu brauchen.

Vielleicht musste sie jetzt darüber nachdenken.

Hinter der entspannten Fassade von *Besten Dank, ich komme gut allein klar! Macht euch keine Sorgen!* lauerte ihre Unsicherheit.

Am nächsten Tag flog Eliza nach Sacramento zurück und Karen hatte ihr erstes offizielles Date mit Michael.

Um zehn Uhr abends summte Gwens Telefon. Karen hatte eine SMS geschickt.

*Ich mag ihn. Ich bleibe über Nacht.*

Gwen schrieb ihr lächelnd eine Antwort. *Ruf an, falls du mich brauchst. Egal, wann.*

Karen schickte ihr einen breit grinsenden Smiley zurück.

*Jetzt fangen sie an, die Abende allein zu Haus.* Gwen schaltete die Alarmanlage an, dachte an Neil und ging ins Bett.

Als sie am nächsten Morgen in die Küche tappte, um Tee zu kochen, sah sie, dass die Hintertür einen Spaltbreit offen stand. Sie hätte schwören können, dass sie sie geschlossen hatte. Aber vielleicht hatte sie sich getäuscht. Die für die Gegend und die Jahreszeit typischen Santa-Ana-Winde wirbelten Blätter durch den Garten.

Obwohl die Bewegungsmelder sicher anschlugen wie verrückt, hatte Neil sich noch nicht gemeldet.

Er würde nicht anrufen.

Er hatte sich entschieden.

Am Freitag in einer Woche«, verkündete Karen, als sie gegen Mittag zur Tür hereinkam.

»Willkommen zu Hause.«

Karen strahlte. »Wir heiraten am Freitag in einer Woche.«

Gwen hatte gerade im Internet nach Selbstverteidigungskursen gesucht. Sie stand auf und umarmte Karen. »Wow!«

»Wir fliegen nach New York, rennen kurz auf dem Standesamt vorbei und jetten anschließend für eine Woche nach Frankreich. In Frankreich war ich noch nie.«

»Um diese Jahreszeit ist es dort himmlisch. Und? *Parlez vous?*«

»Welchen Teil von ›in Frankreich war ich noch nie‹ hast du nicht verstanden? Ich *parle wu* gar nichts außer Englisch und ein paar Worte Teeny-Gossenslang.« Karen ließ sich aufs Sofa plumpsen und legte die Füße auf den Couchtisch. »Ich kann noch gar nicht fassen, dass das wirklich passiert.«

»Los, erzähl! Alles!«

Karen atmete tief aus. »Er hat mich in ein schnuckeliges kleines Restaurant in Brentwood ausgeführt. Der Kellner kannte ihn, die Gäste haben sich die Hälse nach uns verdreht. Ich habe ihn gefragt, wie er es schafft, auf die Toilette zu gehen, ohne dass ihm jemand folgt, und er hat geantwortet, er würde es machen wie wir Mädels: paarweise.« Karen lachte. »Sein Ruhm ist ihm nicht zu Kopf gestiegen. Die aufdringlichen Blicke beachtet er gar nicht und nach einer Weile hatte ich mich auch daran gewöhnt. Ich habe ihm von den Teens im Club erzählt und er mir von seinem nächsten Filmprojekt. Beim Essen haben wir einfach nur geplaudert. Dann sind wir zu ihm nach Hause gefahren.«

»Ist sein Haus nicht ein Traum?«

»Es ist wunderschön. Und längst nicht so altmodisch, wie ich dachte.«

»Ich finde es unheimlich gemütlich.«

»Als wir allein waren, haben wir über das kommende Jahr gesprochen … und wie es laufen würde, wenn wir zu einer Einigung kommen. Dann haben wir uns einen Mädelsfilm angesehen. Ich habe vorgeschlagen, dass wir uns einen seiner Filme anschauen, aber das macht er nie. Er erträgt es nicht. Er liebt Wein, tut in der Öffentlichkeit aber so, als würde er Bier mögen. Hast du seinen Weinkeller gesehen?« Karen sprang vor lauter Aufregung von einem Thema zum anderen.

»Nein, leider nicht.«

»Er ist riesig, hat Backsteinwände. Es gibt einen großen, schmiedeeisernen Tisch und endlose Regale voller Wein, von dem ich keine Ahnung habe. Das ist einer der Gründe, weshalb wir nach Frankreich fliegen. Michael will ein paar Weingüter besuchen und dafür ist eine Hochzeitsreise doch der beste Vorwand.«

»Absolut. Aber warum bist du über Nacht geblieben?«

Karen grinste. »Als wir das Restaurant verlassen haben, ist uns ein Typ mit Kamera gefolgt. Und heute Morgen hat er ein paar Bilder geschossen. Michael hat gewusst, dass der Kerl noch da sein würde.«

»Das passiert dir sicher noch öfter.«

»Ich weiß. Aber es ist ja nur für ein Jahr. Genauer gesagt sechzehn Monate. Eigentlich verrückt, schon vor der Hochzeit über die Scheidung zu sprechen. Aber Michael hat die Abläufe fast auf die Stunde genau geplant.«

Gwen verdrehte die Augen. »Und das alles nur aus Publicitygründen?«

Karen zuckte die Achseln. »Keine Ahnung. Er hat mir erzählt, dass seine Familie von nichts weiß. Seine Mutter ahnt wohl etwas, sein Vater nicht. Ein paar Frauen, mit denen er Dates für die Kameras hatte, haben den Medien gesteckt, dass es keinen Sex gab. Das hat in der Szene wohl für Gerede gesorgt. Aber die Branche hält laut Michael gut zusammen. Ich weiß nicht, ob er mit der Blitzheirat seinen Machoruf retten oder nur Zeit schinden will. In den kommenden Monaten hat er drei große Filmprojekte und im nächsten Jahr zwei weitere. Die Millionengage, die er dafür einstreicht, ist sicher Anreiz genug für eine Kurzehe.«

»So was dachte ich mir fast. Aber eigentlich ist es auch egal. Solange du dein Herz nicht verlierst.«

»Er ist wirklich verdammt sexy. Aber ich kann ihn als guten Freund oder Bruder betrachten. Mach dir um mein Herz keine Sorgen.«

»Dann ist ja alles gut.« Gwen sprang vom Sofa. »Ich habe noch ein paar Fragen zur Alliance-Kartei. Sicher wird sich nicht viel tun, solange du es dir in Frankreich gut gehen lässt. Aber man kann nie wissen.«

»Kein Problem. Ich ziehe mich nur kurz um.« Karen machte sich auf den Weg nach oben.

Gwen fügte die Website, die sie sich gerade angesehen hatte, zu ihren Lesezeichen hinzu, dann holte sie sich die Kundenkartei von Alliance auf den Schirm.

»Iiiih! Gwen, komm schnell rauf!«, rief Karen.

Gwen machte sich lachend auf den Weg nach oben. »Sitzen unsere Nachbarn schon wieder nackt im Pool? Gestern Abend haben sie noch ziemlich lange geplanscht.«

Karen stand an der Tür ihres Zimmers, nicht am Fenster.

Gwen folgte ihrem Blick.

Das Fenster stand einen Spalt offen, im Blumenkasten lag ein Bündel schwarzer Federn. »Ist das ein toter Vogel?«

»Ja. Eine Krähe, vermutlich.«

Gwen schob sich ein wenig näher heran. Die Krähe sah aus, als hätte sie sich durchs Fliegengitter hacken wollen. Der Schnabel hatte sich im Gitter verfangen, der Körper lag in den Gardenien.

»Ich hasse Vögel, Gwen. Sie erinnern mich immer an den scheußlichen Hitchcock-Film.«

Gwen lachte auf. Sie zog ihren Schuh aus und klopfte damit auf den Schnabel, bis er aus dem Gitter rutschte. Dann schob sie das Gitter beiseite, packte mit spitzen Fingern eine Schwungfeder und warf den toten Vogel hinunter in den Garten. »Ich entsorge ihn gleich.«

»Danke«, sagte Karen erschauernd. »Wie eklig.«

Gwen grinste. »Aber mich halten alle für ein hilfloses Blondchen«, murmelte sie.

# Acht

Gwen fuhr durch das Tor des Anwesens ihres Bruders in Malibu und parkte den Wagen auf der kreisrunden Fläche am Ende der Einfahrt. Sie winkte einem der Gärtner zu und ging ins Haus. »Hallo?«, rief sie an der Tür.

Die Schritte weicher Sohlen auf dem Fliesenboden kündigten die Haushälterin an.

»Lady Gwen?«

»Hi Mary.« Gwen nahm die Sonnenbrille ab und legte sie zusammen mit ihrer Handtasche auf den Tisch in der Diele. »Wie geht es Ihnen?«

Blake hatte Mary gleich nach seinem Einzug angestellt. Sie war die Hauptköchin und für die Haushaltsführung zuständig. Außer ihr wohnte noch ein Vollzeithausmädchen auf dem Anwesen und natürlich Neil. Die Gärtner und der Hausmeister gingen abends nach Hause.

Nicht nach Neil sehen zu können, brachte Gwen fast um. Vermutlich saß er im Gästehaus … falls er überhaupt da war.

Gwen sagte sich, es sei ihr egal. Sie war aus einem ganz bestimmten Grund gekommen.

»Hat Samantha Ihnen gesagt, dass ich vorbeischaue?«

»Hat sie. Bleiben Sie zum Mittagessen?« Mary sah Gwen hoffnungsvoll an.

»Ist Ihnen langweilig, Mary?«

»Sterbenslangweilig. Ich kann es kaum erwarten, dass sie nach Hause kommen.«

Zusammen gingen sie durch den breiten Flur zur Küche. Die Küche und das Frühstückszimmer schlossen sich an einen großzügig geschnittenen Raum mit bodentiefen Fenstern an. Von hier aus erreichte man den Swimmingpool und die Terrasse mit ihrem atemberaubenden Blick auf den Pazifik.

»Wenn wir zusammen essen, bleibe ich.«

Mary hob die Augenbrauen. »Prima. Irgendwelche Wünsche?«

»Hauptsache, es ist kein Essen aus der Mikrowelle.« Kochen hatte Gwen nie gelernt. Seit sie in die Staaten gezogen war und ohne Hauspersonal klarkommen musste, ernährte sie sich hauptsächlich von Fertiggerichten.

»Ganz sicher nicht. Trotzdem ist es bald fertig.«

»Schön! Ich bin so lange in Blakes Arbeitszimmer.«

Lächelnd band sich Mary eine Schürze um. Als Gwen den Raum verließ, hörte sie sie summen.

Blakes Arbeitszimmer war in maskulinen dunklen Farben gehalten und mit eingebauten Bücherregalen ausgestattet. Mitten im Raum stand der Schreibtisch. Es gab eine Sitzecke mit braunen Ledersesseln, einer Couch und einer Bar. Gwen staunte immer wieder über die Ähnlichkeiten zwischen diesem Zimmer und dem noch deutlich größeren Büro ihres Vaters auf Albany. Dabei hatte ihr Bruder seinen alten Herrn nicht ausstehen können. Blake war der Eigner eines erfolgreichen internationalen Transportunternehmens und wenn er in Europa war, arbeitete er oft im Büro des verstorbenen Herzogs.

Nicht dass er es noch nötig hatte, selbst Geld zu verdienen. Ihr Vater hatte Blake sein Vermögen vermacht – unter der Bedingung, dass er heiratete und einen Erben vorweisen konnte. Gwen und ihrer Mutter standen laut Testament lebenslang bescheidene Unterhaltszahlungen zu. Bescheiden aus ihrer Sicht – großzügig für jeden, der seine Tage weder auf einem Landsitz verbrachte noch mit Privatflugzeugen durch die Gegend jettete und schon gar nicht über ein Kleiderbudget verfügte, mit dem man ein kleines Land ernähren könnte. Blake hatte die Vermögensverteilung als unfair empfunden und Gwens Treuhandkonto unaufgefordert aufgestockt. Gwen wusste, wie gern ihr Bruder sie hatte. Als er ihr das Geld überwiesen hatte, war ihr klar geworden, wie wichtig ihm seine Familie war. Er hatte alles dafür getan, um ihnen die Millionen seines Vaters zu erhalten. Damit hatte er den Beweis geliefert, wie unterschiedlich er und ihr Vater waren.

In dem kleinen Haus in Tarzana wohnte Gwen auf eigenen Wunsch. Dieser neue Lebensstil gefiel ihr. Aber jetzt, wo Neil sie nicht mehr auf Schritt und Tritt bewachte, musste sie selbst für ihre Sicherheit sorgen.

Gwen stellte sich vor den begehbaren Safe ihres Bruders. Die Wandtäfelung wirkte völlig unauffällig, aber als sie den Finger auf ein digitales Lesegerät legte, fuhr die Täfelung zur Seite und gab eine Stahltür frei, die sie mittels Handflächenscanner öffnete.

Zutritt zum Safe hatten nur vier Menschen: Blake, Sam, Neil und sie. Gwen bewahrte einen Teil ihrs Schmucks und ihres Geldes hier auf, aber das war nicht der Grund, weshalb Blake sie den Safe nutzen ließ. Mit einer Größe von sechs auf acht Metern fungierte er auch als Sicherheitsraum. Wenn Blake und Samantha gelegentlich wegfuhren, kam Gwen zu ihrem Neffen und Samanthas behinderter Schwester Jordan ins Haus. Und Blake wollte sicher sein, dass seine Familie jederzeit gut geschützt war.

Gwen öffnete eine Schublade im Safe.

Darin lagen vier verschiedene Handfeuerwaffen und einige Schachteln Munition.

Sie musste sich nur noch überlegen, welche Waffe ihr am liebsten war.

Gwen nahm eine Pistole in die Hand, die aussah wie Elizas.

*Behandle jede Waffe, als wäre sie geladen.* Gwen hatte Elizas mahnende Worte noch gut im Gedächtnis.

Sie schaute in die Kammer. Sie war leer. Das Magazin lag in der Schublade.

»Was machen Sie hier?« Neils dröhnende Stimme ließ Gwen zusammenzucken. Mit der Waffe in der Hand drehte sie sich zu ihm.

Sie starrte auf die Pistole in seiner Hand und ließ die Waffe sinken. »Großer Gott, Neil. Sie haben mich fast zu Tode erschreckt.«

Er steckte die Pistole ins Holster und betrat den begehbaren Safe. »Beantworten Sie meine Frage.«

Der Raum schien durch Neils massigen Körper zu schrumpfen. Gwen wandte sich ab und versuchte, sich von seiner Gegenwart nicht beeindrucken zu lassen.

»Wonach sieht es denn aus?« Sie wog das Gewicht des Clips in der Hand.

»Das ist kein Spielzeug.«

»Ich weiß.«

»Was wollen Sie damit?«

»Nichts. Hoffentlich. Aber Eliza und Samantha meinen, ich sollte vorsichtshalber eine Waffe im Haus haben.« Samantha hatte Gwen bei ihrem letzten Telefongespräch denselben Rat gegeben wie Eliza.

»Wahrscheinlich werden Sie sich in den Fuß schießen.« Neil rückte näher an sie heran.

»Herzlichen Dank für Ihr Vertrauen. Aber ich glaube, ich komme zurecht.« Gwen legte die Pistole und das Magazin beiseite und griff nach einem Revolver. Mit Elizas Revolver hatte sie nur ein einziges Mal geübt und wusste nicht mehr, wie man die Kammern checkte. Aber den Mann, der sie gerade verspottet hatte, würde sie ganz sicher nicht um Hilfe bitten.

»Haben Sie überhaupt schon mal geschossen?«

Sie legte den Revolver zurück, nahm den zweiten, etwas größeren erst gar nicht in der Hand, sondern griff sofort zu der Pistole, die der ersten ähnelte. »Eliza hat mir das Schießen beigebracht. Schon vergessen?«

Neil grinste. »Diese Waffen sind ganz anders als die von Eliza.«

»Sie sehen aber ähnlich aus.«

»Andere Kaliber, andere Eigenschaften.«

Er stand nun so dicht bei ihr, dass sie seine Körperwärme spürte.

Gwen schloss die Augen. *Ich muss endlich aufhören, mich mit diesem Mann zu quälen.*

»Wenn man abdrückt, kommt eine Kugel aus dem Lauf, oder?«

»Ja.«

Sie schnappte sich die erste Pistole und das Magazin. »Dann komme ich klar.« Sie wollte sich abwenden, aber Neil hielt sie am Arm fest.

Anfangs war sein Griff hart, wurde aber sanfter, als sie ihm in die hellbraunen Augen sah. »Eliza bevorzugt Kaliber .38. Das hier ist eine .45er. Der Rückschlag haut Sie glatt um.«

Gwen erinnerte sich nicht an das Kaliber von Elizas Waffen, aber Neil war offenbar bestens informiert. Sie betrachtete die Pistole.

»Ich gehe nicht ohne eine Waffe hier raus, Neil.«

Seine Hand lag nur noch ganz leicht auf ihrem Arm, aber er gab sie nicht frei.

»Okay.« Er ließ sie los, kniete sich hin und öffnete eine andere Schublade. Er nahm einen schwarzen Koffer heraus und packte alle Waffen, Clips und zusätzliche Munition hinein.

»Ich wollte nicht gleich ein ganzes Arsenal«, sagte Gwen.

Er legte den Kopf schief. »Aber die richtige Waffe. Und welche das ist, weiß ich erst, wenn Sie mit allen geschossen haben.«

»Ah.«

Sie blieb zum Lunch, weil sie es Mary versprochen hatte. Anschließend fuhr sie mit Neil zu einem Schießplatz in einem der Canyons in den kalifornischen Bergen.

Auf dem Platz war nicht viel los und Gwen fiel auf, dass sie die einzige Frau war, die hier übte. Ein paar Männer streiften sie mit anerkennenden Blicken, schauten aber schnell wieder weg, als sie sahen, dass sie mit Neil gekommen war.

Die vielen Patronenhülsen auf dem Betonboden machten das Gehen in hohen Absätzen zur Herausforderung. Bevor sie mit den Schießübungen begannen, reichte Neil ihr einen Gehörschutz. Das Knallen der Schüsse drang jetzt nur noch gedämpft zu ihr durch, dafür verstand sie kaum, was Neil zu ihr sagte.

Er legte den Koffer ans Ende der Theke und nahm eine Waffe heraus. »Den hier sollten Sie zuerst probieren.« Er gab ihr den größten Revolver aus Blakes Sammlung.

Schon der Anblick der Waffe schüchterte Gwen ein. »Warum gerade den?« Wollte er ihr Angst machen?

»Mit diesem Revolver schießt es sich am leichtesten.«

Sie stieß ein schnaubendes Lachen aus. »Das bezweifle ich.«

»Ich nehme Waffen sehr ernst, Gwendolyn, und würde Ihnen nie irgendwelchen Mist darüber erzählen.«

Mit der Verwendung ihres vollen Namens wischte er ihre Zweifel weg.

Sie beschloss, ihr Unwissen einzugestehen. »Ich habe vergessen, wie man einen Revolver öffnet und lädt.«

Neil schob sich an ihr vorbei und nahm die Waffe. Er drückte einen Knopf und ließ die Trommel nach außen klappen. »Sie haben sechs Schuss.« Nacheinander steckte er die Patronen in die Kammern. »Wenn er geladen ist, erwacht er zum Leben. Sie müssen den Hahn vor dem Schießen nicht zurückziehen, aber wenn Sie es tun, treffen Sie besser.«

»Warum ist das so?«

»Weil Sie bei einem Revolver mehr Druck auf den Abzug ausüben müssen als bei einer Pistole.« Er zeigte auf die anderen Waffen. »Bei ungeübten Schützen führt das zu einer unruhigen Hand.«

Er reichte ihr den Revolver und nickte in Richtung der Zielscheiben. Bislang hatte sie nur auf Pappziele geschossen, aber hier gab es drehend aufgehängte Metallziele, die bei jedem Treffer schepperten.

Der Revolver lag schwer in ihrer Hand. Schwerer als jede andere Waffe zuvor.

Nach kurzem Zögern stellte sich Neil hinter ihr in Position. Er nahm sie zwischen seine Arme, legte die Hände auf ihre und brachte sie in die korrekte Haltung zum Zielen.

Gwen schluckte. Seine körperliche Nähe nahm ihr den Atem. Ihr wurde fast schwindelig vor Verlangen, sich an ihn zu lehnen. Aber sie beherrschte sich. Wenn er ihr früher einmal so nahe gekommen war, war sie ihm immer fast auf den Schoß gesprungen.

Aber das war vorbei. Jetzt musste Neil die Initiative ergreifen. Falls er das überhaupt wollte.

Sie fragte sich, warum er mit ihr zum Schießen gefahren war. Wenn er wirklich auf Distanz bleiben wollte, hätte er ihr auch einen Trainer empfehlen können.

Aber das passte nicht zu Neil. Wenn er etwas besser konnte als ein anderer, dann machte er es selbst.

»Fertig?« Seine Stimme klang gedämpft.

»Was?«

»Sind Sie bereit?«

Sie nickte und kniff zum Zielen ein Auge zu.

Neil spannte den Hahn und ließ ihre Hände los. Er wich ein wenig zurück, stützte sie aber im Rücken mit seinem Körper ab.

Gwen konzentrierte sich auf das drehbare, zerbeulte rote Metalldreieck, atmete ein und drückte ab.

Der Rückstoß warf sie gegen Neil, war aber weniger heftig als erwartet. Sie hatte sogar das Gefühl, dass er bei Elizas Waffe stärker gewesen war.

»Habe ich getroffen?« Sie hatte nichts gesehen.

»Nein.«

Jetzt wusste sie, wie die Waffe sich anfühlte, spannte selbst den Hahn, zielte und feuerte.

Das rote Dreieck rotierte im Kreis.

Sie drehte sich zu Neil um. Seine Augen lächelten, seine Lippen nicht.

Sie schoss noch einmal und traf wieder das Ziel.

Neil zeigte auf eine weiter entfernte Scheibe. »Probieren Sie es mal damit.«

Sie traf das Ziel erst nach einigen Versuchen. Aber schon nach kurzer Zeit brachte sie die Metallscheiben zum Surren, als hätte sie nie etwas anderes getan. Vor Stolz wurde sie ganz kribbelig.

Einer von Neils Mundwinkeln hob sich.

*Du bist wirklich sexy, wenn du lächelst.*

»Und jetzt mal, ohne den Hahn zu spannen.«

Gwen konzentrierte sich so angestrengt, dass sich ihre Zungenspitze durch die Lippen schob. Sie verfehlte zwar das Ziel, freute sich aber, dass sie nicht meilenweit danebengeschossen hatte.

Nach etlichen Runden mit den beiden Revolvern drückte Neil ihr schließlich eine Pistole in die Hand. Die kleinere fühlte sich an wie die von Eliza, aber Gwen traf damit nicht annähernd so gut wie mit der Waffe ihrer Freundin. Nach ein paar Fehlschüssen versuchte Neil es selbst. Er fixierte das Ziel und drückte ab. Seine Arme zuckten nicht einmal, aber er schoss vorbei.

Er zielte erneut und feuerte.

Gwen schaute zu, wie die nächsten sechs Schüsse allesamt ihr Ziel am Ende der Schießbahn fanden.

»Mit der Visierung stimmt was nicht. Ich muss mich zu Hause darum kümmern. Die Waffe schießt links am Ziel vorbei.« Er gab sie ihr zurück. »Versuchen Sie, sich auf den Fehler einzustellen, und schießen Sie auf ein nahes Ziel.«

Sie schoss fünf Mal, landete aber nur einen einzigen Treffer.

Als Letztes nahmen sie sich die Pistole vor, die sie mit nach Hause hatte nehmen wollen. Neil warnte sie vor dem Rückstoß und stellte sich dicht hinter sie. Für alle Fälle. Sie gab sich Mühe, das warme Gefühl in ihrem Rücken zu ignorieren, und schoss.

Die Waffe warf sie rückwärts in seine Arme.

»Wow.« Ihre Arme vibrierten von der Wucht des Rückschlags.

»Ich habe Sie gewarnt.«

Sie legte die Pistole weg. Der eine Schuss hatte ihr genügt.

»Sie geben auf?«

Sie funkelte ihn mit zusammengekniffenen Augen an und sah, wie er auf sie herablächelte.

»Machen Sie sich lustig über mich?«

»Schon möglich. Aber Sie müssen mit der Waffe trainieren,

damit Sie sich an sie gewöhnen.«

Wieder stellte er sich dicht hinter sie, hielt ihre Hände mit seinen fest und stützte sie bei zwei weiteren Schüssen ab. Bei den letzten Versuchen schoss sie nur noch knapp am Ziel vorbei. Als das Magazin leer war, blieb Neil mit den Händen auf ihren Schultern hinter ihr stehen. Einen Moment lang genoss sie reglos die Nähe und den Geruch des Mannes, der ihre Fantasie seit ihrer ersten Begegnung gnadenlos beherrschte.

Der Schießplatz hatte sich geleert. Sie waren die Letzten, die noch da waren.

»Nicht übel, Harrison.«

Sie lachte. Mit ihrem Nachnamen hatte er sie noch nie angesprochen. »Harrison?«

Seine Hände lagen federleicht auf ihren Schultern. »Bei den Marines haben wir meist Nachnamen benutzt. Und jetzt, wo Sie hier den Schießplatz verschönern, finde ich das passend.«

Er hatte noch nie etwas über seine Militärzeit erzählt. Dass er es jetzt tat, machte diesen Moment zu etwas Besonderem.

»Dann nannten die anderen Sie MacBain?« Gwen nahm die Schutzbrille ab.

»Mac. Nur Mac.« Er sprach so leise, dass sie ihn kaum verstand. Sie zog sich den Gehörschutz vom Kopf und drehte sich in seinen Armen um.

Er schenkte ihr ein Lächeln mit Seltenheitswert.

»Na dann, Mac: Danke für die Übungsstunde.«

Er wich nicht zurück, seine Hände ruhten jetzt auf ihren Unterarmen. Aus dieser kurzen Distanz konnte sie seine Augen selbst hinter der dunklen Sonnenbrille erkennen. Sie bohrten sich in ihre.

Das Herz hämmerte in ihrer Brust, ihr Körper stand unter Strom. Neil hob die Hand und strich mit dem Daumen an ihrem Kiefer entlang.

Sie sehnte sich so sehr nach seinem Kuss, dass sie ihn schon fast schmecken konnte. Eine Sekunde lang war es, als er würde sich zu ihr beugen. Doch plötzlich brach der Bann, und er zog sich zurück. Seinen Blick, seinen Körper, seine Hand.

»Wir sollten gehen.«

Gwen hätte ihn am liebsten gepackt und geschüttelt. Er wollte sie. Und, Himmel noch mal, sie wollte ihn. Was hielt ihn bloß zurück?

Was war so zerbrochen in ihm, dass er vor ihr davonlief?

# Neun

Das Schweigen während der Rückfahrt nach Malibu nagte an ihm.

Sein Magen rumorte. Der blumige Duft ihres Shampoos suchte sich einen gemütlichen Platz in seinem Kopf und nistete sich dort ein. Von nun an würde er in jeder halbwegs luxuriösen Drogerieabteilung an Gwen denken.

Sie zwischen seinen Armen zu haben, war die reinste Folter gewesen. Sein massiger Körper hatte ihre zierliche Figur perfekt umschlossen. Nicht dass das eine Rolle spielte.

Aber es spielte doch eine und er wusste es. Die einzige Möglichkeit, ihr zu entkommen, war wegzugehen. Er musste jemanden finden, der seinen Job bei Blake übernahm, seine Tasche packen und verschwinden.

Und was hatte der tote Rabe bei Billys Leiche zu bedeuten? Sollte das eine Warnung sein? Eine Botschaft, die nur die verbliebenen Männer aus Neils Einheit verstanden?

*Noch ein Grund, die Sachen zu packen und abzuhauen.*

Aber konnte irgendjemand Gwen besser beschützen als er?

Die Antwort kannte Neil bereits.

Niemand sollte auf die Idee kommen, dass Gwen ihm wichtig war – sonst konnte sie leicht zur Zielscheibe werden.

Sie starrte aus dem Fenster auf die vorbeifahrenden Autos auf dem Freeway. Eigentlich hätte sie hinten sitzen sollen, wo ihr Gesicht hinter den getönten Scheiben versteckt gewesen wäre. Aber das hatte sie abgelehnt. Sie meinte, er sei ebenso wenig ihr Fahrer wie sie sein Hausmädchen.

»Denken Sie manchmal daran? An Ihre Zeit beim Militär?«

Die Frage kam aus heiterem Himmel. Er wusste nicht, was er darauf antworten sollte.

»Neil?«

»Manchmal.«

»War es schlimm?«

Er klammerte die Hände ums Lenkrad, konzentrierte sich auf den Duft ihres Haars und versuchte, nicht an den Gestank von verbranntem Fleisch und Blut zu denken. »Der Krieg ist die Hölle.«

»Ich kann mir so etwas gar nicht vorstellen. Mein Bruder hat einmal einem Mitschüler, der es auf mich abgesehen hatte, die Nase gebrochen, und Sie und Carter haben sich hinter der Kneipe in Texas mit den Cowboys geprügelt. Das sind meine einzigen Erfahrungen mit Gewalt.«

Neil merkte, wie ihm ein wenig leichter ums Herz wurde. Dem Kerl, der Gwen angemacht hatte, eine Lektion in Sachen Anstand zu erteilen, war ihm ein Vergnügen gewesen. Er unterdrückte ein Lächeln und sagte: »Gewalt verursacht mehr Probleme, als sie löst.«

»Wahrscheinlich haben Sie recht. Aber die Möglichkeit, Gewalt anzuwenden, kann einen auch schützen. Wir haben heute zusammen Schießübungen gemacht. Mit Ihnen hätte sich auf dem Schießplatz sicher niemand angelegt, während man mich vielleicht für hilflos und verletzlich hält. Wer allerdings weiß, dass ich eine Waffe habe, sucht sich wahrscheinlich ein leichteres Opfer. Meinen Sie nicht?«

»Schon möglich.« *Wenn er ein Taschendieb ist oder ein Feigling.*

»Ich glaube nicht, dass ich die Waffe je gegen einen Menschen richten muss. Aber es ist ein gutes Gefühl, eine zu haben.«

Darin stimmte er ihr voll und ganz zu.

Sie wie im Märchen zur Sicherheit in einen Turm zu sperren, kam leider nicht infrage. Aber eine Pistole war besser als nichts.

»Die Waffe müssen Sie im Haus lassen.«

Gwen nickte. »Ich hatte auch nicht vor, sie mit mir herumzuschleppen.«

Er fuhr vom Highway ab auf die Straße, die zum Anwesen in Malibu führte. »Ein Taser passt in Ihre Handtasche. Und die Dinger sind legal.«

»Sie meinen so einen Elektrozapper?«

Neil gluckste leise, was bei ihm selten vorkam. »Genau.«

Als sie ihn anlächelte, wollte er mit diesem Lächeln verschmelzen und alles Schreckliche in seinem Leben einfach vergessen.

»Haben Sie so was?«

»Nein.« Er brauchte keinen Taser. »Aber ich besorge Ihnen einen.«

»So ein Taser wäre wirklich nett, Neil.«

Einen Taser als *nett* zu bezeichnen, brachte nur Lady Gwen fertig.

Neil parkte hinter ihrem Wagen. Er legte den größeren Revolver, mit dem sie gut zurechtgekommen war, zusammen mit einer Schachtel Munition in ihren Kofferraum.

Sie öffnete die Tür und warf ihre Handtasche auf den Beifahrersitz. »Danke für heute. Es ist ein gutes Gefühl zu wissen, dass ich die richtige Waffe habe.«

Ein Märchenturm hätte ihm trotzdem besser behagt. »Gern geschehen.«

Neil ging einen Schritt von ihrem Wagen weg, damit sie losfahren konnte.

»Oh … ähm, die Alarmanlage im Haus?«

»Ja?«

»Damit sie richtig funktioniert, müssen beim Anschalten alle Fenster und Türen im unteren Stockwerk geschlossen sein. Richtig?«

Er war ganz Ohr und kam wieder näher. »Genau.«

»Bitte jetzt nicht ausrasten«, sagte sie.

Wenn eine Frau einen bat, nicht auszurasten, hatte man meistens einen Grund dazu.

Er hob die Hände und versuchte, die Spannung aus seinen Schultern zu verjagen.

»Okay … Also, als ich gestern Morgen aufgestanden bin,

stand die Hintertür offen. Nur ein kleines Stück. Und laut Display war die Alarmanlage aktiviert.«

»Wenn die Tür vorher schon offen war, konnte sie nicht aktiviert sein.«

»Das dachte ich eigentlich auch. Ich wollte Ihnen das nur sagen, weil es in letzter Zeit so viele Störungen gegeben hat.«

»Und Sie sind sicher, dass die Alarmanlage an war?«

»Hundertprozentig. Ich habe zweimal nachgeschaut. Die Kameras und Bewegungsmelder im Außenbereich halte ich zwar für übertrieben, aber eine Alarmanlage ist sinnvoll.«

»Haben Sie sie heute vor der Fahrt nach Malibu angeschaltet?«

»Ja.«

Er zog sein Handy aus der Tasche und klickte auf die App für ihr Haus. »Karen ist nicht da?«

»Nein.«

Die Alarmanlage war eingeschaltet, die Kameras zeigten nichts Verdächtiges. Ihm gefiel die Sache trotzdem nicht. Kein bisschen.

»Ich komme mit.«

Erstaunlicherweise erhob Gwen keine Einwände.

»Ich habe noch ein paar Dinge zu erledigen«, sagte sie. »Macht es Ihnen etwas aus, die Anlage ohne mich zu überprüfen?«

Im Grunde war ihm das sogar lieber. Wenn sie dabei war, war er abgelenkt und übersah womöglich etwas. »Kein Problem.«

»Danke.« Gwen fuhr weg.

Aber je weiter sie sich von ihm und dem Schutz, den er ihr bot, entfernte, desto weniger hatte er das Gefühl, alles unter Kontrolle zu haben.

Und dieses Gefühl hasste er. Es machte ihn schwach.

Blondie hat also eine Waffe«, murmelte der Mann, während er beobachtete, wie sie den Schießplatz verließen.

Seine Kamera hielt alles fest. Später würde er ihr Verhalten bis ins kleinste Detail analysieren.

MacBain machte nicht den Eindruck, als hätte er einen Verdacht. Anscheinend spürte er nicht, dass er beobachtet wurde.

»Du warst schon besser, Kumpel.«

Er fuhr zu seinem Beobachtungsposten oberhalb des Hauses in Malibu zurück und sah sie allein von dort wegfahren.

Jetzt war er ganz sicher, dass sie Neil nichts von dem toten Vogel gesagt hatte. Sonst hätte er sie nicht einfach gehen lassen.

*Zeit, noch einmal nachzulegen.*

Kenny Sands, der Eigner von Parkview Securities, traf sich mit Neil in Tarzana.

»Das ist unerklärlich.« Neil musste Ken zustimmen. Er hatte die Anlage zigmal getestet. Die Hintertür löste keinen Alarm mehr aus. Stellte man aber den Klingelmodus ein, bei dem ein Tonsignal anzeigte, wenn ein Fenster oder eine Tür geöffnet wurde, machte die Hintertür Meldung.

»Die Bewegungsmelder im Garten sind auch viel störanfälliger als sonst. Obwohl ich sie erst letzte Woche neu eingestellt habe, schlagen sie jedes Mal an, wenn die Nachbarn in den Whirlpool steigen.«

»Das sollte nicht passieren.« Kenny griff zum Handy. »Hi Jane. Schicken Sie bitte ein Team in die Cherry Lane. Hausnummer 5420.« Einen Augenblick später setzte er hinzu: »Nein, sie sollen die komplette Ausrüstung mitbringen. Wir tauschen die Verkabelung der Hintertür aus.«

Neil sah sich im Garten um, fand aber nichts Auffälliges. Er schaute über den Zaun auf das Nachbargrundstück. Der Pool war jetzt von einem Holzdeck umgeben. Es gab sogar eine kleine Bar. Zum Glück badeten die nackten Nachbarn lieber im Dunkeln.

Es war Mittag.

Neil bemerkte ein offenes Fenster im Obergeschoss von Gwens Haus.

Er ging hinauf in Karens ungewöhnlich warmes Zimmer und schloss das Fenster. Von hier aus war die Aussicht auf den Nachbargarten nicht sehr gut, deshalb wechselte er ins Zimmer nebenan.

Gwens Zimmer war voller schmeichelnder Farben und kuscheliger Materialien. Sehr feminin, genau wie die Frau selbst. Ihr Frühlingsduft hing in der Luft.

Er spähte aus dem Fenster. »Freie Sicht auf die Nacktbader.« Ohne den Ärger mit der Alarmanlage hätte er gelacht.

Plötzlich bemerkte er aus dem Augenwinkel ein Blitzen. Er schaute zu dem Hügel, der die Häuser von Tarzana von Woodland Hills trennte. Das war das Beste an der Lage des Hauses: Nur eine Straße weiter lag der Park.

Für Neil war das Segen und Fluch zugleich. Ein Segen, weil es dadurch weniger Nachbarn gab, ein Fluch, weil die Büsche im Park jede Menge Deckung boten.

Er suchte nach der Lichtquelle, aber ohne Erfolg.

Während Kennys Leute an der Verkabelung arbeiteten, machte er einen Kontrollgang durchs Viertel. Besonders aufmerksam schaute er sich das Haus direkt hinter Gwens an. Die Jalousien waren heruntergelassen, auf der Veranda lagen zwei Zeitungen. Ein Fahrzeug war nirgends zu sehen. Die meisten Bewohner des Viertels parkten ihre Autos in der Einfahrt oder auf der Straße. Auf kaum einem Grundstück war der Platz vor dem Garagentor leer.

Neil bemühte sich, ein Lächeln aufzusetzen, ging zur Haustür und klopfte.

Alles blieb still.

Er versuchte, durchs Erkerfenster des Wohnzimmers zu spähen, aber blickdichte Innenjalousien versperrten ihm die Sicht. In Vegas gab es solche Verdunklungsjalousien überall. Hier im Viertel waren sie selten.

Warum verbarrikadierten Leute, die nackt durch den Garten spazierten, die vorderen Fenster mit einem Sichtschutz?

Neil wusste, dass er in etwa so unauffällig war wie ein Sattelschlepper auf einem Parkplatz voller Kleinwagen. Anstatt ums Haus zu schleichen, marschierte er deshalb lieber noch einmal um den Block. Dass er in dieser recht ruhigen Wohngegend nicht immer alles unter Kontrolle hatte, passte ihm zwar nicht – aber es hätte schlimmer sein können.

Er drehte sich einmal um die eigene Achse.

Ohne ein Sturmgewehr in den Händen durch die Gegend zu spazieren, gab ihm das Gefühl, nackt zu sein.

Wie schräg war das?

Dass Rick vor zwei Tagen eine Fuhre Mist vor ihm ausgekippt hatte, machte die Sache nicht besser. Sie versuchten beide, den vierten Mann zu erreichen, der es lebend herausgeschafft hatte.

Bislang erfolglos. Mickey ging nicht ans Telefon, vielleicht war er gar nicht da. Möglicherweise war er wieder im Einsatz. Leute wie er blieben oft ihr ganzes Berufsleben lang bei den Marines.

Neil hoffte von Herzen, dass Mickey wegen eines Einsatzes nicht erreichbar war. Der Gedanke, ihm könnte etwas zugestoßen sein, machte Neil krank.

Und Billy war tot.

Wer hatte es geschafft, ihn zu überlisten?

Die Hintertür von Gwens Haus war inzwischen neu verkabelt. Kens Leute hatten auch die Bewegungsmelder auf der Gartenseite ausgetauscht. Neil simulierte zusammen mit ihnen mehrere Einbruchsszenarien. Alle lösten Alarm aus, ließen Neils Telefon schrillen und waren auf den Monitoren zu sehen, die Dillon im Einsatzraum überwachte.

Neil schaute auf die Uhr. Es war fast fünf. Er überlegte, ob er auf Gwens oder Karens Rückkehr warten sollte, doch dann fielen ihm Gwens Worte ein.

*Machen Sie endlich Nägel mit Köpfen oder halten Sie sich von mir fern.*

Klarer hätte sie sich nicht ausdrücken können und nach dem Nachmittag auf den Schießplatz glaubte sie vermutlich, dass er sich für Nägel mit Köpfen entschieden hatte.

Ausgeschlossen.

Er checkte die Koordinaten von Gwens Wagen. Das GPS hatte er gleich nach dem Kauf des Autos unter ihrer Motorhaube angebracht.

Sie quälte sich auf dem Nachhauseweg durch den Stoßverkehr auf dem Freeway.

Neil beschloss, lieber zu gehen, bevor sie zurück war.

Auf dem Weg nach Malibu schrieb er ihr eine SMS. Er teilte ihr mit, dass die Alarmanlage überholt worden sei und nun wieder funktionieren müsste. Er bat sie, sich zu melden, falls es noch Probleme gäbe.

Sie rief nicht zurück.

Auf dem Monitor sah er sie nach Hause kommen. Sie ging durchs Haus und überprüfte die Hintertür. Als sie in ihrem Büro den Computer anschaltete, huschte Enttäuschung über ihr Gesicht.

Neil ließ die Tonübertragung laufen und hörte mit, was im Haus passierte. Aus dem, was Gwen bei einem Telefongespräch sagte, schloss er, dass Karen auch heute Abend nicht nach Hause kommen würde.

Blake hatte ihm vor ein paar Tagen gesagt, Karen wolle am Wochenende ausziehen.

Sobald Gwen allein wohnte, würde der Soundtrack aus dem Haus in Tarzana sein ständiger Begleiter sein. Jemand musste schließlich auf sie aufpassen.

# Zehn

»Du kannst immer noch einen Rückzieher machen.« Gwen und Karen saßen in einer Nische im hinteren Teil des Steakhauses, wo sie ungestört waren.

Karen schüttelte den Kopf. »Ich denke gar nicht daran.« Sie senkte die Stimme. »Das Geld ist schon auf dem Treuhandkonto.«

»Das spielt keine Rolle.«

Karen lächelte. »Das wird ein fantastisches Jahr für mich, Gwen. Wie ein langer bezahlter Urlaub, in dem ich neue Leute kennenlerne und die Kids im Club ein bisschen verwöhnen kann.«

Gwen fühlte sich dennoch verpflichtet, Karen ein Hintertürchen offen zu lassen. Eine Kurzehe gegen gute Bezahlung hörte sich immer gut machbar an. Bis kurz vor dem Jawort – dann kamen die Zweifel.

Gwen hob ihr Champagnerglas und stieß mit Karen an. »Auf ein fantastisches Jahr.«

»Prost!«

Nach einem Schluck Champagner sagte Gwen: »Du bist doch vor Aruba wieder zurück, oder?«

»Aber sicher. Das Fest steigt an einem Freitag?«

»Ja. Warum?« Gwen hatte sich den Termin von Samantha und Blake noch einmal bestätigen lassen. Sie wollten direkt von Albany aus nach Aruba fliegen.

»Michael hält sich die Freitage meist frei. Falls er nicht bleiben kann, kann er wenigstens für den einen Tag mit nach Aruba kommen.«

»Das ist ein ziemlich langer Flug für nur einen Tag.«

»Anscheinend stört ihn das nicht. Er macht so was andauernd.«

»Eliza und ich sind schon früher dort. Komm doch einfach mit.«

»Ich sehe mal, was ich tun kann. Deine Mutter wird auch da sein?«

Gwen hatte schon eine ganze Weile nicht an sie gedacht. »Das lässt sie sich sicher nicht nehmen. Aber ich glaube, ich ertrage keinen einzigen weiteren mitleidigen Blick von ihr.«

»Wieso denn Mitleid?«

»Weil ich die ewige Brautjungfer bin und nie die Braut.«

»Oh.« Karen strich Butter auf ein Stück Brot. »Sie wünscht sich eben, dass du glücklich bist. So wie die meisten Mütter.«

»Wenn ich doch nur bis zu dem Freitag einen Bräutigam vorweisen könnte … dann könnte sie sich ihre Kommentare sparen.«

Karen hob die Augenbrauen. »Du hast doch eine Kartei zu Hause. Da findest du sicher gleich mehrere Kandidaten.«

Gwen lächelte. »Daran habe ich noch gar nicht gedacht.« Sie konnte tatsächlich mit ein paar Männern aus der Kartei sprechen und sich den passenden für das Date heraussuchen. Aber wie würde der Mann, der sie bewachte, darauf reagieren? »Vielleicht bin ich ja im kommenden Jahr auf ein paar Hollywood-Partys eingeladen. Wer weiß, wen ich da kennenlerne.«

Von den Tellern, die der Kellner brachte, stieg ein aromatischer Steakduft auf. Das Fleisch war so zart, dass man es mit der Gabel schneiden konnte. Der Kellner schenkte ihnen Wein ein, dann ließ er sie allein.

»Hast du von Neil gehört?«

Gwen kaute erst einmal sorgfältig, bevor sie antwortete.

»Kein Wort.«

Karen schüttelte den Kopf. »Was wissen wir eigentlich über ihn? War er nicht bei den Marines?«

»War er.«

»Vermutlich hat dein Bruder ihn deshalb als Sicherheitschef eingestellt. Mich wundert nur, dass Neil Blake nicht rund um die Uhr bewacht und mit ihm und Sam nach Europa fährt.«

»Neil war nur ein paarmal zu besonderen Anlässen auf Albany. Ansonsten ist er immer hier.«

»Und passt auf das Haus auf? Ist das nicht übertrieben?«

»Blake hat mir erzählt, er und Neil hätten sich angefreundet, und später hätte er ihn eingestellt. Und Samantha hat angedeutet, dass Neil sich Blake gegenüber aus irgendeinem Grund verpflichtet fühlt. Näheres weiß ich leider nicht.«

Karen nahm einen Happen von ihrem Fleisch. »Himmel, ist das gut.«

»Traumhaft.«

»Meinst du, Neil hat deinen Bruder schon mal irgendwo rausgehauen? Bei einer Schlägerei vielleicht?«

»Mein Bruder geht Streit lieber aus dem Weg.« Zumindest der Sorte Streit, bei der die Fäuste flogen.

Karen lachte. »Wenn es sein muss, prügeln sich alle Männer. Das steckt in ihren Genen.«

»Da irrst du dich aber gewaltig. Ich habe schon Männer weinen sehen, weil sie sich an einem Blatt Papier geschnitten haben.«

Karen verdrehte die Augen. »Okay … Ich meine Männer wie Blake und Neil. Auch Blake würde die Fäuste sprechen lassen, wenn ihn jemand provoziert.«

»Vermutlich hast du recht. Wie es gekommen ist, dass Neil jetzt für ihn arbeitet, weiß ich nicht. Vielleicht finde ich es eines Tages heraus.« Vielleicht war es Zeit, ihren Bruder danach zu fragen. Oder Samantha zu bitten, es herauszufinden.

»Neil sieht immer so wütend aus.«

Gwen hatte das Gefühl, ihn in Schutz nehmen zu müssen. »Argwöhnisch vielleicht. Aber wütend? Nein.« Sie dachte an den Gesichtsausdruck, mit dem er auf die Cowboys in Texas losgegangen war. Seine hellbraunen Augen hatten einen dunklen Grauton angenommen, seine Halsmuskeln hatten sich bei jedem heißen Atemzug gespannt. *So* sah Wut aus.

»Argwöhnisch, wütend … egal. Ich glaube, ich habe ihn noch nie lächeln sehen.«

»Aber wenn er es mal tut, wirft es einen glatt um.« Gwen blieb schon die Luft weg, wenn sie nur an Neils Lächeln dachte.

»O Mann, dich hat es ganz schön erwischt. Ich hoffe, du verschwendest seinetwegen nicht deine Zeit.«

»Soll ich dir etwas verraten?«

Karen beugte sich vor.

»Als wir zusammen auf dem Schießplatz waren … Ich hätte schwören können, dass er mich küssen wollte.«

Karen blinzelte. »Und?«

Gwen schüttelte den Kopf. »Ich weiß nicht. Plötzlich hat er gezögert. Ist regelrecht zurückgezuckt. Meinst du, er nimmt sich nicht, was er kriegen kann, weil er für meinen Bruder arbeitet?«

Karen schüttelte den Kopf. »Nein. Das kann nicht der Grund sein. Wenn sein Job ein Hindernis wäre, würde er einfach kündigen.«

Gwen seufzte. »Dann bedeutet das wohl, dass er mich ganz einfach nicht will.«

»Der Mann verfolgt dich auf Schritt und Tritt. Er bewacht dich, als wärst du aus Glas.«

»Mich aus reinem Pflichtbewusstsein zu bewachen, ist nicht dasselbe, wie mich zu wollen.«

»Du hast selbst gesagt, dass er dich fast geküsst hat.« Karen nahm einen Schluck Wein.

»Und dann ist er geflohen. Ich habe ihn seither nicht mehr gesehen.«

»Irgendetwas hält ihn zurück, Gwen. Finde heraus, was es ist«, sagte Karen. »Vielleicht löst sich dann das Problem.«

Da war was dran. »Glaubst du, jemand hat ihm das Herz gebrochen?«

»Nicht auszuschließen.«

Gwen stocherte in ihrem Essen. »Selbst wenn ich es herausfinde, heißt das noch lange nicht, dass sich etwas ändert.« Der Gedanke deprimierte sie.

»Stimmt. Aber willst du dich für den Rest deines Lebens fragen, ob es mit euch nicht doch hätte funktionieren können?

Solange er für deinen Bruder arbeitet, läuft er dir doch ständig über den Weg.«

»Ich habe keine Ahnung, was ich machen soll«, gestand Gwen.

»Du lebst nur einmal, Süße. Und du bist hoffnungslos romantisch. Du solltest deinem Herzen folgen.«

»Und auf ihn warten?«

»Warten ist passiv. Ich würde dir nie raten, ewig einen Mann anzuschmachten, der kein Interesse zeigt. Setz dir ein Zeitlimit. Und danach suchst du dir einen anderen. Ich weiß, dass du Neil kürzlich eine Art Ultimatum gestellt hast. Aber noch bist du nicht bereit, ihn zu vergessen.«

»Nicht nach dem Nachmittag auf dem Schießplatz.«

Karen lächelte. »Versprich mir nur, dass wir nächstes Jahr bei meiner Scheidungsparty nicht noch mal dasselbe Gespräch führen, okay? Wenn Neil sich nicht aus der Deckung wagt, mache ich dir so lange die Hölle heiß, bis du ihn fallen lässt.«

»Prost.«

Sie stießen an.

Nach dem Essen gingen sie hinaus auf den Parkplatz. Seit Karen öfter mit Michael gesehen wurde, lauerten ihr ständig Fotografen auf.

»Sieht aus, als hätten die Paparazzi sich heute freigenommen«, sagte Karen.

Gwen nahm den Autoschlüssel aus ihrer Handtasche. »Ich fühle mich trotzdem beobachtet«, sagte sie.

»Ich würde ja sagen, du leidest unter Verfolgungswahn. Aber mir geht es genauso. Seit ich ein paarmal mit Michael gesehen wurde, habe ich immer das Gefühl, von Blicken verfolgt zu werden.« Karen drehte sich einmal um die eigene Achse. »Falls wir tatsächlich gerade beobachtet werden, gelten die heimlichen Blicke dir. Die Leute, die mich fotografieren wollen, verstecken sich nicht.«

»Könnte es Neil sein?«

Karen kicherte. »Meinst du?«

Vielleicht war sie ihm ja doch nicht egal.

Karen ging zur Beifahrerseite und kreischte auf. »Igitt!«

»Was ist denn?«

Karen wich zurück und starrte auf den Boden. »Begehen diese Vögel zurzeit reihenweise Selbstmord?«

Vor ihren Füßen lag eine tote Krähe. Und diese war größer als die erste.

»Glaubst du, irgendjemand weiß, dass du keine Vögel magst?«

Karens Augen weiteten sich. »Du glaubst doch nicht etwa … Wie scheußlich. Meinst du, jemand hat das Vieh absichtlich hierher gelegt?«

Gwen warf den toten Vogel mit spitzen Fingern beiseite. »Zwei Vogelkadaver in zwei Wochen? Ich weiß nicht, ob das noch Zufall sein kann.«

»Das ist krank.«

»Komm, wir fahren nach Hause.«

An diesem Abend schlossen sie alle Türen ab und überprüften alle Fenster. Zweimal.

Bis zum Freitagabend hatte sich die Neuigkeit von Karens und Michaels bevorstehender Heirat wie ein Lauffeuer verbreitet. Die Medienmeute verfolgte sie bis nach New York und berichtete dann, sie seien im Privatjet von Lord und Lady Harrison nach Frankreich geflogen.

Samantha hatte darauf bestanden, ihnen das Flugzeug zur Verfügung zu stellen. Als Hochzeitsgeschenk.

Am Sonntagabend hatten auch die letzten Reporter, die auf Informationen von Gwen gehofft hatten, das Feld geräumt. In den letzten sechsunddreißig Stunden waren nur drei Anrufe eingegangen. Einer von Eliza, die sich ›nur mal melden‹ wollte. Einer von Samantha, die fragte, ob Gwen ›etwas brauchte‹.

Und einer von ihrer Mutter.

»Du solltest nach Albany zurückkommen.«

»Das werde ich nicht tun, Mum.«

Linda war schon immer sehr direkt gewesen. »Du kommst allein doch gar nicht zurecht, Gwendolyn. So wie du aufgewachsen bist, bist du für ein solches Leben nicht geschaffen. Und Blake und Samantha sind auch nicht zu Hause.«

»Mutter, bitte. Ich bin kein Kind mehr.« *Falls Neil mithört, führt er jetzt einen Freudentanz auf.* Aber vielleicht hatte er die Audioübertragung ja abgeschaltet. Gwen schaute in eine Kamera und verdrehte die Augen.

»Und wenn ich dir sagen würde, dass ich mich einsam fühle?«

»Dann würde ich dir vorschlagen, dir einen Liebhaber zu nehmen.« *Jetzt müsste sie eigentlich sprachlos sein.*

»Gwen!«

»Was ist?«

»Man nimmt sich nicht einfach einen Liebhaber.«

Gwen lachte. »Du hast recht. Man wählt ihn mit Bedacht.«

Lindas Frage kam nach einer kurzen Pause. »Hast du das etwa getan? Gibt es einen Mann in deinem Leben?«

»Und wenn es so wäre, würdest du mich dann in Frieden lassen?«

»Ich würde darauf bestehen, ihn kennenzulernen«, sagte Linda.

»Wenn das so ist, sage ich dir lieber nichts.«

»Als du noch hier gelebt hast, warst du nie so schwierig.«

Richtig. Sie war immer perfekt gewesen. Die perfekte Tochter, die perfekte Schwester. Vielleicht fühlte sie sich deshalb so sehr zu Neil hingezogen. Er war nicht perfekt. Er hatte Ecken und Kanten, konnte ungehobelt sein und undurchsichtig.

»Gwendolyn? Bist du noch da?«

»Ja. Und zwar genau da, wo ich sein will und bleiben werde.«

»Wie du meinst. Aber wenn wir uns in Aruba sehen, erwarte ich ein angemessenes Maß an Schuldgefühlen.«

Gwen lachte. »Ich werde mir die größte Mühe geben. Hab dich lieb.«

»Ich dich auch, Liebes.«

Lächelnd legte Gwen auf.

Neil drehte den Taser in den Händen. Das verdammte Ding war pink. Er merkte, dass er lächelte. Einen pinkfarbenen Taser konnte nur Gwen mit sich herumschleppen. Eine Waffe in dieser Mädchenfarbe kaufen? Völlig ausgeschlossen, hatte er gedacht. Aber sie war für Gwen, sein kleines blondes Energiebündel, das voller Ernst und Stolz mit der Pistole auf Zielscheiben schoss. *Sein* Energiebündel? So durfte er sie nicht mal insgeheim nennen.

Als das Telefon klingelte, schob er alle Gedanken an pinkfarbene Taser und Gwen aus seinem Kopf.

»Ja?«

»Hey Mac.«

»Rick.«

»Anscheinend ist Mickey tatsächlich wieder in geheimer Mission unterwegs.«

»Sicher?«

»Verdammt, Mac. Du weißt, dass man das nicht sagen kann. Bei bestimmten Einsätzen dringt nicht viel nach außen.«

Das hatte Neil nicht vergessen. Ihre letzte Mission war so geheim gewesen, dass er und seine Männer erst im Flugzeug erfahren hatten, worum es ging. Es gab keine offiziellen Befehle, keine Aktennotizen. In Afghanistan passierte gar nichts. Jedenfalls nicht offiziell.

Die Toten in seinem Team waren ›Unfälle bei Übungseinsätzen. Menschliches Versagen.‹

»Es wäre mir wohler, wenn ich wüsste, wo er ist.«

»Willkommen im Club, Kumpel.«

»Wohin willst du jetzt?«

»Zu Billys Haus.«

»Das könnte eine Falle sein.« Er sollte mitfahren.

»Ich bin nicht verheiratet, Mac. Meine Familie hält mich für verrückt und will nichts mit mir zu tun haben. Ich habe keinen Gefühlsballast, den das Arschloch gegen mich verwenden kann.«

Neil rieb sich die Stoppeln am Kinn.

»Ich könnte Verstärkung brauchen, Mann.«

Neil betrachtete den Taser in seiner Hand. Vielleicht war es Zeit für einen Neuanfang. »Ich muss nur noch ein paar Dinge regeln.«

Rick stieß einen begeisterten Pfiff aus. »Cool, Mann. Ich wusste, dass ich auf dich zählen kann.«

»Wo bist du jetzt?«

»Washington State. Sollen wir uns in vier Tagen in Colorado treffen? Schaffst du das?«

Neils Blick schweifte über die kahlen Wände seines sogenannten Zuhauses. »Ja.«

»Schwing die Hufe, Mac. Das wird wie in alten Zeiten.«

Neil dachte an diejenigen, die nicht wieder nach Hause gekommen waren. *Ich hoffe nicht.*

Das Schauspielern hätte Neil gern dem Mann überlassen, den Karen gerade geheiratet hatte. Aber er musste Gwens romantische Träume zerstören und dafür sorgen, dass das Band zwischen ihnen zerriss.

Ihm blieb keine andere Wahl.

Das Gespräch mit Smiley erinnerte ihn daran, warum Männer wie er kein normales Leben hatten. Billy hatte geliebt und dafür einen unmenschlich hohen Preis bezahlt.

Zweihundert bis an die Zähne bewaffnete Talibankämpfer, die sich für ihre Sache in die Luft gesprengt hätten, hatten Billy nichts anhaben können. Aber kaum war eine Frau im Spiel, schon nahm die Sache ein ganz böses Ende.

Die Chancen, Billys Frau lebend zu finden, waren gleich null.

Für sein eigenes Leben übernahm Neil gern die Verantwortung. Aber nicht für Gwens.

Neil ging durch den Hintereingang von Blakes Villa in die Küche. Dort saß Mary mit einem Stapel Zeitungen und Klebstoff am Tisch.

»Was machen Sie da?«

»Nicht kochen, das dürfte klar sein.«

Sie hatte Fotos von Karen und Michael aus sämtlichen Boulevardzeitungen ausgeschnitten, die in L. A. zu haben waren. Eines zeigte Karen und Gwen auf der Terrasse eines Cafés.

»Ich bastle ein Album für Karen. Merkt man, dass ich mich langweile?«

Mary war eine herzensgute Frau.

»Frauen gefällt so was«, sagte Neil.

Mary hob eine Zeitung hoch und sah sich die darunterliegende an. »Stimmt.«

Die Kameras machten Gwen zu einem Kunstwerk, fand Neil.

Er schaute genauer hin.

Karen und Gwen standen neben Gwens Wagen.

Gwen hatte etwas Schwarzes in der Hand.

Neil schnappte sich die Zeitung.

»Hey, Sie bringen mein System durcheinander!«, schimpfte Mary.

Er las die Bildunterschrift. *Gar nicht zimperlich räumt Lady Gwen für Karen Jones eine tote Krähe aus dem Weg.*

Sämtliche Muskeln in Neils Körper spannten sich. Er drehte die Zeitung zwischen den Händen. Der Artikel war eine Woche alt.

»Herr im Himmel.« Tote Krähen … Raben. Ricks Worte jagten durch seinen Kopf. *Die haben Billy einen toten Raben in die Jacke gesteckt.*

»Neil? Was ist denn?«

»Ich muss weg.« Er rannte von der Villa zum Gästehaus, schaute auf die Monitore und überprüfte sämtliche Übertragungen aus Tarzana. Gwen spülte im Bademantel Geschirr.

Er rief sie an, sah, wie sie zum Telefon griff.

»Hallo Neil.«

Die Bewegungsmelder hinter dem Haus spielten schon wieder verrückt.

»Neil?«

»Was ist im Garten los?«

»Falscher Anfang. Erinnern Sie sich noch an unser Gespräch von neulich? Man beginnt mit einer freundlichen Begrüßung …«

»Verdammt, Gwendolyn. Dafür haben wir jetzt keine Zeit.«

»Reden Sie nicht in diesem Ton mit mir, Neil MacBain, sonst lege ich auf. Im Garten ist gar nichts los.« Sie war verstimmt. Das passierte nicht oft, aber wenigstens hatte sie seine Frage beantwortet.

»Sitzen die Nachbarn wieder im Pool?« Am Rand der Monitore war eine Lichtquelle zu erkennen.

»Keine Ahnung. Ich glaube nicht.«

»Sehen Sie nach.«

»Neil, das ist albern. Wir wissen beide, dass niemand im Garten herumschleicht.«

Seine Hand hielt das Telefon so fest, dass er Angst hatte, es zu zerquetschen. »Bitte, Gwen. Sehen Sie einfach nach.«

Gwen drehte der Kamera in der Küche den Rücken zu, warf das Geschirrtuch auf die Arbeitsplatte und stapfte ins Obergeschoss.

»Das ist das letzte Mal, Neil. Wenn in Zukunft ein Monitor seltsame Signale sendet, müssen Sie herkommen und sich selbst darum kümmern.«

Gwen ging in ihr Zimmer, wo keine Kamera sie aufzeichnete.

Dann schrie sie.

# Elf

Gwen ließ das Telefon fallen und wich vom Fenster zurück. Ihre nackten Nachbarn trieben mit dem Gesicht nach unten im Pool. Leblos. Gwen begann zu zittern.

Sie musste ihnen helfen. Sie aus dem Wasser ziehen. Den Notruf anrufen. Irgendwas.

»Gwen? Gwen? Verdammt, Gwen!«

Sie hörte ihren Namen, fragte sich, woher die Stimme kam.

*Das Telefon.*

Sie fiel auf die Knie. Plötzlich fingen die Sirenen im Haus an zu kreischen.

Erschrocken fuhr sie zur Tür herum. Sie erwartete beinahe, dort jemanden zu sehen. Aber da war keiner.

»Gwen?«

Ihre Fingerspitzen berührten das Telefon. »Neil?«

»Herrgott, Gwen.«

»Sie sind tot, Neil.« Ihr Atem ging flach und schnell.

»Wer?«

»Die Sirenen. Die Alarmanlage ist losgegangen.« Sie schlotterte am ganzen Körper. *Was ist eigentlich los?*

»Den Alarm habe ich von hier aus ausgelöst. Die Polizei ist unterwegs. Wer ist tot, Gwen?«

Sie schaute zum Fenster. »Die Nachbarn. Im Whirlpool. Ich muss nachsehen, ob ich ihnen noch helfen kann.«

»Nein! Verdammt. Nein, Gwen. Hören Sie mir zu! Sie bleiben im Haus. In Ihrem Zimmer. Schließen Sie die Tür ab.«

»Aber vielleicht brauchen sie Hilfe.«

»Verdammt, Gwen, nein. Sie müssen mir vertrauen. Wo ist Ihr Revolver?«

*Revolver? Warum brauche ich eine Waffe?* In einem Haus voller kreischender Sirenen einen klaren Gedanken zu fassen, war schwierig, und Neils hektische Anweisungen trugen nicht zu ihrer Beruhigung bei. Aber war es nicht immer besser, ruhig zu bleiben?

Mit dieser Frage im Kopf zog sie die Nachttischschublade auf und nahm den Revolver heraus.

»Ich habe ihn.«

»Ist Ihre Zimmertür zu?«

Sie hastete hin und warf sie mit einem lauten Knall ins Schloss. »Ja. Glauben Sie, da ist wer?« Schlich jemand durch den Garten? Sie fühlte sich schon seit Wochen beobachtet. Wusste Neil etwas?

»Moment.«

Ohne sich am Fenster zu zeigen, warf sie einen Blick hinaus. Sie sah nur die Nachbarn im Wasser treiben. In den umliegenden Häusern gingen die Lichter an – vermutlich wegen der Sirenen bei ihr.

Gwen spähte mit vorgehaltener Waffe ins Badezimmer, dann unters Bett und schließlich in den Schrank. Nichts. Fröstelnd atmete sie aus.

Durchs Telefon hörte sie, wie Neil mit jemandem sprach. »Ja, direkt hinter dem Haus. Meine Schutzperson sieht zwei leblose Personen in einem Whirlpool im Garten.«

Gwen flüchtete sich aufs Bett. Von dort aus hörte sie zu, wie Neil Anweisungen bellte. Sein Ton klang tödlich. So hatte sie ihn noch nie gehört.

»Gwen?«

»Ja?«

»Bleiben Sie dran.«

Als könnte sie im Moment etwas anders tun. Sie fragte sich ernsthaft, warum sie allein leben wollte. Sie wollte Unabhängigkeit, nicht Angst. Aber die hatte sie jetzt – schiere, nackte Angst. Die Sekunden wurden zu Minuten.

Als die Sirenen plötzlich verstummten, erschreckte sie das fast so sehr wie vorher ihr Aufheulen. »Waren Sie das?«, fragte sie Neil atemlos.

»Ja. Ich sitze im Wagen und bin auf dem Weg zu Ihnen. Machen Sie nicht die Tür auf. Egal, wer draußen steht.«

Sie hörte, wie sich auf der Straße Sirenen näherten. »Auch nicht, wenn es die Polizei ist?«

»Nein, niemandem. Ich sage Ihnen Bescheid, wenn ich da bin.« Die Fahrt von Blakes Haus zu ihr dauerte mindestens zwanzig Minuten. Sie wusste nicht, wie sie es so lange aushalten sollte.

»Was ist eigentlich los, Neil?« Irgendetwas lief schief. Und zwar gründlich.

»Zehn Minuten.«

Hinter dem Haus blitzten Lichter auf. Sie schob sich ans Fenster und sah Polizisten mit Taschenlampen in den Nachbargarten laufen.

»Gwen?«

»Die Polizei ist da.« Einer der Uniformierten wollte einen Toten aus dem Wasser ziehen. Ein Kollege hielt ihn zurück. Der Polizist warf etwas in den Pool. Das Wasser begann zu glitzern.

»O Gott.«

»Was ist?«, fragte Neil.

»Die Polizei versucht, meine Nachbarn aus dem Pool zu holen. Aber da stimmt was nicht. Das Wasser hat sich gewölbt.«

»Ein Stromstoß?«

»Sieht ganz so aus. Wie kann das passieren?«

»Ist eine Stromleitung in den Pool gefallen?«

Gwen schaute nach, konnte aber nichts dergleichen erkennen.

»Nein.« Sie hörte Neil hupen. »Fahren Sie vorsichtig.«

»Sind Sie noch in Ihrem Zimmer?«, fragte er.

»Ja.«

Die Minuten zogen sich quälend in die Länge. Endlich sagte Neil: »Ich biege jetzt in Ihre Straße ein.«

Sie schloss die Augen und dankte Gott, dass er bald da war.

»Ich komme jetzt rein.«

Sie hörte ihn die Stufen heraufrennen.

Ein Fußtritt und die Tür sprang auf. Sie krachte so heftig gegen die Wand, dass das Holz riss.

Gwen ließ den Revolver aufs Bett fallen und warf sich in Neils ausgebreitete Arme.

Er hielt sie fest. Seine starken Arme umhüllten sie wie ein schützender Kokon.

»Alles okay.«

Sie klammerte sich noch fester an ihn und vergrub das Gesicht an seiner Brust.

»Schschsch. Alles gut.«

»Ich hatte solche Angst.«

»Das glaube ich.«

»Miss Harrison?«, rief jemand von unten. »Polizei.«

Neil lockerte seine Umarmung und legte die Hand an ihre Wange.

Auch ihm stand die Angst ins Gesicht geschrieben. Sein Versuch zu lächeln scheiterte kläglich.

»Miss Harrison?«

»Hier oben«, antwortete Neil für sie.

Ein Polizist polterte die Treppe herauf. Sein erster kurzer Blick galt der Tür, der zweite Gwen und Neil. Der Beamte war sicher noch keine fünfundzwanzig. Er schaute sich im Zimmer um.

»Miss Harrison?«

Gwen nickte. Zu sprechen, traute sie sich noch nicht, und von Neil wollte sie nicht weg.

»Man hat mir gesagt, Sie hätten die leblosen Körper entdeckt und die Polizei gerufen.«

»Wir haben gerade telefoniert, als sie die Nachbarn gesehen hat. Ich habe vom Überwachungsraum aus den Alarm ausgelöst«, sagte Neil.

Der Polizist hob fragend eine Braue. »Sie können die Alarmanlage fernsteuern?«

»Korrekt.«

Gwens Blick huschte zu den Gardinen.

Der Polizist trat ans Fenster. »Prima Aussicht. Beobachten Sie öfter Ihre Nachbarn, Miss Harrison?«

Neils Arm legte sich fester um sie. »Diese Frage ist mehr als unpassend, Officer.« Neil war anzuhören, dass er sich nur mühsam beherrschte.

»Ich nehme es zur Kenntnis, Mister …?«

»MacBain«, antwortete Neil. »Kommen Sie, Gwen. Sie müssen raus aus diesem Zimmer.«

Auf dem Weg nach unten war sie so zittrig, dass Neil sie stützen musste.

Sobald sie die Augen schloss, sah sie ihre Nachbarn im sprudelnden Wasser treiben. Wie lange würde dieses Bild sie verfolgen?

Neil setzte sich auf die Sofakante und zog sie neben sich.

Ein weiterer Polizist kam ins Haus. »Sind Sie die Hausbesitzerin?«

»Das bin ich.«

»Und Sie haben die Leichen entdeckt und die Polizei gerufen?«

Gwen blinzelte zweimal. »Das heißt, sie sind wirklich tot.«

Der Polizist schaute zu Neil und nickte kurz.

*Unfassbar.*

Der erste Polizist rief seinen Kollegen nach oben.

»Ich muss mit der Polizei reden. Kommen Sie hier solange klar?«, fragte Neil.

Gwen schlang den Bademantel fester um sich. »Ja, sicher.«

»Wo ist Ihr Handy?«

»In meiner Handtasche. Warum?«

»Sie müssen Eliza anrufen und Carter ans Telefon holen, wenn es geht. Er soll dafür sorgen, dass ich nach nebenan gehen und mir selbst ein Bild von der Lage machen kann.«

Gwen sah ihn fragend an. »Sie meinen, das war kein tragischer Unfall?«

Neil schaute sich nach ihrer Handtasche um und brachte sie ihr. »Rufen Sie sie an.«

Mit Eliza zu sprechen, würde ihr guttun, auch wenn Gwen sich fragte, warum Neil unbedingt die Nase in die Ermittlungen stecken wollte.

Während Gwen in der Tasche nach ihrem Telefon wühlte, ging Neil nach oben, um mit den Polizisten in ihrem Zimmer zu sprechen.

Eliza nahm nach dem zweiten Klingeln ab. »Hey Lady … Weshalb rufst du um diese Uhrzeit …«

»Eliza?« Gwen hörte selbst, wie zittrig sie klang.

»Oje! Was ist passiert?«

Gwen schloss die Augen. Sofort sah sie wieder die Leichen. »Meine Nachbarn … Sie sind, sie sind …«

»Was ist mit ihnen, Süße?«

Gwen schluckte. »Sie sind tot.«

Eliza schnappte nach Luft.

»Ich war beim Abwaschen, da hat Neil angerufen. Er war genervt wegen der Bewegungsmelder im Garten.« Plötzlich fiel ihr auf, wie besorgt er dabei geklungen hatte. Mehr als sonst.

»Und?«

»Die Dinger machen in letzter Zeit Probleme. Wenn die Nachbarn im Whirlpool sitzen, gibt es dauernd Störmeldungen.«

»Die nackten Nachbarn?«

*Nackt und tot.* Gwen biss sich auf die Unterlippe und kämpfte gegen die Tränen, die in ihren Augen brannten. »Neil hat gemeint, ich soll nachsehen, ob sie wieder im Pool sind. Ich war stinksauer auf ihn, Eliza. Ständig kommandiert er mich herum. Ich habe ihm gesagt, das sei das letzte Mal, dass ich nach den Nachbarn sehe. Und dann … dann habe ich aus dem Fenster geschaut. Im selben Moment ist der Hausalarm losgegangen, und Neil hat mir befohlen, niemanden hereinzulassen und auf ihn zu warten.«

»O Gott, Gwen. Das ist ja schrecklich.«

»Neil muss mit Carter sprechen. Ist er da?«

»Nein, leider nicht. Aber ich rufe ihn an und sage ihm, er soll sich gleich bei Neil melden.«

»Okay. Danke, Eliza.«

»Ich rufe dich gleich zurück.«

Eliza legte auf und Gwen behielt das Handy im Schoß. Vor den Fenstern vorn und hinten im Haus blitzten die Lichter der Polizeifahrzeuge.

Zwei Menschen waren tot und Gwen war sich nicht mehr sicher, ob sie tatsächlich allein hier wohnen wollte.

Haben Ihre Monitore etwas Auffälliges aufgezeichnet?«, fragte der nassforsche Nachwuchs-Sherlock in Gwens Zimmer.

»Ja«, log Neil.

»Was denn?«

»Ich lasse Ihnen das digitale Überwachungsprotokoll zukommen.« Im Augenblick wollte Neil nur raus aus diesem Zimmer und auf die andere Zaunseite in den Nachbargarten, damit er sich dort umsehen konnte.

»Kannten Sie die Opfer?«

»Nein.«

»Und Miss Harrison?«

»Das müssen Sie sie schon selbst fragen.«

»In welchem Verhältnis stehen Sie zu Miss Harrison?«

Neil kniff die Augen zusammen. »Ich bin ihr Leibwächter.«

»Wir sind hier nicht gerade in einem Villenviertel, Mr MacBain. Aber Sie überwachen das Haus nonstop und leisten Personenschutz. Ist das nicht ein bisschen übertrieben?«

Neils Kiefer zuckte. »Wenn Sie mich jetzt bitte entschuldigen wollen? Ich muss mich drüben umsehen.«

»Private Sicherheitskräfte haben keinen Zutritt, Mr MacBain. Aber das wissen Sie sicher.«

Neil ballte die Fäuste.

Das klingelnde Handy in seiner Tasche verhinderte, dass er eine Straftat beging.

»MacBain«, sagte er.

»Neil? Carter hier. Was ist los?«

Neil drehte den Cops den Rücken zu. »Gwens Nachbarn sind tot.«

»Das hat Eliza mir gerade gesagt.«

»Mr MacBain, die Ermittlungen haben gerade erst begonnen. Wir wollen nicht …«

»Ich brauche eine Genehmigung von der Polizei in Tarzana, damit ich mir selbst ein Bild von der Sache machen kann. Und ich brauche sie, bevor die dort drüben die Spuren zertrampeln.«

Die Polizisten schauten einander feixend an.

*Arrogante junge Schnösel.*

Neil hörte Carter mit jemandem reden. Wenn ihm irgendwer den Weg freimachen konnte, dann der Gouverneur.

»Ich habe es weitergegeben. Und Eliza hat gerade Dean angerufen.« Gut. Dean war Detective bei der Polizei von Los Angeles und seit Jahren mit Eliza befreundet. »Glaubst du an einen Mord?«, fragte Carter.

»Das weiß ich erst, wenn ich mich umgesehen habe. Aber verdammt, ich hoffe nicht, dass es einer ist.«

»Mr MacBain?«

»Ich muss Schluss machen«, sagte Neil zu seinem Freund. »Ruf Blake an und sag ihm, dass es Gwen gut geht.«

»Wird erledigt. Falls es Probleme gibt, melde ich mich noch mal.«

Neil legte auf. Die Polizisten hatten weitere Fragen. »Wo wohnen Sie?«

Wo er wohnte, war nicht wichtig. Und die Fragen dieser jungen Wichtigtuer zu beantworten, während draußen Uniformierte die Spuren zerstörten, war reine Zeitverschwendung. »Sobald ich drüben im Garten war, können wir uns gern weiter unterhalten.«

Er kehrte zu Gwen zurück. Sie hatte sich nicht von der Stelle gerührt.

»Alles in Ordnung?«

Sie nickte fast, doch dann schüttelte sie den blonden Kopf. »Sie glauben nicht, dass es ein Unfall war, oder?«

Neil sagte weder Ja noch Nein.

»Deshalb wollten Sie, dass ich im Zimmer bleibe und den Revolver bei mir habe.«

Die Sekunden, in denen sie ihm nach ihrem Schrei nicht geantwortet hatte, waren die längsten seines Lebens gewesen. Er war aus dem Haus gespurtet und hatte sämtliche Verkehrsregeln gebrochen, um schnellstmöglich zu ihr zu gelangen. Ricks Worte klangen ihm noch im Ohr. *Ich glaube, dass sie Billy fertigmachen wollten, ihn quälen.*

Neil sah die Polizisten die Treppe herunterkommen und durch die Hintertür nach draußen gehen.

Er zog das zerknitterte Zeitungsbild von Gwen, Karen und dem toten Vogel aus der Tasche.

»Was war da los?«

Gwen glättete das Bild auf ihrem Schoß. »Karen und ich haben in einem Restaurant zu Abend gegessen. Danach hat sie vor der Beifahrerseite des Wagens einen toten Vogel gefunden.«

»Auf dem Bild sehen Sie erschrocken aus.«

»Wir … wir waren ein bisschen durcheinander. Karen hatte erst ein paar Tage zuvor im Blumenkasten vor ihrem Fenster eine tote Krähe entdeckt. Sie hasst Vögel, deshalb hat sie mich gebeten …« Gwen redete weiter, aber Neil hörte sie nicht.

*Zwei … zwei tote Krähen?*

»Bei der Krähe am Fenster habe ich mir noch nichts gedacht. Aber der zweite Vogel war viel größer, fast wie ein Rabe. Ich habe das gegoogelt. Raben gibt es hier in der Gegend eigentlich nicht.«

*»Ich habe Raven im Visier, Mac.« Raven – der Rabe – war gleichzeitig der Codename der Zielperson und die Bezeichnung für ihre geheime Mission. Billy spähte durchs Zielfernrohr seines Scharfschützengewehrs. Neil wollte ihm schon befehlen zu schießen, damit sie nicht noch näher heran mussten und sich schnell wieder zurückziehen konnten.*

*»Verdammt.« Billy ließ das Gewehr sinken.*

*»Was ist?«*

*»Kinder. Seine Kinder sind ihm gerade auf den Schoß geklettert.«*

*»Warte noch. Wir müssen näher ran. Das muss eine saubere Sache werden.«*

*Die Kollateralschäden so gering wie möglich halten.*

»Neil?« Gwens Hand auf seinem Arm holte ihn in die Gegenwart zurück.

»Warum haben Sie mir nichts davon gesagt?« Er musste sie hier wegbringen.

»Wir dachten, dass der blöde Streich Karen gelten würde und dass vielleicht ein eifersüchtiger Fan von Michael dahintersteckt.«

Es hätte Gwen sein können, die tot im Pool trieb anstelle ihrer Nachbarn.

»Karen?«

»Sie hasst Vögel und wir haben die Kadaver vor *ihrem* Fenster und an *ihrer* Seite des Wagens gefunden.«

»Mr MacBain?« Der Polizist deutete mit dem Kinn zur Hintertür. »Sie dürfen rüber.«

*Danke, Carter!*

»Gehen Sie nach oben, Gwen. Packen Sie eine Tasche. Sie bleiben auf keinen Fall hier.«

Neil wartete ihre Antwort nicht ab. Er war bereits zur Tür hinaus und sprang über den Zaun.

Die Leichen waren aus dem Wasser geborgen und abgedeckt worden. Ein ganzes Dutzend Polizisten stöberte mit Taschenlampen im Garten herum.

»Wer führt hier das Kommando?«, fragte Neil auf dem Weg zum Whirlpool.

»Ich.«

Neil sah den Uniformierten an. »Weil Sie als Erster vor Ort waren?«

»Korrekt.«

Das hieß, der Mann wartete auf einen ranghöheren Beamten, der den Fall übernehmen würde. »Was wissen Sie?«

»Beide Opfer haben Brandwunden. Eines an der Hand, das andere seitlich im Gesicht.«

Das hörte sich nach einem tödlichen Stromschlag an. »Wo haben Sie den Strom abgestellt?«

»Am Verteilerkasten.«

Der Kasten stand an der Seite des Gartens. Zwei Polizisten begutachteten ihn gerade, einer von ihnen machte Fotos.

»Neil?«

Neil wandte sich um. Dean und dessen Partner Jim steuerten auf den Pool zu.

»Danke fürs Kommen.«

»Augenblick mal.« Der Ermittlungsleiter schob sich zwischen sie.

Dean und Jim zückten ihre Dienstausweise.

»Das hier fällt nicht in Ihren Zuständigkeitsbereich, Detectives.«

Dean zeigte auf Gwens Haus. »Wissen Sie, wer da gewohnt hat?«

Der Polizist schüttelte den Kopf.

»Unsere First Lady, die Gattin des Gouverneurs. Was im Umkreis von einer Meile passiert, fällt immer in meinen Zuständigkeitsbereich. Und jetzt ziehen Sie Ihre Leute ab. Die zertrampeln die Spuren.«

Der Polizist nickte und befolgte die Anweisungen.

»Es macht Spaß, so was sagen zu können.« Dean grinste breit. »Was ist passiert?«

Neil sagte ihm, was er wusste, beschloss aber, die toten Vögel nicht zu erwähnen. Vorerst.

Dean schaute sich um. »Glauben Sie, es war Mord?«

»Zwei Tote in einem unter Strom gesetzten Pool? Wonach sieht das für Sie aus?«, fragte Neil.

Sie gingen zum Becken. Die anderen Cops blieben auf Abstand.

Jim hob eine der Planen an. Neil konnte von seinem Standort aus nichts sehen, aber das war auch nicht nötig.

»Wenn Stromstöße durch den Körper jagen, können sie so ziemlich überall austreten. Und alles, was ihnen dabei in die Quere kommt, verbrennt.«

»Als die Polizisten hier eingetroffen sind, stand der Pool noch unter Strom«, sagte Neil.

Er ging vor der Wartungstür des Pools in die Hocke. Einer der Uniformierten hatte sie bereits geöffnet. »Haben Sie eine Taschenlampe?«

Jim gab ihm eine.

Neil schaute in die Öffnung. Jeder Gedanke an einen Unfall löste sich schlagartig auf. Die toten Vögel lagen nicht zufällig da.

»Verdammt, was sind das für Viecher?«

»Raben.«

# Zwölf

Renn, du Held … Los, renn schon.«

Mit seiner Beute zu spielen, hatte mehr Suchtpotenzial als Crack. Kein Wunder, dass die Typen aus den Gangs immer wieder im Knast landeten. Scheiße wie die hier machte sie high … Wobei sie allerdings meistens ganz andere Scheiße bauten.

Er schaute zu, wie Neil über den Zaun zurücksprang und ins Haus stürmte. Einer der Kerle im Anzug folgte ihm, der andere kommandierte das uniformierte Volk herum.

Er warf sich ein paar saure Drops in den Mund und genoss das Unterhaltungsprogramm.

Durchs Fernglas sah er, wie Neil das Mädchen aus dem Haus zog und in seinen Wagen verfrachtete. Neil warf eine Tasche auf den Rücksitz und knallte die Tür zu.

»Ich dachte, sie ist dir egal, MacBain. Ich dachte, du lässt deine Prinzessin sitzen.«

Lachend steckte er sich ein weiteres Bonbon in den Mund. Neil zeigte gerade überdeutlich, dass die Frau ihm etwas bedeutete. Es war Zeit, sie ihm wegzunehmen.

Mac hatte es nicht verdient, glücklich zu sein. Das hatte keiner von denen.

Gwen fiel wie erschlagen in ein Bett in einem von Blakes Gästezimmern.

Unten schien Neil sich für einen Feldzug zu rüsten. Er und Dillon schleppten die gesamte Überwachungstechnik in Blakes Büro, dazu einige schwarze Kisten. Gwen nahm an, dass darin Waffen waren.

Die Hoffnung, von Neil eine Erklärung zu erhalten, hatte sie inzwischen aufgegeben. Als er ins Haus gestürzt war und gesehen hatte, dass sie keine Tasche, sondern einen Koffer packte, hatte er nur das Allernötigste in eine Umhängetasche gestopft und war mit ihr nach Malibu gerast.

Dean war ihnen gefolgt. Die Männer hatten noch eine halbe Stunde geredet, dann war Dean gegangen.

Im Augenblick wollte Gwen nur noch schlafen, ihre Batterien aufladen und später darüber nachdenken, was an diesem nicht enden wollenden Abend passiert war.

Sie verbrachte eine Ewigkeit unter der Dusche, dann kroch sie in das weiche, warme Bett. Als sie die Augen schloss, schob sie die Bilder von Whirlpools und Tod energisch aus ihrem Kopf und dachte stattdessen an Neils Umarmung.

Neil brauchte einige Zeit, um die Ortungstechnik aus seinem Telefon zu entfernen, und aus den Wagen, in denen sie heute Nacht wegfahren würden. Kurz bevor es losging, stellte er das Überwachungssystem des Hauses so ein, dass es zehn Minuten lang gestört war. Er tat sein Möglichstes, um unbemerkt das Haus verlassen zu können.

Eigentlich hatte er das Anwesen in Malibu für Gwen zu dem sicheren Turm machen wollen, in dem man Märchenprinzessinnen versteckte, und geplant, anschließend den Mann zu suchen, der Gwens Nachbarn auf dem Gewissen hatte. Und Billy. Aber als er die Überwachungstechnik in Blakes Büro gebracht und das System neu hochgefahren hatte, hatte er zwei getarnte Cookies entdeckt.

Seine hochmoderne Überwachungsanlage war gehackt worden. Und zwar so professionell, dass Neil an der Hardware nichts Verdächtiges finden konnte. Es musste etwas geben, das er nicht mit bloßem Auge sah.

Jetzt wusste er auch, weshalb er an der Alarmanlage in Tarzana nie einen Fehler gefunden hatte. Die Probleme waren von außen erzeugt worden. Wie das gemacht worden war, konnte er sich nicht erklären. Das Militär wurde mit immer raffinierteren Techniken ausgerüstet. Seit ihrer Erfindung wurden Wanzen von Jahr zu Jahr kleiner und schwieriger zu orten. Dass seine Anlage verwanzt war, stand außer Frage. Nur sehen konnte er die Wanzen nicht.

Billys gewaltsamer Tod und die Spur aus toten Raben, die zu Gwen führte, sagten Neil, dass er es nicht mit einem x-beliebigen Verrückten zu tun hatte.

Wer hinter den Whirlpool-Morden steckte, hatte mit Sicherheit einen Geheimdienst-Background. Zusätzlich musste es die Person mit einem Kerl wie Billy aufnehmen können.

Das Haus in Malibu konnte leicht zur Falle werden. Das wusste Neil jetzt. Wer konnte schon sagen, wie weit der Arm dieses Typen reichte?

Neil hatte kurz mit Blake gesprochen. Wirklich einig waren sie sich nicht.

»Gwen soll herfliegen. Auf Albany kann ich sie schützen.«

Neil war anderer Meinung. Solange er den Drecksack nicht aufgespürt und unschädlich gemacht hatte, war sie nur an seiner Seite sicher.

»Hier bei mir ist sie besser aufgehoben. Und bevor du fragst: Nein, komm nicht früher nach Hause als geplant.«

»Verdammt Neil, soll ich hier herumsitzen, während es bei euch Tote gibt?«

Nein. Eigentlich erwartete er, dass Blake sich umgehend ins Flugzeug setzte. Aber das würde bedeuten, dass es noch mehr Leute geben würde, die Schutz brauchten ... noch mehr Leute, die ein Ziel für den Killer abgeben konnten.

»Erinnerst du dich noch an unsere erste Begegnung, Blake?«

Mit Sicherheit. Das war am absoluten Tiefpunkt von Neils Leben gewesen. Sechs Monate vorher hatte er den kläglichen Rest seiner Einheit mit Mühe und Not aus der Kampfzone gebracht. Zwei seiner Männer waren in so viele Teile zerrissen worden, dass Neil sie nicht hatte identifizieren können. Billy und Smiley hatten Linden noch rausgetragen, aber sein linker Oberschenkel war zerfetzt gewesen und sein Körper hatte den Blutverlust nicht verkraftet.

Neil hätte nie geglaubt, dass er einmal unter dem Überlebendensyndrom – schweren unterschwelligen Schuldgefühlen – leiden würde.

Aber genauso war es. Er lebte noch und seine Männer waren tot. Und das nur, weil er Billy nicht hatte abdrücken lassen. Er hatte warten wollen, bis sie näher dran waren.

»Ich erinnere mich.«

Neil schob die Erinnerungen an alte Zeiten beiseite und wählte seine Worte mit Bedacht. Vielleicht hörte der Kerl, der hinter der Sache in Tarzana steckte, ihnen zu. Deshalb sollte das Gesagte am besten nur für Blake verständlich sein.

»Was habe ich am nächsten Tag gemacht … als ich wieder nüchtern war?«

Sie waren einander in einer Bar begegnet. Unter normalen Umständen hätte Blake keinen Fuß in eine solche Kaschemme gesetzt, aber er kam gerade von der Beerdigung seines Vaters zurück in die Staaten und wollte sich inkognito volllaufen lassen.

Stundenlang hatten sie zusammen in ihre Gläser gestiert: zwei Fremde, die das Leben hassten und ihr Selbstmitleid in Alkohol ertränkten. Um vergessen zu können, war Neil schon seit sechs Monaten nicht mehr nüchtern gewesen. Soweit er sich erinnerte, hatte er Blake das erzählt.

Aber wie viel er Blake über seine Militärzeit gesagt hatte, wusste er noch immer nicht. Nur dass Blake, kurz bevor die Flasche leer gewesen war, die falschen Knöpfe gedrückt hatte.

»Dann war's das also«, hatte Blake gelallt. »Für Sie ist das Leben gelaufen. Von jetzt an wollen Sie sich in einem Loch wie diesem hier verkriechen, bis Sie eines Tages auf der Straße landen und in einem beschissenen Pappkarton pennen.«

Neil holte aus. Seine Faust traf Blake am Kinn. Blake stürzte sich auf ihn und brachte ein paar passable Haken zustande. Aber selbst der betrunkene Neil war ihm haushoch überlegen und hatte ihn binnen Sekunden am Boden. Neil hätte weiter auf ihn einschlagen können, aber das Problem war: Blake hatte mit seiner Einschätzung der Lage ins Schwarze getroffen.

Neil hatte Blake losgelassen und war weggegangen.

Als sich die Nebel am nächsten Tag gelichtet hatten und die brüllenden Kopfschmerzen etwas nachließen, erinnerte sich Neil an Blake Harrison und dessen Transportunternehmen. Ihm fiel auch wieder ein, dass Blake behauptet hatte, seine Telefonleitung sei verwanzt und keiner der Typen, die er beauftragt hatte, könnte die Wanze finden.

Ein paar Stunden später hatte Neil Blake Harrisons Adresse und war auf dem Weg nach Malibu.

Er setzte sich eine Mütze auf, gab sich als Gärtner aus und gelangte aufs Grundstück, ohne dass auch nur ein Hund an ihm geschnüffelt hatte. Blake Harrison war ein reicher Mann, aber seine Sicherheitsvorkehrungen waren ein Witz. Selbst Neils Großmutter hätte im Schlaf aufs Gelände wandeln und sein Telefon anzapfen können. Und Nana war über siebzig.

Neil fand die Wanze in der Leitung, entfernte sie und wartete, bis Blake nach Hause kam.

Neil baute sich vor ihm auf.

»Was soll das?«

Neil warf ihm die kleine, als Kabelschelle getarnte Vorrichtung zu.

Blake pflückte sie aus der Luft.

»Das ist Ihre Wanze.« Das war Neils Entschuldigung für den Kinnhaken vom Vorabend und vielleicht auch sein Dank für den Weckruf. Denn während er nach Blakes Adresse gesucht, sich auf das Grundstück geschlichen und die Wanze entfernt hatte, war ihm klar geworden, wie sehr er am Leben hing. Und er hatte ein paar Stunden lang nicht an seine toten Freunde und an zerfetzte Körper gedacht.

Blake starrte auf das Ding in seiner Hand und drehte es hin und her. »Kein Scheiß?«

Neil wandte sich ab. Eigentlich hatte er für immer aus Blakes Leben stapfen wollen.

»Hey? Wie sind Sie eigentlich hier reingekommen?«

Neil schnaubte. »Ihre Sicherheitsvorkehrungen sind Mist, Harrison.«

»Suchen Sie einen Job?«

Neil hatte das Angebot angenommen, aber nicht wegen des Geldes. Davon hatte er genug, auch wenn es ihm wie Blutgeld vorkam. Blake investierte Neils Gehalt unter Neils Namen in seine Firma. »Private Rentenversicherung« nannte er das.

Blake war ein verdammter Geldautomat. Unter seinen Händen wurden selbst welke Blätter zu Hundert-Dollar-Scheinen.

Und Neil kümmerte sich fortan um seine Sicherheit.

Die Arbeit heilte einen Teil seiner Wunden.

»Ich erinnere mich«, sagte Blake am Telefon. Mehr nicht.

»Dann musst du mir jetzt vertrauen, bleiben, wo du bist, und für die Sicherheit deiner Familie sorgen.«

»Gwen gehört auch zur Familie.«

»Ich weiß.« Aber für Neil war sie noch viel mehr als ein Familienmitglied seines Arbeitgebers.

Eine Hand legte sich über ihren Mund. Sie schreckte hoch. Im Zimmer war es stockdunkel.

Gwen wehrte sich, zappelte, wollte schreien.

»Gwen! Psst. Ich bin's, Neil«, raunte er.

Sie hörte auf, sich zu wehren, und wartete gespannt.

»Wenn ich Sie jetzt loslasse, müssen Sie tun, was ich sage. Haben Sie verstanden?«

Sie nickte.

Langsam nahm er die Hand von ihrem Mund. »Wir müssen raus aus dem Haus. Jetzt sofort«, flüsterte er hastig. In seinen dunklen Kleidern sah Neil aus wie ein Einbrecher.

»Warum denn?«, flüsterte Gwen zurück.

»Keine Zeit für Erklärungen. Sie müssen mir vertrauen. Vertrauen Sie mir, Gwendolyn?«

Sein Blick war hart. Bohrend.

»Ich vertraue Ihnen.«

»Danke.«

Neil sprang vom Bett und nahm eine kleine Sporttasche vom Boden. »Hier.« Als sie sich hochrappelte, drückte er ihr ein paar Kleider in die Hand.

»Warum flüstern wir?«

»Das Haus ist verwanzt.«

Sie zögerte. »Verwanzt?« Wenn sich ihr Herzschlag weiter beschleunigte, hatten sie ein Problem.

»Nicht jetzt, Gwen. Lassen Sie das Licht aus und ziehen Sie sich an. Schnell.«

Sie setzte sich auf die Bettkante und schlüpfte in die schwarze Hose, die er ihr hinhielt. »Sportkleidung?«

»Darin können Sie sich besser bewegen.« Er ging ins angrenzende Badezimmer und stöberte eine Minute lang dort herum. Mit dem Rücken zu ihm zog sie sich einen Sport-BH über den Kopf und darüber ein eng anliegendes Shirt. Diese Kleider hatte sie vorher in Tarzana eingepackt. Sie hatte Yoga machen und sich dabei entspannen wollen.

Neil kam aus dem Bad, warf ein paar Sachen in ihre Tasche und stopfte das Nachthemd dazu, das sie gerade ausgezogen hatte.

Hundert Fragen fluteten ihr Gehirn. Warum mussten sie weg? Wer war hinter ihnen her? Wohin sollten sie gehen?

Wenn ihr Feind es geschafft hatte, die sichere Festung zu knacken, die Neil für ihren Bruder und die ganze Familie geschaffen hatte, war er brandgefährlich.

Gwen warf einen Blick auf die Uhr. Es war halb drei morgens und irgendetwas sagte ihr, dass sich ihr Leben in dieser Minute für immer ändern würde.

Neil warf sich die kleine Tasche über die Schulter und zog sie auf die Füße. »Kein Wort, bis ich Entwarnung gebe.«

So wie jetzt hatte sie Neil noch nie gesehen. Seinen Augen schien trotz der Dunkelheit nichts zu entgehen. Der durchdringende Blick und die zuckenden Muskeln unter seinem Shirt verrieten ihr, dass er angespannter war als eine Raubkatze vor dem tödlichen Sprung auf die Beute.

Auf dem Weg durchs Haus und zur Garage hielt Neil sich mit ihr im Schatten. Lautlos schlichen sie durch die Dunkelheit. Neben Blakes Wagen stand ein zweiter, am Steuer saß Dillon.

Gwen erkannte ihn selbst aus der Nähe kaum. Neil schob sie zum zweiten Fahrzeug und bedeutete ihr, sich auf den Rücksitz zu setzen. Sanft drückte er ihren Kopf nach unten.

Gwen verstand die Aufforderung und machte sich auf dem Rücksitz flach. Von da an sah sie nur noch Neils Hinterkopf.

Er zog sich eine Strickmütze über … kohlschwarz. Dann fuhren sie rückwärts aus der Garage. Dillon folgte ihnen im zweiten Wagen. Beide Fahrzeuge schoben sich die unbeleuchtete Einfahrt entlang.

Dann bog Neil auf eine kurvige Straße ab. Die Biegungen nahm er schneller als sonst. Gwen stemmte sich gegen den Sitz, um nicht hin- und hergeworfen zu werden.

Das Adrenalin rauschte so schnell durch ihre Adern wie der Wagen über die Straße. Aber sie musste sich insgeheim eingestehen, dass sie keine Angst empfand, sondern prickelnde Aufregung.

Auch ohne viele Worte wusste sie, dass Neil das alles zu ihrem Schutz tat. Überrascht stellte sie fest, wie sehr seine rückhaltlose Entschlossenheit ihre Leidenschaft anfachte.

In der nächsten rasanten Kurve musste sie wieder reflexartig die Arme ausfahren.

*Kein guter Zeitpunkt für heiße Gedanken, Gwen.*

Dass sie kurz vor dem Aufwachen von Neil geträumt hatte, sorgte allerdings nicht für einen kühlen Kopf. In dem Traum hatte sie in seinen stahlharten Armen gelegen und er hatte sich mit leicht geöffneten Lippen über sie gebeugt. Leider hatte der echte Neil sie ausgerechnet in diesem Moment geweckt.

Der Wagen sprang über eine Bodenwelle und Gwen plumpste mit einem »Umpf!« in den Fußraum.

»Alles in Ordnung?« Neil nahm den Fuß vom Gas.

Gwen kämpfte sich auf den Sitz zurück. »Ja.«

»Nur noch ein kleines Stück«, sagte er. »Dann wechseln wir den Wagen.«

»Kann ich mich aufsetzen?«

»Nein. Noch nicht.«

Sie blieb auf dem Sitz liegen und stimmte in sein Schweigen ein. Es dauerte noch eine halbe Ewigkeit, bis Neil den Wagen am Straßenrand ausrollen ließ.

Er sprang heraus, riss die Hecktür auf und griff nach ihrer Hand. Mit schmerzenden Muskeln stieg sie aus und ging mit Neil zu einem anderen Wagen.

Die gefühlte halbe Ewigkeit hatte nur eine halbe Stunde lang gedauert. Während Neil ein paar Sachen von einem Kofferraum in den anderen packte, starrte Gwen auf dem Vordersitz in die Nacht. Sie standen zwischen einem Dutzend anderen Fahrzeugen auf einem Pendlerparkplatz.

Gwen sagte erst etwas, als sie sich auf einer schmalen Straße befanden und kein anderer Wagen in Sicht war. »Neil?«

Nach einem kurzen Blick zu ihr schaute er wieder auf die Straße.

»Was soll das werden?«

Seine Finger umklammerten das Lenkrad und es dauerte einen Moment, bis er sagte: »Mich fernzuhalten, war keine Option.«

Zunächst verstand Gwen nicht, was er meinte. Dann fiel ihr ein, dass sie ihm in der Bar die Pistole auf die Brust gesetzt hatte.

Gwen flocht die Hände im Schoß ineinander und lehnte den Kopf an den Sitz. Alle weiteren Fragen konnten warten. Und Neils Antworten sowieso.

# Dreizehn

Ein Nachtsichtgerät mit Wärmebildfunktion verfolgte die Wagen auf ihrem Weg aus der Einfahrt. Die Wärmebilder zeigten in beiden Wagen außer dem Fahrer einen Passagier auf dem Rücksitz.

Hektisch verließ er sein Versteck, warf das Bonbon weg, das er sich gerade in den Mund hatte stecken wollen, und sprang in seinen Wagen.

Anscheinend hatte MacBain die Sache selbst in die Hand genommen. »Aufgeben kommt für dich wohl nicht infrage, oder?«

Die Fahrzeuge ähnelten sich wie ein Ei dem anderen, die Kennzeichen fehlten. Die Peilsender offenbar ebenfalls. Er konnte kein Signal empfangen.

Ein Handy war auch nicht eingeschaltet. Heutzutage wusste jeder Idiot, dass man es auslassen musste, wenn man nicht geortet werden wollte. Früher oder später würde Neil es anschalten müssen. Doch das hatte keine Eile. Wenn nötig, konnte er ihn ein ganzes Jahr lang verfolgen.

Die Wagen fuhren in unterschiedliche Richtungen. Er entschied sich, dem Fahrzeug zu folgen, das nach Osten fuhr. Das andere verschwand Richtung Westen.

Gleißend stieg die Sonne über den östlichen Horizont. Eine dunkle Sonnenbrille schützte Neils Augen. Rechts von ihm saß Gwen. Sie hatte den Kopf an das Fenster auf der Beifahrerseite gelehnt. Der ruhige Rhythmus, in dem sich ihre Brust hob und senkte, verriet ihm, dass sie schlief.

Er fuhr nur ein klein wenig schneller als erlaubt. Seine Tarnung durfte nicht auffliegen. Schon gar nicht wegen etwas so Banalem wie einem Strafzettel für eine Geschwindigkeitsüberschreitung.

Vor ihm zog sich der wenig befahrene Highway meilenweit in die Ferne. Die Ödnis wurde nur hin und wieder durch einen Bergrücken unterbrochen, der aus der Wüstenfläche ragte.

Und Gwen schlief.

Er war stolz darauf, wie sie mit der Situation umging. Sie hätte darauf bestehen können, in seine Pläne eingeweiht zu werden. Sie hätte sich wiedersetzen können ... aber sie hatte sich ihm anvertraut. Gwen hatte seine Anweisungen bis aufs i-Tüpfelchen befolgt. Südkalifornien hatten sie ohne einen Blick zurück hinter sich gelassen.

Neils Augen glitten über seine zierliche Beifahrerin. In dem Sportdress sah sie aus wie eine Fassadenkletterin und war schöner denn je. Von seinen heißen Fantasien über sie beide hatte er nie jemandem etwas gesagt. Trotzdem war irgendwer dahintergekommen.

Und jetzt setzte diese Person ihr Wissen gegen ihn ein.

Halte dich von Vegas fern, Mac, sagte er sich. An seinem Pokerface musste er offenbar noch arbeiten.

Gwen stöhnte leise auf. Der kehlige Laut fuhr ihm direkt zwischen die Beine. Er wand sich auf seinem Sitz.

Sie blinzelte und streckte sich. »Guten Morgen«, murmelte sie.

Der einfache Gruß verführte ihn beinahe zu einem Lächeln. »Guten Morgen.«

»Wo sind wir?« Sie sah sich um.

»Schon fast in Nevada.«

»Nevada? Ist das unser Ziel?«

»Es liegt auf unserer Strecke.«

»Oh.«

Er wartete ein paar Atemzüge ab, bevor er ihr einen forschenden Blick zuwarf. »Wie denn? Keine Fragen?«

Ihr Lächeln ließ etwas in ihm aufbrechen. »Irgendwann, nachdem Sie mich letzte Nacht aus dem Bett gezerrt und ins Auto verfrachtet haben und bevor ich einschlafen konnte, weil Sie nicht mehr gefahren sind wie ein Irrer, habe ich beschlossen, jeden Moment so zu nehmen, wie er kommt.«

»Und Sie wollen mich nicht fragen, wohin wir fahren?«

»Würden Sie es mir verraten?«

Nein. Je weniger sie wusste, desto leichter würde es ihr fallen, ihren Aufenthaltsort geheim zu halten. Schon ein kleiner Versprecher bei einem Tankstellenhalt konnte sie verraten.

»Das habe ich mir gedacht. Aber im Augenblick ist alles gut, so wie es ist.«

Lange würde es auch nicht dauern. Das hoffte er zumindest.

»Weiß irgendwer, wohin wir fahren?«

»Nein.«

Ihr Bruder würde sich Sorgen machen, ihre Mutter außer sich sein.

»Können wir jemanden an…«

»Nein.« Er fiel ihr ins Wort. »Wir können niemanden anrufen. Nicht jetzt. Außerdem sind die Telefone in Malibu verwanzt.«

»Das wissen Sie? Warum haben Sie die Wanzen nicht einfach entfernt?«

»Damit der Kerl, der uns verfolgt, genau das hört, was er hören soll.«

»Und wie erfahren dann Blake und die anderen, dass es uns gut geht?«

»Ich mache das schon.«

Gwen rieb sich die Stirn. »Sie glauben, es ist jemand hinter uns her?«

Im Rückspiegel näherte sich ein Wagen. Neil unterdrückte den Impuls, das Gaspedal durchzutreten.

»Ich *weiß*, dass jemand hinter uns her ist.«

»Aber was will er von mir? Ich denke nicht, dass ich Feinde habe. Weder hier noch sonst wo.«

Der andere Wagen schoss heran und dann an ihnen vorbei.

Neil seufzte. »Wer immer der oder die Verfolger sind – es geht um mich, nicht um Sie.«

»Und warum haben die dann meine Nachbarn ermordet? Was hat das mit Ihnen zu tun?«

Neil schluckte. Er war froh, dass die Sonnenbrille seine Augen verbarg.

»Er wollte mich wissen lassen, dass er an Sie genauso leicht herankommen könnte.« Es hätte Gwen sein können, die im Wasser trieb. Leblos.

»Das ist doch verrückt, Neil. Das Haus ist von der Türschwelle bis zum Dachfirst verkabelt.«

»Trotzdem hat die Hintertür offen gestanden, ohne dass Alarm ausgelöst wurde. Jeder hätte einfach hereinspazieren können.«

»Womit noch lange nicht erklärt ist, warum jemand mich benutzen sollte, um Ihnen zu schaden. Sie arbeiten für meinen Bruder und haben kaum einen Blick für mich übrig.«

O doch, das hatte er. Viele Blicke sogar. Und irgendjemandem war das aufgefallen.

»Neil?«

Im Augenblick erschien ihm eine Defensivtaktik am besten. »Wir halten an der nächsten Tankstelle an. Sie können dort zur Toilette gehen. Aber reden Sie mit niemandem.«

Der lange Blick, den Gwen in die menschenleere Landschaft warf, verriet ihm, was sie gleich sagen würde.

»Ich sehe niemanden, der hinter uns her sein könnte.«

»Aber falls uns jemand verfolgt und nach uns fragt, verrät uns Ihr britischer Akzent.«

»Daran hab ich gar nicht gedacht.«

»Das Denken überlassen Sie besser mir.«

Gwens Lächeln fiel in sich zusammen. *O verdammt. Falscher Text.*

»Ich bin blond, nicht blöd.«

»Das habe ich auch nicht behauptet.«

»Sie haben gesagt, ich soll nicht denken.«

»Nein. Ich habe gesagt, Sie sollen das Denken mir überlassen. Das war ungeschickt formuliert. Was ich sagen wollte, ist: Sie müssen mir vertrauen, bis ich weiß, wer dort draußen auf uns lauert, und bis sicher ist, dass Ihnen keine Gefahr droht.«

»Dass ich Ihnen vertraue, habe ich bereits bewiesen. Immerhin bin ich mitten in der Nacht mit Ihnen aus dem Haus meines Bruders verschwunden wie ein Einbrecher. Und dabei hatte ich mein Gehirn keinesfalls ausgeschaltet, sondern eine vernünftige Entscheidung getroffen und Ihnen dabei das Kommando überlassen. Das Denken habe ich keine Sekunde lang aufgegeben.« Sie starrte ihn mit zusammengezogenen Brauen an.

Die Hände ums Lenkrad geklammert, suchte er nach den Worten, mit denen er wieder aus dem Fettnäpfchen herauskam, in das er mit beiden Füßen gesprungen war. Sie war kein Soldat unter seinem Kommando. Das durfte er nicht vergessen. Aber nach seinem weichen Kern zu suchen, war wenig erfolgversprechend, solange es ihn nicht gab. Tiefschürfende Gespräche mit Frauen hatte er aus diesem Grund immer vermieden.

»Es tut mir leid.« *Bitte sehr. Das musste sie doch glücklich machen.* Er wagte einen Blick.

*Nicht glücklich.*

Damit er sich nicht noch weiter in die Scheiße ritt, die aus seinem Mund quoll, sagte er lieber nichts mehr.

Angespanntes Schweigen folgte.

Auf die schlecht geputzte Toilette zu gehen, war keine Freude, aber immer noch besser als ein Busch am Straßenrand. Obwohl Gwen fast platzte, sagte sie während des Stopps an der Tankstelle kein Wort. Neil hatte recht. Ihr britischer Akzent war noch auffälliger als ihr blondes Haar und die hohen Wangenknochen.

Und was Neils Schweigen betraf ... Dieses Spiel konnten auch zwei spielen. Die Briten waren nicht nur für ihren trockenen Humor bekannt, sie konnten auch warten – geduldig und stumm. Zumindest in ihrer Familie. Amerikaner redeten ununterbrochen. Gwen musste zugeben, dass es hier mehr Spaß machte, mit ihren Freundinnen zu schwatzen als zu Hause. Für Eliza war kein Thema tabu. Sie hatte ihre Schwäche für Neil als Erste bemerkt und es ihr auf den Kopf zugesagt.

Für den gigantischen Idioten.

*Das Denken überlassen Sie besser mir.*

Gwen verdrehte die Augen und zog ein Papierhandtuch aus dem Spender, damit sie die schmutzige Türklinke nicht anfassen musste. Sie wollte sich auf dieser Toilette nichts einfangen.

Der heiße Morgen in Nevada fühlte sich in der eng anliegenden Sportkleidung noch heißer an. Aber schon bei dem Gedanken, an diesem schmuddeligen stillen Örtchen etwas auszuziehen, wurde ihr flau. Deshalb beschloss sie, alles anzubehalten, bis sie ihr Ziel erreichten.

Zudem wusste sie gar nicht, welche Kleider sie dabei hatte. Die Tasche hatte Neil für sie gepackt.

Bevor sie wieder nach draußen ging, steckte sie sich mit einem Clip das Haar hoch, damit es nicht noch zusätzlich ihren Nacken und ihren Rücken wärmte.

Sie setzte sich wieder auf den Beifahrersitz und sah zu, wie Neil mit zwei Pappbechern aus der Tankstelle kam. Kurz darauf erfüllte Kaffeeduft das Wageninnere.

Neil schob sich hinters Steuer und schnallte sich an. »Ich weiß, Tee wäre Ihnen lieber. Aber die hatten nur Kaffee.«

»Die meisten Amerikaner trinken morgens Kaffee, oder?«

Neil fuhr los. »Ja.«

»Dann *denke* ich, ich sollte auch Kaffee trinken. Einen Kaffee und einen Tee zu bestellen, könnte uns verraten.«

»Pffft!«, machte Neil und grinste.

# Vierzehn

»Was soll das heißen – hier schlafen wir?«

Neil hatte den Wagen von der Straße hinter eine Felszunge in der Wüstenlandschaft von Nevada gelenkt. Sie waren gefahren, bis die Abenddämmerung eingesetzt hatte, und soweit Gwen das beurteilen konnte, tuckerten sie so langsam dahin wie nur irgend möglich. Oder besser gesagt, sie kurvten. Anfangs waren sie nach Osten gefahren, dann nach Norden und anschließend auf einer Hauptverkehrsader ein Stück zurück nach Westen, nur um bald darauf nach Nordosten abzubiegen. Aber da Gwen fest entschlossen war, das Schweigespiel zu gewinnen, hatte sie sich bisher jeden Kommentar verkniffen. Nicht einmal von dem Fastfood, das Neil ihr hingeworfen hatte, hatte sie sich zu einer Bemerkung hinreißen lassen. Aber jetzt hielt sie es nicht mehr aus.

»Wir verbringen hier die Nacht.«

Durchs Autofenster betrachtete Gwen die schroffe Felswand, die sich ein Stück links von ihnen erhob.

»Ich sehe nirgends ein Hotel.«

Neil fuhr den Wagen rückwärts bis an die Felsen heran, stellte den Motor ab und stieg aus. Er zog ein Kopfkissen und eine Decke aus dem Kofferraum und warf die Sachen auf den Rücksitz. »Sie schlafen hier hinten«, sagte er von der Hecktür aus.

»Sie meinen das ernst.«

»Haben Sie ein Problem, Gwendolyn?«

Sie stieg aus und funkelte ihn über das Wagendach hinweg an. »Bis vor Kurzem hat es mir gefallen, wenn Sie mich mit meinem vollen Namen angesprochen haben. Aber inzwischen habe ich den sarkastischen Unterton bemerkt. Nach einer Dusche und gut ausgeschlafen könnte ich vielleicht darüber grinsen. Nur dauert das anscheinend noch ein Weilchen.«

»Im Hotel übernachten wir, wenn es sicher ist.«

»Und wenn ich mal muss?«

Er machte eine ausholende Geste mit beiden Armen.

*Ah ja.* Selbst ein schmutziges Tankstellenklo war jetzt offenbar Luxus.

»Haben Sie wenigstens an eine Zahnbürste für mich gedacht?«

Er ging zum Kofferraum, knipste eine Taschenlampe an und kramte in ihrer Tasche. Gwen stellte sich neben ihn, weil sie sehen wollte, was er für sie eingepackt hatte. Er schob einen Slip beiseite, ihr Nachthemd, Socken, einen BH, Jeans und ein paar Shirts. Erst hatte er eine Haarbürste in der Hand, dann das Deo, bis er schließlich die Zahnbürste und eine Tube Zahnpasta fand.

»Mehr haben Sie nicht für mich mitgenommen?«

»Wir können sicher bald ein paar Sachen waschen.«

Sie schob ihn beiseite, schnappte sich die Taschenlampe und sah noch einmal nach. Aber das Ergebnis blieb dasselbe. »Sie haben *eine* Garnitur Kleidung zum Wechseln für mich eingepackt? Das ist alles?«

»Eine tragen sie, eine wird gewaschen.«

Seine Miene wirkte seltsam leer. Als sie den Lichtstrahl auf sein Gesicht richtete, wandte er sich ab.

»Wo ist mein Make-up?«

»Tut mir leid, *Gwendolyn*.« Sarkasmus, eindeutig. »Sie so schnell wie möglich in Sicherheit zu bringen, war mir wichtiger, als die Kriegsbemalung einzupacken. Und abgesehen davon sind Sie ohne das Zeug viel schöner.«

»Kriegsbemalung?«

»Die Farbe, die Männer sich ins Gesicht schmieren, bevor sie in die Schlacht ziehen.«

»Ich weiß, was Kriegsbemalung ist. Aber warum nennen Sie Make-up so?«

Neil schob die Taschenlampe beiseite. »Hier bei uns sagt man das.«

»Oh.«

Gwen schlug nach einem Flattertier, das sich vom Lichtstrahl angezogen fühlte. Zahnbürste und Zahnpasta legte sie auf den Rücksitz. Sie schnappte sich die unbenutzte Serviette von ihrem kläglichen Abendessen – aufgewärmte Hamburger und welke Fritten – und stapfte damit davon.

»Wohin gehen Sie?«

Sie blieb stehen und zeigte in die Landschaft. »Zur Damentoilette. Was denken Sie?«

Der Lichtpegel der Taschenlampe verhinderte, dass sie über Büsche und Felsbrocken stolperte.

»Vorsicht, hier gibt es Schlangen.«

Sie zögerte, ging aber weiter. *Ja, klar.* Er musste sie ausgerechnet in einem Teil der Welt verstecken, in dem Giftschlangen lauerten.

Zwischen ihr und Neil lag ein großer Felsblock. Sie wollte gerade die Taschenlampe beiseitelegen, als er rief: »Und Kojoten. Ganze Rudel. Wenn sie einen sehen, umkreisen Sie schon drei.«

»Na wunderbar«, raunte sie. Sie leuchtete mit der Taschenlampe die Umgebung ab und überzeugte sich davon, dass sie allein war.

Als sie fertig war, ging sie zügig zurück zum Wagen. Neil lehnte mit verschränkten Armen an der Motorhaube.

»Halb so schlimm, oder?«

Sie schnappte sich ihre Zahnbürste, die Zahnpasta und eine Flasche Wasser. »Alles bestens. Wenn man sein Geschäft gern in Gesellschaft von Schlangen und Kojoten verrichtet.« Sie wischte sich ein Insekt vom Arm und wusch sich, so gut es ging, die Hände. Dann drückte sie einen Riesenberg Minzezahnpasta auf ihre Zahnbürste und machte sich daran, den Geschmack des fettigen Essens wegzubürsten.

Neil schaute ihr lächelnd dabei zu.

»Was ist denn so lustig?« Sonst lächelte dieser Kerl fast nie und jetzt tat er es auf ihre Kosten.

»In-die-Büsche-Pinkeln vornehm klingen zu lassen, schaffen nur Sie.«

»Nicht mal ich.«

Sein Lächeln wurde nur noch breiter.

»Pffff!« Sie ging hinter den Wagen, spülte sich den Mund aus und kehrte zu ihm zurück.

Der Lichtstrahl fand erneut sein Gesicht. »Sie lachen mich aus.«

»Cool bleiben, Gwen. Ich lache nicht über Sie.«

Sie schlug noch mal nach einem Insekt. Drei weitere befanden sich bereits im Anflug.

Neil stieß sich vom Wagen ab, nahm ihr die Taschenlampe aus der Hand und knipste sie aus. Schwarze Nacht hüllte sie ein. »Kein Licht, keine Quälgeister. Ganz einfach.«

Es gab fast kein Mondlicht in dieser Nacht. Gwen hob den Blick zum Himmel und schnappte nach Luft. »Oh, wow!«

»Wunderschön, nicht wahr?«

»Umwerfend!« Fernab der großen Städte mit den vielen künstlichen Lichtern war der Himmel von Millionen Sternen übersät. Plötzlich fand sie die Übernachtung in der Wüste nicht mehr ganz so schlimm. »Eine so traumhafte Aussicht aufs Universum hat man nur hier«, murmelte sie.

An den Wagen gelehnt legte sie den Kopf in den Nacken. »Fragen Sie sich manchmal, ob es dort draußen noch jemanden gibt?«, fragte sie nach einer Weile.

»Intelligente Lebewesen?«

»Hmhm.«

Neil seufzte. »Ich hoffe es.«

Sie lächelte. »Ich auch. Es wäre schade, wenn wir die einzigen wären.«

»Als Kind wollte ich Astronaut werden.«

Gwen schaute ihn an. »Wirklich?«

»Hmhm.«

»Und was hat Sie davon abgehalten?«

»Ich weiß nicht. Ich habe das Interesse verloren. Lieber was anderes gemacht.«

Das verstand sie. »Mein Traumberuf war Ballerina.«

»Warum sind Sie es nicht geworden?«

Die Härchen auf ihren Armen richteten sich auf. Die Nacht war kühl und sie fröstelte.

»Wenn ich Ihnen das sage, lachen Sie sicher.«

»Lachen? Ich? Ich kriege ja noch nicht mal ein Lächeln zustande.«

Sie kicherte. Sein Scherz überraschte sie.

Neil versuchte, nicht zu grinsen.

»Ich war zu dick.«

Fassungslos schüttelte er den Kopf. »Sie haben kein Gramm zu viel auf den Rippen.«

»Kann schon sein. Aber Balletttänzerinnen lassen sogar beim Salat das Dressing weg. Dafür esse ich einfach zu gern.« Sie sah wieder hinauf in den Sternenhimmel und rieb sich die Arme. »Fürs Ballett schwärme ich aber immer noch. Es ist so anmutig, so schön.«

Neil schälte sich aus seiner Jacke und legte sie ihr über die Schultern. Als sie sich an seine Seite schmiegte, ließ er überraschenderweise den Arm auf ihren Schultern liegen. »Danke.«

Ein Lächeln huschte über sein Gesicht. »Bisher war ich nur ab und zu auf Rockkonzerten, aber noch nie im Ballett oder im Theater.«

»Wirklich? Warum denn nicht?«

»Der Gedanke ist mir nie gekommen.«

Ihr Kopf lag beim Reden an seiner Schulter. »Ich bin in einer wohlhabenden Familie aufgewachsen. Wir konnten uns immer viel Schönes leisten. Aber wissen Sie was?«

»Was?«

»Eine so herrliche, klare Nacht mit Sternen, die funkeln wie Diamanten, habe ich noch nie erlebt.«

»Die besten Dinge im Leben kann man nicht für Geld kaufen.«

*Ohne Frage.*

Eine Sternschnuppe jagte über den Himmel. »Haben Sie das gesehen?«, fragte sie.

»Ja.«

Gwen schloss die Augen und wünschte sich, dass sie sicher wieder nach Hause kommen würden.

»Was tun Sie da?«

Sie öffnete die Augen und sah, dass er sie musterte. »Ich wünsche mir was. Los, bei einer Sternschnuppe hat man einen Wunsch frei. Das wissen Sie doch sicher.«

»Ah.« Der Anblick seines Lächelns ließ ihren Atem stocken.

»Wollen Sie sich nichts wünschen?«

Er schüttelte den Kopf.

»Warum denn nicht?« Sie drehte sich zu ihm, seine Hand lag auf ihrem Arm.

»Ich glaube nicht, dass Wünschen hilft.«

Sie kuschelte sich in seine Jacke. »Aber es ist eine schöne Vorstellung. Und es macht Spaß.«

Sein Lächeln verschwand, sein Blick fiel auf ihre Lippen.

»Ein bisschen Spaß ist hin und wieder erlaubt, Neil.«

Sie schaute ihm in die Augen, ertrank in seinem Blick. Als er sich zu ihr beugte, hatte Gwen nur noch einen Wunsch: dass er diesmal keinen Rückzieher machen würde.

Neils Hand schob sich an ihrem Arm hinauf und zog sie näher. Vielleicht half Wünschen ja doch. Und dann, mitten in der Wüste, zwischen wilden Tieren und unter Millionen von Sternen, küsste Neil sie. Ihr einsamer Körper saugte seine heißen, hungrigen Küsse mit jeder Faser auf.

Gwens Hände glitten auf seine breite Brust und klammerten sich fest. Sie öffnete die Lippen, hieß seine Zunge mit ihrer willkommen. Seine Umarmung nahm ihr den Atem. Aber das war unwichtig. Luft holen konnte sie später noch. Jetzt war die Zeit für Gefühle. Auch für das Gefühl, wie seine Hand ihren Hinterkopf hielt und sie führte. In diesem Augenblick wusste sie, dass sie ihm alles geben würde, was er haben wollte.

Die Realität übertraf all ihre Träume. Sie drängte sich an ihn, spürte seine Erregung und wollte ihn ganz und gar.

Und wenn man seinem Kuss glauben durfte, wollte er sie auch.

Nur weshalb schob er sie dann von sich weg?

Sein heißer Atem strich über ihre Wange. »Gwendolyn«, raunte er.

»Mach weiter«, murmelte sie.

Seine Arme schlangen sich wieder fester um sie.

»Du lenkst mich ab. Und Ablenkungen können einen das Leben kosten.«

Sagte er das zu sich selbst? Oder zu ihr? »Wir sind doch ganz allein.« Und selbst auf einer Motorhaube wilden, heißen Sex zu haben, war besser, als jetzt aufzuhören.

»Es geht nicht.« Er nahm ihr Gesicht zwischen die Hände und sah ihr in die Augen. »Nicht jetzt.«

Der Widerspruch lag ihr schon auf der Zunge. Sie schluckte ihn hinunter.

*Ich habe so lange gewartet. Ein bisschen halte ich es noch aus.* Jetzt, wo sie von ihm gekostet hatte, würde sie ihn jedes Mal, wenn sie an ihn dachte, auf ihren Lippen schmecken.

Eigentlich hatte Blake Neils Rat beherzigen wollen. Aber dann hatte er erfahren, dass Neil und Gwen mitten in der Nacht das Haus verlassen hatten und seither wie vom Erdboden verschluckt waren. Deshalb wies er seinen Piloten an, seinen Privatjet aufzutanken, und verabschiedete sich von Sam und seinem Sohn.

Samantha war nicht glücklich, auf Albany bleiben zu müssen. Aber eine üble Magenverstimmung hinderte sie daran, ihre ganz besondere Überzeugungskraft einzusetzen, damit er sie mitkommen ließ. Und falls Neils Sorgen nur zur Hälfte begründet waren, war es sicher besser, wenn Blake während der Suche nach seiner Schwester und ihrem Bodyguard nicht auch noch Frau und Kind beschützen musste.

Nach der Landung am Westende der Rollbahn und der Zollabfertigung ging Blake zu dem bereitstehenden Wagen, der ihn nach Hause bringen sollte.

»Mr Harrison?«

Einen Moment lang stutzte Blake. Normalerweise fuhr Neil ihn.

»Ich bin von First Class Services.« Diesen Fahrdienst nutzte Blake hin und wieder. Wenn er Sam heute Abend anrief, musste er sich bei ihr bedanken.

Blake nickte und stieg hinten ein. Auf der anderen Seite der Rückbank saß Dean. »Herzlich willkommen, Eure Hoheit«, sagte er grinsend.

Blake schüttelte dem Detective die Hand. »Lassen Sie den Quatsch mit der Hoheit, Dean. Was zum Teufel ist eigentlich los?«

Dean deutete mit dem Kinn auf den Fahrer, der den Wagen von der Rollbahn lenkte.

»Die Angestellten von First Class sind alle überprüft.«

Dean holte tief Luft. »Ich wüsste selbst gern, was los ist, Blake. Eliza hat mich angerufen und mir von Gwens toten Nachbarn erzählt. Wir haben den Polizeifunk in Tarzana mitgehört. Dass Neil am Tatort herumgeschnüffelt hat, hat den Kollegen nicht gepasst. Und dass Ray und ich dort aufgetaucht sind, noch viel weniger. Auf den ersten Blick hätte man denken können, dass nistende Vögel den Stromschlag im Whirlpool ausgelöst haben.«

»Und auf den zweiten Blick?«

»Der steht noch aus. Im Augenblick sucht die Mordkommission den Tatort mit der Pinzette ab. An einen Unfall glaubt niemand mehr. Dass ein Whirlpool von alleine plötzlich unter Strom steht, ist so gut wie ausgeschlossen. Es sei denn, jemand hat die Verkabelung manipuliert. Was mich zu den Opfern bringt.«

»Was ist mit ihnen?«

»Sie waren Hausbesetzer.«

»Hausbesetzer?«

»Ein zunehmendes Phänomen im ganzen verdammten Land. Die Leute ziehen einfach in verlassene Häuser oder in Gebäude, die der Bank gehören. Banken vermieten nicht gern und viele zwangsgeräumte, hoch verschuldete Immobilien stehen lange leer. Gelegentlich ziehen illegal Leute ein, die die Bank dann wieder loswerden muss. Es gibt sogar eigens gegründete Gruppen, die Hausbesetzungen organisieren.«

Blake schüttelte den Kopf. »Dann wohnen die Leute also mietfrei in den Gebäuden? Für wie lange? Ein paar Monate?«

»Oft ein Jahr oder länger. Meist fällt das erst auf, wenn ein Makler sich die Immobilie ansehen will. Verdammt, einer Bank in San Francisco können Häuser in Pacoima gehören und sie beauftragt einen Makler aus San Diego mit dem Verkauf. Da ist es nicht verwunderlich, dass viele Makler das Objekt nie sehen. Ein Scheißsystem.«

»Aber wie zum Teufel kommen die Besetzer an Strom?«

»In unserem Fall haben sie die Leitungen der Nachbarn angezapft. Übrigens auch die von Gwen und Karen.«

»Neil hat mir erzählt, die Bewegungsmelder hätten jedes Mal verrückt gespielt, wenn die Nachbarn im Pool saßen.«

»Den Grund für das Problem hätte er nur herausgefunden, wenn er Zutritt zum Nachbargrundstück gehabt hätte. Dass die Besetzer Strom geklaut haben, bringt mich auf den Gedanken, es könnte doch eine schlichte Erklärung für ihr Ableben geben.«

Blake wusste nicht, was er denken sollte. »Wenn dem so wäre, hätte Neil komplett überreagiert.«

»Davon gehe ich eigentlich nicht aus. Sehr impulsiv wirkt der Mann nicht auf mich. Meistens ist er so still, dass man nur raten kann, was in ihm vorgeht.«

Schon möglich. Aber Blake erinnerte sich an einen Abend, an dem Neil so impulsiv gewesen war wie ein Teenager. »Wo zum Teufel ist er?«

»Gute Frage. Aber bevor er verschwunden ist, hat er Ihr halbes Haus auseinandergenommen. Sie werden das Chaos ja sehen, das er hinterlassen hat. Er hat die gesamte Ausrüstung in Ihr Büro gebracht. Sieht aus, als hätte er eine Festung errichten wollen. Hat Mary eine Heidenangst eingejagt.«

»Und Gwen?«

»Die war wegen ihrer Nachbarn ziemlich durch den Wind. Und als ich gestern Morgen nach ihr sehen wollte, war sie mit Neil verschwunden. Das hier hat mir Dillon gegeben.« Dean reichte Blake einen handgeschriebenen Zettel.

*Dean*
*Keine wichtigen Gespräche in den Häusern in Tarzana und Malibu. Überwachungsanlagen sind angezapft worden. Weitere Informationen in 72 Stunden. Wenn Sie nichts von mir hören, soll Carter den Oberbefehlshaber kontaktieren. Er soll meinen Namen nennen und das Codewort: Raven.*
*Mac*

»Zweiundsiebzig Stunden?«

»Jetzt sind es noch sechsunddreißig.«

Blake fuhr sich durchs Haar. »Den Oberbefehlshaber? Wen meint er damit?«

Dean hielt Blakes Blick fest. »Ich glaube, er meint den Präsidenten.«

Blake wurde plötzlich eiskalt. Verdammt, in was zog Neil seine Schwester da hinein?

# Fünfzehn

Zwei Übernachtungen im Auto waren genug. Zugegeben, es half, dass Neil ihnen einen wunderschönen Übernachtungsplatz gesucht hatte. Trotzdem reichte es ihr.

In der Wüste von Nevada brach der Tag an. Die Felswand, vor der sie geparkt hatten, ragte turmhoch über ihnen auf. Darüber wölbte sich der tiefblaue Himmel.

Die Weiterfahrt durch Utah war für Gwen schlichtweg überwältigend. Sie kannte den Bundesstaat von Bildern, war aber noch nie da gewesen. Die Worte »traumhaft« und »faszinierend« kamen so oft über ihre Lippen, dass sie sich bald anhörte wie eine Endlosschleife.

Der gnadenlose Wind, dem die Felsen ihre bizarren Formen verdankten, rüttelte jetzt an ihrem Wagen.

»Sagenhaft«, sagte sie, als sich nach einer Kurve erneut ein atemberaubender Ausblick bot.

»Ja, nicht wahr?«

Seit dem Kuss hatte Neil nur noch gelegentlich ihre Hände mit seinen gestreift. Anscheinend hatte er die richtige Distanz gefunden, um wachsam zu bleiben. Aber gelegentlich ertappte sie ihn dabei, wie er sie ansah.

Sie liebte Neils Dreitagebart. Er machte seine schönen, aber harten Züge etwas weicher. Neils kurz geschnittenes Haar ließ den Bart nicht nachlässig wirken, sondern gewollt. Zu gern hätte sie sein Kratzen auf ihrer Haut gespürt. Überall.

Alles, was sie unterwegs kauften, bezahlte er bar. Auch ohne viele Filme über Paare auf der Flucht gesehen zu haben, wusste Gwen, dass man Kreditkarten nachverfolgen konnte. Im

Augenblick flogen sie komplett unterhalb des Radars, wie man so schön sagte. Niemand kannte sie und so, wie sie jetzt reisten, würde sie auch niemand finden. Mit jedem anderen zusammen hätte ihr das Angst gemacht, aber mit Neil als Begleiter fühlte sie sich wie befreit.

»Bitte sag mir, dass wir heute in einer richtigen Unterkunft übernachten werden.«

»Mal sehen.«

»Neil, bitte. Meine Kleider gehören in die Wäsche und du hast bisher nie länger als ein oder zwei Stunden am Stück geschlafen.«

»Ich brauche nicht viel Schlaf.«

»Ach, papperlapapp. Jeder Mensch braucht Schlaf. Und irgendwann eine Dusche. Ein Bett und fließendes Wasser. Bitte.« Ihr Ton war zuckersüß. »Du weißt genau, dass uns niemand bis hierher gefolgt ist.«

Er schaute demonstrativ in den Rückspiegel.

»Hinter uns ist keiner.«

Er seufzte. »Wir müssen ein paar Sachen kaufen … bevor wir in ein Hotel einchecken.«

Sie klatschte in die Hände wie ein Schulmädchen, machte auf dem Sitz einen kleinen Sprung auf ihn zu und drückte die Lippen an seine stoppelige Wange. »Danke. Ich kann es kaum erwarten, mich unter die Dusche zu stellen.« Sie lehnte sich zurück und zählte die Meilenmarkierungen bis zur nächsten Stadt.

Sie fanden einen kleinen Supermarkt, in dem es von allem etwas zu geben schien. Kleider für Groß und Klein in einem Gang und Lebensmittel im anderen.

»Wir bleiben nicht lange. Rede mit niemandem.«

Gwen schloss pantomimisch ihre Lippen ab und lächelte. Er gab ihr zwei Zwanziger. »Ich hole uns etwas zu essen, und du kaufst, was du für dich brauchst.«

Sie sprang aus dem Wagen und hüpfte fast in das Geschäft. Dort schnappte sie sich einen Korb und legte ein paar Miniflaschen Shampoo und Spülung hinein. Dazu Seife und einen

Einwegrasierer. Vor dem Regal mit den Haarfärbemitteln blieb sie stehen. Sie warf Tönungsshampoos für Braun- und Rotnuancen in den Korb. Lipgloss und Insektenspray. *Das Wichtigste eben*.

Als eine Frau an ihr vorbeiging, tat Gwen, als lese sie die Aufschrift auf einer Packung. Dann machte sie sich auf den Weg zur Kasse. Dort entdeckte sie noch etwas, das sie dringend kaufen musste: Kondome.

Neil war immer wieder fasziniert, wie viel Freude Menschen ganz alltägliche Dinge machten, nachdem sie eine Weile darauf verzichten mussten. Gwen stieg strahlend wieder in den Wagen.

»Hast du alles bekommen, was du brauchst?«, fragte er.

»Ich habe sicher etwas vergessen. Aber das Wichtigste habe ich.«

Sie schraubte eine der kleinen Shampooflaschen auf und hielt sie sich unter die Nase. »Himmlisch.« Gwen streckte ihm die Flasche hin. »Riech mal.«

»Riecht wie du.«

»Im Moment deutlich besser. Aber nicht mehr lange.«

Auf dem Weg vom Parkplatz zur Straße schaute er ununterbrochen in den Rückspiegel. Sie würden sich ein Hotel suchen, in dem man keine Fragen stellte, und am nächsten Morgen weit weg von ihrem Übernachtungsort einen Anruf machen.

Es war Zeit, die Beute in die richtige Richtung zu dirigieren.

Selbst die Beute zu sein, kam nicht infrage.

Nicht mehr.

Wie er Gwen fernhalten konnte, wenn es hart auf hart ging, musste er sich noch überlegen. Ein paar Ideen schwirrten ihm zwar durch den Kopf, aber keine davon gefiel ihm. Ihm blieben noch ein paar Tage zum Nachdenken.

»Du guckst so ernst. Stimmt etwas nicht?«

»Nein. Alles gut.«

»Ich würde dir gern glauben. Aber ich nehme an, du überlegst, was wir jetzt tun sollen. Ewig können wir nicht so weiterfahren. Aber eine Weile macht es mir noch Spaß.«

Er spürte, wie sich seine Gesichtszüge entspannten. »Du bist gern auf der Flucht?«

»Ich bitte dich, Neil. Gibt es eine schönere Landschaft als diese? Wenn du mich nicht mitten in der Nacht aus dem Bett gezerrt hättest, hätte ich das hier nie gesehen.«

»Was hält dich davon ab, das Land zu erkunden?«

»Fliegen ist viel bequemer. Ich wäre nie darauf gekommen, mich in ein Auto zu setzen und einfach loszufahren.«

»Manchmal ist der Weg das Ziel.«

»Hmm«, sagte sie. »Der Gedanke gefällt mir. Aber du lenkst vom Thema ab: Du grübelst darüber nach, wie es weitergehen soll. Stimmt's?«

»Von Grübeln kann nicht die Rede sein«, log er.

»Aber von Ratlosigkeit?«

Er schwieg.

»Manchmal bringt Reden einen weiter.«

Er konnte ihr schlecht sagen, dass er sie in einen hohen Turm sperren und dann gegen einen Finsterling kämpfen wollte. Sicher würde sie das nicht so einfach mit sich machen lassen. Sie überraschte ihn mit ihrer Abenteuerlust und würde wahrscheinlich darauf bestehen, mitzukommen und zu helfen.

»Frauen reden. Männer treffen stumm Entscheidungen.«

»Ist das deine Art, mich zu bitten, still zu sein?«

»Seit wann bin ich so höflich?«

Lächelnd lehnte sie sich zurück. »Ja, richtig. Wenn du mich nicht mehr hören wolltest, würdest du sagen, ›Halt den Mund‹.«

»Endlich«, sagte Neil lachend. »Eine Frau, die mich versteht.«

»Verflucht, schön wär's.«

Ihm blieb der Mund offen stehen.

»Was ist?«, fragte sie.

»Du hast *verflucht* gesagt.«

»Ja und? Ich bin weder verklemmt noch prüde. Und ich habe mit Eliza zusammengewohnt. Diese Frau bringt selbst einen Seemann zum Erröten.«

Neil mochte Eliza mit ihrem kessen Mundwerk und ihrer Kämpfernatur. Carter konnte sich glücklich schätzen.

»Du weißt ja gar nicht, wie sehr es mich freut zu hören, dass du nicht prüde bist.«

Gwen warf sich das Haar über die Schulter. Seit sie das Geschäft verlassen hatte, trug sie es offen. »Ach? Warum denn das?«

Er neigte den Kopf Richtung Rücksitz. »Weil ich dir etwas zum Anziehen gekauft habe.«

Gwens breites Grinsen blendete ihn fast. In Sekundenschnelle schnallte sie sich los und griff nach hinten. Sie erstarrte.

»Was zum …?«

»Du hast gesagt, du wärst nicht prüde.«

Mit seinem Einkauf in der Hand drehte sie sich wieder nach vorn. »Das kann nur ein Witz sein.«

Ihr entsetzter Gesichtsausdruck brachte ihn zum Lachen. Er konnte es kaum erwarten, sie in den Klamotten zu sehen, die er ihr ausgesucht hatte.

»Sollen das etwa Shorts sein?« Sie hielt die Hose in die Höhe. Der sparsam bemessene Stoff reichte kaum aus, um eine ihrer Hinterbacken züchtig zu verhüllen. Geschweige denn beide.

»Ja, das sind Shorts.«

»Die bedecken ja kaum meinen Slip, Neil.«

Er hatte ihre Slips gesehen. Größer als ein String waren die Shorts allemal.

Mit der rot-weiß gestreiften Bluse würde sie aussehen, als wollte sie bei einer Parade zum Unabhängigkeitstag mitmarschieren.

»Die Schuhe sind schnuckelig. Immerhin.« Sie ließ die Pumps an einem Finger baumeln. »Billig, aber süß.«

»Gefällt dir das Outfit?«

»Es ist scheußlich.«

*Du kannst die Prinzessin aus dem Palast kriegen – aber den Palast nicht aus der Prinzessin.*

»Dann ist ja alles gut.«

»Warum?«

»Das wirst du bald sehen«, antwortete er.

»Ich hoffe, es gibt einen guten Grund für diese Verkleidung.« Gwen warf die Sachen zurück auf den Rücksitz. »Sonst suche ich dir auch ein Outfit aus.« Sie lehnte sich zurück und schloss die Augen. »Und ich stehe auf schwarzes Leder.«

Zwanzig Minuten, nachdem sie die Stadt verlassen hatten, hielt Neil an einer Tankstelle und bat sie, sich umzuziehen. Unter Protest marschierte Gwen zur Toilette. »Und mach irgendetwas passend Schreckliches mit deinem Haar.«

Glucksend ging er in den Tankstellenkiosk, kaufte Kaugummi und Zigaretten.

Dann lehnte er sich vor der Toilette an die Motorhaube und wartete. Immer wieder schaute er auf die Uhr und fragte sich, ob sie überhaupt noch einmal herauskommen würde. Schließlich ging er zur Tür und klopfte. »Alles in Ordnung da drin?«

»Ich sehe grauenhaft aus.«

»Kalte Füße, Prinzessin?«, stichelte er. In den letzten Stunden hatte er festgestellt, dass er damit bei ihr fast alles erreichte. Dabei hatte er geglaubt, er würde Lady Gwendolyn so gut kennen wie kaum ein anderer. Ha!

»Nein, ich habe keine kalten Füße.«

»Ah ja.«

Er lehnte sich wieder an den Wagen und wartete.

Endlich öffnete sich die Toilettentür. Gwen stöckelte auf hohen Absätzen heraus, ließ die Tasche mit ihren Kleidern zu Boden fallen und drehte sich im Kreis.

»Heiliger Strohsack«, flüsterte er. Er nahm die Sonnenbrille ab. Dass Gwen lange, elegante Beine hatte, hatte er gewusst. Aber nicht, wie lang sie tatsächlich waren. Die Shorts passten ihr wie eine zweite Haut. Als sie sich drehte, lugte ihr Hintern tatsächlich heraus. Sie zerrte an der bis oben hin zugeknöpften Bluse. Das Haar hatte sie sich zu einem hohen Pferdeschwanz zusammengebunden.

Ja, sie sah tatsächlich aus wie eine Teeny-Prostituierte aus einer Schulmädchenfantasie, die mit den hohen Absätzen auf erwachsen machte.

Das Blut sackte ihm vom Kopf in den Schritt.

»Dir fallen gleich die Augen aus dem Kopf, Neil.«

Er schluckte und ging auf sie zu. Die Schuhe machten sie größer, aber er überragte sie noch immer um mehr als eine Handbreit. Gwen hielt ganz still, als er ihr die Bluse so weit aufknöpfte, dass die seidige Wölbung ihrer Brüste zum Vorschein kam.

Er befeuchtete seine Lippen und versuchte, nicht auf das Gefühl ihrer Haut an der Rückseite seiner Finger zu achten. Dann öffnete er auch die beiden unteren Blusenknöpfe. Nur die zwei mittleren ließ er zu und band die Zipfel unter ihren üppigen Brüsten zu einem Knoten, der den Bauch frei ließ. Neil trat ein Stück zurück und begutachtete sein Werk.

»Perfekt.«

»Wofür? Um an einer Straßenecke zwanzig Dollar zu verdienen?«

Ein provozierendes Lächeln kroch auf seine Züge.

»O nein, Neil. Glaub bloß nicht, dass ich so tun werde, als …«

»Wo ist deine Abenteuerlust geblieben, Prinzessin?«

»In der Toilette. Zusammen mit meiner Würde.«

»Ich verlange ja nicht, dass du so durch die Stadt stöckelst. Wir müssen nur so glaubwürdig wie möglich wirken, wenn wir in ein Hotel gehen.«

»Ich fühle mich nackt.«

*Fast.* »Wir können gern noch mal im Auto schlafen.«

Sie stemmte die Hand in die Hüfte. »Das ist gemein.«

»Du hast die Wahl.«

»Na schön!« Sie ging auf ihn zu, blieb kurz vor ihm stehen und drückte ihm die Brüste an den Arm. »Schwarze Lederhosen«, flüsterte sie ihm ins Ohr. »Und vielleicht ein Nietenhalsband.«

Seine Körpertemperatur schoss um ein paar Grad in die Höhe. *Du hast ein Problem, Mac. Ein ernstes Problem.*

# Sechzehn

Eliza holte Karen und Michael vom Flughafen ab. Die beiden hatten ihre »Hochzeitsreise« um zwei Tage verkürzt. Michael hatte vorgeschlagen, zwischen zwei Drehs noch einmal nach Frankreich zu fliegen, um das Verpasste nachzuholen. Karen warf sich in Elizas Arme. »Wir sind so schnell wie möglich zurückgekommen.«

»Danke. Es tut mir leid, dass wir euch aus dem Urlaub holen«, sagte Eliza.

»Tote Nachbarn und verschwundene Freunde klingt eher nach einem Filmskript als nach dem echten Leben«, stellte Michael fest.

Eliza nickte. »Entschuldigen Sie. Wir kennen uns noch gar nicht.« Sie streckte ihm die Hand hin.

»Oh … mein Fehler. Michael, das hier ist Eliza Billings.« Karen stellte die beiden einander vor und schaute zu, wie sie sich die Hände schüttelten. »Eliza, Michael Wolfe … mein Ehemann auf Zeit«, flüsterte sie so leise, dass nur sie es hören konnten.

Michael zwinkerte. »Unsere First Lady brauchst du mir nicht extra vorzustellen.«

»Sie kommen mir aber auch irgendwie bekannt vor« sagte Eliza grinsend zu Michael.

Er lächelte. Elizas lockere Art war ihm sympathisch.

Von Sicherheitsleuten umgeben, eilten sie zu einer bereitstehenden Limousine. Karen wartete, bis sie hinten im Wagen saßen und die Trennscheibe zwischen ihnen und dem Fahrer geschlossen war.

»Was ist los?«, fragte sie dann.

»Das ist die Zehn-Millionen-Dollar-Frage. Du musst uns alles sagen, was uns irgendwie weiterhelfen könnte.«

»Ich war in Frankreich. Wie soll ich da etwas Hilfreiches beitragen können?«

»Du hast mit Gwen zusammengewohnt … die Badegewohnheiten eurer Nachbarn gekannt … Du weißt vielleicht mehr, als du denkst.«

»Ich weiß auch nur, dass Gwen und Neil verschwunden sind und dass die Nachbarn nicht mehr leben. Michael und ich haben in Frankreich oft über die haarigen Nackten gelacht. Du glaubst gar nicht, wie leid mir das jetzt tut.«

»Du konntest ja nicht ahnen, was passiert ist.«

Karen zuckte die Achseln. »Ja, stimmt. Als sie zum ersten Mal im Garten waren, konnte ich Gwen gar nicht schnell genug ans Fenster holen.« Sie schüttelte den Gedanken an diesen spaßigen Moment ab. »Wie sind sie gestorben?«

Eliza schaute zwischen Michael und Karen hin und her. »Durch einen Stromschlag.«

»Und es war kein Unfall?«

»Nein … zumindest glauben wir das nicht.« In Elizas Stimme lag ein leiser Zweifel.

»Ihr *glaubt* es nicht?«

»Kurz nachdem es passiert ist, hat Neil Blake angerufen. Und Gwen mich. Neils Stimme war wie ein Messer.«

»Ein Messer?«, hakte Karen nach. »Ich habe ihn bislang nur eisern schweigen gehört.«

»Carters Worte waren: ›Noch nie hat eine Stimme so tödlich geklungen.‹ Neil hat Carter gebeten, sich dafür einzusetzen, dass er sich im Nachbargarten umsehen konnte, als die Polizei eingetroffen war. Dean sagt, sie hätten bei den Nachbarn tote Vögel gefunden und das hätte Neil völlig aus der Fassung gebracht.«

Karen bekam eine Gänsehaut. »Vögel?«

»Ja, Raben. Dabei gibt es hier in der Gegend gar keine.«

Karen rieb sich die kalten Arme.

»Karen?« Michael sah sie an. »Geht es dir gut?«

Nein. Überhaupt nicht. Sie sah die Fensterbank mit dem toten Vogel vor sich, den sie für eine Krähe gehalten hatte. Gut möglich, dass es ein Rabe gewesen war. Dann der zweite Vogelkadaver vor der Autotür. Und jetzt waren zwei Leute gestorben.

»Karen?«

»Und es war ganz sicher ein Rabe?«

»Eigentlich waren es sogar mehrere. Warum?«

»Ich glaube, die Nachbarn sind ermordet worden. Neil musste Gwen so schnell wie möglich aus der Gefahrenzone bringen«, sagte Karen. Auch für ihre eigene Sicherheit gab es keine Garantie.

»Hier, bitte.« Neil steckte Gwen einen Streifen Kaugummi in den Mund.

Sie hatten am Rande einer Stadt angehalten und saßen im Dunkeln. Den Lichtern nach, die sich vor ihnen ausbreiteten, war die Stadt eher klein. Hier gab es bestenfalls eine Handvoll Hotels.

»Wozu denn das?« Gwen kaute den harten Streifen zu einer weichen Kugel.

»Kannst du das auch mit offenem Mund?«

Sie versuchte es, gab aber sofort lachend auf.

»Willst du lieber auf dem Rücksitz schlafen, Gwendolyn?«

Sie machte einen zweiten Versuch, aber mit offenem Mund zu kauen, war ihr zutiefst zuwider.

»Besser?«

Er nickte. »Sitz nicht ganz so gerade.«

Sie ließ die Schultern hängen und dachte an eine warme Dusche.

»Prima«, lobte Neil.

Gwen lümmelte sich auf dem Beifahrersitz und kaute wie eine Kuh auf der Wiese.

»Okay. Gut.« Neil rieb die Hände an den Jeans, dann legte er sie wieder ans Steuer. »Ich gehe rein und buche uns ein Zimmer auf den Namen Rex Smith.«

»Klingt nichtssagend.«

»Soll es auch. Du musst nur aussteigen und dich an die Motorhaube lehnen. Wenn ich zu dir rausschaue, lächelst du und denkst an irgendeinen Pornostreifen, den du mal gesehen hast.«

Sie schnappte nach Luft. »Ich habe noch nie …«

Sein Blick ließ sie verstummen. »Muss ich dich daran erinnern, wer im vergangenen Jahr deine Gespräche mitgehört hat?«

»Das ist unfair! Ich habe nur ein einziges Mal gesagt, dass es in solchen Filmen keine attraktiven Männer gibt.« Das Gespräch hatte am Vorabend von Elizas Hochzeit stattgefunden und sie war dabei nicht ganz nüchtern gewesen.

Neil ließ sie geduldig zu Ende reden, bevor er fortfuhr: »Also wie gesagt: Denk an die Damen in den Filmen und spiel eine Rolle für die Kamera.«

»Gibt es irgendetwas, das du nicht über mich weißt?«

Sein Blick huschte kurz zu ihren Brüsten, dann schaute er ihr wieder ins Gesicht.

Gwen spürte, wie eine heiße Welle sie erfasste.

»Einiges.«

Sie starrte aus dem Fenster. »Also schön. Fahren wir. Auf uns warten saubere Laken und eine Dusche.«

Auf den letzten Meilen gewöhnte sich Gwen beinahe daran, dass ihr der Kaugummi beim Kauen fast aus dem Mund fiel.

Neil fuhr zweimal durch die Stadt. Dann entschied er sich für ein kleines Motel an der Ortsdurchfahrt, vor dem ein Zimmer-frei-Schriftzug blinkte.

»Sobald wir anhalten, beginnt die Show. Du bist mein Unterhaltungsprogramm für die Nacht und jeder, der uns beobachtet, muss das sehen können.«

Gwen öffnete ihren Sicherheitsgurt und rückte näher an ihn heran. Sie legte ihm die Hand auf den Oberschenkel und schmiegte sich an seine Seite. »Gut so?«

Neil streckte seinen muskulösen Hals. »Großartig.«

Wenn sie schon eine Rolle spielen musste, konnte sie es wenigstens genießen.

Ein Ventilator rührte in der heißen Luft an der Empfangstheke der Motellobby. Wobei Lobby eine schmeichelhafte Beschreibung für die enge Nische war, in der die Gäste eingecheckt wurden. Neil drückte auf die Klingel und drehte das Gesicht so gut wie möglich von der Sicherheitskamera weg. Selbst Absteigen wie diese leisteten sich inzwischen ein Überwachungssystem. Vermutlich wurden die Aufnahmen nach ein paar Tagen überspielt, um nicht Unmengen von Bändern herumliegen zu haben. Solche kleinen Schuppen arbeiteten selten mit moderner Technik, bei der große Datenmengen auf gigantischen Festplatten gespeichert wurden und nicht gelöscht werden mussten. Die Auffassung, es sei bis jetzt ja auch so gegangen, verhinderte den Einbau eines neuen Systems.

Neil klingelte noch einmal und warf über die Schulter einen Blick hinaus zu Gwen.

Sie lehnte am Wagen, hatte ein Bein angezogen und fächelte sich mit der Hand Luft zu. Dabei legte sie den Kopf in den Nacken und drückte die Brüste gegen den Stoff ihrer Bluse.

Er musste zugeben, dass sie verflucht sexy aussah.

Der Ton eines Fernsehers im angrenzenden Zimmer wurde leiser gestellt und Neil betätigte die Klingel zum dritten Mal.

»Komme schon«, brummte eine Stimme.

Ein Mann mittleren Alters schlurfte zur Theke. Sein Hemd spannte sich über einem gewaltigen Bierbauch.

»Tut mir leid, dass Sie warten mussten. Der Fernseher war so laut.«

Vermutlich ein altes Gerät mit Knöpfen und Drehschaltern.

»Kein Problem.«

»Brauchen Sie ein Zimmer?«

Nein. Er stand bloß hier, weil es gesünder war, als zu sitzen.

»Für eine Nacht«, antwortete Neil.

»Haben Sie eine Kreditkarte?« Der Mann zog das Gästeregister vor sich auf den Tisch.

»Ja, sicher …« Neil trat einen Schritt zur Seite und schaute hinaus zu Gwen.

Bierbauch-Mann folgte seinem Blick.

*Komm schon, Gwendolyn. Streng dich an.*

Gwen fing seinen Blick auf und drehte sich zum Wagen. Sie streckte den Hintern in die Luft und beugte sich so weit über die Motorhaube, dass ihr die Brüste fast aus dem deutlich sichtbaren BH plumpsten. Dann hauchte sie ihm einen Kuss zu und leckte sich die Lippen so eindeutig und lasziv, dass die Asphaltschwalben in Vegas vor Neid erblasst wären.

»Ich zahle lieber bar.« Neil nickte in Richtung der Show.

Bierbauch-Mann musterte Gwen mit lüsternem Blick. Neil verstellte ihm die Aussicht. »Ich will nicht, dass der Betrag auf der Abrechnung erscheint … wo ihn jeder sehen kann.«

Bierbauch-Mann hob eine Braue. »Ich würde diejenige, die die Abrechnung anschaut, abservieren und die da behalten«, sagte er.

»Und aus meiner Bude ausziehen? Eher nicht.« Neil zog eine Packung Zigaretten aus der Tasche und klopfte eine in seine Hand.

Der Hotelbesitzer linste noch einmal über Neils Schulter und schrieb etwas ins Register. »Wollen Sie einen Fernseher?«

»Wie wär's mit Fernseher und Klimaanlage?«

»Fünfzig Eier.«

Neil schaute sich um. *Für diese Absteige?* Er zog das Geld aus der Brieftasche und legte noch einen Schein dazu. »Meine Alte und ihr Bruder müssen nicht wissen, dass ich hier bin.«

Bierbauch-Mann drehte das Register zu Neil und Neil trug seinen falschen Namen ein.

»Das Zimmer ist hinten.«

Der Zwanziger, den Neil noch dazulegte, verschwand in der Tasche des Mannes.

Bierbauch-Mann wünschte ihm eine angenehme Nacht und schaute zu, wie er nach draußen ging.

Neil trat zu Gwen und legte ihr den Arm um die schlanke Taille. Er beugte sich zu ihrem Ohr. »Schaut er noch her?«

Er spürte, wie sie ihr Bein an seinem rieb. »Ja.« Sie knabberte an seinem Ohr.

Die Hitze schoss ihm zwischen die Beine. Er küsste ihren Hals, zog sie vom Wagen weg und öffnete die Tür. Dann konnte er einfach nicht widerstehen: Bevor er sie auf den Beifahrersitz schob, kniff er sie in eine Hinterbacke.

Gwen kreischte auf und warf ihm ein verruchtes Grinsen zu.

Hinter dem Motel fuhr Neil rückwärts auf eine markierte Parkfläche, dann sprangen sie aus dem Wagen. In drei der zwölf Zimmer im hinteren Teil des Motels brannte Licht. *Wenig los heute.*

»Ich freue mich so auf die Dusche«, sagte Gwen auf dem Weg zum Zimmer.

»Erwarte nicht zu viel.«

»Wie schlimm kann es sein?«

Die Klimaanlagen an den Zimmerwänden ächzten und dröhnten. Obwohl es längst dunkel war, lag die Temperatur noch über der Dreißiggradmarke.

Neil zog die Schlüsselkarte über das Schloss und wartete auf das grüne Licht. Irgendetwas sagte ihm, dass die moderne Schließanlage der einzige Luxus war, mit dem er hier rechnen durfte.

Er öffnete die Tür. »Schlimmer als befürchtet.«

Auf dem Doppelbett in der Zimmermitte lag eine rot-grün gemusterte Steppdecke. Rechts neben dem Bett gab es eine Kommode, auf einer zweiten stand ein klobiger Fernseher. Der Hocker davor erinnerte an eine Petrischale. Aber die Krönung war der Geruch von schalem Bier und billigem Parfum in der abgestandenen Zimmerluft, die gut und gern fünf Grad wärmer war als die Luft draußen.

Gwens schockierter Gesichtsausdruck zerfloss in einem Lachanfall.

»Sollen wir wieder gehen?«, fragte Neil.

Sie schob sich an ihm vorbei. »Nichts hält mich jetzt mehr vom Duschen ab.« Auf dem Weg durchs Zimmer lachte sie noch lauter. Sie zeigte auf die Tapete, die sich an den Rändern wellte, und auf den dunklen Fleck an der Decke. »Zum Glück regnet es gerade nicht.«

Ihr Kichern steckte ihn an. Der Gegensatz zwischen dem schäbigen Zimmer und der engelsgleichen Frau darin war einfach zu komisch. Neil beugte sich zur Klimaanlage und drehte sie auf volle Leistung. »Ich hole unsere Sachen.«

Gwen wagte inzwischen einen Blick ins Badezimmer.

Auf dem Parkplatz warf er sich ihre Tasche über die Schulter und schnappte sich den Waffenkoffer. Mit einem letzten langen Blick vergewisserte er sich, dass sich in der Umgebung nichts Verdächtiges regte. Eine Absteige in einer Stadt mit zwei Ampeln. Er ging nicht davon aus, dass ihnen jemand auf den Fersen war. Und wenn doch, dann würde er es demjenigen nicht leicht machen.

Neil warf ihre Sachen aufs Bett und schloss die Tür mit dem Fuß.

»Neil? Kommst du mal?«

Er zwängte sich zu Gwen in das kleine Badezimmer. Auf ihrer Handfläche saß ein langes, dünnes Insekt.

»Ist das eine Gottesanbeterin?«, fragte sie lachend.

»Ich glaube schon. Wo hast du die gefunden?«

»Auf dem nicht ganz sauberen Handtuch.«

Das fleckige Handtuch war möglicherweise einmal weiß gewesen, hatte aber inzwischen einen Grauton angenommen. »Du wolltest ein Bett und fließendes Wasser.« Er beugte sich über sie und drehte den Wasserhahn auf. »Wasser fließt.«

Lachend schubste sie das Insekt in seine Hand. »Zwei Nächte inmitten von Flatterzeug und Krabbeltieren sind genug. Sei bitte so lieb und setz das hier vor die Tür.«

Die Gottesanbeterin ließ sich nach draußen bringen und wuselte nach einer kurzen Rast auf einem Geländer davon. Gwen hatte ihn schon wieder überrascht. Auf das Insekt im Badezimmer hatte sie gelassen reagiert und anstatt naserümpfend aus dem grauenhaften Schuppen zu stapfen, lachte sie.

Als er ins Zimmer zurückkam, hatte sie die Steppdecke vom Bett genommen und über den schmuddeligen Hocker geworfen. Dann überlegte sie es sich anders und breitete die Decke auf dem Boden aus.

»Was machst du da?«

»Dass die Bettdecken in Hotels nie gewechselt werden, ist bekannt, und der Boden ist klebrig. Ich will nach dem Duschen nicht gleich wieder schmutzige Füße kriegen.«

Neil kam aus dem Staunen nicht heraus. Gerade wenn er glaubte, sie hätte die Dame von Adel abgelegt, kam die Prinzessin in ihr wieder zum Vorschein.

»Geh du zuerst duschen«, sagte er.

Sie kramte zwei Packungen Tönungsshampoo aus ihrer Tasche. »Brünett oder rot?«

Ihm gefiel ihr Haar so, wie es war. »Es ist nicht nötig …«

»Neil, bitte – schau mich an. Ich bin angezogen wie ein Mädchen von der Straße. Sicher würde eine andere Haarfarbe mich noch besser tarnen als diese Klamotten. Es ist ja nicht für immer. Auf der Packung steht, dass die Farbe sich innerhalb einer Woche auswäscht.« Sie wedelte mit den Schachteln.

Vermutlich hatte sie recht. »Überrasch mich.«

Gwen schnappte sich ihre Tasche und verschwand im Bad. »Holla Dusche! Ich komme!«

# Siebzehn

Blake wartete ungeduldig, bis alle sich einander vorgestellt hatten. Dann forderte er die kleine Gruppe auf, Platz zu nehmen, damit sie die einzelnen Mosaiksteine zu einem schlüssigen Bild zusammenfügen konnten.

Das Treffen fand in Elizas und Carters Haus in Südkalifornien statt. Carter war noch in Sacramento und würde erst am nächsten Tag zu ihnen stoßen.

Blake schaute Eliza an, die er besser kannte als Karen. Dass sie sich in Michaels Gegenwart über diese Angelegenheit unterhielten, passte ihm nicht. Aber es ließ sich nicht ändern.

Dean eröffnete das Gespräch mit einer Frage an Karen. »Von Eliza weiß ich, dass Sie glauben, Neil hätte gute Gründe, Gwen zu verstecken. Könnten Sie mir das bitte erklären?«

»Das Ganze fing vor ein paar Wochen an, kurz nachdem Michael und ich uns kennengelernt hatten. Je länger ich darüber nachdenke, desto klarer wird mir, wie viele seltsame Dinge geschehen sind.«

Jim wedelte mit der Hand. »Erzählen Sie uns alles.«

»Anfangs waren es die Kameras. Neil hat immer wieder angerufen und uns gebeten, einen Blick in den Garten zu werfen. Die Aufnahmen waren verschwommen, glaube ich. Dann habe ich eine tote Krähe gefunden. Ihr Schnabel steckte im Fliegengitter an meinem Fenster und das Fenster war offen. Ich kann mich nicht daran erinnern, es aufgemacht zu haben. Aber vielleicht habe ich es auch nur vergessen. In letzter Zeit war es ziemlich heiß, deshalb hatten wir meist die Klimaanlage an.« Sie erschauerte. »Ich hasse Vögel.« Karen zog eine Grimasse. »Gwen war ein

Schatz. Sie hat das tote Vieh einfach in den Garten und dann in den Müll geworfen. Eine Weile haben wir nicht mehr daran gedacht.«

»Bis wann?«

Karen seufzte. »Bis nach einem Abendessen kurz vor unserer Hochzeit.« Sie spielte mit dem Diamanten an ihrem Finger und lächelte ihren Mann an.

Michael zwinkerte ihr zu.

»Was ist an dem Abend passiert?«, fragte Dean.

»Gwen und ich waren in einem Restaurant und hinterher haben wir den zweiten toten Vogel auf meiner Seite des Wagens gefunden. Gwen hat gesagt, es sei ein Rabe, und ich habe mich ernsthaft gefragt, ob diese Vögel einen Hang zum Selbstmord haben. Aber Gwen hat vermutet, dass der Kadaver absichtlich dort hingelegt worden ist.«

»Warum?«, fragte Blake.

Karens Blick ging wieder zu Michael. »Michael und ich haben uns zu der Zeit jeden Tag getroffen. Gwen meinte, ein eifersüchtiger Fan hätte etwas von meinem Vogelproblem mitbekommen und wollte mir die Sache mit Michael vermiesen.«

Michael setzte sich auf. »Manche Fans machen ziemlich schräges Zeug, um Aufmerksamkeit zu bekommen.«

Dean sah Michael an. »Gibt es einstweilige Verfügungen gegen irgendjemanden? Oder richterliche Kontaktverbote?«

Michael schüttelte den Kopf. »Nein. Aber ich kriege hin und wieder Schmähbriefe. Das bleibt in dem Job nicht aus.«

»Ich brauche Kopien von allem, was Sie haben«, sagte Dean.

»Ich sage meinem Assistenten Bescheid. Wir werfen solche Sachen nicht weg. Für alle Fälle.«

Dass Vögel sich in der Elektrik eines Whirlpools einnisteten und damit einen tödlichen Stromschlag auslösten, hielt Blake für denkbar. Aber drei verschiedene Vorfälle mit Vogelkadavern, das konnte kein Zufall sein.

»Du meinst also, die toten Vögel könnten eine Botschaft an dich gewesen sein?«, fragte er Karen.

Karen zuckte die Achseln. »Ich hasse Vögel. Ich würde sogar von einer Phobie sprechen. Wenn jemand mich kirre machen will, hätte er mit toten Vögeln gute Karten.«

Michael rutschte auf die Stuhlkante. »Ich kriege hin und wieder Anrufe, bei denen sich niemand meldet, oder finde merkwürdige ›Geschenke‹ in der Post. Aber tote Tiere waren noch nie dabei.«

»In Krimis folgen auf tote Tiere meistens tote Menschen. Glauben Sie, wir haben es hier mit so einem Fall zu tun, Dean?«, fragte Eliza.

Dean und Jim wechselten einen langen Blick.

»Das ist *eine* Theorie.«

»Dann ist es also durchaus möglich, dass eine fanatische Verehrerin dahintersteckt, der Michaels Beziehung mit Karen nicht passt?«, fragte Eliza.

»Durchaus denkbar.«

Blake schüttelte den Kopf. »Welchen Grund hätte Neil dann, Gwen von hier wegzubringen?« Und, verflucht, weshalb sollten sie sich an den Präsidenten persönlich wenden, wenn Neil sich nicht meldete? Und falls sie tatsächlich nichts von ihm hörten … hieß das dann, dass er und Gwen tot waren? Blake hasste dieses Rätselraten. Die Ungewissheit. Das Gefühl, die Situation nicht unter Kontrolle zu haben.

»Neil ist wohl der Meinung, das alles hätte etwas mit ihm zu tun«, sagte Jim.

»Warum? Weshalb sollte jemand Karen und Gwen benutzen wollen, um Neil zu ködern? Er arbeitet doch für mich.« Blake stand auf und ging hin und her. »Warum machen die sich nicht an Neils Familie heran? Oder an eine Frau, die ihm etwas bedeutet?«

»Hat Neil denn eine Familie?«, fragte Dean.

»Er hat mal was von einer Großmutter gesagt. Seine Eltern sind, soviel ich weiß, schon gestorben.« Jetzt ärgerte sich Blake, dass er so verdammt wenig über Neil wusste. Als er aufblickte, ertappte er Karen und Eliza dabei, wie sie einen langen Blick austauschten.

»Was ist?«

Karen warf Eliza ein schiefes Lächeln zu. »Sagst du es ihm oder soll ich?«

Eliza betrachtete ihre Schuhspitzen. »Ich … ähm … ich weiß nicht, wie ich es ausdrücken soll, Blake.«

Er merkte, dass er Kopfschmerzen bekam. »Was?«

»Deine Schwester … Neil …«

Ihm wurde kalt. »Was?«

»Zwischen den beiden …«

»Läuft da was? Verflucht, willst du mir das sagen?« Blakes Herz hämmerte. Neil und seine Schwester? Wie hatte ihm das entgehen können?

»Es ist nicht, wie du denkst«, sagte Karen schnell. »Sie sind nie aktiv geworden.«

Nie aktiv geworden? Blake verstand nun gar nichts mehr.

Eliza warf die Hände in die Luft. »Es ist so: Er hat ihr schon immer ziemlich gut gefallen. Mir ist das letztes Jahr in Texas aufgefallen. Mit mir hat sie nicht darüber geredet, aber vielleicht hat sie dir ja etwas gesagt, Karen.«

Karen zuckte mit den Schultern. »Na ja, ich habe es gewusst. Dass Gwen auf Neil steht, war ja nicht zu übersehen. Aber aus irgendeinem Grund hat Neil sich immer zurückgehalten.«

Blake explodierte. »Verdammt, dann muss ich wohl blind gewesen sein.«

»Du warst einfach sehr beschäftigt«, sagte Eliza beschwichtigend. »Aber wie dem auch sei, wir können mit großer Sicherheit davon ausgehen, dass Neil sich nicht nur aus beruflichen Gründen um Gwen kümmert und sorgt. Hätte er sonst so reagiert?«

Blake holte tief Luft. »Wo zum Teufel bewahrt Carter seinen Whiskey auf?«

Gwen hatte sich ein Handtuch um das frisch getönte Haar gewickelt. Sie hatte ihre Kleider im Waschbecken gewaschen und über den Handtuchhalter und den Rand des Waschbeckens gehängt. Im Augenblick trug sie ihr Nachthemd, das einzige saubere Kleidungsstück, das sie noch in ihrer Tasche gefunden hatte – sonst nichts. Sie hatte sich so auf eine warme Dusche gefreut, aber das Wasser war bestenfalls lauwarm gewesen. Zum Glück wärmte die Hitze in Utah das Wasser in den Leitungen immer noch um ein paar Grad.

Als sie den letzten Slip aufhängte, warf sie einen Blick in den Spiegel. »Also Gwen … sehen wir doch mal nach, wie du mit braunem Haar aussiehst.«

Trotz ihren kessen Sprüche und aller Forschheit hatte sie sich nicht zu dem Rot durchringen können. Noch nicht. Eins nach dem anderen, sagte sie sich. Ihr von Natur aus platinblondes Haar würde in jedem dunkleren Farbton verändert wirken. Sie hatte im letzten Moment kalte Füße bekommen und sich für Braun entschieden. Und die Farbe nicht allzu lang einwirken lassen.

Sie zog sich das Handtuch vom Kopf und schüttelte die feuchten Locken.

Nicht übel. Spektakulär war das Ergebnis zwar nicht, aber auch nicht wirklich scheußlich. Weil sie keinen Föhn hatte, bürstete Gwen sich ein wenig Feuchtigkeit aus dem Haar.

Dann spazierte sie aus dem Badezimmer und stellte sich auf die Steppdecke auf dem Fußboden.

Neil saß auf dem Bett und sah fern. Er hatte die Lokalnachrichten eingeschaltet.

»Und? Wie findest du es?« Sie drehte sich im Kreis.

Neil stellte mit der Fernbedienung den Fernseher leiser. Er betrachtete ihr Haar, dann glitt sein Blick an ihr hinab.

»Es gefällt mir.«

Tat es nicht. Das sah sie deutlich. Aber das würde er ihr nicht sagen.

Sie fuhr sich mit den Fingern durchs Haar. »Ich finde, es ist keine Katastrophe. Und wahrscheinlich sieht es besser aus, wenn es trocken ist.«

»Was hast du gesagt? Wie lange dauert es, bis die Farbe sich rauswäscht?«

»Ein paar Tage.« Sonst hätte sie die Finger davon gelassen. »Das Badezimmer gehört dir. Aber es hängt überall Wäsche.«

»Kein Problem. Die Klimaanlage ist ziemlich schwach auf der Brust, aber ein bisschen kühler ist es hier drin inzwischen.«

Ein winziges bisschen. Aber sich sauber zu fühlen, entschädigte Gwen für die Hitze. Der Ventilator über dem Bett sorgte für einen Lufthauch.

Neil verschwand im Bad.

Bei genauerer Betrachtung war das Zimmer noch schäbiger als auf den ersten Blick. Zwischen dem Bett und den anderen Möbelstücken musste man sich regelrecht hindurchzwängen und das Bett war im Grund die einzige Sitzgelegenheit. Gwen spähte hinter der Gardine hervor nach draußen. Sie sah nur das Licht aus einem anderen Zimmer und eine Straßenlaterne.

»Wenigstens ist es ruhig.«

In den Lokalnachrichten hieß es, die Hitzewelle würde sich in den nächsten Tagen abschwächen. Gwen war es nur recht. Die hohen Temperaturen setzten ihr zu. Vielleicht weil sie als Engländerin nicht daran gewöhnt war.

Das Bett war überraschend bequem. Das Doppelbett.

*Wir haben nur ein Bett.*

Als ihr klar wurde, was das bedeutete, lächelte sie.

Und als sie hörte, wie die Dusche abgestellt wurde, wurde ihr vor Vorfreude ganz heiß.

Einen Augenblick später kam Neil aus dem Badezimmer. Er trug nur ein Handtuch um die Hüften. Bei dem Anblick, der sich ihr bot, schnappte Gwen nach Luft.

»O mein Gott, Neil … davon wusste ich ja gar nichts.« Sie sprang auf und ging zu ihm.

Er schaute hinab auf seine breite Brust, die den Türrahmen fast vollständig ausfüllte.

»Beim Militär zu sein und keines abzukriegen, ist fast unmöglich.«

Das Tattoo wand sich von der linken Schulter aus über seinen Rücken. Es war kein Bild, kein Gesicht und auch kein Tier – noch nicht einmal ein Symbol, das sie kannte. Aber es floss, kurvte, schlängelte und wand sich im Einklang mit seiner Haut und seinen Körperformen. Dieses Tattoo war so kompromisslos und unbändig wie der Mann selbst. »Was stellt es dar?« Sie fuhr die Linien mit den Fingerspitzen nach.

»Es ist ein Tribaltattoo, ein Stammeszeichen. Wir hatten ein paar Tage frei und ziemlich einen in der Krone.«

Dass Neil dermaßen die Kontrolle verlor und so etwas mit sich geschehen ließ, konnte Gwen sich kaum vorstellen. »Bereust du es?« Sie hoffte nicht. Sie fand, es passte perfekt zu ihm. Seine Rückenmuskeln zuckten unter ihren Fingern.

»In meinem Leben gibt es schon zu viel, was ich bereue. Das hier gehört nicht dazu.«

Gwen konnte die Finger nicht von ihm lassen. Wollte es nicht. Sie strich mit dem Fingernagel über die Wellen, als wären sie lebendige Wesen. »Ich hätte nie gedacht, dass sich so etwas unter deinen Kleidern verbirgt.« Fasziniert malte sie die letzte Biegung unterhalb der Rippen nach und arbeitete sich dann wieder nach oben. »Das ist typisch für euch Amerikaner. Nicht kleckern, sondern klotzen.«

Ein kurzes Lachen ließ seine Brust erbeben.

Sie folgte ihrem Finger mit dem Blick. »Halbe Sachen liegen dir nicht, oder?«

»Ganz oder gar nicht«, raunte er.

Grinsend hob sie den Blick zu seinen Augen.

Er sah sie so durchdringend an, dass ihr der Atem stockte.

Gwen legte ihm die Hand auf die Brust und befeuchtete ihre Lippen. Als sie die Hand wegnehmen wollte, hielt er sie fest. Einen schrecklichen Moment lang glaubte sie, er wolle sie wegschieben.

»Ich bin kein einfacher Typ, Gwendolyn.«

»So einen suche ich auch nicht.«

Sie hielt seinem Blick stand, ihr Atem ging schneller.

Neil ließ ihre Hand los und vergrub die Finger in ihrem Haar. Er studierte ihr Gesicht, wie nur Neil es konnte … so als suchte er darin die Antworten auf alle Fragen des Lebens. Wenn sie sie ihm geben konnte, würde sie es tun. Und nur zu gern wollte sie die Verletzlichkeit wegstreicheln, die in seinen Augen lag.

Neil zog sie an sich. Jetzt bestimmte er, was passierte. Sein Kuss war hart, fast eine Warnung. Sie drängte sich an ihn.

Seine gewaltigen Brustmuskeln zuckten unter ihren Händen, während sie seine Küsse erwiderte. Als er sich ihrem Hals zuwenden wollte, packte sie mit den Zähnen sanft seine Lippe. Doch er machte sich frei und liebkoste mit Zunge und Zähnen ihr Schlüsselbein. Sein stoppeliges Kinn rieb an ihrer zarten Haut. Himmlisch. Die Stoppeln würden Spuren hinterlassen. Sie fand diese Vorstellung schön.

Seine Hände wanderten von ihrem Haar über ihren Rücken bis zu ihrem Hinterteil. Er griff fest zu und zog sie an sich. Seine Erektion drückte gegen das Handtuch. So sehr sie auch diesen Teil seines Körpers sehen und ihn in sich spüren wollte – das hier war noch besser. Die süße Marter des Entdeckens und Begehrens, das jede Faser ihres Körpers nach ihm schreien ließ. Und nur nach ihm.

Seine Finger berührten unter dem kurzen Nachthemd ihre nackte Haut. »Wo ist dein Höschen, Gwen?«

Lag da ein Lachen in seiner Stimme?

»Im Bett völlig überflüssig. Findest du nicht?« Sie biss sanft in seine tätowierte Schulter, dann ließ sie die Zunge um seine aufgerichtete Brustwarze kreisen.

Er stöhnte und holte sich ihre Lippen zurück. Sie spürte seinen tiefen Kuss in jeder Faser ihres Körpers.

Neils Hand schob sich unter ihr Nachthemd, sein Daumen streifte ihre Brüste.

Gwen drängte sich seiner Berührung entgegen.

»Du bist wie eine Droge«, sagte er. »Und das hier …«, er zog ihr das Nachthemd über den Kopf, »… brauchen wir auch nicht.«

Völlig nackt stand sie vor ihm. Er legte seine großen Hände auf ihre Schultern und weidete sich an ihrem Anblick. Seine Lippen verzogen sich zu einem Grinsen. »Wunderschön.«

Unter seinen Augen fühlte sie sich mächtig.

Seine Hände wanderten langsam tiefer. Zärtlich hob er eine ihrer Brüste und beugte sich vor, um sie zu kosten. Seine weichen Lippen fanden ihr Ziel und ihre Welt kam ins Trudeln.

Er fing sie auf, bevor ihr die Beine wegknicken konnten, hob sie hoch und legte sie aufs Bett.

Gwen rekelte sich und sah Neils Augen einen Ton dunkler werden.

»Du bist so heiß.«

Er stützte ein Knie aufs Bett.

»Weg mit dem Handtuch, Neil.«

Schon lag es am Boden. Gwen riss die Augen auf. Ihr Körper bebte. Sie hatte geahnt, dass er gut bestückt war. Bei einem Riesenkerl wie ihm konnte das kaum anders sein. Aber ... du liebe Güte!

»Kalte Füße, Gwendolyn?«

Mühsam riss sie den Blick von seinem besten Stück los. »Was du in meinen Augen siehst, hat nichts mit Angst zu tun.« Sie kaute an ihrer Unterlippe.

»Gut.« Er beugte sich über sie, schob ein Knie verheißungsvoll zwischen ihre Schenkel und liebkoste ihre Brüste mit der Zunge und den Lippen. Sie schwelgte in ihren Empfindungen. Neils schwerer Körper fühlte sich an wie eine Rüstung, ein Schutzwall.

Sie hatte diesen Mann immer haben wollen und jetzt wusste sie, warum. Mit ihrem Herzen und allem, was sie hatte, wollte sie ihn willkommen heißen und ihm Lust bereiten. Endlich durfte sie ihn spüren: jede einzelne Berührung ... wie seine Finger sich um ihre Hüfte legten, ihre Schenkel streichelten, ihre Haut versengten und ihre Sinne anstachelten.

Seine Erektion presste sich an ihren Bauch – heiß und gewaltig – und bat darum, angefasst zu werden. Während er ihren Körper erforschte, spielte sie mit ihm, wie sie es sich immer gewünscht hatte. Seine strammen Hinterbacken füllten ihre Hände. Als sie zupackte, drängte er die Hüften an sie.

Mit einem Kuss lenkte sie ihn ab, schob die Hand zwischen ihre Körper und umfasste ihn.

Neil riss den Mund von ihrem. »Verflucht, Gwen.« Er drängte sich in ihre Hand, lehnte die Stirn an ihre. »Ich will dir nicht wehtun.«

Sie lockerte den Griff, streichelte ihn nur noch sanft. »Das wirst du auch nicht.«

»Du bist noch nicht bereit … nicht für das, was ich mit dir machen werde.«

Feuchtigkeit flutete ihren Körper.

Sie öffnete sich für ihn. »Willst du dich nicht erst vergewissern?«

Die Hand, die auf ihrer Hüfte gelegen hatte, suchte ihre Mitte. Ein Finger glitt mühelos in sie hinein. Sie schloss die Augen. »Ja!«

Neil streichelte sie, zum ersten Finger fand ein zweiter. »Du bist so weit.«

»Vielleicht glaubst du mir beim nächsten Mal.«

Er spielte noch ein wenig mit ihr, trieb sie fast zum Äußersten und nahm erst im letzten Moment die Hand weg. Sie wand sich unter ihm, versuchte, ihn zwischen ihre Schenkel zu ziehen. Aber er drehte sich weg, ließ sie allein … und kam mit einem Kondom zurück.

»Endlich«, flüsterte sie. Sie nahm ihm das Kondom aus der Hand und riss die Verpackung auf. »Darf ich?«

Er kniete zwischen ihren Beinen. Sie setzte sich auf und rollte den Schutz über ihn. Ihre Hände fuhren noch einmal zwischen seine Schenkel und über seine Beine, dann ließ sie sich aufs Bett zurücksinken.

Mühelos hob Neil ihre Hüften an, spielte noch ein wenig mit ihr und bereitete ihr süße Qualen. Er streichelte ihre Schenkel und spreizte ihre empfindlichste Stelle, um sie eingehend betrachten zu können. Erst ihr Griff riss ihn aus seiner Trance. Er fing ihre Hände ein, hielt sie über ihrem Kopf fest.

»Letzte Chance, noch auszusteigen.«

»Untersteh dich!«

Lächelnd senkte er sich auf sie. Seine pralle Männlichkeit dehnte sie, füllte sie aus, war purer Genuss.

»Alles gut?«, fragte er.

Sie öffnete die Augen und strahlte ihn an. »Ich bin nicht aus Porzellan, Neil.«

Gerade, als sie glaubte, sie hätte ihn ganz in sich aufgenommen, gab es noch mehr von ihm. Er füllte sie aus und sie hüllte ihn ein. Dann begann er, sich zu bewegen. Anfangs noch langsam, wie ein Läufer, der sich für einen Marathon aufwärmte. Heiße Lustwellen türmten sich tief in ihr auf und sie zog sich noch enger um ihn zusammen.

Er flocht seine Finger in ihre, breitete ihre Arme aus und ergriff ganz und gar Besitz von ihr.

Gwen passte sich seinem Rhythmus an, hielt ihn mit den Schenkeln und mit den Muskeln tief in ihrem Inneren fest. Neil stöhnte auf und bewegte sich schneller. Er tauchte so kraftvoll in sie ein, dass das Bett gegen die Wand stieß, aber sie wollte noch mehr.

Sie schlang die Beine um ihn und drängte sich ihm entgegen. Lust und Leidenschaft pulsierten von der einen Stelle aus durch ihren ganzen Körper, bis sie schließlich die Lippen von seinen riss und seinen Namen atmete. Ihr Höhepunkt war ein Feuerwerk aus Millionen von Sternen, wie sie sie am Wüstenhimmel gesehen hatte.

Seine Finger umklammerten ihre, dann hatte auch er den Gipfel erreicht.

Danach sank er an ihre Seite. Gwen ließ den Schenkel auf seiner Hüfte liegen. Sie wollte ihm so nahe wie möglich sein. Er küsste ihre Fingerknöchel und hielt ihre Hand zwischen ihren Körpern fest.

»Vielleicht sollte ich ein schlechtes Gewissen haben«, sagte er. »Aber ich habe keins.«

»Da bin ich froh. Sonst müsste ich dich fesseln und dir dieses Gefühl austreiben.«

Er lachte auf, dann lächelte er sie an. Sie liebte dieses Lächeln, wünschte sich, er würde es ihr öfter schenken.

»Du überraschst mich, Prinzessin.«

»Tatsächlich? Inwiefern?«

»Du rettest Insekten aus dem Badezimmer, flirtest wie ein Vamp, kleidest dich wie eine Lady und liebst rückhaltlos mit Leib und Seele.«

Wenn er gewusst hätte, dass sie sich noch nie so hatte fallen lassen wie gerade eben – nicht einmal annähernd – würde ihn das erschrecken oder gar vertreiben?

»Ganz oder gar nicht«, sagte sie.

Er lachte, ließ ihre Hand los und zog sie an sich.

Zum ersten Mal, seit sie ihn kannte, hörte sie, wie sein Atem ruhiger wurde und er einschlief.

# Achtzehn

*Ich habe Raven im Visier, Mac.« Billys Gesicht senkte sich über das Gewehr, sein Finger legte sich an den Abzug.*

*In Mac zog sich alles zusammen. Drück ab. Drück ab, verdammt, und erspar uns die Qualen.*

*»Verflucht.«*

*»Was?«*

*»Gwen. Seine Kinder haben sich auf Gwens Schoß gesetzt.«*

*Nein! Das kann nicht sein. Sie ist nicht hier. Sie ist in einem hohen Turm. In Sicherheit. Ich habe sie selbst dort eingeschlossen.*

*Mac stieß Billy beiseite, schaute nach. Es war genau, wie er gedacht hatte: Die Kinder saßen auf dem Schoß von Raven, nicht auf Gwens. Sie war sicher.*

*Billy sprang auf, deutete anklagend mit dem Finger auf ihn. »Du hättest deinen Job machen sollen. Du hast mich nicht rechtzeitig schießen lassen und ich bin ein lebender Toter.«*

*Alles lief ab wie in Zeitlupe. Boomer, Robb und Linden folgten Billy durch die dunkle Hitze. Sie drangen auf das Gelände vor, eliminierten lautlos drei Gestalten, die sich ihnen in den Weg stellten.*

*»Diesmal kommen alle lebend raus«, flüsterte Mac.*

*Boomer und Robb gingen vorn, Linden dicht hinter ihnen. Das Kind war da, genau wie vorher. Diesmal war Mac darauf vorbereitet. Aber plötzlich rannte der Junge zu ihr … er rannte zu Gwen. Und jagte sich mit ihr in die Luft.*

»Neil! Neil!«

Er schreckte hoch, hatte etwas in den Armen.

»Neil, wach auf.«

Gwen lag an seiner Brust. Sie lebte.

»Keine Luft!«, japste sie.

Neil lockerte seinen Schraubstockgriff. »Verdammt. Entschuldige. Habe ich dir wehgetan?«

Sie setzte sich auf und rieb sich die nackten Arme. »Nein, alles in Ordnung. Aber du …« Sie strich ihm übers Haar. »Das muss ein schrecklicher Traum gewesen sein.«

Er zog sie wieder in seine Arme, diesmal ganz behutsam. »Schlaf weiter.« Neil warf einen Blick auf die Uhr. Er hatte länger am Stück geschlafen als seit Jahren. Aber es war erst vier Uhr morgens.

Gwen schlang die Arme um ihn und schob ein Bein zwischen seine Schenkel. »Hast du oft solche Albträume?«

*Ja, aber der war neu.* »Manchmal.« Er hoffte, sie würde nicht weiterbohren. Sein Herz musste sich erst beruhigen. Das Bild, wie sie in tausend Stücke zerrissen wurde, stand ihm viel zu deutlich vor Augen.

»Du willst nicht darüber reden.«

»Stimmt.«

Ein paar Minuten lang lagen sie schweigend da. Gwen strich ihm über die Brust, als wollte sie ihn trösten.

Er küsste sie aufs Haar, zutiefst erleichtert, dass sie noch da war. Raven hatte sie nicht aus seinem Leben gerissen. Neil schloss die Augen und versuchte, an etwas Schönes zu denken.

Gwens Gesicht in dem Moment, in dem sie kam. Mit dieser Vorstellung im Kopf ging es ihm gleich besser.

Gwen strich mit dem Bein an seinem entlang. Diese Berührung und die Gedanken an den ganz speziellen Augenblick zeigten Wirkung. Sein Körper reagierte.

»Hmmm«, schnurrte sie. Ihre Finger krochen an seinem Bauch hinab. »Lass mich die Albträume verscheuchen, Neil.« Ihre Hände waren ihm immer so klein vorgekommen und im Vergleich zu seinen waren sie es auch. Aber sie fand, was sie suchte, griff zu und hatte sofort seine volle Aufmerksamkeit.

Plötzlich fiel ihm ein, dass er kein weiteres Kondom in der Geldbörse hatte. Leise fluchend hielt er ihre vorwitzigen Finger fest. »Ich habe kein Kondom mehr.«

Sie schüttelte seine Hand ab und fuhr mit den Fingerspitzen seine volle Länge nach. »Gut, dass ich eine ganze Schachtel besorgt habe.«

Seine Brauen zogen sich zusammen. »Wann hast du das gemacht?«

»Als ich das Tönungsshampoo gekauft habe.«

Er grinste. »Du hast das alles geplant?«

»Eher gehofft.« Sie schlängelte sich über ihn hinweg und wühlte vom Bett aus in ihrer Tasche auf dem Boden. Ihr fester Hintern ragte in die Luft. Dann hatte sie eine Schachtel Premiumkondome in der Hand. »Bitteschön.«

»Als du gesagt hast, das Wichtigste hättest du bekommen, hätte ich es mir denken müssen.«

Grinsend warf sie das noch ungewohnte braune Haar über die Schulter. »Was meinst du, Neil? Soll ich die Träume vertreiben?«

Gwen richtete sich auf die Knie auf. Ihr nackter Körper war zum Greifen und zum Schmecken nah.

Er streckte die Hände nach ihr aus. »Träume werden sowieso überschätzt.«

Sie fuhren in den nächsten kleinen Ort in der Wüste und frühstückten in einem schlichten Diner. Gwen lächelte schon den ganzen Morgen und zum ersten Mal seit Langem war Neil ebenfalls zum Lächeln zumute. Gwen brachte auf unnachahmliche Art Licht in sein Leben. Aber sobald er an seinen Traum, den Albtraum, dachte, öffnete sich der schwarze Abgrund wieder vor ihm. Das wollte er nicht.

Auch ohne dass ein Seelenklempner es ihm erklärte, wusste er, dass ihn ein Trauma aus seiner Vergangenheit verfolgte.

Schon vor längerer Zeit hatte er diese Erlebnisse beiseitegeschoben und sich verboten, darüber nachzudenken. Er fühlte sich schuldig, weil er den Schießbefehl nicht rechtzeitig erteilt hatte. Boomer, Robb und Linden waren deshalb gestorben. Und jetzt Billy. Und Gwens Nachbarn.

»Heute rufst du den Detective an, oder?« Gwen spießte ein Häppchen Rührei auf ihre Gabel.

Neil warf einen Blick auf die Uhr. Noch zu früh in Kalifornien. »Ja, mache ich.«

»Kann er dann feststellen, wo wir sind?«

»Ich glaube nicht, dass Dean den Anruf nachverfolgen lässt. Aber man kann nie wissen. Ich werde das Gespräch kurz halten.«

Gwen kaute und schluckte den Bissen hinunter. »Aber Blake muss erfahren, dass es uns gut geht. Sonst macht er sich Sorgen.«

Das taten sicher alle. Neil wusste, dass er mit seiner Bitte, drei Tage lang abzuwarten, sehr viel verlangte. Ihn hätte die Untätigkeit um den Verstand gebracht. In drei Tagen konnte man in Mexiko oder Kanada untertauchen oder im Flieger den Kontinent verlassen. Aber er brauchte eine Woche, um das Ziel zu erreichen und Gwen in Sicherheit zu bringen. Dann konnte er die Falle stellen. Und Rick brauchte Zeit, um zu ihm zu stoßen.

Kurz vor dem Aufbruch hatte er Rick benachrichtigt, dass zunächst Funkstille herrschen würde und die Pläne sich geändert hätten. Falls Rick sich ohne ihn auf den Weg in die Smokey Mountains gemacht hatte, würde er umkehren müssen.

Dadurch gewann Neil noch etwas Zeit, die er mit Gwen verbringen konnte.

Nachdem sie sich zum zweiten Mal geliebt hatten, war er in einen tiefen, ruhigen Schlaf gefallen. Er hatte sich für zwei Sicherheitszonen für Gwen entschieden, eine uneinnehmbarer als die andere. Jetzt musste er sie nur noch davon überzeugen, ohne ihn dort zu bleiben.

»Du musst nachher Karen anrufen.«

Gwen sah ihn fragend an.

Neil warf einen Blick über die Schulter. Sie konnten ungestört reden. Die anderen Frühstücksgäste saßen allesamt in der Nähe des Eingangs.

»Sag ihr, dass es dir gut geht. Und sag ihr, wo wir sind.«

»Bitte was?«

»Du erzählst Karen, wir seien in der Nähe der kanadischen Grenze.«

Gwen legte die Gabel weg. »Wir sind Hunderte Meilen davon entfernt.«

»Wenn unser Mann zuhört – und da bin ich mir fast sicher –, gewinnen wir dadurch Zeit.«

Sie trank einen Schluck Tee. »Zeit? Wofür, Neil? Was hast du vor?«

*Dem Dreckskerl eine Falle stellen und ihn kriegen, bevor er uns kriegt.* Aber das konnte Neil so nicht sagen.

»Ich stelle eine Falle.«

»Ist das nicht schwierig, wenn wir andauernd unterwegs sind? Sollten wir uns nicht lieber eine Bleibe suchen?«

Neil schaufelte sich ein Stück Pfannkuchen in den Mund.

Gwen kniff die Augen zusammen. »Du willst an einen ganz bestimmten Ort.«

Er nickte.

»Gibt es dort ein Bett und eine insektenfreie Dusche?«

Wie cool diese Frau sein konnte. »Ich glaube, das lässt sich einrichten … irgendwann.«

»Wunderbar.« Sie nahm wieder ein Häppchen von ihrem Essen. »Das Bett heute Nacht war überraschend bequem.«

»Wenn man richtig Hunger hat, schmeckt es einem immer besser.« Das galt wohl auch für den Berg Buttermilchpfannkuchen, den er gerade niedermachte.

Gwen schaute zu, wie er zulangte. Sie saugte ihre Unterlippe ein und stieß einen schnurrenden Ton aus. »Viel besser.«

Ihr verführerischer Blick setzte ihn unter Strom.

»Du bist unersättlich.«

»Man hat schon Schlimmeres von mir behauptet.«

*Warum ist es plötzlich so heiß hier?* »Denk nicht mal dran, Gwendolyn. Wir müssen für Abstand zu unserer Unterkunft sorgen.«

Sie drückte sich ihr Glas mit Eiswasser an die Stirn. »Aber irgendwann müssen wir wieder irgendwo übernachten.«

Eigentlich sollte er eine schützende Wand zwischen sich und dieser Frau errichten. Aber das brachte er nicht fertig.

Zwanzig Minuten später schaltete er ein Prepaidhandy ein und machte den einen angekündigten Anruf.

Dean nahm beim zweiten Klingeln ab. »Neil?«

»Es geht uns gut. Wir sind nicht in Gefahr.«

»Sie hätten hierbleiben sollen. Wir hätten …«

»In diesem Fall können Sie uns nicht schützen, Dean. Das schaffen nicht mal alle Polizeikräfte von Kalifornien zusammen. Der Kerl ist schlau. Hat einen militärischen Background, denke ich. Richten Sie Blake aus, dass Gwen bei mir sicher ist.« Er lächelte sie über die Motorhaube hinweg an.

»Kann ich mit ihr reden?«

»Keine Zeit. Sie hören in vierundzwanzig Stunden wieder von uns. Und dann drei Tage lang nichts mehr.«

»Herr im Himmel, Neil. Die Polizei in Tarzana stellt Fragen. Lang kann ich die Kollegen nicht mehr hinhalten.«

Fragen? Was für Fragen? Für Details hatte er jetzt keine Zeit.

»Vierundzwanzig Stunden, Dean. Vertrauen Sie mir. Ich weiß, was ich tue.« Er legte auf und steckte das Telefon in ein Fach unter dem Lenkrad. Handyanrufe ließen sich mit großer Treffsicherheit orten. Hoffentlich ließ sich Dean damit noch eine Weile Zeit.

»Fertig?«, fragte er Gwen.

»Fertig!«

Erst der Medienrummel um ihre Hochzeit mit Michael und dann die toten Nachbarn in Tarzana. Karen hatte wochenlang keine ruhige Minute gehabt. Dass Gwen mit Neil auf der Flucht war, behagte ihr nicht. Ganz gleich, wie die anderen darüber dachten, ihr war Neil zu einsilbig. Zu schwer zu durchschauen. Aber so heiß, wie Gwen auf den Kerl war, war es ihm sicher ein Leichtes gewesen, sie zum Mitkommen zu überreden. Nur was, wenn das ganz große Kribbeln nachließ und Gwen feststellen musste, dass Neil vor den Schatten seiner Vergangenheit davonlief und sie mitriss?

Vielleicht hatte Neil nach dem tödlichen Sprudelbad ihrer Nachbarn überreagiert und in Wirklichkeit ging es um sie – Karen. Vielleicht beobachtete sie jemand und wollte ihr Angst einjagen.

Und es funktionierte. Sie hatte Angst.

Sie konnte nur hoffen, dass jetzt, da sie und Michael verheiratet waren, keine weiteren toten Vögel auftauchten.

Karen fuhr zum ersten Mal seit dem Jawort zum Jugendclub. Sie hatte sich einen ruhigen Tag ausgesucht, weil die Kids sicher völlig aus dem Häuschen waren. Bis sie sich daran gewöhnt hatten, dass sie jetzt die Frau eines Filmstars war, würde sie ihre Besuche kurz halten. Früher oder später würden die Jugendlichen merken, dass sie dieselbe geblieben war, auch wenn sie sich jetzt zwischen den Reichen und Schönen tummelte.

Sie fuhr auf ihren angestammten Parkplatz und stellte den Motor ab. Dabei fiel ihr Blick auf den Ring an ihrem Finger. Der Diamant war nicht gigantisch, aber doch alles andere als ein bescheidener Splitter.

Bislang war ihre Ehe auf Zeit ein Kinderspiel und sie hatte keine Gewissensbisse, weil sie »Ja, ich will« gesagt hatte, ohne es zu meinen. Michael betrachtete ihr Arrangement als Rolle für ein Jahr, die sich für sie beide lohnen würde. Kurz nach ihrer Rückkehr aus Frankreich hatte sein Pressesprecher ihnen gratuliert. Danach hatte Michaels Agent ihnen einen Besuch abgestattet. Sein Produzent hatte Blumen und Champagner geschickt und einige seiner Schauspielerfreunde drängten auf eine Party. Karen hatte kein Problem damit. *Dein Film!,* hatte sie zu ihm gesagt. *Ich spiele nur mit.*

Sie hoffte nur, dass Gwen wieder da war, wenn die Feier stieg. Und dass sie nicht noch mehr Vogelleichen fand.

Und was war mit Aruba?

War sie eigentlich noch zu retten? Es hatte Tote gegeben, zwei Leute flohen vor einer namenlosen Gefahr – und sie hatte nichts anderes im Kopf als ihre Hochzeitsfeier und den Trip nach Aruba.

Karen stieg aus dem Wagen. *Der Hollywood-Lebensstil färbt anscheinend bereits auf mich ab.*

Im Club hoben die Jugendlichen einer nach dem anderen die Köpfe. Als Erstes sprangen die Mädchen auf und stürzten zu ihr. »O mein Gott, Miss Jones. Wir können gar nicht glauben, dass Sie jetzt verheiratet sind.«

»Sie heißt jetzt Mrs Wolfe«, sagte eines der Mädchen.

Karen sagte nichts dazu. Sie und Michael hatten sich darauf geeinigt, dass sie ihren Namen behalten würde. Schauspielerinnen änderten ihren Namen bei einer Heirat nur selten, deshalb würden sich die Klatschreporter auch nichts dabei denken, wenn Karen es genauso machte.

»Hi Mädels.«

Amy umarmte sie und Nita schlang die Arme um sie beide.

»Stimmt es, dass Sie mit einem Privatjet in Frankreich waren?«

»Ja, stimmt. Es war fantastisch.«

»Ihr Bild war in allen Zeitungen. Ich habe meinen Lehrern gesagt, dass Sie das sind … Mr Jenkins hat es mir aber erst geglaubt, als der Übertragungswagen hier angekommen ist. Am Tag, nachdem Sie abgedüst sind.« Amy plapperte mit strahlenden Augen drauflos.

Langsam stießen auch die Jungen zu ihnen. Wie es sich für coole Teens gehörte, hörten sie nur mit einem Ohr zu und drückten ihre Handys ans andere.

»Bleiben Sie hier oder sind Sie bloß zu Besuch?«, fragte Steve.

»Willst du mich loswerden?«

Er riss den Blick von seinem Handydisplay los. »Ich dachte, ich frage mal.«

»Ich habe noch ziemlich viel zu erledigen, aber ich komme wieder. Meint ihr, ihr bekommt eure Hausaufgaben ein paar Wochen lang ohne mich hin?«

Steve zuckte die Achseln. Ein paar andere Jugendliche versicherten, sie würden sich anstrengen.

Jeff kam aus dem Büro und grinste Karen an.

»Du hast ihn tatsächlich geheiratet. Ich fasse es nicht.« Jeff umarmte sie.

»Findest du, ich hätte warten sollen, bis sich etwas Besseres findet?«

Die Kids zogen sich zurück, aber Karen spürte ihre Blicke auf sich, als sie mit Jeff in eine Ecke ging.

»Michael Wolfe ist sicher schwer zu toppen.« Als sie weit genug von den Teens entfernt waren, senkte Jeff die Stimme. »Aber ihr kanntet euch noch kaum, Karen. Bist du dir sicher, dass er der Richtige ist?«

*Ach, wie süß.* Wer hätte gedacht, dass Jeff sich um sie sorgte? Karen hob die Hand und ließ den Ring an ihrem Finger aufblitzen. »Für Zweifel ist es jetzt zu spät, Jeff. Aber im Ernst, es ist alles gut.«

»Das heißt wohl, wir kriegen dich hier nicht mehr zu sehen.«

»Soll das ein Witz sein? Ich komme jetzt noch öfter. Klar, hin und wieder bin ich auf Reisen. Michael dreht in diesem Jahr an einigen ziemlich coolen Locations. Aber ich muss nicht mehr in meinem eigentlichen Job arbeiten. Ich habe denen gesagt, dass ich erst mal nur noch aushelfe. Und es ist nun mal so: Michael kann sich mich leisten.«

Jeffs Lächeln fiel in sich zusammen. »Im Schatten eines anderen zu leben, verliert irgendwann seinen Reiz.«

Wenn sie Michael für immer und aus Liebe geheiratet hätte, hätte sie einiges anders gemacht. Aber weil das nicht der Fall war, ließ Karen die Dinge einfach auf sich zukommen. »Ich werde nicht vergessen, wer ich bin. Mach dir keine Sorgen.«

»Hauptsache, du bist glücklich.«

»Danke, Jeff. Das bin ich.«

Jeff nickte Richtung Büro. »Ich würde dich gern noch etwas fragen. Hast du noch eine Minute?«

»Klar.« Sie folgte ihm. »Was gibt's?«, fragte sie, nachdem sie die Tür geschlossen hatte.

»Ich habe gehört, was mit deinen Nachbarn passiert ist. Ich glaube, die Kids haben das Haus in den Nachrichten nicht erkannt. Wahrscheinlich schauen sie sich gar keine Nachrichten an.«

Karen fröstelte plötzlich. Sie rieb sich die Arme. »Ja, das kann einem Angst machen. Noch ist nicht klar, ob es sich um einen Mord handelt oder um ein tragisches Unglück.«

»Ich bin froh, dass du nicht zu Hause warst, als es passiert ist.«

»Ich habe Glück gehabt. Aber meine Mitbewohnerin war da. Das ist übrigens auch ein Grund, warum ich mich hier eine Weile rarmachen werde.«

Jeff beugte sich vor. »Was ist denn los?«

»Bevor die Nachbarn ... na ja, du weißt schon ... sind einige seltsame Dinge passiert. Die Polizei ermittelt in verschiedene Richtungen. Eine Theorie lautet, dass ein Fan von Michael mich vergraulen will.«

»Im Ernst?«

»Leider ja. Die Medien haben noch keinen Wind davon bekommen. Und bitte verrate es keinem Reporter.«

Jeff blies entrüstet die Backen auf. »Ich bitte dich, Karen. Ich würde niemals etwas ausplaudern. Aber glaubst du wirklich, dir will jemand Angst machen?«

»Bei den toten Nachbarn wurden tote Vögel entdeckt. Und seit ich mit Michael zusammen bin, habe ich schon zwei Vogelkadaver gefunden.«

»Und wir wissen ja, wie *sehr* du auf Vögel stehst.«

Vor einem halben Jahr hatten sie eine Zoowärterin in den Club eingeladen. Die Tierpflegerin hatte neben ein paar anderen Schützlingen auch einen Papagei mitgebracht. An dem Tag hatte der ganze Club erfahren, wie groß Karens Abneigung gegen Vögel war. Schreie und ängstliches Zusammenkauern, fliegende

Federn und allgemeines Chaos hatten den dringenden Wunsch nach einer Therapiesitzung ausgelöst. Wenn Gwen die Szene mit angesehen hätte, hätte sie nicht behauptet, dass Karen nie den Kopf verlor. An dem Tag war sie vollkommen außer sich geraten.

»Ich hoffe, diese Theorie erweist sich als Irrtum«, sagte Jeff.

»Da schließe ich mich glatt an.«

»Solltest du nicht Polizeischutz haben?«

Das Thema war tatsächlich bereits angesprochen worden. Karen hatte versichert, dass sie sich nie weit von Michaels Haus entfernen oder zumindest nicht ohne Begleitung nach Tarzana fahren würde. Falls weitere tote Vögel auftauchten, wollten Dean und Jim ihr einen Bewacher schicken.

»Ich komme schon klar. Aber solange es noch irgendwelche Bedenken gibt, halte ich mich von den Jugendlichen fern.«

»Wir werden dich zwar vermissen, aber sicher ist sicher.«

Karen schwang sich ihre Tasche über die Schulter. »Das bedeutet, du musst dich um meine Mathegruppe kümmern.«

Jeff marschierte aus dem Büro. »Mache ich.«

Karen unterhielt sich noch eine Weile mit den Kids, dann verabschiedete sie sich. Seit Neuestem ging sie vor dem Einsteigen immer erst einmal um den Wagen herum. Als sie keine toten Krähen fand, schloss sie die Tür auf und setzte sich ans Steuer.

»Miss Jones?«

Karen drehte sich zu der vertrauten Stimme um.

»Hi Juan.« Weil sie ihn im Club nicht gesehen hatte, hatte sie geglaubt, er wäre gar nicht da. »Wie geht's?«

Beim Näherkommen verdüsterte sich Juans Miene. »Sie haben *den Typen* tatsächlich geheiratet.«

Die Art, wie er *den Typen* sagte, ließ Karen aufhorchen. »Diesmal stimmt das, was in der Zeitung steht: Michael und ich sind letzte Woche kurz entschlossen zum Standesamt gegangen.«

Juans Blick fiel auf ihre Hand. »Aber jeder weiß doch, dass Filmstars einem nur etwas vorspielen.«

Anscheinend passte Juan die Sache nicht. »Du hast Michael

doch kennengelernt, Juan. Er ist ein netter Kerl.«

»Deshalb hätten Sie ihn ja nicht gleich heiraten müssen.« Juan vergrub die Hände in den Jeanstaschen und starrte zu Boden.

*Verdammt, Karen. Du hast Tomaten auf den Augen.* Sie war selbst doch auch mal ein verknallter Teenager gewesen. Warum hatte sie nicht gemerkt, was Juan für sie empfand?

Höchste Zeit, ihn daran zu erinnern, dass sie eine erwachsene Frau war und er ein Teenager. »Michael und ich sind beide erwachsen. Ich habe ihn nicht bloß geheiratet, weil er nett ist.«

»Zum Vögeln braucht man keinen Ring«, spuckte Juan hervor.

»Pass auf, was du sagst.«

»Ist doch wahr.« Juan warf sich herum und stapfte zur Straße, weg vom Club.

*Na herzlichen Glückwunsch.*

# Neunzehn

In der ersten kleinen Stadt in Colorado kauften sie eine Campingausrüstung.

»Ich schlafe nicht in einem Zelt«, flüsterte Gwen Neil ins Ohr. Der Rücksitz des Wagens hatte ihr schon gereicht.

Neil zwinkerte ihr zu, legte das Zelt in den Einkaufswagen und ging weiter an den Regalen entlang.

Was hatte sie eigentlich erwartet? Dass sie nun jede Nacht im Hotel schlafen würden, bloß weil ihr das so gut gefiel? Wie lange würden sie überhaupt noch durch die Gegend ziehen? Bislang hatte Gwen Neil nicht mit Fragen bedrängt. Sie hatte gehofft, dass er ihr irgendwann von seinen Plänen erzählen würde. Aber er hatte ihr nur das Allernötigste gesagt.

Gwen stapfte hinter ihm her. Jetzt stand er bei den Schlafsäcken. »Das meine ich ernst. Auf der kalten Erde zu schlafen, macht mich überhaupt nicht an.«

Neil zog einen Doppelschlafsack aus dem Regal, sah ihr tief in die Augen und warf das Ding in den Einkaufswagen.

Vielleicht war Zelten mit Neil ja doch nicht so schrecklich. Auf dem Rücksitz hatten sie zu zweit keinen Platz.

Grinsend packte sie eine Doppelschlafmatte zu den anderen Sachen. »Ich will ein Lagerfeuer haben.« Was konnte schöner sein, als mit Neil an einem romantischen Feuer zu sitzen?

Einen Augenblick lang glaubte sie, er hätte etwas einzuwenden.

Dann legte er eine Tüte Marshmallows in den Wagen.

Schweigend gingen sie weiter durch die Gänge. Gwen suchte Sweatshirts für sie beide aus. 3XL für ihn, M für sie, beide mit einem Rocky-Mountain-Motiv. Neil legte einen kleinen Topf, mehrere Packungen Fertigmahlzeiten, Limo, Instantkaffee und Wasser dazu.

Der junge Mann an der Kasse lächelte. »Sieht nach einem Campingtrip aus.«

Gwen dachte daran, dass sie nichts sagen durfte, und lächelte nur.

»Könnte man meinen«, sagte Neil.

»Insektenspray haben Sie?«

»Wir sind versorgt.«

»Wir gehen auch jeden Sommer ein paarmal zelten.« Der Kassierer schaute Gwen an. »Wo soll's denn hingehen?«

Gwen sah, wie sich Neils Nackenmuskeln spannten. »Wir fahren einfach drauflos.«

»So ist es auch am besten.« Der Junge kassierte und packte die Einkäufe für sie ein.

»Viel Spaß.«

Neil schnappte sich die Tüten. »Werden wir haben.«

Gwen lächelte den Kassierer an, dann folgte sie Neil nach draußen.

Erst am Wagen traute sie sich, den Mund wieder aufzumachen. »Nächstes Mal machst du das ohne mich. Wie kann Schweigen bloß so anstrengend sein? Ich weiß gar nicht, wie du das immer schaffst.«

Er öffnete die Tür für sie. »Übung.«

Eine Weile fuhren sie schweigend dahin, aber Gwen wollte endlich mehr wissen.

»Wie lange machen wir das noch?«

Neil kniff die Augen zusammen. »Machen wir was?«

»Immer weiterfahren … billige Absteigen. Und jetzt auch noch zelten. Wie lange geht das noch so weiter?«

»Nicht mehr lange.«

»Das ist keine Antwort, Neil.«

»Drei Tage. Vielleicht vier.«

Ein überschaubarer Zeitraum. »Und dann?«

»Bringe ich dich an einen sicheren Ort.«

»Und wo bist du solange? An einem unsicheren Ort?«

Gwen konnte beobachten, wie er sich zurückzog. In der Hoffnung, ihn zum Lächeln zu bringen, legte sie ihm die Hand auf den Schenkel. »Warum gehen wir nicht zusammen irgendwo hin, wo wir *beide* sicher sind? Können wir die Suche nach dem Mörder meiner Nachbarn nicht der Polizei überlassen? Du glaubst doch, dass sie ermordet worden sind, oder?«

»Ich weiß, dass es so ist.«

»Woher?«

Neil überholte einen Sattelschlepper, der sich die steile Straße in die Rockys hinaufquälte.

»Woher, Neil?«

»Ich weiß es einfach. Du musst mir vertrauen.«

»Glaubst du, das tue ich nicht? Ich möchte doch annehmen, dass du seit der letzten Nacht sehr genau weißt, wie tief mein Vertrauen zu dir ist.« Sie fixierte ihn, er fixierte die Straße. »Ich bin kein kleines Kind. Ich bin ohne viele Fragen einfach mitgefahren, da sind wir uns wohl einig.«

Er nickte. Schwieg.

»Woher weißt du, dass sie ermordet worden sind? Dass es kein Unfall war?«

Neil antwortete erst nach längerem Zögern. »Die Vögel. Mein letzter militärischer Einsatz trug den Codenamen Raven. Raven wie Rabe. Die Vogelkadaver, die ihr gefunden habt, waren eine Botschaft an mich.«

»Was soll ein toter Vogel neben meinem Wagen dir denn sagen?«

»Unser Mann ist ein Feigling. Er benutzt Frauen, um die Männer fertigzumachen.«

»Ich habe dir nichts von den Vögeln gesagt. Und du meinst, *unser Mann*, wie du ihn nennst, ist deshalb immer deutlicher und drastischer geworden?« Es widerstrebte ihr, einen Mörder mit *unser Mann* zu betiteln.

»Genau. Ihm war klar, dass er mich so aus der Reserve locken kann.«

»Wie viele Leute wussten von der Mission Raven?«

Neil rieb sich den Nacken. Gwen nahm an, dass er ihr das nie von sich aus gesagt hätte. Aber jetzt, wo er endlich redete, würde sie weiterbohren. Vielleicht war das hier ihre einzige Chance, überhaupt etwas zu erfahren.

»Ganz wenige. Der Einsatz war geheim. Wir waren eine Eliteeinheit.«

»Wie groß?«

»Sieben Mann.«

Sie rieb sich die Stirn und versuchte, sich in Neil hineinzudenken. »Sechs Mann waren mit dir im Einsatz. Und wie viele andere wussten noch davon?«

»Ein Dutzend. Vielleicht auch weniger. Je höher die Geheimhaltungsstufe, desto weniger Leute sind eingeweiht.«

»Dann kannst du wohl keine offizielle Stelle um Hilfe bitten.«

»Die Generäle wissen nichts davon und in Regierungskreisen sind normalerweise nur der Verteidigungsminister, der Präsident und ein oder zwei ihrer engsten Vertrauten informiert.«

»Glaubst du, einer der anderen sechs Männer steckt hinter dieser Sache?«

Zum ersten Mal während dieses Gesprächs warf Neil ihr einen kurzen Blick zu. Sie sah den Schmerz in seinen Augen. »Es sind nur noch drei von uns übrig.«

Gwens Herz zog sich zusammen. »O Neil … Das tut mir leid.«

»Es ist lange her.«

»Das ändert nichts. Sicher wart ihr gute Freunde.«

Er nickte. »Die besten. Vier von uns haben den Einsatz überlebt. Einer von uns vieren ist erst kürzlich gestorben.«

»Du glaubst doch nicht, dass einer deiner Freunde dir etwas Böses will, oder?«

Neil schnaubte. »Das ist, als würde ich dich fragen, ob Blake dir etwas antun würde.«

»Vollkommen undenkbar.«

»Genau.«

»Ich habe den einen oder anderen Thriller gelesen«, sagte Gwen. »Und immer versucht der Held, in den Kopf des Killers zu schauen. Was treibt diesen Kerl an? Warum ist er hinter dir her? Weißt du etwas über den Einsatz, das die anderen nicht wussten?«

»Ich hatte das Kommando. Aber unseren Auftrag kannten alle.«

»Vielleicht will sich jemand, gegen den ihr vorgehen musstet, an euch rächen.« Ein Teil von ihr wollte fragen, wie der Auftrag gelautet hatte. Aber dann dachte sie an Neils Albträume. Vielleicht war es besser, nicht zu viel zu erfahren.

Neil schüttelte den Kopf. »Raven war eine Person. Und er ist tot.«

Aus der Bestimmtheit, mit der er das sagte, schloss sie, dass er es mit eigenen Augen gesehen hatte.

»Hatte Raven vielleicht einen Bruder?«

Neils Kiefer spannte sich an. »Schon möglich.«

Ihr war klar, dass das noch gar nichts erklärte. »Aber selbst wenn er einen Bruder hatte, kannte der sicher den Codenamen nicht. Raven war bestimmt nicht der richtige Name des Mannes.«

»Nein.«

»Falls jemand ihn rächen will und nicht nur dich im Visier hat, sind deine verbliebenen Kameraden womöglich auch in Gefahr. Vielleicht solltest du sie anrufen und warnen.«

Er warf ihr ein kurzes Lächeln zu.

»Das hast du schon getan.«

Wieder lächelte er.

Gwen lehnte sich zurück und ließ den Blick in die Landschaft schweifen. Je höher die Straße hinaufführte, desto dichter wurde der Wald. Kein Wunder, dass Neil so wortkarg war. Es gab so vieles zu bedenken. So viele mögliche Erklärungen. Aber welche war wirklich wahrscheinlich?

Wenn der Killer nicht aus den Reihen der Eliteeinheit kam und Raven tot war, wollte jemand aus seinem Umfeld ihn rächen. Oder jemand mit Macht und Einfluss hier im Land wollte Neil und seine Kameraden zum Schweigen bringen.

»Du sagst, einer deiner Männer sei erst kürzlich gestorben. Was ist passiert?«

»Offiziell war es Selbstmord.«

Leider nicht selten bei Soldaten, die Kampfeinsätze hinter sich hatten. »Aber du glaubst das nicht.«

Neil schüttelte den Kopf.

Dann kam nur ein Getreuer von Raven als Mörder infrage. Oder sie hatten es tatsächlich mit einer Verschwörung auf Regierungsebene zu tun.

Letzteres konnte sich Gwen nicht vorstellen. Und wenn Neil diesen Gedanken aussprach, würden alle glauben, seine Kriegserlebnisse hätten ihn den Verstand gekostet. Eine posttraumatische Belastungsstörung konnte zu Verfolgungswahn führen.

Aber die toten Nachbarn und die toten Vögel waren sehr real.

Wobei Gwen auch in Betracht zog, dass Karens Vogelphobie eine Rolle spielte. Immerhin hatten sie lange geglaubt, die Vogelkadaver seien wegen Karen ausgelegt worden.

»Ich weiß nicht, was ich denken soll, Sam.« Blake schaute vom Fenster seines Büros an der Westküste hinunter auf die Stadt. »Ich vertraue ihm. Wirklich.«

»So wie du das sagst, klingt es, als hättest du Zweifel.«

»Was ist, wenn ich mich in ihm täusche? Wenn bei Neil eine Sicherung durchgebrannt ist und er vor einem Phantom davonläuft? Als wir uns kennengelernt haben, war er alles andere als gefestigt, aber seither hat er nichts getan, was mich irgendwie stutzig gemacht hätte.« Es behagte ihm nicht, dass er jetzt an Neil zweifelte. »Der Krieg war die Hölle für ihn.«

»Redet er manchmal darüber?«

»Nein. Das hat er nur bei unserer ersten Begegnung in der Bar getan. Einige seiner Männer sind vor seinen Augen in die Luft gejagt worden und er gibt sich die Schuld daran. Mehr weiß ich nicht.«

»Das muss grauenhaft gewesen sein.«

»Ganz sicher.«

»Aber auf eins kannst du dich verlassen«, sagte Sam. »Falls er tatsächlich nur Gespenster sieht, werden er oder Gwen es irgendwann merken und umkehren.«

Blake fuhr sich durchs Haar. »Ich weiß nicht, ob mich das wirklich beruhigt. Dass jemand hinter ihnen her sein könnte, ist eine grauenhafte Vorstellung. Und der Gedanke, dass meine Schwester sich in einen Kerl verguckt hat, der mit seiner Vergangenheit nicht klarkommt …«

»Meinst du nicht, dass dir für deine Schwester keiner gut genug wäre? Weder Neil noch ein anderer?«

Blake ging vom Fenster an den Schreibtisch. »Das war vielleicht so, als sie zwanzig war. Jetzt wünsche ich mir nichts mehr, als dass sie jemanden findet.« Er zog das Foto von Sam und Eddie auf seinem Schreibtisch näher zu sich. *Ich habe unverschämtes Glück.*

»Jemanden ohne Ballast.«

»Ja.« Nur ungern gestand Blake sich ein, dass er Neil selbst unter normalen Umständen nicht wirklich einschätzen konnte.

»Hmm. Wann meldet er sich wieder?«

»Dean meinte morgen. Und dann erst wieder in drei Tagen.«

»Das ist eine lange Zeit.«

»Eine Ewigkeit. Dean sagt, die Polizei in Tarzana ermittelt im Fall der toten Nachbarn auch wegen Mordes. Das Ermittlungsteam hat jede Menge Fragen an Gwen und Neil und ist gar nicht glücklich, dass sie weg sind.«

»Aber die beiden gelten nicht als verdächtig, oder?«

»Nicht für Jim und Dean. Aber ihre Kollegen sehen das vielleicht anders.«

»Das wird ja immer schlimmer«, sagte Sam.

»Es würde helfen, wenn wir die Wanzen finden könnten, von denen Neil gesprochen hat. Aber Dillon hat noch nichts entdeckt.«

»Dillon hat nicht Neils Erfahrung. War Neil nicht bei einem Sondereinsatzkommando?«

Wieder einmal gratulierte sich Blake zu seiner klugen Ehefrau. »Ja, das ist richtig.«

»Hmm.« Samantha seufzte. »Willst du meine Meinung hören?«

Blake brachte ein Lächeln zustande. »Seit wann werde ich da vorher gefragt?«

Samantha lachte. »Erinnere mich daran, dich dafür zu verhauen.«

»Klingt vielversprechend.«

»Ich glaube«, begann sie, »dass du Neil die nächsten vier Tage geben musst. Wenn du jetzt nach ihm suchst und denjenigen, der vielleicht hinter ihm her ist, damit zu ihm führst, verzeihst du dir das nie. Und falls Neil sich die Gefahr nur einbildet, wird das bis in ein paar Tagen allen Beteiligten klar sein. Neil würde Gwen nie etwas zuleide tun. Und Gwen … Wir wissen ja, was sie für Neil empfindet.«

»Nur ich war blind und taub.«

»Nach Carters und Elizas Hochzeit habe ich versucht, dich darauf aufmerksam zu machen. Aber du, mein lieber Herzog, hörst manchmal nicht richtig zu.«

»Ich höre immer zu.« Vielleicht nicht so aufmerksam wie nötig.

»Ach ja?«

Sam nahm ihm viele Lasten ab und unterstützte ihn bei allem nach Kräften. Mit ihr zu reden, beruhigte ihn. Das war nur bei ihr so.

»Ich bin schwanger.«

Gerade hatte er sich noch Sorgen gemacht, weil Gwen sich in Neil verliebt hatte, und jetzt … *Was?*

»Was hast du gesagt?«

Sam fing an zu lachen. »Anscheinend war es doch keine Magenverstimmung.«

Gut, dass er bereits saß. »Schwanger? Bist du sicher?«

»Jepp. Ist ja nicht das erste Mal.«

Wirklich vorsichtig waren sie nicht gewesen, doch sie hatten eine Schwangerschaft eher riskiert als geplant. Aber Eddie konnte inzwischen laufen und sie wünschten sich beide noch weitere Kinder. »Oh, Sam. Ich liebe dich.« Er konnte gar nicht mehr aufhören zu lächeln.

»Ich liebe dich auch. Eigentlich wollte ich es dir erst sagen, wenn wir uns wiedersehen. Aber ich kann es einfach nicht für mich behalten.«

»Soll ich zu dir kommen?«

»Sei nicht albern. Und ich steige erst wieder in einen Flieger, wenn sich mein Magen beruhigt hat. Eddie erzählen wir davon, wenn wir wieder zusammen sind.«

Blake lehnte sich in seinem Ledersessel zurück. »Eddie wird ein toller großer Bruder sein.«

»Zumindest, wenn er seinem Dad nachschlägt.«

»Ich freue mich riesig. Ich bin verdammt glücklich, wieder Vater zu werden. Aber gleichzeitig habe ich Schuldgefühle.«

»Hör auf, Blake. Falls Gwen tatsächlich Gefahr drohen sollte, gibt es keinen besseren Beschützer als Neil. Und wenn niemand hinter ihnen her ist, kann Neil wenigstens dafür sorgen, dass die schmachtenden Blicke aufhören, die wir seit letztem Jahr ertragen mussten.«

»Ich habe nichts gesehen.« Seine Schwester war scharf auf einen Mann? Er bekam eine Gänsehaut.

»Weil du nicht hingeschaut hast.«

»Zum Glück.«

»Armer Blake. Falls Neil sie schwängert, werde ich dich daran erinnern, dass er ein hervorragender Schütze ist.«

»Trotzdem werde ich Neil notfalls mit vorgehaltener Waffe zum Standesamt treiben.«

»Neil ist kein Schürzenjäger. Er ist ein Ehrenmann.«

»Nicht wenn er meine kleine Schwester schwängert.«

Samantha lachte so sehr, dass sie fast nicht weiterreden konnte. »Deine *kleine* Schwester ist älter als ich.«

»Können wir vielleicht das Thema wechseln?«, knurrte Blake.

Sam lachte immer noch. »Okay. Wir könnten über Morgenübelkeit sprechen. Weißt du noch, wie spaßig das war? Oder über schmutzige Windeln. Ach, ich kann es kaum erwarten.«

Blake fand sein Lächeln wieder und hielt es fest.

# Zwanzig

In den Bergen war es viel kühler als in der Wüste von Nevada und Utah. Neil behielt die Wolken im Auge. Schlechtes Wetter brauchten sie jetzt nicht auch noch. Sie hatten ein Schönwetterzelt in Supermarktqualität erstanden – einem Platzregen würde es nicht standhalten. Im Hotel hatte er sich zwar die Wettervorhersage angesehen, aber inzwischen waren sie ein paar hundert Kilometer von dort entfernt. Und das Gebirge hatte sowieso sein eigenes Wetter.

Seit er Gwen einen Einblick in seine Vergangenheit gegeben hatte, war sie still geworden. Immer wieder staunte er über ihren klaren Kopf, die logischen Schlüsse, die sie zog. Oft kam sie zum selben Ergebnis wie er.

Dass Raven einen Bruder haben könnte, hatte er sich auch schon gedacht. Oder dass Terror-Abschaum aus Ravens Umfeld hinter ihm her sein könnte. Doch für sehr wahrscheinlich hielt er das nicht. Terroristen suchten sich medienwirksame Ziele und legten es darauf an, die Massen in Panik zu versetzen. Mann gegen Mann zu kämpfen und heimlich zu töten, gehörte nicht zu ihrer Strategie. Das brachte ihnen zu wenig internationale Aufmerksamkeit.

Und dass Rick oder Mickey einen Groll gegen ihn hegten … Mickey war nicht zu erreichen. Vermutlich befand er sich wieder im Einsatz in einem weit entfernten Winkel der Erde. Und Rick war schließlich auf ihn zugekommen. Hatten sie nicht beschlossen, gemeinsam herauszufinden, wer für Billys Tod verantwortlich war?

Dass seine ehemaligen Kameraden ein Problem mit ihm hatten, schloss Neil dennoch nicht aus. Er hatte den Schießbefehl hinausgezögert und Billy hatte nicht abgedrückt. Vielleicht konnten die anderen ihnen das nicht verzeihen.

Neil wollte alle Szenarien genau durchdenken, bevor er sich ein Urteil darüber bildete, wer es auf ihn abgesehen hatte. Selbst Rick schloss er nicht aus.

Er sagte sich, dass er Rick nicht sofort über die Planänderung informiert hatte, weil er erst einmal Klarheit brauchte. Er arbeitete jetzt allein, ohne ein Team, auf das er sich stützen konnte. Ohne Kameraden, die dabei ihr Leben verlieren konnten.

Sein Blick flog zu dem Gebüsch, in dem Gwen verschwunden war, um ein dringendes Bedürfnis zu verrichten.

»Du bist nicht allein unterwegs, Mac«, murmelte er. Es gab eine Person, die ihm wichtig war und deren Sicherheit von ihm abhing. Nur seinetwegen war sie jetzt in Gefahr. *Das ist kein Solotrip, mach dir nichts vor*. Aber diesmal würde die Sache gut ausgehen.

Mit der Fußspitze stieß er ein paar Steine weg, damit sie im Zelt bequem liegen konnten. Dann holte er die Sachen aus dem Wagen. Ein paar Nächte Camping mit Gwen mitten in der Einsamkeit – es gab eindeutig Schlimmeres. Er dachte an die vergangene Nacht. Gwens Leidenschaft hatte seine lang gehegten, heißen Fantasien weit übertroffen. Er hatte mit einer Anzahl von Frauen geschlafen. Manche hatte er sofort wieder vergessen, wofür man ihn vielleicht zu Recht einen Scheißkerl nennen konnte. An einige wenige erinnerte er sich mit einem Gefühl von Wärme. Aber keine hatte in ihm eine innere Leere hinterlassen, wenn sie aus seinem Leben verschwunden war.

Mit Gwen würde alles anders werden. Das hatte er von Anfang an gespürt. Schon lange vor der ersten Berührung hatte sie tiefe Gefühle in ihm geweckt. Das machte seine Mission noch gefährlicher. Derjenige, der hinter ihnen her war, wusste Bescheid und würde es sich zunutze machen.

Neil musste aktiv werden, Jäger sein, nicht Gejagter. Sobald Gwen im schützenden Turm saß, konnte er loslegen.

Hinter ihm knackte ein Zweig. Seine Muskeln spannten sich.

»Baust du das Zelt auf?«

Neil seufzte. Er ließ die Hand sinken, die automatisch zu seiner Waffe gezuckt war. Er hatte schon einmal eine Pistole auf Gwen gerichtet. Verflucht, das durfte nicht noch mal passieren. Hier draußen waren nur sie beide und ein paar Hirsche. »Jepp.«

Er breitete den Inhalt der Zelttasche auf dem Boden aus und steckte die Zeltstangen zusammen.

»Es ist schön hier oben. Warst du schon mal hier?«

»Ja, aber das ist Jahre her.«

»Hier ist es sogar noch stiller als in der Wüste.«

Neil sog den Tannenduft des Waldes ein. »In der Wüste hört man den Straßenlärm meilenweit. Hier oben verschlucken die Bäume die Geräusche.« Er horchte mit geschlossenen Augen, drehte das Gesicht aus der Sonne. »Hör mal.«

Als er die Augen wieder öffnete, schaute er in Gwens lächelndes Gesicht. Er ging zu ihr und drehte sie Richtung Osten. »Schließ die Augen.«

»Was ist denn?«

»Pssst.« Er legte ihr die Hände auf die Schultern und beugte sich zu ihrem Ohr. »Atme ein paarmal ganz ruhig ein und aus, und hör ganz genau hin.«

Gwen befolgte seine Anweisungen. Neil stand still an ihrer Seite. Sobald er die Augen schloss, brandete eine Flut von Geräuschen um ihn auf.

»Und? Was hörst du?«

»Vogelgezwitscher. Das Keckern eines Streifenhörnchens.«

Das hörte er auch. »Was noch?« Er öffnete die Augen und weidete sich an ihrem Lächeln, während sie den Stimmen des Waldes lauschte.

»Den Wind in den Baumwipfeln … und noch etwas.« Sie öffnete die Augen und zeigte nach Osten. »Von dort.«

»Ein Bach, falls das Rauschen aus der Nähe kommt. Ansonsten ein Fluss.«

»Ein Fluss? Wie schön. Lass uns hingehen.«

Er rubbelte ihr die Arme warm. »Morgen. Wir müssen das Zelt aufbauen, bevor es dunkel wird.«

»In Ordnung.«

»Aber erst machst du noch mal die Augen zu und sagst mir, was du nicht hörst.«

Sie schloss die Lider. Neil schaute zu Boden und entdeckte vor seiner Fußspitze einen dürren Zweig.

»Keine Autos. Kein Hupen oder sonstige von Menschen gemachte Geräusche. Keine Flugzeuge. Nichts, was irgendwie nach Technik klingt.«

Neil hob den Fuß über den Zweig und wartete. »Sonst noch was?«

Sie zögerte, dann schüttelte sie den Kopf.

Als Neil auf den Zweig trat, machte sie vor Schreck einen kleinen Sprung.

»Was war das?«

Die Hand auf die Brust gedrückt, schaute sie ihn an.

»Bloß ein Zweig. Das Knacken kam dir sehr laut vor, weil du einen deiner Sinne ausgeschaltet hattest. Achte auf meinen Gang und präge dir ein, wie er sich anhört. Wenn sich dann ein anderer nähert, weißt du es schon, bevor du ihn siehst.«

Gwen wandte sich um und schlang die Arme um seine Taille. »Solange du bei mir bist, wagt sich keiner an mich heran, Neil.«

»Man kann nie vorsichtig genug sein.«

Sie grinste, stellte sich auf die Zehenspitzen und drückte ihm einen schnellen Kuss auf die Lippen. »Ich werde üben. Stellst du das Zelt auf, während ich Feuerholz sammle?«

Er behielt sie während ihrer Suche im Auge. Das Zelt stand ruckzuck. Er legte die Matte und den Schlafsack hinein.

»Ich war noch nie campen«, sagte Gwen aus einigen Schritten Entfernung. »Nicht ein einziges Mal. Nur mit zwölf habe ich mal draußen geschlafen: Eine Freundin hat bei mir übernachtet und wir sind auf unseren Liegestühlen auf der Terrasse auf Albany eingedöst.«

Neil grinste. »Das zählt nicht.«

»Hätte ich mir denken können.« Sie warf einige dickere Äste auf ihren Reisighaufen, dann suchte sie weiter. »Auf unserem Anwesen gibt es ein paar Hütten, in die ich mich geflüchtet habe, wenn ich mal allein sein wollte. Meine Mutter hatte gern Leute um sich und als mein Vater noch lebte, hatten wir ständig Gäste. Damals waren die Hütten mein Rückzugsort.«

»Wie lief es denn zwischen dir und deinem Vater?« Neil wusste, dass Blake und sein alter Herr sich nicht gut verstanden hatten.

»Er hat mich kaum beachtet. Ich war ja bloß ein Mädchen. Deshalb fand er wohl, meine Mutter sei für mich zuständig. Als Blake angefangen hat, eigene Wege zu gehen, habe ich geglaubt, mein Vater würde jetzt merken, dass ich mehr bin als ein dekoratives Ausstellungsstück, das man seinen Freunden vorstellt und dann vergisst. Das war ziemlich naiv von mir. Der Herzog war ein lausiger Ehemann und Vater. Er hätte besser in die Zeit vor hundertfünfzig Jahren gepasst.«

»Klingt, als wäre es nicht leicht gewesen, mit ihm unter einem Dach zu leben.«

Sie legte noch ein paar Zweige auf den Haufen und setzte sich auf einen umgestürzten Baumstamm. »Ja, stimmt. Aber über Tote soll man eigentlich nichts Schlechtes sagen.«

Sich um die Gefühle eines Verstorbenen zu sorgen, passte zu Gwen. »Ich verrate es niemandem.« Mit einem dicken Ast schabte Neil eine Mulde für das Lagerfeuer in die weiche Erde.

»Und deine Eltern? Du hast noch nie etwas über sie erzählt.«

Neil hatte schon lange nicht mehr an seine Eltern gedacht und noch länger nicht über sie gesprochen. »Mom ist abgehauen, als ich noch klein war. Mein Vater hat mich allein aufgezogen. Er war ein Marine. Bis kurz vor seinem Tod.«

»Wann ist er denn gestorben?«

»Vor sieben Jahren. Lungenkrebs. Hat sich zu Tode geraucht.«

»Wie furchtbar.«

Neil zuckte die Achseln. »Es hätte noch viel schlimmer sein können. Nach der Diagnose ging es ganz schnell. Man soll ja immer auch das Gute sehen.«

Lächelnd stützte Gwen das Kinn in die Hand. »Wie war er denn so?«

»Er war einer von den Guten. Nicht sehr gesprächig, aber ich habe immer gewusst, dass ich ihm wichtig bin. Als ich noch klein war, haben ihm die Frauen seiner Freunde mit mir geholfen. Eine Zeit lang sind wir oft umgezogen und kurz vor seiner Pensionierung haben wir uns hier in Colorado niedergelassen. Ihm blieb leider keine Zeit, seinen Ruhestand zu genießen.« Neil zog ein paar Holzstücke aus dem Stapel und schichtete sie für ein kleines Feuer auf. Zweige, von denen er wusste, dass sie viel Rauch produzieren würden, sortierte er aus.

»Dann war er wohl der Grund, weshalb du zum Militär gegangen bist.«

»Ein anderes Leben habe ich nie gekannt. Für meinen Dad war es das Richtige und ich konnte mir nicht vorstellen, etwas anderes zu werden als ein Marine.«

»Ich wette, er war stolz auf dich.«

Neil dachte an das Foto, das ihn in voller Uniform zeigte. Sein Vater hatte es auf den Kaminsims gestellt. »Ja, war er.« Er hielt ein Streichholz an ein trockenes Moosbüschel und schob es unter die Zweige.

Gwen seufzte. »Und er hat nicht wieder geheiratet?«

»Es gab wohl hin und wieder eine Freundin. Aber nichts Festes.« Kleine Flammen leckten an den Zweigen und Neil schichtete dickeres Holz darüber.

Als die Sonne unterging, war das Feuer groß genug, um sie zu wärmen und um darauf die Fertiggerichte zu kochen.

Nach dem Essen zogen sie sich die Sweatshirts über und rösteten Marshmallows. An Neil gelehnt hielt Gwen sie übers Feuer. Sie stellte ihm Fragen zu seiner Zeit als Marine und erkundigte sich noch einmal vorsichtig nach seiner verschwundenen Mutter. Neil hatte nie viele Gedanken an sie verschwenden wollen. Er kannte sie nur aus den Erzählungen seines Vaters. Und der hatte ihm gesagt, sie hätten zu jung geheiratet und seine Mutter sei für ein Kind und die vielen Umzüge noch nicht bereit gewesen. Neil nahm an, dass noch mehr dahintersteckte, aber sein Vater hatte nichts weiter dazu gesagt und er hatte nicht gebohrt.

»Ich hätte mir nie träumen lassen, dass ich einmal so mit dir an einem Lagerfeuer sitzen würde.« Gwen drehte das Stöckchen mit dem Marshmallow über dem Feuer.

»Das war auch nicht geplant.«

»Über die Umstände, die uns hierhergebracht haben, bin ich nicht glücklich. Aber dass wir hier sind, finde ich schön.«

Sie lehnte den Rücken gegen seine Brust und er strich mit den Fingerspitzen über ihren Arm.

Er hoffte, dass sie das noch genauso sehen würde, wenn der neue Raven nicht mehr war.

Gwen zog ein Marshmallow vom Spieß, drehte sich zu ihm und hielt es ihm hin. Er öffnete den Mund und ließ sich füttern. Als er ihre Finger ableckte, wurde ihr verführerisches Lächeln noch breiter.

»Langsam glaube ich, du bist wie unser geröstetes Dessert: außen ein bisschen hart und verbrannt, innen warm und weich.«

Er kaute grinsend. Wenn diese Vorstellung Gwen so vertrauensvoll zu ihm aufblicken ließ, würde er sie in dem Glauben lassen.

»Und du bist aus purem Zucker, Gwen.«

Sie ließ sich wieder gegen ihn sinken und warf das Stöckchen ins Feuer. »Soll ich dir ein Geheimnis verraten?« Als sie den Kopf an seine Brust legte, sog er den Duft ihres Haars ein.

»Was denn für ein Geheimnis?«

Sie flocht die Finger in seine. »Ich wollte immer ein schlimmes Mädchen sein. Du weißt schon, eins in Lederklamotten, das Whiskey aus der Flasche trinkt.«

Das überstieg seine Vorstellungskraft. »Eins, das hinten auf dem Motorrad sitzt und sich den Namen eines Kerls auf den Arm tätowieren lässt?«

»Es muss nicht unbedingt ein Name sein, aber ein Tattoo gehört dazu. Und ein Bauchnabelpiercing.«

Das wiederum konnte er sich gut vorstellen und wurde bei dem Gedanken gleich hart. »Ein Piercing können wir dir in Colorado Springs machen lassen.«

Sie kicherte. Er liebte ihre Art zu lachen. »Ich würde im letzten Augenblick kneifen.«

»Ich kann dich abfüllen und wenn du wieder zu dir kommst, ist es passiert.«

Sie lachte noch lauter. »Ich hätte ahnen müssen, dass du auf so was stehst.«

»Du hast damit angefangen. Bauchnabelpiercings sind sexy.« Wann hatte er zum letzten Mal so etwas zu einer Frau gesagt? Noch nie.

»Und was ist mit dir, Neil? Was ist dein Geheimnis?«

»Mein Tattoo hast du ja gesehen.«

»Ja. Und es ist wirklich ausnehmend heiß.« Ihr englischer Akzent und die altmodische Wortwahl ließen das geradezu vornehm klingen. »Aber gibt es etwas, das du schon immer haben wolltest, an das du dich aber nicht rangetraut hast?«

Er drückte ihre Hand und wartete, bis sie ihn ansah. Dann beugte er sich zu ihr und legte die Lippen auf ihre. Er drehte sie in seinem Schoß zu sich und küsste sie. Ihr Geschmack explodierte auf seiner Zunge und heizte ihm ein. Als er den Kopf hob, saugte sich ihr Blick an seinem fest.

»Dich. Vom ersten Augenblick.«

»Du hast doch sicher geahnt, dass es mir genauso ging. Was hat dich zurückgehalten?«

Er strich ihr das Haar aus den Augen. »Ich bin innen so hart wie außen, Gwen. Und du bist eine Prinzessin, die einen Prinzen verdient hat.« Nicht jemanden wie ihn. Einen, der nachts nicht schlafen konnte, weil seine Vergangenheit ihn nicht zur Ruhe kommen ließ.

Sie nahm sein Gesicht zwischen die Hände. Jetzt lächelte sie nicht mehr. »Die Prinzessin will keinen Prinzen, sondern einen Ritter. Sie will einen, der weiß, was er will, und Risiken auf sich nimmt, um es zu bekommen.«

»Garantien gibt es bei mir keine. Bei mir spielst du voll auf Risiko.«

Sie küsste ihn kurz. »Die Würfel sind bereits gefallen, Neil. Du kannst mir dich nicht mehr ausreden.«

»Tue ich das?« Er wusste, dass es so war.

Sie nickte. »Wenn ich garantierte Langeweile gewollt hätte, wäre ich mit einem jungen Mann aus dem Poloclub meines Vaters zusammen.«

»Motorrad statt Pony?«

»Du hast eins, oder?«

Er hatte jahrelang keins mehr gefahren, aber er wollte ihr diese Fantasie nicht verderben. »Wenigstens weiß ich jetzt, woher deine Vorliebe für Leder kommt.«

»Irrtum. Die habe ich aus ein paar nicht wirklich jugendfreien Filmen, die ich gesehen habe.«

»Du bist ja doch keine echte Prinzessin«, lachte er.

»Ganz und gar nicht.« Ihre Hand glitt an seiner Brust hinab bis zwischen seine Beine. »Willst du mal sehen, wie wenig vornehm ich sein kann?«

Sein Lächeln verschwand. Er spürte Verlangen. »Ab ins Zelt. Jetzt.«

Sie sprang von seinem Schoß und er schob mit dem Fuß Erde über die Flammen. Dann folgte er ihr.

# Einundzwanzig

*Alles lief ab wie in Zeitlupe. Boomer, Robb und Linden folgten Billy durch die dunkle Hitze. Sie schlichen sich an die Wachen an, schalteten sie aus, ohne einen Schuss abzufeuern, und ließen ihre Körper zu Boden gleiten. Dieser geräuschlose Tod beraubte die Terroristen des Ruhms, nach dem sie gierten, und dafür war Neil dankbar.*

*Neil gab Boomer und Robb das Signal zum Vorrücken. Linden sollte ihnen folgen. Ihre Aufgabe war es, Raven aus seinem Versteck zu scheuchen, damit Billy freies Schussfeld hatte.*

Tief im Inneren wusste Neil, dass es ein Traum sein musste, eine ferne Erinnerung. Sein Unterbewusstes versuchte dennoch verzweifelt, den Ablauf der Ereignisse zu verändern.

*Boomer und Robb waren als Erste an der Tür, dann Linden und Billy. Mac war der nächste. Hinter ihm kamen Rick und Mickey.*

*Raven sprang von seinem Hocker auf und auf das Kind zu, das zu ihm gerannt kam. Die beiden redeten in einer Sprache miteinander, die Mac nicht verstand.*

*Nach kurzem Zögern bellte Raven dem Kind einen Befehl zu und ein weiteres Kind näherte sich.*

*In diesem Moment bemerkte Mac die Sprenggürtel. Sie waren an den Kindern festgeschnallt und die Kinder rannten auf sie zu.*

*»Schieß«, befahl Mac Billy.*

*Raven brach zusammen, seine Augen starrten ins Leere. Billy, Rick und Mickey rannten an Mac vorbei. Eines der Kinder klammerte sich an Boomer. Robb zog es weg.*

*Raven schritt zur letzten Tat seines beschissenen Lebens und griff in sein Gewand. Mac warf sich zu Boden. Die an den Kindern festgeschnallten Sprengsätze explodierten.*

»Schschsch. Alles gut. Ich bin bei dir.« Gwens besänftigende Stimme weckte ihn. Sie bedeckte seine Lippen mit kleinen Küssen. »Ich bin bei dir.«

Sie lagen gemeinsam im Doppelschlafsack und sie schlang ihren schlanken Körper um seinen. Zärtlich holte sie ihn aus dem Schlaf und verjagte den Traum.

Wenigstens hatte er diesmal nicht sehen müssen, wie sie in Stücke gerissen wurde. Aber die Erinnerung an seine getöteten Freunde lag als schmerzender Klumpen in seiner Brust.

Gwen küsste ihn immer weiter. Ihre Hand wanderte zu seiner Hüfte und von dort zu seinem Schenkel. »Lass mich dir helfen, Neil.« Ihre Finger legten sich um ihn.

Das hatte sie bereits getan. Der Traum verblasste schneller als in der vergangenen Nacht. Gwen schien genau zu spüren, was er brauchte. Sie zog ihm ein Kondom über und schob sich über ihn. Im Moment schien sie keinen Wert auf ein Vorspiel zu legen. Ihr eigenes Vergnügen stand jetzt nicht im Vordergrund. Neil spürte ein Ziehen im Herzen. Jemand wie sie war ihm noch nie begegnet.

Er hob ihre Hüften an und senkte sie auf sich. Als sie ihn umhüllte, verflog der letzte Rest seines Traums. Er spürte jetzt nur noch Gwens Körper, der sich ihm öffnete und ihn mit allem, was er war, in sich aufnahm.

Sie fanden in einen ruhigen Rhythmus. Gwen brachte ihn mit ihren sinnlichen, wenig damenhaften Stöhnlauten fast um den Verstand, während sie sich im Einklang bewegten. Die Stunden vor dem Einschlafen waren voller wilder Leidenschaft gewesen. Erfüllt und erschöpft hatten sie sich am Ende in den Schlafsack gekuschelt. Jetzt hatten sie unendlich viel Zeit, den Genuss in die Länge zu ziehen, die Spannung zu steigern und die Hitze langsam bis zum Siedepunkt anschwellen zu lassen.

Gwen setzte sich auf, ließ ihn noch tiefer in sie hineinfinden. Kühl strich die Nachtluft über ihre Körper, aber Gwen schien es nicht zu merken. Neil umfasste ihre Brüste und kniff sie sanft in die Brustwarzen. »O Neil. Ja.«

Seine lächelnden Lippen lösten seine Finger ab. Gwen bewegte sich jetzt schneller. Bald konnte sie nicht mehr aufrecht sitzen.

Er zog sie zu sich, küsste sie. Seine Zunge stachelte sie an. Als seine Lust immer drängender wurde, stellte er sich eisige Gebirgsflüsse vor, damit auch Gwen den Gipfel ihrer Leidenschaft erreichen konnte. Lange musste er nicht warten. Ihre Nägel krallten sich in seine Schultern, ihr Atem stockte. Dann bebte und vibrierte ihr Körper um seinen und der kalte Gebirgsbach verwandelte sich in siedende Lava.

Sein Stöhnen vermengte sich mit ihrem, während er sanft zur Erde niederschwebte.

Michael war die ganze Woche über bei Dreharbeiten, deshalb hatte Karen mehr Zeit, als ihr lieb war. Tony, Michaels Manager, bot an, sie nach Tarzana zu begleiten, damit sie ein paar persönliche Dinge und einige Alliance-Unterlagen holen konnte.

Für Michael war Tony mehr als nur ein Manager – er war ein guter Freund. Tony hatte italienische Wurzeln, war etwa eins siebzig groß und gestikulierte beim Reden wild mit den Händen. Auf dem Weg nach Tarzana plauderte er ununterbrochen über Michaels derzeitiges Projekt. »Sie haben die weibliche Hauptdarstellerin kennengelernt, oder?«

»Sandra? Zierlich, sexy, brünett?«

Tony musterte sie. »Nicht eifersüchtig?«

Karen schnaubte. »Dafür fehlen mir die Gene.«

»Sie wissen, dass er Sandra vor der Kamera küssen wird?«

»Ja. Sicher ein sehr intimer Moment. Mit zwanzig Crewmitgliedern als Zuschauern.«

Lachend half ihr Tony aus dem Wagen. »Sie sind eine ungewöhnliche Frau, Karen.«

»Das sagt Michael auch.«

So früh am Tag parkten nicht viele Autos am Straßenrand, dennoch waren ihre Nerven gespannt.

Sie betraten das stille Haus. Sofort fing die Alarmanlage an zu summen und Karen drückte schnell den Zahlencode, damit die Sirenen nicht anschlugen. Dann winkte sie in die Kamera über der Haustür. »Hi Neil oder Dillon … oder wer immer gerade zuschaut.«

Tony stellte sich hinter sie. »Mit wem reden Sie denn?«

Sie schaute zur Decke. »Mit der Kamera.«

Tony sah das Haus zum ersten Mal. Er drehte sich einmal um die eigene Achse und betrachtete die verschiedenen Monitore und Aufzeichnungsgeräte im Eingangsbereich. »Sicherheit wird hier offensichtlich großgeschrieben.«

»Langsam glaube ich, dass das auch dringend nötig ist und war. Für alle Bewohnerinnen dieses Hauses.«

Tony schloss die Haustür hinter ihnen.

»Wegen den Nachbarn?«

Karen ging durch den Flur bis zur Hintertür und spähte durch ein Fenster in den Garten. Die Polizei war längst abgezogen, aber am Türgriff klebte noch das schwarze Pulver, mit dem Fingerabdrücke sichtbar gemacht wurden. »Eher weniger. Aber als Samantha noch hier gewohnt hat, hat jemand das Haus verwanzt, um an Informationen zu kommen, die ihrem Mann schaden sollten. Und Elizas Geschichte kennen Sie sicher aus den Medien.«

»Sie hat unter Zeugenschutz gestanden, nicht wahr?«

Karen nickte, öffnete den Kühlschrank und warf die Milch und eine Packung Steaks in den Müll. *Das Haus muss ja nicht anfangen zu stinken, nur weil es eine Weile leer steht.* »Genau. Und jetzt, nach der schlimmen Sache mit den Nachbarn, ist Gwen mit Neil verschwunden. Langsam glaube ich, auf dem Haus liegt ein Fluch.«

Tony lächelte. »In dem Fall müssten Sie auch etwas davon abbekommen haben.«

Sie dachte an das Gespräch mit Juan, an ihre Vogelphobie und daran, wie viele der Teens im Club davon wussten. Aber weil sie Tony kaum kannte, sagte sie lieber nur: »Ja, kann schon sein.«

»Okay, was holen wir denn?«, fragte Tony.

Karen ging ins Büro, schaltete den Computer ein und bat Tony, mit ihr nach oben zu gehen, solange der Rechner hochfuhr. In ihrem Zimmer öffnete sie den Schrank und raffte ein paar Kleider zusammen. Tony schleppte die Sachen zum Wagen, während Karen wichtige Alliance-Dateien auf einen Speicherstick zog. Damit konnte sie in Michaels Haus auf ihrem Laptop weiterarbeiten.

Als sie den Computer ausschaltete, klingelte das Telefon. Erschrocken fuhr sie zusammen. Auf dem Display erschien eine unbekannte Nummer.

»Hallo?«

»Karen?«

»Gwen? Großer Gott! Gwen, wo bist du? Geht es dir gut?« Mit einem Anruf ihrer verschollenen Freundin hatte Karen am allerwenigsten gerechnet.

»Gut? Mir geht's blendend! Neil und ich … Oh, ich kann es gar nicht erwarten, dir alles zu erzählen. Aber jetzt habe ich nicht viel Zeit.«

Gwens fröhlicher Ton verblüffte Karen.

»Ist Neil bei dir?«

»Er ist gerade auf der Toilette. Wir sind an einer Tankstelle. Wie läuft es bei euch?«

»Hier sind alle in Aufruhr. Dean rennt herum und versucht zu verstehen, was Neil vorhat. Kannst du es uns vielleicht sagen?«

»Die Vogelkadaver waren kein Zufall, Karen. Die wurden absichtlich ausgelegt.«

»Das glauben wir inzwischen auch. Aber seit du weg bist, deutet einiges darauf hin, dass die Vögel mehr mit mir zu tun haben als mit Neil.«

Gwen zögerte. »Ich vertraue ihm, Karen.«

»Könnte es sein, dass daran vor allem deine Hormone schuld sind?«

»Es ist viel mehr als Sex.«

*Womit diese Frage beantwortet wäre.* »Die Kampfeinsätze sind nicht spurlos an Neil vorbeigegangen, Gwen. Dir ist schon klar, dass er ziemlich paranoid ist?«

»Selbst wenn es so wäre, ändert das nichts an der Tatsache, dass die Nachbarn tot sind und jemand die Häuser verwanzt hat.«

»Wir haben keine Wanzen gefunden.« Karen redete schnell.

»Das kommt schon noch.« Doch Gwens Tonfall hatte sich leicht verändert. »Hör mal, ich muss jetzt Schluss machen. Ich wollte nur nicht, dass du dir Sorgen machst.«

»Wo bist du?«

»Oben im Norden. Kurz vor der kanadischen Grenze. Ich melde mich in ein paar Tagen wieder. Sag allen, dass es uns gut geht.«

»Pass auf dich auf.«

»Das erledigt mein Bodyguard für mich.« Damit legte Gwen auf.

Karen starrte perplex den Telefonhörer an.

»Wer war das?«, fragte Tony von der Tür her.

»Gwen. Sie sagt, sie seien auf dem Weg nach Kanada.«

»Geht es ihr gut?«

*Vielleicht fast zu gut.*

Er nahm die Ohrstöpsel heraus und warf sie auf den Beifahrersitz. »Vertrau einer Frau, dann bist du verkauft, Mac.«

Dass er seit Tagen kaum geschlafen hatte, zumindest nicht tief, war ihm im Moment egal. Er drehte den Zündschlüssel um. Er hatte gewusst, dass sich irgendwann jemand verplappern würde. Das Warten hatte sich gelohnt. Jetzt wusste er nicht nur, wohin Neil unterwegs war, sondern auch, dass er diese Frau vögelte.

Eine überaus nützliche Information.

Bevor er die Stadt verließ, musste er noch einen weiteren Vogel ablegen. Er würde tun, was er konnte, um unter Neils Freunden Zweifel an dessen geistiger Verfassung zu säen. Damit würde er nicht nur dafür sorgen, dass sie an verwanzten Stellen unvorsichtig drauflos plapperten. Auch Neils Tod würden sie als tragischen Unfall betrachten und nicht als heroisches Ende eines Mannes, der seine Auserwählte retten wollte.

Hat es geklappt?«, fragte Neil, als er von der Toilette zurückkam.

Gwen drückte ihm lächelnd das Prepaidhandy in die Hand. »Karen war zu Hause. Ich habe ihr gesagt, was ich sagen sollte.«

»Hat sie es geglaubt?«

»Ich denke schon. Zu Hause machen sich alle Sorgen um uns und mir ist gar nicht wohl dabei.«

Neil lehnte sich an den Wagen. »Lieber jetzt ein paar Sorgen als später ein großes Drama.«

Gwen nickte. Ganz so überzeugt wie Neil war sie nicht, aber im Grunde gab sie im recht.

»Und wohin fahren wir jetzt?«, fragte sie.

»Zu unserem nächsten Zeltplatz. Morgen Nacht können wir uns wahrscheinlich wieder ein Bett und eine Dusche suchen, wie du es gern hast.«

»Dir gefällt es doch auch.«

Er hielt ihr die Wagentür auf. »Der kalte Bach hat besser gewirkt als schwarzer Kaffee.«

Ihre Finger hatten sich in dem eisigen Wasser in Sekundenschnelle blau gefärbt. »Für mich darf es gern ein paar Grad wärmer sein.«

Neil schob sich hinters Steuer und setzte die Sonnenbrille auf. »Lange musst du nicht mehr durchhalten, Gwen.«

»Und wohin fahren wir morgen?«

Sie standen an einer Tankstelle in einem kleinen Ort in den Bergen. Auf der Karte hatte Gwen gesehen, dass es im Umkreis mehrere größere Städte gab.

»Colorado Springs«, sagte Neil beim Losfahren.

»Liegt das nicht gleich unten im Tal?«

»Jepp.«

»Und warum fahren wir dann nicht gleich dorthin? So romantisch das Zelten mit dir auch sein mag – es gibt gemütlichere Unterkünfte für eine gemeinsame Nacht.«

»Warte bis morgen. Eine Nacht lang bleiben wir besser noch hier oben. Unser Mann soll glauben, dass wir uns in den Wäldern verstecken.«

»Du stellst ihm eine Falle?«

»Ich lege den Köder aus. Aber keine Sorge. Wenn er auftaucht, bist du längst weg.«

Gwen fröstelte plötzlich. »Und du? Wo bist du dann?«

»Ich lege mich auf die Lauer und warte.«

»Allein? Ist das klug?«

»Ich habe Verstärkung angefordert. Du musst dir keine Sorgen um mich machen, Gwendolyn.«

»Tue ich aber. Wer soll es denn sonst tun?«

Neil warf ihr einen kurzen Blick zu und tätschelte ihr Knie. »Ich habe auf dem Weg hierher ein Diner gesehen. Kann ich dich zu einer anständigen Mahlzeit überreden?«

Er wechselte das Thema, aber der Gedanke an ein gutes Essen half, die Befürchtungen zunächst zu verdrängen.

Als seine Albträume sie in der Nacht weckten, schlang sie die Arme und Beine um ihn und redete beruhigend auf ihn ein. Anders als in den Nächten zuvor wachte er nicht auf.

Aber sie lag wach, lauschte den Geräuschen des Waldes und fragte sich, ob Karen vielleicht recht hatte. Was, wenn sie vor einem Phantom davonliefen und ihnen niemand auf den Fersen war?

# Zweiundzwanzig

»Warum hast du nicht früher angerufen, Mac? Wo zum Teufel steckst du?«

Neil wünschte sich innig, dass dieser Anruf kein Fehler war. »Es gab eine überraschende Planänderung.«

»Was denn für eine Änderung?« Ricks Stimme klang gedämpft.

»Eine, die mich dazu bringt, die Frau in meinem Leben zu verstecken und mich dem Kampf zu stellen.«

»Heilige Scheiße. Er ist hinter dir her? Verdammt, Neil. Du hättest mich anrufen sollen. Wo bist du?«

»In der Nähe von Fort Carson. Und wo bist du?«

»Auf dem Weg zu Dorothys Haus. Ich habe ein paar Tage gewartet. Als ich nichts von dir gehört habe, habe ich gedacht, dir sei was dazwischengekommen. Also bin ich losgefahren, um zu sehen, was ich wegen Billy unternehmen kann. Ich kehre jetzt um. Wo ist dein Mädel? Verdammt, ich wusste ja nicht mal, dass du eins hast.«

Neil eigentlich auch nicht. »In Sicherheit. Hast du noch was von Mickey gehört? Bei mir war eine Weile Funkstille.«

»Von Mickey gibt's nichts Neues. Sein Dad meint, er würde tief hinter den feindlichen Linien operieren. Kein Mensch weiß, wann er zurückkommt.«

Neil versuchte, an Ricks Stimme abzulesen, was Sache war. Sie klang völlig natürlich und unverdächtig. Das Misstrauen seinem Freund gegenüber war grundlos. Aber irgendetwas an dieser Sache stank zum Himmel und Neil hätte zu gern gewusst, was.

»Der Scheißkerl hat meine Überwachungsanlagen verwanzt, Rick. Sein Equipment ist vom Allerfeinsten. So was kenne ich noch gar nicht. Er muss eine Verbindung zum Militär haben.«

»Mit wem haben wir es zu tun, Neil? Ravens Unterschlupf ist praktisch ausradiert worden. Erkannt hat uns dort keiner.«

Neil strich über den Kinnbart, den er seit der Flucht aus Kalifornien sprießen ließ. »Es muss jemand sein, der von dem Einsatz wusste oder etwas davon erfahren hat und uns jetzt ausschalten will.«

»Ich weiß nicht, Mac. Das klingt zu einfach. Der Kerl nimmt die Geschichte persönlich.«

»Das tue ich inzwischen auch. Höchste Zeit, den Spieß umzudrehen.«

Rick lachte. »Hört sich an, als hättest du schon einen Plan.«

»Hast du mich je planlos erlebt?«

»Ich fahre die Nacht durch, aber ich bin trotzdem frühestens in anderthalb Tagen bei dir.«

Mit etwas Glück war der neue Raven im Augenblick in die falsche Richtung unterwegs und es blieb genügend Zeit, den Köder auszulegen. »Komm einfach, so schnell du kannst, und ruf diese Nummer an, wenn du in der Nähe bist.«

»Bleib wachsam, Mac. Ich freue mich schon drauf, deine Prinzessin kennenzulernen. Wer es mit dir aushält, hat meine volle Bewunderung.«

»Arschloch.«

»Dito.«

Neil legte auf. *Seine Prinzessin*. Das klang nach Märchen, Schlössern und gefährlichen Drachen … aber irgendwie passend.

Zum ersten Mal seit Jahren hatte er eine ganze Nacht durchgeschlafen. Irgendwann hatte er zwar geträumt, aber der Traum hatte ihn nicht geweckt. Das konnte nur an *seiner Prinzessin* liegen.

Jetzt musste er nur noch einen Märchenturm finden und sie darin in Sicherheit bringen. Wenn dann weder Raven noch andere tödliche Gefahren lauerten, konnte er darüber nachdenken, welchen Platz es in der richtigen Welt für sie beide gab.

Als Nächstes tippte Neil eine Nummer ins Handy, von der er geglaubt hatte, er würde sie nie wieder wählen. »Major Blayney? MacBain hier. Ich brauche Ihre Hilfe.«

Eineinhalb Stunden später steuerte Neil den Wagen durchs Tor der Militärbasis. An der Schranke genügten ein Lächeln und ein kurzes Wedeln mit seinem Ausweis. Ein von bewaffneten Soldaten gesichertes Camp war nach einem Märchenturm der sicherste Ort für Gwen.

»Ich war noch nie in einer Kaserne.« Gwen schaute aus dem Fenster. Wie in allen Militäranlagen der Welt gab es wenig, was das Auge erfreute, nur funktionelle Gebäude in Grau und Grün. Jeeps und andere geländegängige Militärfahrzeuge fuhren umher oder waren auf großen Freiflächen geparkt. »Hast du hier mal gewohnt?«

»Ja, mit meinem Dad. Und dann noch mal später vor meinen letzten sechs Monaten als Marine.«

Sie ließen den militärischen Bereich hinter sich und fuhren zu einem kleinen Wohngebiet, wo Kinder zwischen den Häusern umhertollten. Es gab Basketballkörbe und auf den Rasenflächen lagen Fahrräder.

»Die Gebäude sehen alle gleich aus.«

»Sind sie auch. Drei bis vier Zimmer und mit etwas Glück ein zweites Bad.«

Gwen war auf die Sitzkante gerutscht und ließ den Blick umherschweifen. »In einem geklonten Haus zu wohnen, würde mir nicht gefallen.«

»Für eine individuelle Note ist hier kein Platz. Die wird einem schon in der Grundausbildung abtrainiert und kommt vielleicht später wieder. Aber erst mal lernt man, sich anzupassen und Befehle zu befolgen.«

Gwen musterte ihn stirnrunzelnd. »Das kann ich mir bei dir nicht wirklich gut vorstellen.«

»Da musste ich durch.« Aber sie hatte recht: Befehle zu erteilen fiel ihm leichter, als sie zu befolgen. »Hier gibt es alles, was man braucht. Einen Supermarkt, eine Drogerie, ein Krankenhaus und eine Kirche. Dazu einen Pizzaservice und ein paar Burgerbuden. Und Bars.«

»Da bleiben keine Wünsche offen.«

»Gar keine.« Neil fuhr an ein paar kleineren Gebäuden vorbei und einen von Bäumen gesäumten Hügel hinauf. Hier hatte sich nichts verändert. Selbst die Bäume standen in Reih und Glied.

Sie steuerten auf ein weißes Haus auf der Hügelspitze zu, von dem aus man das gesamte Gelände überblicken konnte. »Hier wohnen Chuck und Ruth«, sagte Neil. »Chuck hat mir Hilfe angeboten.«

»Deine Freunde, nehme ich an?«

Chuck war eher ein langjähriger Vorgesetzter, mit dem er sich verbunden fühlte. »Chuck ist einer der wenigen, die von der Operation Raven wussten. Aber sag ihm lieber nicht, was ich dir darüber erzählt habe. Es ist besser, wenn alle glauben, dass du keine Ahnung hast.«

»Traust du ihm nicht?«, fragte Gwen.

»Dann hätte ich dich nicht hergebracht. Aber über geheime Missionen sollte man eigentlich nur mit Insidern reden. Ich glaube nicht, dass Ruth etwas über Raven weiß, und Chuck geht sicher davon aus, dass du genauso unwissend bist.«

»Würde Chuck seiner Ruth auch dann nichts sagen, wenn jemand hinter ihr her wäre?«

»Ruth ist mit einem hohen Offizier verheiratet. Sie ist daran gewöhnt, dass es im Leben ihres Mannes immer Dinge geben wird, von denen sie nichts erfährt.«

Neil parkte in der Einfahrt und zog den Zündschlüssel ab. »Wenn alles nach Plan läuft, wirst du ein paar Tage lang hierbleiben müssen«, sagte er.

Gwen kniff die Lippen zusammen. »Ist das ein Befehl oder habe ich eine Wahl?«

Im Grunde hatte sie keine. Das Haus auf der Militärbasis war ihr Märchenturm. Wenn er sie bat zu bleiben und sie lehnte ab, musste er seine Pläne ändern. Aber wenn er einfach über ihren

Kopf hinweg über sie bestimmte, war sie sicher sauer und lief davon.

Zähneknirschend presste er hervor: »Kein Befehl, eine Bitte.« Er versuchte zu lächeln. Mit einem Lächeln konnte er sie normalerweise milde stimmen.

»In dem Fall … In Ordnung.«

Sie stiegen aus und gingen zur Veranda. Gwen zupfte an ihrem Shirt und schob sich eine Haarsträhne hinters Ohr. »Du siehst toll aus«, sagte er.

»Ich sehe aus, als wäre ich seit einer Woche auf der Flucht, und ich habe den innigen Wunsch, meine Klamotten zu verbrennen.«

Neil nahm ihre Hand und küsste sie. »Wir haben es fast geschafft, Gwendolyn.«

Sie schmiegte sich lächelnd an ihn. »Nach einer warmen Dusche habe ich sicher wieder bessere Laune.«

Er vermutlich auch.

Neil klopfte an die Tür und trat einen Schritt zurück.

Ruth Blayney hatte sich nicht verändert. Sie hieß ihn mit einem warmen Lächeln willkommen. Dass er nicht der Typ für Umarmungen war, wusste sie, deshalb nickte sie nur freundlich. Neil kannte kaum einen Marine, der sich gern herzen ließ. Ein kräftiger Händedruck oder ein kumpelhafter Klaps auf die Schulter genügten vollkommen als Ausdruck der Verbundenheit. »Neil MacBain! Ich kann es nicht fassen. Wie lange ist das her?«

»Ein paar Jahre.« Ziemlich genau sechs.

»Kommen Sie rein.« Ruth trat einen Schritt zurück und hielt ihnen die Tür auf. »Chuck hat mir gesagt, dass Sie kommen. Das Gästezimmer ist schon vorbereitet.«

Im Haus ließ Neil Gwens Hand los. »Ruth Blayney, das ist Gwen Harrison … eine Freundin.«

Ruth schüttete Gwen die Hand. »Was für eine nette Überraschung. Eine hübsche junge Dame hat Neil noch nie mitgebracht.«

»Sehr erfreut«, sagte Gwen.

»Sind Sie aus England?«

»Ja.«

»Herzlich willkommen.« Ruth schloss die Haustür und ging voran in die Diele. »Chuck ist draußen und tut, als würde er Einlochen üben.«

»Golf?« Neil konnte sich das nicht vorstellen.

»Als Vorbereitung auf den Ruhestand.«

»Ich wusste gar nicht, dass er spielt.«

Ruth grinste. »Tut er auch nicht. Aber wenn er seinen Abschied nimmt, möchten wir in eine wärmere Gegend ziehen. Und eine Runde Golf – selbst wenn man ein miserabler Spieler ist – ist besser, als zu Hause rumzusitzen.«

Das klang nicht, als würde Chuck sich auf den Abschied von der Truppe freuen. Er kannte nun mal kein anderes Leben. Major Blayney hätte sich schon vor Jahren zur Ruhe setzen können, aber er war mit Leib und Seele Soldat. Vermutlich würde er den Caddies auf dem Golfplatz befehlen, Haltung anzunehmen und seine Golftasche mit Stolz zu tragen. Er war es gewohnt, das Kommando zu führen.

Ruth ging ihnen voran durch die Hintertür auf die Terrasse. Chuck stand im Garten auf dem Rasen und versuchte, einen kleinen Ball einzulochen. Der Ball rollte einen halben Meter am Ziel vorbei. Chuck stöhnte frustriert auf.

»Charles!«, rief Ruth. »Neil und seine Bekannte sind da.«

Chuck warf den Schläger beiseite. »Blödes Spiel.«

Gwen gluckste leise auf.

»Football … so was nenne ich Sport. Wissen Sie noch, Neil?«

»Ja, Sir.« Neil begrüßte Chuck mit einem festen Händedruck und einem Schulterklopfen. »Schön, Sie mal wieder zu sehen.« Neil freute sich tatsächlich – trotz der widrigen Umstände. Chuck war noch ganz der Alte. Er trug hellbraune Slacks, ein Baumwollhemd und einen Uniformgürtel. Er war ein paar Zentimeter kleiner als Neil und sicher zwanzig Kilo leichter, doch seine Haltung machte ihn so respekteinflößend wie eh und je. Mit den breiten Schultern und nur ganz wenig Grau im dunklen

Haar sah er aus wie ein fitter Fünfziger. Aber Neil wusste, dass er deutlich älter war. Um wie viel genau, hatte der Major nie verraten.

Chucks Blick wanderte von Neil zu Gwen, sein Lächeln hielt. »Sie müssen Miss Harrison sein.«

»Bitte nennen Sie mich Gwen.«

Chuck nickte, reichte ihr aber nicht die Hand. »Willkommen in unserem Haus, Gwen.«

»Vielen Dank, dass wir hier sein dürfen.«

»Es ist uns ein Vergnügen.« Chuck drehte sich zu seiner Frau. »Möchtest du Gwen ihr Quartier zeigen, Ruth?« Der Major hielt sich selten lange mit Smalltalk auf.

Ruth seufzte tief. »Für den Major gibt es keine Zimmer, nur Quartiere. Aber wir haben richtige Betten, keine Pritschen – keine Sorge. Kommen Sie, Gwen. Ich habe gehört, dass Sie seit Tagen unterwegs sind. Sicher wollen Sie sich gern frisch machen.«

»Das wäre schön.« Gwens blaue Augen suchten Neils. »Sollen wir unsere Sachen holen?«

»In zehn Minuten in meinem Büro, Neil«, sagte Chuck. »Und Sie, Gwen, fragen einfach, wenn Sie etwas brauchen.«

Gwen bedankte sich und ging zusammen mit Neil zum Wagen.

»Chuck ist kein sehr herzlicher Mensch, das darfst du nicht persönlich nehmen.« Neil nahm ihre Taschen aus dem Kofferraum.

»Aber Ruth ist ganz nett.« Sollte heißen: im Gegensatz zu Chuck. Was dem Major an Warmherzigkeit fehlte, machte er durch sein Pflichtbewusstsein und seine Entschlusskraft mehr als wett.

»Nach dem Duschen kann Ruth dich zum Supermarkt begleiten, damit du dir ein paar Kleider kaufen kannst.«

»Eine Boutique suche ich hier wohl umsonst«, scherzte Gwen.

»Im Augenblick müssen dir die Supermarktklamotten leider genügen. Es sei denn, Ruth kennt hier auf der Basis noch einen anderen Laden.«

»Das heißt, du willst nicht, dass ich das Gelände verlasse.«

»Nicht ohne mich.«

Neil konnte sehen, dass die Situation sie bedrückte. Aber der Blick aus ihren müden Augen und ihr Nicken sagten ihm, dass sie sich zunächst fügen würde.

Neil nahm ihre Sachen. Ein Teil seines Arsenals blieb im Wagen, das Zelt hatte er in den Bergen stehen lassen. Er gab Gwen einen Kuss.

Sie strahlte ihn an. »Wofür war das?«, fragte sie.

»Für dein Vertrauen.«

»Immer gern.«

Neil ging in Chucks Büro und schloss die Tür hinter sich. Chuck hatte ihnen bereits Drinks eingeschenkt und forderte Neil mit einer Geste auf, sich aufs Sofa zu setzen. »Ich dachte, Sie könnten einen Schluck vertragen.«

»Sie ahnen gar nicht, wie sehr.« Neil genoss das warme Brennen in seiner Kehle. »Herrlich.«

»Und jetzt erklären Sie mir, wie Sie darauf kommen, dass Sie jemand umbringen will.«

Neil fing ganz vorne an und erzählte, was sich bis zu seiner und Gwens Flucht aus Kalifornien ereignet hatte. Chuck hörte schweigend zu und schenkte ihnen zwischendurch einmal nach.

»Und wie ist es Ihnen gelungen, Blondie zum Mitkommen zu überreden?«

»Ich habe ihr gesagt, dass jemand aus meiner Vergangenheit ihr etwas antun will, um mich zu treffen.« Nicht die ganze Wahrheit – aber mehr wollte Neil Chuck im Moment nicht sagen.

»Dann weiß sie also nichts von Raven?«

»Sie hat die toten Vögel gefunden.«

»Tote Vögel gibt es massenhaft.«

»Deshalb hat sie mir auch nichts davon erzählt. Aber Raben findet man in Kalifornien nur in höheren Regionen, nicht unten an der Küste. Die lagen nicht zufällig herum, Chuck.«

»Das will ich auch nicht behaupten. Ich frage mich bloß, wie krank man sein muss, um so was auszubrüten.«

Neil nahm einen Schluck von seinem Drink. »Darüber denke ich schon die ganze Woche nach. Aber wenn jemand etwas über etwaige Verbündete von Raven weiß, dann sicher Sie.«

Chuck zuckte die Achseln. »Leute mit Rachegelüsten gibt es in seinem Umfeld sicher zuhauf. Aber dass jemand von ihnen hinter den Aktionen steckt, die Sie mir beschrieben haben, halte ich für unwahrscheinlich.«

»Für mich sieht das nach einem persönlichen Rachefeldzug aus.« Er dachte an Gwen. *Sehr persönlich.*

»Terroristen haben es nicht auf einzelne Menschen abgesehen, sondern auf ganze Nationen. Wer steckt also Ihrer Meinung nach dahinter?«

»Es muss jemand mit einer offenen Rechnung sein. Jemand, der von der Mission Raven weiß. Ich werde es rauskriegen. Rick ist auch schon auf dem Weg. Wir werden den Scheißkerl aus der Deckung locken.«

Chuck warf die Hände in die Luft. »Bringen Sie sich nicht in Schwierigkeiten, Soldat!«

»Noch erlauben es mir unsere Gesetze, mich und meine Familie zu verteidigen.«

Chuck grinste. »Das heißt also, Sie wollen dem Kerl eine Falle stellen und dann dafür sorgen, dass er vor einem Richter landet?«

Neil verstand Chucks Wink nur zu genau. »Sie haben mich verstanden.«

»Das denke ich auch. Also: Was kann ich für Sie tun?«

Neil stellte sein leeres Glas beiseite und schlug ein Bein über das andere. »Ich möchte Gwen gern bei Ihnen lassen. Damit sie sicher ist, solange ich tue, was getan werden muss.«

»Ist sie einverstanden?«

»Ja. Erst mal schon.« Wie lange sie mitspielen würde, konnte Neil nicht sagen.

Chuck riss die Augen auf. »Erst mal?«

»Sie kennt nur einen Teil der Fakten und ich kenne keine Frau, die Kommandos so bedingungslos befolgt wie ein Marine. Ein oder zwei Tage lang wird sie bleiben, ohne Fragen zu stellen. Vielleicht auch drei. Aber ich kann mich nur auf die Lauer legen und warten, bis die Falle zuschnappt, wenn sie hier in Sicherheit ist.«

»Auch gegen ihren Willen?«

Gwen würde nicht begeistert sein. Deshalb hatte Neil ihr von diesem Teil seines Plans nichts gesagt. »Falls nötig. Zum Wohle unseres Landes und so weiter.«

Chuck stand auf und rieb sich den Nacken. »Ist Ihnen klar, was Sie da von mir verlangen?«

Neils Kiefermuskeln spannten sich. »Nichts, was ich nicht auch für Sie und Ruth tun würde.«

»Ruth ist meine Frau, Neil. Und wenn ich recht gehört habe, haben Sie uns Gwen als *eine Freundin* vorgestellt. Sie ist noch nicht mal Amerikanerin. Haben Sie nicht gesagt, ihr Bruder sei ein Herzog oder etwas ähnlich Klatschspaltenverdächtiges? Ich sehe die Schlagzeile schon vor mir: ›Major Blayney hält britische Adlige in Kaserne als Geisel‹. So geht das nicht, Neil. Wenn Sie verheiratet wären, könnte ich vielleicht etwas für Sie tun. Dann wäre sie wenigstens die Ehefrau eines Amerikaners, die ich beschützen und von den Straßen von Colorado Springs fernhalten müsste, weil ihr Mann sonst in Gefahr geraten könnte.«

In Neil zog sich alles zusammen. Einige lebenswichtige Blutgefäße drohten zu platzen. Chuck hatte recht. Selbst wenn Gwen aus freien Stücken blieb, war es nur eine Frage von Tagen, bis Blake nach ihnen suchte oder bis sie ihn anrief. Dann war das ganze Versteckspiel umsonst. Der neue Raven würde Gwen finden und die Lage wäre noch brenzliger als jetzt.

Chuck starrte ihn mit der strengen Miene eines Feldwebels an, der einen Rekruten in der Grundausbildung maßregelt.

Neil fasste einen Entschluss.

»Gibt es in der Kaserne noch einen Geistlichen?«

Chucks Kinnlade fiel herunter. »Das ist jetzt nicht Ihr Ernst.«
»Rufen Sie ihn an. Ich bin in einer Stunde zurück.«

# Dreiundzwanzig

So gern Gwen mit Neil allein war – es war doch schön, wieder mal mit einer Frau shoppen zu gehen, selbst wenn sie die Frau kaum kannte. Neben der Kantine gab es tatsächlich eine kleine Boutique. Ruth erzählte ihr, dass die meisten Frauen zum Shoppen nach Colorado Springs fuhren, aber das kleine Geschäft hatte eine überraschend große Auswahl an modischer Kleidung. Und Gwen bereitete es einen Riesenspaß, das Geld auszugeben, das Neil ihr zum Einkaufen überlassen hatte.

»Wie lange kennen Sie Neil denn schon?«, fragte Ruth auf dem Rückweg zu dem weißen Haus auf dem Hügel.

»Seit ein paar Jahren.« So lange arbeitete er schon für ihren Bruder. Aber Gwen hielt es nicht für nötig, ins Detail zu gehen.

»Ich mochte ihn schon immer sehr gern. Einen Mann wie ihn hätte ich mir für unsere Tochter gewünscht.«

»Sie haben eine Tochter?«

Ruth nickte lächelnd. »Sie lebt mit ihrem Mann in Florida. Ich möchte Charles dazu bewegen, dass wir nach seiner Pensionierung auch dorthin ziehen. Ich wäre gern in ihrer Nähe.«

»Wie lange sind die beiden denn schon verheiratet?«

»Seit ein paar Jahren. Ich warte immer darauf, dass Annie anruft und uns sagt, dass wir Großeltern werden. Aber bislang umsonst.«

»Und wo würde Charles seinen Ruhestand am liebsten verbringen?«

Ruth lachte. »Er würde am liebsten gar nicht aufhören. Seit Jahren liegen wir deswegen im Clinch. Ich hoffe immer, dass

Annie ein Baby bekommt und Charles dann merkt, dass es noch andere Dinge gibt als das Militär.«

Ganz für eine Familie zu leben, konnte Gwen sich vorstellen. Ganz für den Militärdienst zu leben, nicht. »Ich bin sicher, er sieht das irgendwann ein.« Gwen war sich überhaupt nicht sicher, aber sie hielt das für die passende Antwort.

»Er kann Annies Mann nicht ausstehen.«

»Oh. Das ist schlecht.«

»Sie sagen es. Andrew ist Lehrer. Er unterrichtet Englisch an der Highschool. Sie könnten unterschiedlicher kaum sein.«

»Ihre Tochter und Andrew?«

»Nein. Andrew und Charles. Charles führt und Andrew folgt. Sagt zumindest mein Mann. Ich mag unseren Schwiegersohn. Er trägt unsere Tochter auf Händen. Aber mein Mann findet, Annie hätte einen Soldaten heiraten sollen. Dabei brauchte sie dringend mehr Ruhe und Stabilität … nach dem Leben auf Militärbasen und dem abrupten Ende einer Beziehung zu einem Soldaten. Ein Englischlehrer war in dieser Situation die perfekte Wahl. Ich glaube, wenn Charles ihm eine Chance geben würde, wenn wir nicht so weit von ihnen weg wohnen würden und er Andrew besser kennenlernen könnte, würde er seine Ansichten ändern.«

»Haben Sie Andrew denn vor der Hochzeit nicht kennengelernt?«

»Nicht sehr gut. Wir haben ihn ein paarmal gesehen, dachten aber nicht, dass etwas Ernstes daraus wird. Als Annie uns eines Tages eröffnet hat, dass sie heiraten wollen, fingen die Streitereien an.«

Wenn Eltern sich zu sehr einmischten, endete das selten gut. »Sie hat rebelliert«, sagte Gwen.

»Das kann man wohl sagen«, seufzte Ruth. »Sie sind heimlich zum Standesamt gegangen und dann in den Süden gezogen. Ein paarmal haben wir sie besucht. Das war immer eine Tortur.«

»Wie bedauerlich. Zum Streiten ist das Leben einfach zu kurz.« So sehr Gwen ihren Vater verachtet hatte, mit ihm streiten wollen hatte sie nie.

»Ich glaube, wenn Charles erst seinen Abschied nimmt, ändert sich auch seine Einstellung.«

Ruth war alt genug, um zu wissen, dass Menschen sich selten änderten. Aber das wollte Gwen ihr in diesem Moment nicht sagen. Anscheinend war Ruth bereit für einen neuen Lebensabschnitt. Im Gegensatz zu ihrem Ehemann.

»Sicher wird sich eine Lösung finden.« Gwen glaubte selbst nicht, was sie da sagte. Aber in dem knappen Jahr, das sie jetzt in den Staaten lebte, hatte sie eines gelernt: Amerikaner waren Meister darin, Dinge zu sagen, die sie gar nicht wirklich meinten. Darin standen sie den Briten zwar in nichts nach. Nur dass ihre Freundinnen in London nicht im Traum daran denken würden, derart private Gedanken mit einer Wildfremden zu teilen. Ruth hatte offenbar das dringende Bedürfnis, mit einer Frau zu reden, die ihren Mann nicht kannte. Was Leute, die ihm näher standen, ihr sagen würden, wusste sie vermutlich bereits.

Gwen sah den Anflug eines Lächelns auf Ruths Gesicht.

»Ganz sicher.«

Bei der Rückkehr zum Haus fiel Gwen als Erstes auf, dass der Wagen fehlte, mit dem sie und Neil gekommen waren.

Ihr Herz setzte eine Sekunde lang aus. *Er ist weggefahren?* Oder hatte er nur das Auto woanders geparkt?

Nein, der Wagen war nirgends zu sehen und als sie ins Haus kamen, sagte Charles, Neil sei gegangen. Als Gwen bereits in Panik geraten wollte, setzte er hinzu, Neil sei in einer Stunde wieder da.

Gwen beschloss, in ihrem Zimmer zu warten. Seit wann hängte sie sich so sehr an einen Mann? Oder überhaupt an jemanden? Vor ihrem Umzug in die Staaten war sie nie wirklich allein gewesen, ständig hatte ihre Mutter oder ein Leibwächter sie begleitet. Aber seit sie hier lebte, hatte sie die Unabhängigkeit entdeckt und schätzen gelernt. Warum fühlte sich dann der Gedanke, ohne Neil zu sein, so falsch an? Für einen Mann zu schwärmen, war eine Sache. Sich eine Existenz ohne ihn nicht mehr vorstellen zu können, eine ganz andere. Mit ihm zusammen zu sein, war ein Spiel mit hohem Risiko, und er hatte sie gewarnt.

Für die Auseinandersetzung mit dem Drama, das sein Leben überschattete, brauchte sie ein offenes Ohr. Karen oder Eliza kamen dafür infrage und auch Samantha konnte ihr vernünftige Ratschläge geben.

Aber wie sollte sie mit ihren Freundinnen Kontakt aufnehmen, ohne ihren Aufenthaltsort zu verraten, bevor Neil alles vorbereitet hatte, um den Vogelmörder zur Strecke zu bringen?

Blake fuhr zu Karens und Michaels Haus in Beverly Hills. Dean und Jim waren bereits dort. Karen hatte ihn voller Panik angerufen und etwas von toten Vögeln und einem dringend benötigten Beruhigungsmittel gestammelt. Blake verstand langsam gar nichts mehr.

Karen saß mit angezogenen Knien auf dem Sofa. Michael rieb ihr beruhigend den Rücken, während die beiden mit Dean und Jim sprachen.

»Ich bin gekommen, so schnell es ging.« Blake musterte Karen. »Wie geht es dir?«

»Schon besser.« Sie war blass und wirkte verstört.

»Anscheinend hat es unser Vogelmann doch auf Karen abgesehen«, sagte Jim.

»Karen hat eine weitere tote Krähe gefunden. Sie lag ziemlich zerrupft auf dem Fahrersitz ihres Wagens. Jemand ist über den Zaun geklettert und hat den Wagen aufgebrochen.« Dean ließ Karen nicht aus den Augen. »Ich habe die Spurensicherung angefordert.«

»Was ist mit den Aufzeichnungen aus den Überwachungskameras?« Blakes Frage war an Michael gerichtet.

»Kameras habe ich nicht, nur eine Alarmanlage.«

Blake konnte kaum fassen, dass ein VIP wie Michael nicht in aufwendige Sicherheitstechnik investierte. »Zeit, welche zu installieren.«

Michael nickte.

»Das bedeutet wohl, wir sorgen für Karens Schutz und informieren Neil und Gwen, dass sie zurückkommen können.« Dean stand auf und stellte seine leere Kaffeetasse auf den Couchtisch.

»Das Problem ist, dass wir nicht wissen, wo Neil ist«, sagte Blake.

»Ich lasse mal überprüfen, ob er seine Kreditkarte irgendwo benutzt hat. Oder ob es auf seinem Konto Bewegungen gibt. Irgendwann taucht er schon wieder auf. Oder Gwen ruft noch mal an.«

Blake würde seine eigenen Leute suchen lassen. Der Gedanke, dass seine Schwester mit einem paranoiden Ex-Marine durch die Lande zog, machte ihn hochgradig nervös.

»Glauben Sie, wir haben es mit einem durchgeknallten Fan zu tun?«, fragte Michael Dean.

»Schon möglich. Aber es könnte auch eine Person aus Karens Umfeld sein. Fällt Ihnen dazu jemand ein?«

»Mit den Kunden von Alliance habe ich kaum Kontakt und den Rest unseres Teams kennen Sie ja.«

»Was ist mit den Leuten im Jugendclub?«

»Jeff, der Leiter, ist glücklich verheiratet und die meisten anderen Ehrenamtlichen sind Hausfrauen. In unserer Freizeit haben wir so gut wie nichts miteinander zu tun.«

Dean ging im Zimmer auf und ab. »Und die Teens? Einige von denen sind sicher harte Brocken. Und manche kommen vermutlich nur auf richterliche Anordnung nach der Schule in den Club.«

Karen blickte verdutzt auf. »Die Kids sind großartig.« Nach einer kurzen Pause setzte sie hinzu: »Die meisten haben sich gefreut, dass Michael und ich geheiratet haben.«

»Die meisten?«, fragte Dean.

Die Härchen auf Karens Armen richteten sich auf. »Ja, okay – es gibt einen Jungen, der vielleicht ein bisschen in mich verschossen ist. Als wir uns kürzlich vor dem Club getroffen haben, war er ziemlich sauer.«

Dean zog einen Stift aus der Anzugtasche. »Wie heißt er?«

»Ich bitte Sie, Dean. Er ist fast noch ein Kind. Er kann unmöglich der Vogelmann sein.«

»Muss ich Sie daran erinnern, wie viele Teenager wegen schwerster Verbrechen im Jugendknast sitzen?«

»So einer ist Juan nicht. Ich kenne ihn.«

»Ach ja? Wo wohnt er denn? Wer sind seine Eltern? Irgendwelche Vorstrafen?«

Karen schaute erst Michael an, dann Dean.

»Ich werde ihm bloß ein paar Fragen stellen, Karen. Wenn er nichts zu verbergen hat, hat er auch nichts zu befürchten.«

»Aber er wird mir nie wieder vertrauen.«

»Dieses Risiko musst du eingehen«, sagte Michael zu ihr. »Je schneller man ihn als Verdächtigen ausschließen kann, desto früher kann die Suche nach dem wahren Verantwortlichen beginnen.«

Karen rieb sich seufzend das Gesicht. »Juan Martinez. Er ist ein guter Junge, Dean. Soweit ich weiß, ist es völlig legal, in jemanden verknallt zu sein. Machen Sie ihm also bitte nicht gleich die Hölle heiß.«

»Falls er die toten Vögel ausgelegt hat, um Ihnen Angst einzujagen, sorge ich dafür, dass er sich in die Hose pisst. Wenn er es nicht war, lasse ich ihn in Ruhe.«

Jim stand auf und ging zu Dean. Blake folgte den beiden aus dem Zimmer. »Sie meinen tatsächlich, ein Teenager könnte der Täter sein?«

Dean setzte auf dem Weg nach draußen seine Sonnenbrille auf. »Viele Leute, die Menschen umbringen, haben mit Tieren angefangen. Und ja, Teenager machen jede Menge Blödsinn. Die meisten morden nicht in einem Alter, in dem sie noch nicht mal einen Drink in einer Bar kriegen. Aber es kommt nun mal gelegentlich vor.«

Ein Streifenwagen bog in die Einfahrt ein. Jim ging hin und begrüßte die Kollegen.

»Was ist mit den Wanzen in meinem Haus? Wurde die Überwachungsanlage angezapft?«, fragte Blake.

Dean zuckte die Achseln. »Wir haben nichts gefunden. Störgeräusche gibt es zwar, aber das kann an allem Möglichen liegen. Dass die Anlage in Tarzana manipuliert wurde, ist auch nicht sicher. An den Störungen kann auch der Stromklau durch die Nachbarn schuld sein.«

»Sie meinen, wir haben es nur mit blöden Zufällen und widrigen Umständen ohne weitere Bedeutung zu tun?«, fragte Blake.

Dean vergrub die Hände in den Hosentaschen und wippte auf den Fußballen. »Wirklich ausschließen wollen wir das nicht. Sie sollten sich vielleicht mit dem Gedanken befassen, dass Neil nicht unfehlbar ist und eventuell unter einer posttraumatischen Belastungsstörung leidet. Er wäre nicht der Erste, der deshalb zu Verfolgungswahn neigt.«

Blakes Magen zog sich zusammen. Verdammt, er vertraute Neil.

»Und noch was.«

»Ja?«

»Sehen Sie sich Neils Sachen mal genauer an. Seine Unterlagen. Seinen Computer. Vielleicht findet sich ja ein Hinweis darauf, wo er sein könnte. Mir wäre wohler, wenn er und Gwen wieder hier wären. Sicher hat Neil eine Wagenladung Waffen und Munition bei sich. Falls sich in seinem Kopf ein Krieg abspielt, sollten wir ihn finden, bevor es knallt.«

Das wollte Blake nicht hören.

Es gab nicht viele Dinge, die Neil ins Schwitzen brachten, aber das hier gehörte dazu. Er hatte einen Ring in der Tasche und eine Lüge auf der Zunge. Gwen war in ihrem Zimmer, der Priester auf dem Weg. Jetzt musste Neil nur noch die Frau, die seine Gedanken schon viel länger beherrschte, als er sich eingestehen wollte, die Frau, ohne die er keinen Schlaf fand, davon überzeugen, ihn zu heiraten. Dann und nur dann konnte er in die große böse Welt hinausziehen, den Finsterling zur Strecke bringen und für ihre Sicherheit sorgen.

Aber seine Handflächen waren das reinste Sumpfgebiet und sein Magen benahm sich wie ein Teenager nach dem ersten Vollrausch. Sonst hätte er gelacht.

Neil nahm auf der Treppe zu Gwens Zimmer immer mehrere Stufen auf einmal. Dann holte er tief Luft und klopfte an.

»Herein.«

Er wischte sich die Hände an den Jeans ab und öffnete die Tür. Gwen saß im Bett und sah aus, als wäre sie gerade aufgewacht. Bei seinem Anblick trat ein strahlendes Lächeln auf ihre Züge.

*Vielleicht wird es ja halb so schlimm.*

»Du bist wiedergekommen.«

Er war verblüfft. »Du dachtest, ich sei einfach so verschwunden?« Er schloss die Tür hinter sich.

»Charles hat gesagt, du wärst bald wieder da. Aber ich … ich … Ach, lassen wir das. Wo warst du denn?«

»Ich musste etwas besorgen.«

Sie seufzte. »Aber du sagst mir nicht, was?«

»Mal sehen.«

Ihr Grinsen brachte ihn zum Lächeln und sein Lächeln vertrieb die Besorgnis aus ihren Zügen. »Wie ich sehe, warst du mit Ruth einkaufen«, wechselte er das Thema.

Gwen schaute an ihren neuen Kleidern hinunter und hob eine Augenbraue. »Ich kann dir gar nicht sagen, wie gut es tut, in frische Sachen zu schlüpfen. Was Klamotten betrifft, bin ich anspruchsvoll, das gebe ich zu. Aber ich glaube, die meisten Frauen, die eine Woche lang in nur drei Outfits herumlaufen müssen, würden das Zeug danach am liebsten verbrennen.«

Sie hatte sich tapfer geschlagen. »Du redest mit einem Mann, der wochenlang im selben Tarnanzug durch die Wüste gerobbt ist.«

»Erinnere mich daran, mich nie zum Militär zu melden.«

»Mache ich.«

Ihre Unterhaltung kam ins Stocken und seine Handflächen wurden wieder feucht.

Gwen fuhr ihm mit den Fingerspitzen über die Stirn. »Was ist los, Neil?« Ihre blauen Augen suchten seine.

»Was … was meinst du?«

Sie schüttelte den Kopf. »Du lächelst, aber deine Augen sind ganz ernst. Außerdem siehst du aus, als wolltest du dich gleich auf jemanden stürzen. Was ist passiert?«

Er schluckte. »Nichts … nichts ist passiert.«

»Aber du willst mir etwas sagen.«

War er so leicht zu durchschauen? »Ich … ich muss morgen hier weg.«

Ihr Lächeln fiel in sich zusammen. »Ich weiß.«

»Aber ich kann nicht.« Die Lüge fühlte sich an wie ein Stachel, aber er versuchte, sich nichts anmerken zu lassen.

»Wie meinst du das?«

»Wir sind in einer Kaserne – dem einzig sicheren Ort für dich, den ich kenne. Chuck kann dich beschützen. Verdammt, die gesamte Truppe kann dich beschützen …«

Als Gwen den Kopf schief legte, fiel ihm auf, dass die braune Farbe in ihrem Haar langsam verblasste. Er strich ihr eine Locke aus dem Gesicht und suchte nach seinem Lächeln.

Sie legte die Stirn in Falten. »Aber?«

»Du bist Britin.«

Sie lachte. »Soviel ich weiß, sind unsere Länder Verbündete.«

»Stimmt. Aber dich ohne politische Schützenhilfe als Privatperson zu schützen, ist schwierig. Wenn du Amerikanerin wärst, wäre das …«

»Mein Bruder hat die doppelte Staatsbürgerschaft.«

Perfekt! »Und er ist mit einer Amerikanerin verheiratet. Blake könnte problemlos hier in der Kaserne bleiben.«

Ihre Augenbrauen zogen sich zusammen.

»Ich muss dich beschützen.«

Sie schüttelte den Kopf. »Wegen meines Bruders?«

»Was? Wie? Nein. Weil ich es muss.«

»Du musst?«

Ach verdammt. Sie runzelte die Stirn. »Ich will.«

Sie lächelte.

Er strich über seinen Kinnbart und startete einen neuen Versuch. »Ich will dafür sorgen, dass dir nichts zustoßen kann, Gwendolyn. Den Typen, der hinter den toten Vögeln steckt und deine Nachbarn auf dem Gewissen hat, kann ich nur suchen, wenn ich weiß, dass du sicher bist. Und um das zu erreichen, gibt es nur eine Möglichkeit.« Neil zog die kleine Schachtel mit dem Ring aus der Tasche. Jetzt musste sie ihn nur noch annehmen.

Ihr blieb der Mund offen stehen, sie riss die Augen auf.

Neil öffnete die Schachtel und wartete, bis ihr Blick auf das Samtkissen mit dem pinkfarbenen Diamanten mit Quadratschliff fiel.

Gwen schnappte nach Luft. »Neil.«

»Du musst mich heiraten, Gwen. Als meine Ehefrau hast du die gesamte US-Armee, die Luftwaffe und die Marines hinter dir.«

Ihr Blick wanderte von dem Ring zu seinen Augen. Hinter ihren Lidern sammelten sich Tränen. »Du musst das nicht tun«, sagte sie.

O doch, das musste er. Und nicht nur ihrer Sicherheit wegen. »Wir müssen. Und falls du dich wieder von mir trennen willst, wenn wir das alles hinter uns …« Er erschauerte. »Dann gehe ich.«

Eine Träne rollte aus ihrem Augenwinkel. Sie wandte sich ab. »Das ist nicht fair.«

»Was ist nicht fair?«

»Wir … wir haben gerade erst zueinander gefunden. Ganz ehrlich: Mit dir zusammen zu sein, ist schon lange mein größter

Wunsch. Aber das hier … Heiraten? Und nur aus Sicherheitsgründen? Aus purer Vernunft?«

Sie in diesem Augenblick daran zu erinnern, womit sie ihren Lebensunterhalt bestritt, hielt er nicht für klug. Deshalb verkniff er sich eine Bemerkung über das Alliance-Geschäftsmodell.

»Wenn mir wegen Raven etwas passiert, können dich die Leute hier schützen.«

Ihr Blick flog zurück zu seinem. »Dir passiert nichts.«

»Es gibt keine Garantie.« Er wusste nicht einmal, mit wem er es zu tun hatte.

Sie stand auf und ging zum Fenster.

»Eine Schwangerschaft ist auch nicht ganz auszuschließen.« Er legte den Ring beiseite und wartete auf ihre Antwort.

Sie schnaubte. »Wir waren vorsichtig.«

»Frag deinen Bruder. Der kennt sich mit der Erfolgsquote von Kondomen aus.«

Das war nicht fair. Blake und Samantha hatten Eddie trotz des Einsatzes von Kondomen bekommen, aber Neil wusste genau, dass die Dinger absichtlich beschädigt worden waren und so zu der Schwangerschaft geführt hatten. Neil trat hinter Gwen und legte ihr die Hand auf die Schulter.

Sie drehte sich zu ihm um. »Die Umstände sind nicht dieselben, Neil. Das weißt du.«

Seine Hand glitt von ihrer Schulter. Alle schlauen Erklärungen und die Vernunftgründe verblassten. Die Wahrheit drängte ans Licht. »Wenn ich mir Sorgen um dich mache, bin ich nicht handlungsfähig. Unser Feind weiß das und macht es sich zunutze. Meinen Job kann ich nur erledigen, wenn ich keine Angst um dich haben muss, Gwen.«

Ihre blauen Augen hingen an seinen. »Was willst du damit sagen, Neil?«

Was wollte er sagen? »Wir haben gerade erst zueinander gefunden.« Er wiederholte ihre Worte. »Und ich will sehen, was aus uns werden kann.« Er rückte näher an sie heran und legte ihr die Hände auf die Schultern. »Bitte, Gwen. Heirate mich.«

Eine weitere Träne rollte aus ihrem Augenwinkel, während sie einmal langsam nickte.

Die Erleichterung überwältigte ihn beinahe. Er fiel auf die Knie und drückte sie an sich. Als sie die Arme um ihn legte und seinen Kopf streichelte, wusste er, dass er angekommen war.

# Vierundzwanzig

Mit zum Gebet gesenkten Köpfen standen sie zusammen mit Neils Freunden vor dem Geistlichen. Gwen versuchte zu begreifen, was sie gerade tat. Tief in ihr nagte die Frage, warum Neil glaubte, Heiraten wäre die beste Lösung. Sie hatte das Gefühl, dass er ihr irgendetwas verschwieg. Aber seine Sorge um sie war echt und ließ alle anderen Überlegungen in den Hintergrund treten. Wegen dieser Sorge hatte sie Ja gesagt. Mit seinem Kniefall hatte er ihr fast das Herz gebrochen. Sie wusste, dass es ihm schwerfiel, seine Gefühle auszudrücken. Welchem Mann ging das nicht so? Und bei Neil war dieser männliche Charakterzug noch zehnmal ausgeprägter als üblich.

Wenig festlich gekleidet stand sie in einer langen Hose und einer schlichten Baumwollbluse vor dem Geistlichen. Beim Jawort hielt Neil ihre Hand. Dann steckte er ihr den Ring an den Finger. Der traumhafte pinkfarbene Diamant prangte zwischen einigen kleineren weißen Diamanten in einer Platinfassung. Denselben Ring hätte sie sich selbst auch ausgesucht. Auch ohne dass sie je über so etwas gesprochen hatten, hatte Neil die richtige Wahl getroffen. Ihr Lächeln kam wie von selbst. Sie sah Neils Augen strahlen.

Als der Geistliche sie zu Mann und Frau erklärte, nahm Neil sie in die Arme und küsste all ihre Bedenken weg.

Mit ihren Unterschriften auf der Heiratsurkunde besiegelten Neil und Gwen den Bund. Ruth und Chuck unterschrieben als Zeugen. Das frischgebackene Ehepaar prostete den Anwesenden zu und ließ sich gratulieren. Ruth schoss mit Neils Handy ein paar Erinnerungsfotos.

»Wenn wir gewusst hätten, dass du heute heiratest, hätten wir dir ein Kleid gekauft«, sagte Ruth, als Gwen in die Küche kam, um ihr mit dem Essen zu helfen.

»Neil wollte nicht warten. Und außerdem ist es in meiner Familie Tradition, dieselbe Person immer wieder zu heiraten.« Sie würde Neil zu einer richtigen Feier überreden. Vielleicht gemeinsam mit Sam und Blake auf Aruba.

»Wirklich?«

»Mein Bruder und seine Frau erneuern ihr Eheversprechen jedes Jahr an einem anderen Ort.«

Ruth seufzte. »Wie romantisch.«

»Ja, nicht wahr?«

»Charles und ich gehen heute Abend zu Freunden. Dann könnt ihr beide hier ein bisschen allein sein.«

»Das ist nicht nötig.«

»Ich bitte dich. Natürlich ist das nötig. Nach dem Dinner verschwinden wir und kommen erst morgen früh wieder.«

Ruth war zwar nicht die Frau, die sich Gwen als Trauzeugin ausgesucht hätte, aber sie war wirklich nett. Außerdem hatte sie Eliza, Sam und Karen schlecht einladen können.

»Danke, Ruth. Du bist ein Schatz.«

»Gern geschehen.«

Beim Abendessen dachte Gwen daran, dass Neil, ihr frischgebackener Ehemann, am nächsten Tag um diese Zeit irgendwo draußen in den Wäldern Jagd auf einen Mörder machen würde. Und sie würde hier sitzen und sich um ihn sorgen.

Plötzlich hatte sie keinen Hunger mehr.

»Wo sind Sie?«

Er nahm den Fuß vom Gas und drückte das Handy ans Ohr. »Hinter unserem Kerl her, Sir.«

»Sie sind auf dem Weg hierher?«

»Wie bitte? Nein. Er ist im Norden.«

»Glauben Sie das etwa tatsächlich, Sie Klappspaten? Ich habe Ihnen doch gesagt, dass er schlau ist. Sie fahren in die falsche Richtung. Er ist hier und will Ihnen eine Falle stellen. Hören Sie auf, mit toten Vögeln rumzuspielen, und bewegen Sie Ihren Arsch hierher, bevor ich Sie auf die Abschussliste setze. Kapiert, Soldat?«

»Ja, Sir! Schon unterwegs, Sir. Was ist mit der Frau? Brauche ich sie, um an ihn ranzukommen?«

»Die überlassen Sie mir.«

Damit war der Anruf beendet.

Als ihre Gastgeber weg waren, schauten sich Neil und Gwen von der Terrasse aus den Sonnenuntergang an. Der Gefühlstumult, der in Gwen tobte, brachte sie fast um den Verstand. Was würde passieren, wenn Neil morgen wegfuhr? Wie sollte sie es mit diesen fremden Leuten in einem fremden Haus aushalten? Wann konnte sie sich endlich bei ihrem Bruder und ihren Freundinnen melden? Und was, wenn Neil nur eine Ehe auf Zeit wollte?

»Worüber grübelt meine Prinzessin denn nach?« Neils Frage riss sie aus ihren Gedanken.

»So habe ich mir meinen Hochzeitstag nicht vorgestellt.«

Neil rückte näher an sie heran. Er nahm ihre Hand mit seinem Ring. »Das kann ich toppen. Ich konnte mir bisher nicht mal vorstellen, überhaupt irgendwann zu heiraten.«

»Na ja … bei Frauen ist das anders. Wir fangen schon an, davon zu träumen, wenn man uns die ersten Märchen vorliest. Ich hatte mir sogar schon ein Hochzeitskleid ausgesucht.«

»Wie sieht es denn aus?«

»Das Kleid?«

Er nickte.

»Weiß natürlich, mit einem Band aus aufgestickten Glitzersteinen um die Taille. Eng anliegend, schulterfrei und mit einer Schleppe von der Taille abwärts.« Das Kleid hatte sie vor ein paar Monaten entdeckt und konnte es sich jederzeit aus Los Angeles bringen lassen. »Es ist wunderschön.«

»Und was würde ich tragen?«

Plötzlich gefiel ihr dieses Spiel. »Erst dachte ich an Schwarz. Ganz traditionell. Aber ich glaube, Grau ist besser. Aber das ist albern. Wir sind ja schon verheiratet.«

»Das heißt nicht, dass wir es nicht noch mal tun können.«

Komisch – er wollte zweimal heiraten und sie hatte gedacht, er würde es nicht mal einmal tun. »Auf Aruba? Mit meinem Bruder und Samantha?«

Er strich ihr zärtlich über die Wange. »Hat dein Haar bis dahin seine alte Farbe zurück?«

»Dafür reichen zwei Stunden beim Friseur.«

»Dann freue ich mich auf unsere Hochzeit. Vorausgesetzt, du willst mich noch, wenn das hier vorbei ist.«

»O Neil. Wie kannst du daran zweifeln?« Dass sie ihn wollte, hatte immer außer Frage gestanden. Aber wollte er sie?

»Ich bin kein Prinz.«

»Und ich habe dir bereits gesagt, dass ich keinen haben will.«

»Jetzt nicht. Aber vielleicht später.«

Gwen beugte sich vor und hauchte ihm einen Kuss auf die Lippen. Er zog sie an sich.

Sie spürte eine Angst, die ihr bis ins Mark drang. Aber wenn er sie in den Armen hielt, waren alle dunklen Gefühle wie weggewischt.

»Weißt du, was wir jetzt brauchen?«, fragte sie nach einer Weile.

»Was?«

»Oben gibt es eine große Badewanne. Und mein Rücken müsste mal wieder richtig geschrubbt werden.«

Lächelnd stellte er sie auf die Füße.

Ein paar Minuten später zog sie ihn ins Badezimmer und schälte sich aus dem geborgten Bademantel. Als er die Hand nach ihr ausstreckte, stieß sie sie lächelnd weg. »Das ist unsere Hochzeitsnacht, Soldat. Kannst du es nicht erwarten? Du kriegst schon noch, was du haben willst.«

Grinsend ließ er sich von ihr ins Wasser ziehen und machte es sich seufzend bequem. Seine massige Gestalt füllte die Wanne fast aus und ließ nur wenig Platz für sie. Aber das war nicht schlimm. Sie kippte Badeschaum ins Wasser und bereute es fast sofort. Nun konnte sie nur noch einen Teil seines herrlichen Körpers sehen.

»Wann hast du zuletzt in einer Badewanne gesessen?«

»Ich kann mich nicht erinnern.«

»Solche kleinen Freuden sollte man sich immer mal wieder gönnen.« Sie schob sich hinter ihn. »Ich schrubbe dich zuerst.«

Wie in ihrer ersten gemeinsamen Nacht fuhr sie die Kurven und Wirbel seiner Tätowierung nach, aber diesmal mit Seife und warmem Wasser. Die Enge in der Wanne und das wohlig warme Wasser machten diesen Moment noch intimer.

Aber Gwen spürte nicht nur Verlangen. Als ihre seifigen Hände über seine Schultern und seinen Rücken glitten, wusste sie, was sie noch empfand. Es war das tröstliche Gefühl, dass sie mit diesem Mann ganz sie selbst sein konnte und nicht fürchten musste, dass er davonlief.

»Habe ich dir schon gesagt, wie sehr ich dein Tattoo liebe?«

»Du hast es mal erwähnt.«

Sie strich über seine Schultern und vertrieb damit einen Teil der Anspannung aus seinem Nacken. »Wie oft musst du für solche Muskeln trainieren?« Sie drückte seine Schultern, ließ ihre Hände über seinen Rücken zu seiner Taille gleiten.

»Vier, fünf Abende die Woche.«

»Dann hast du inzwischen bestimmt Entzugserscheinungen.«

»Unsere gemeinsamen Übungen haben auch ihren Reiz.«

Sie lachte. Wieder einmal überraschte sie der Humor hinter seiner stoischen Fassade. Die Härchen auf seiner Brust kitzelten ihre Finger. »Vor lauter Matratzensport sind wir kaum zum Schlafen gekommen.«

Als ihre Hand tiefer rutschten wollte, hielt er sie fest. »Mit dir in den Armen habe ich mehr geschlafen als seit Jahren.«

Tief im Inneren hatte Gwen das geahnt. Sie nahm die Hand weg und er schob sich hinter sie. Jetzt saß sie mit dem Rücken zu ihm zwischen seinen Beinen. Seine Hände streichelten ihre Schultern und ihren Rücken. Anfangs waren seine Berührungen noch unschuldig, doch dann umfasste er mit seifigen Händen ihre Brüste. Sie ließ sich gegen ihn sinken, lehnte den Kopf an seine Schulter und spürte, wie er hart wurde. »Ich fürchte, das wird ein kurzes Bad.«

»Das wollen wir erst mal sehen.«

Seine Hände rutschten von ihren Brüsten zu ihrem Bauch. Sie zuckte und wand sich, wollte …

»Habe ich dir schon mal gesagt, wie schön du bist?«

Sie schluckte. »Daran würde ich mich erinnern.«

Er küsste die Seite ihres Halses, seine Hände streichelten ihre Hüfte und ihre Schenkel.

»Du bist wunderschön, Gwen. Viel schöner, als ein Mann wie ich es verdient.«

Seine Worte gaben ihr einen Stich ins Herz. Sie öffnete die Augen und sah ihn an. »Du verdienst alles.«

»Dich nicht.«

Sie drehte sich zu ihm. »Für einen Rückzieher ist es jetzt zu spät.«

Seine Lippen legten sich zu einem langsamen, heißen Kuss auf ihre. Als sie näher an ihn heranrückte, schwappte Wasser aus der Wanne auf den Boden. Es war ihr egal. Sie wollte nur dem Mann, der sie in den Armen hielt, ganz nahe sein. Ihn wissen lassen, wie sehr er sie verdiente. Sie und noch so viel mehr.

Sie öffnete sich ihm, hieß seine Zunge und seine Zärtlichkeiten willkommen. Langsam glitten seine nassen Hände über ihren Körper, über ihre Hüfte und zu ihrem Hintern. Mühelos hob er sie hoch und zog sie über sich. Seine Lippen liebkosten ihren

Hals und ihre Schultern. Das Wasser umspielte ihre Hüften, Schaumblasen tropften von ihren Brüsten.

Neils Finger glitten zwischen ihre Beine und spielten provozierend langsam mit ihr. Er wusste genau, wo er sie berühren musste, um sie zerfließen zu lassen. Der Gedanke, aus der Wanne zu steigen und ein Kondom zu holen, flackerte auf. Sie schob sich noch näher an ihn heran, griff nach seiner Härte. »Ich war seit Jahren mit keinem anderen Mann zusammen«, presste sie mühsam hervor. »Meine Ärztin meint, es wäre alles …« Neils Finger glitt in sie hinein. »Oh, mach das noch mal.«

Er ließ sich nicht lange bitten und sie wand sich vor Wonne.

»Ich will mir überhaupt nicht vorstellen, dass dich je ein anderer berührt hat«, raunte er ihr ins Ohr.

»Das hat auch noch keiner … nicht so.« Er drückte ihre Knospe genau so, wie sie es liebte. »Aber auch in der Ehe sollte man über Gesundheitsthemen reden.« Sie strich mit dem Daumen über seine Spitze und freute sich diebisch an seinem Stöhnen.

»Wenn es ein Problem gäbe, hätte ich dir das schon vor unserem ersten Mal gesagt«, sagte er.

Das hätte er ganz sicher getan. Sie rieb ihn fester und seine Hand glitt von ihr ab. Gwen rutschte an seinem Körper hinauf und blieb über ihm.

Neil hielt sie an den Hüften fest, bis sie ihm in die Augen sah. Lächelnd beugte sie sich zu seinen Lippen. Als er sie auf sich senkte, wurden ihre Knie gegen die Wände der Wanne gedrückt. Die Wärme des Wassers und die großzügigen Dimensionen ihres Ehemanns gaben Gwen das Gefühl, ganz erfüllt zu sein. Neil bewegte sich in ihr und führte ihre Hüften mit starken Händen, weil sie es in der Wanne nicht selbst tun konnte.

Das Wasser schwappte über, aber sie kümmerten sich nicht darum. Gwen war zum ersten Mal ungeschützt mit einem Mann zusammen und sie würde jede Sekunde genießen. Noch dazu war es ihr erstes Mal mit ihrem Ehemann und nicht mit jemandem, den sie einfach mochte. Und sie würde alles tun, um ihm den Himmel auf Erden zu bereiten.

Seine Hände bewegten ihre Hüften schneller. Sie zog die Muskeln in ihrem Inneren um ihn zusammen. »Wenn du das machst, halte ich es nicht lange aus«, sagte er.

Sie tat es noch einmal.

Mit einem Aufstöhnen schob er die Hand zwischen ihre Körper, fand ihre empfindlichste Stelle und entlockte auch ihr einen lustvollen Laut. In der Wanne war es schwierig, noch näher an ihn heranzurücken. Aber Neil brachte sie binnen Sekunden zu einem überwältigenden Höhepunkt und ergoss sich einen Augenblick später tief in sie.

Ein Krampf in Gwens Bein sorgte dafür, dass sie sich viel früher von ihm losmachen musste, als sie es wollte. »Badewannen sind nicht der ideale Ort für so was«, sagte Neil. Er massierte ihr Bein, damit der Schmerz nachließ.

»Aber schön sauber ist man hinterher.«

Lachend betrachtete er den Fußboden. »Und das Badezimmer ist auch schon fast geputzt.«

Sie seufzte. »Wir müssen das wohl aufwischen. Wir wollen doch nicht, dass unsere Gastgeber Schlimmes von uns denken.«

Neil wickelte sie in ein Handtuch und machte sich auf die Suche nach einem Aufwischlappen. Gwen warf einen langen Blick in den Spiegel.

*Ich bin verliebt.*

# Fünfundzwanzig

Wie sollte er diese Frau allein lassen? *Du steckst ganz tief drin, Mac. Bis über beide Ohren!*

In der vergangenen Nacht hatten sie sich so oft und in so vielen Stellungen geliebt, dass er nicht damit gerechnet hatte, dass sie am Morgen schon auf den Beinen sein würde. Aber das war sie. Sie hatten alle Bedenken über Bord geworfen und auf Kondome verzichtet, und es machte ihm nichts aus. Bei dem Gedanken, sie könnte ein Kind von ihm bekommen, fühlte er sich wie ein Gott. Und das war neu.

Zum Heiraten hatte er sie regelrecht gezwungen, sie angelogen, um sie dazu zu bringen. Er würde reinen Tisch machen. Irgendwann, nachdem …

Früh am Morgen hatte er Rick angerufen, um zu sehen, wie weit er noch entfernt war. Rick war gut vorangekommen und bereits auf dem Weg in die Berge, wo er sich das Camp genau ansehen wollte. Er hatte auch Neils Festnetzanschluss in Kalifornien angerufen, um den Dreckskerl, der ihnen nachschlich, auf sie aufmerksam zu machen. Sie mussten die unterschiedlichsten Möglichkeiten in Betracht ziehen. Dem neuen Raven stand vielleicht ein Flugzeug zur Verfügung oder er buchte einfach einen Linienflug und war in kürzester Zeit bei ihnen. Vielleicht musste Raven aber auch mit dem Auto fahren. Sie wussten es nicht. Es konnte sein, dass sie nur ein paar Stunden auf ihn warten mussten – oder aber tagelang. Während der Wartezeit durfte Neil auf keinen Fall mit Gwen Kontakt aufnehmen. Das Risiko war zu hoch. Im besten Fall würde der neue Raven glauben, dass Neil und Gwen sich gemeinsam versteckten. Dieser Mann benutzte hilflose Frauen für seine Zwecke und damit wollte Neil ihn ködern.

In seinem Fall war die Frau wunderschön, hatte gerade zum dritten Mal in zehn Minuten die Kopfkissen auf dem Bett aufgeschüttelt und gab sich unendlich viel Mühe, ihre Anspannung zu verbergen. Umsonst.

»Du bist hier sicher.«

»Um mich habe ich keine Angst.«

»Und um mich brauchst du dich nicht zu sorgen.«

»Zu spät.« Sie versuchte ein Lächeln. »Es wäre mir wohler, wenn ich wüsste, was du vorhast.« Gwen saß auf der Bettkante und zog ein Kopfkissen auf ihren Schoß.

»Wir ködern den Kerl, fangen ihn und sorgen dafür, dass er seine gerechte Strafe bekommt.« Das klang viel einfacher, als es war.

»Klingt, als wäre es ein Kinderspiel. Aber woher weißt du, dass er dich dort oben finden wird?«

»Ich werde es ihm leicht machen.«

»Wird er dann keinen Verdacht schöpfen? Er könnte den Braten riechen und einfach wegbleiben.«

Das war nicht auszuschließen. »Ich bezweifle, dass das passieren wird. Und je länger der Kerl sich versteckt, desto mehr Leute werden nach ihm suchen. An dich kommt er jetzt nicht mehr ran. Also muss er sich an mich ranmachen.«

»Oder aufgeben.«

»Wenn ich wüsste, warum er hinter mir her ist, könnte ich vielleicht abschätzen, wie wahrscheinlich das ist. Aber ich weiß es nicht und glaube auch nicht, dass er jetzt noch lockerlässt.«

Neil setzte sich zu ihr und zog die Geldbörse aus der Hosentasche. Er holte ein Foto heraus, das ihn und seine Einheit vor dem letzten Einsatz zeigte.

Gwen nahm das Foto und zeigte auf ihn. »Das bist du.«

Ein paar Jahre jünger und nicht ganz so gebeugt von der Last des Lebens. »Der da ist Rick.« Er zeigte auf den Mann neben ihm. »Sein Spitzname ist Smiley. Er legt sich zusammen mit mir auf die Lauer.«

Gwen zeigte auf den nächsten Mann. »Und wer ist das?«

»Das ist Billy. Derjenige, der angeblich Selbstmord begangen hat.«

»Er sieht so jung aus.«

»Das war er auch.« Und jetzt war er tot. »Das ist Mickey … der Einzige, der außer Rick und mir noch am Leben ist.«

»Weißt du, wo er sich aufhält?«

»Das ist streng geheim und ich habe keinen Schimmer. Die zwei hier sind Boomer und Robb.« Von beiden war nicht genügend übrig geblieben, um sie zu begraben. Aber das sagte er Gwen lieber nicht. »Linden hätte es beinahe lebend herausgeschafft. Sie waren tolle Jungs und ich hab's komplett vermasselt. Das darf nicht noch mal passieren.«

Gwen legte ihre Hand auf seinen Arm. »Sicher macht dir niemand einen Vorwurf.«

Anscheinend doch. »Ich hatte das Kommando, Gwen. Ich bin verantwortlich für ihren Tod.«

Sie straffte die Schultern und musterte ihn streng. »Ach ja? Hast du selbst abgedrückt? Oder hast du sie ohne Fallschirm aus einem Flieger gestoßen?«

»Nein.«

»Dann erzähl mir nie wieder, du wärst schuld an ihrem tragischen Ende. Wenn deine Vorgesetzten dir die Verantwortung geben würden, hätten sie dich festnehmen lassen. Das war aber nicht der Fall. Es wird Zeit, dass du dir selbst verzeihst, Neil. Wenn du das geschafft hast, kann dein Leben weitergehen. Wenn du es nicht schaffst, wirst du bis in alle Ewigkeit schlaflose Nächte haben und bei jedem Geräusch zusammenzucken.«

Sie hatte gerade seinen Alltag beschrieben. Bis jetzt. Bis zu ihr. »Wo hast du gelernt, so klug zu denken?« Er nahm ihre Hand und küsste sie.

»Prinzessinnenschule. War Teil des Lehrplans.« Sie lachte.

Er küsste sie sanft auf die Lippen wie zum Abschied. »Hier bist du gut aufgehoben. Bleib auf der Basis«, sagte er. »Und verlass das Haus nicht ohne Begleitung.«

»Was glaubst du – wann bist du zurück?«

»In ein paar Tagen.« Und weil er ihr für den Fall, dass er nicht wiederkam, etwas sagen musste, fügte er hinzu: »Wenn ich bis in einer Woche nicht wieder da bin … setzt Chuck sich mit Blake in Verbindung.«

Ihr Lächeln erstarb. »Du kommst zurück.«

*Um jeden Preis.*

Blake stand neben seinem besten Freund Carter. Gemeinsam beobachteten sie durch den Einwegspiegel, wie Dean und Jim den bedauernswerten Teenager befragten, der in Karen verknallt war. Nach wenigen Minuten war Blake klar, dass sie den Falschen hatten.

»Er ist nicht unser Mann.«

Carter schüttelte den Kopf. »Ganz sicher nicht.«

Juan hatte inzwischen erraten, weshalb man ihn auf die Wache geholt hatte, und war außer sich. »Will jemand Miss Jones was antun? Glauben Sie, ich würde so was machen?«

»Wir wissen es nicht, Juan. Willst du es uns sagen?«, konterte Jim.

»Sie ist so was wie unsere Mom.«

»Eure Mom?«, fragte Dean.

»Okay, vielleicht nicht gerade unsere Mom. Eher eine Tante. Aber auf jeden Fall wie jemand aus der Familie. Wenn einer ihr was antun will, sollten Sie sie beschützen, anstatt mich hierher zu schleppen.«

Blake wandte sich vom Spiegel ab. »Schlaues Bürschchen.«

Carter schüttelte den Kopf. »Zeitverschwendung. Vielleicht haben wir Glück und sehen etwas auf dem Überwachungsfilm, wenn die Kameras erst mal hängen.«

»So ein Mist. Verdammt, ich wünschte, Neil wäre hier.« Dann hätte er eine Sorge weniger.

Dean verließ den Befragungsraum und kam zu ihnen. »Er war's nicht.«

»Was Sie nicht sagen.«

»Können wir uns jetzt Neils Sachen ansehen?«

In Neils Besitztümern herumzuwühlen, war Blake zuwider. Aber hatten sie eine Wahl? Er fuhr sich durchs Haar.

»Irgendwo muss es doch einen Hinweis darauf geben, wo er jetzt ist«, sagte Carter.

Blake stapfte aus dem Raum. »Bringen wir's hinter uns.«

Dean brachte sie zur Tür. »Ich bin in einer Stunde bei Ihnen. Ich muss mich erst noch um ein paar Hinweise kümmern.«

Auf dem Weg nach Malibu platzte Blake mit der guten Nachricht heraus. »Samantha ist schwanger.«

Carter drehte sich zu ihm und nahm die Sonnenbrille ab. »Sieh an.«

»Wir reden schon eine Weile über ein zweites Kind.« Blake fädelte sich in den dichten Verkehr auf dem Freeway ein.

»Beim Reden ist es anscheinend nicht geblieben.«

Blake dachte lächelnd an die Nächte, in denen er nicht mit seiner Frau geredet hatte. »Die Morgenübelkeit macht ihr schwer zu schaffen. Ich will diesen Dreck hier hinter mich bringen und zurück zu ihr, Carter. Nur deshalb bin ich bereit, Neils Sachen zu durchsuchen.«

»Verstehe. Neil ist ein ziemlich verschlossener Typ. Aber falls er tatsächlich auf der Flucht vor einem Mörder ist, würde er nicht erwarten, dass du herumsitzt und Däumchen drehst.«

»Er würde erwarten, dass ich ihm vertraue.«

Carter setzte die Sonnenbrille wieder auf. »Das wäre verdammt viel leichter, wenn wir sicher sein könnten, dass es jemand auf ihn oder Gwen abgesehen hat.«

In Malibu betraten Blake und Carter gemeinsam das Gästehaus, das Neil bewohnte. Vom Stil her war es dem Hauptgebäude nachempfunden, aber Neils Junggesellenbude war sparsam möbliert. Ein Zimmer war zum Überwachungsraum voller Monitore für das Anwesen und für Gwens und Karens Haus in Tarzana umfunktioniert worden. In dem Zimmer, das Neil als Schlafzimmer nutzte, stand nur das Allernötigste. In der voll ausgestatteten Küche hätte man mühelos eine Familie bekochen können. Aber wirklich benutzt sahen nur der Kühlschrank und die Mikrowelle aus.

Im Wohnzimmer gab es eine Ledercouch, einen Liegesessel und einen Flachbildfernseher.

»Wo sollen wir anfangen?«

»Ich schaue mich im Überwachungsraum um«, sagte Blake zu Carter. »Du übernimmst das Schlafzimmer.«

Carter ging um die Ecke in Neils Zimmer. »Wonach suchen wir eigentlich?«

»Nach persönlichen Dingen – Bildern, Adressen von Freunden oder Angehörigen.«

»Sind seine Eltern nicht schon gestorben?«

Blake setzte sich an Neils Schreibtisch und öffnete die oberste Schublade. »Doch, ja. Aber er hat mal was von einer Großmutter erzählt.« In der Schublade lagen nur die üblichen Verdächtigen: Kugelschreiber, Notizblöcke, alte Rechnungen und Kassenbelege für verschiedene Kleinigkeiten.

»Wenn Neil glaubt, dass jemand hinter ihm her ist, wird er ihn kaum zu seiner Familie führen.«

»Wohl wahr. Aber vielleicht weiß die Großmutter, wo Neil Gwen verstecken würde, solange er Jagd auf den mysteriösen Verfolger macht.«

»Glaubst du, dass Neil so vorgeht?«

»Vermutlich. Er kann ja nicht bis an ans verdammte Ende der Welt fliehen.« In der nächsten Schublade lagen die Rechnungen und Handbücher für die Überwachungstechnik und die Software-Updates.

Nachdenklich schaltete er die Monitore ein und wartete, bis das System hochfuhr. Die Bildschirme zeigten Innen- und Außenansichten des Anwesens in Malibu und des Hauses in

Tarzana. Blake klickte den Hauptmonitor an und wechselte von einem Bild zum anderen. Wenn er ein Bild markierte, konnte er die dazugehörigen Tonaufnahmen hören. In seinem Haus in Malibu summte Mary in der Küche.

Das Telefon auf Neils Schreibtisch klingelte und Blake nahm ab. »Hallo?«

»Dillon hier, Mr Harrison. Ich sehe, dass jemand von Neils Monitor aus die Anlage überwacht. Ist er wieder da?«

»Nein, ich bin's nur.«

»Ach. Haben Sie schon was gehört?«

»Nichts. Und Sie?«

»Auch nichts. Entschuldigen Sie bitte die Störung, Mr Harrison.«

Dillon wollte auflegen, aber Blake sagte: »Augenblick noch, Dillon. Ist Ihnen an Neil in letzter Zeit etwas aufgefallen? War irgendetwas anders als sonst?«

»Er … er war vielleicht noch etwas angespannter. Aber das muss bei ihm nichts heißen. Er hat immer lange gearbeitet und mich nur selten angefordert, während Sie und Mrs Harrison weg waren.«

Das klang nicht ungewöhnlich für Neil. »Haben Sie die Wanzen schon gefunden, von denen er gesprochen hat?«

»Leider nein. Aber in Tarzana gab es ganz klar Störungen. Irgendetwas stimmt da nicht.«

»Meinen Sie, die Störungen wurden absichtlich ausgelöst?«

»Ich wünschte, ich könnte das mit Sicherheit sagen. Seltsam ist es auf jeden Fall.«

Wie eigentlich alles. »Danke, Dillon.«

»Gern.«

Blake legte auf und wandte sich wieder den Schreibtischschubladen zu. Persönliche Gegenstände fand er nicht, nur jede Menge Rechnungen, die etwas mit Neils Arbeit zu tun hatten.

Carter kam mit einem Foto in der Hand ins Zimmer. »Das hier war im Schlafzimmer.«

Der Schnappschuss zeigte Neil mit ein paar Kumpels bei den Marines.

»Neil sieht darauf noch massiger aus. Das hätte ich nicht für möglich gehalten.«

Carter lachte. »Hast du das Foto schon mal gesehen?«

»Nein. Über diesen Teil seiner Vergangenheit spricht er nicht. Das hat er nur ein einziges Mal getan – bei unserer ersten Begegnung in der Bar.«

»Glaubst du, das sind die Jungs, die umgekommen sind?«

Blake nahm das Foto und sah sich die Gesichter an. Sein Blick fiel von Neil auf einen anderen Mann, der ihm irgendwie bekannt vorkam. Woher er ihn kannte, wusste er nicht. »Denkbar. Es hat aber nicht alle erwischt.« Wer von den Männern war noch am Leben? »Glaubst du, du könntest deine Beziehungen spielen lassen, damit wir rauskriegen, was es mit dieser Raven-Geschichte auf sich hat?«

Carter lehnte sich an den Schreibtisch. »Es gibt jede Menge geheime Einsätze im Ausland und in Militärkreisen macht man sich keine Freunde, wenn man mit x-Beliebigen darüber spricht. Ich bin zwar der Gouverneur, aber in diesem Fall auch ein x-beliebiger Bürger. Falls wir gar nicht mehr weiterkommen und Neil und Gwen sich nicht melden, rufe ich jemanden an. Aber ich will keine schlafenden Hunde wecken und Neil womöglich in Schwierigkeiten bringen. Sonst steht er am Ende noch vor einem Militärgericht. Das dürfen wir ihm nicht antun.«

Blake nickte.

»Klopf, klopf?« Dean stand bereits im Flur.

»Wir sind hier drin.«

Der Detective fächelte sich Luft zu. »Die Hitze bringt mich um. Haben Sie schon was gefunden?«

Blake reichte Dean achselzuckend das Foto. »Das hier und einen Stapel Rechnungen.«

»Manchmal vergesse ich, was für ein Riesenkerl Neil ist«, sagte Dean.

»Einen wie ihn wirft so leicht nichts um.«

Dean ließ das Foto auf den Schreibtisch fallen. »Also … wir haben eine Spur.«

Blake setzte sich auf. »Ja?«

»Sieht aus, als hätte Neil nun doch seine Kreditkarte benutzen müssen.«

»Wo?«

»In Colorado Springs.«

»Hat Karen nicht was von Kanada gesagt?« Fragend schaute Carter von einem zum anderen.

»Wenn sie von dort oben nach Colorado geflogen wären, wüssten wir davon. Aber anscheinend waren sie nicht mal in der Nähe der Grenze.« Deans selbstgefälliges Grinsen machte Blake nervös.

»Aber das ist noch nicht alles, oder?«

»Wollen Sie raten, was Neil mit der Kreditkarte bezahlt hat?«

»Ein Hotel?«, fragte Carter.

»Einen Mietwagen?«, fragte Blake.

Dean schüttelte den Kopf.

»Munition?«

Dean fixierte Blake grinsend. »Einen Ring mit einem sehr großen, sehr teuren Diamanten.«

Blake war froh, dass er bereits saß. »Wie bitte?«

# Sechsundzwanzig

Konfisziert und gekauft, zusammengesammelt oder sonst wie in seinen Besitz gebracht – Neil verließ die Basis mit allem, was er und Rick brauchten, um den neuen Raven dingfest zu machen und die Wartezeit bis dahin durchzustehen. Wie man unter widrigsten Umständen nicht nur überlebte, sondern dabei auch noch Jagd auf Feinde machte, hatte er bei den Marines gelernt. Nur dass er diesmal nicht wusste, wer der Feind eigentlich war.

Vielleicht konnte Rick Licht ins Dunkel bringen. Oder sie schafften es gemeinsam.

Auf dem Weg in die Berge behielt Neil den Rückspiegel im Auge. Er sorgte sich um Gwen. Aber Chuck würde sich um sie kümmern. Gwen war in Sicherheit. Seine Frau war in Sicherheit.

Sein Lächeln wurde immer breiter. *Seine Frau*.

Das Camp erreichte er lange vor Einbruch der Dunkelheit. Er parkte ein gutes Stück vom Zelt entfernt, um sich eine zweite Basis einzurichten und das Gelände eingehend zu erkunden. Von einer Anhöhe aus ließ sich das Einsatzgebiet gut überblicken. Sie war der perfekte Aussichtspunkt für ihn oder Rick.

Neil erklomm den Hügel und suchte mit einem Fernglas die Gegend ab. Nach einer Stunde bemerkte er eine Gestalt, die sich langsam zum Camp vorarbeitete. Rick. Neil wartete ab, bis Rick das Terrain umrundet hatte. Als Rick zum Zelt zurückkehrte, stieg Neil zu ihm hinab, achtete aber darauf, sich nicht sehen zu lassen.

Lautlos schlich er sich hinter seinen Freund.

»Ich habe mich schon gefragt, wann du endlich kommst. Oder wolltest du die Nacht auf dem Hügel verbringen?«, fragte Rick, ohne sich umzudrehen.

Rick hatte schon immer ein unheimliches Gespür für die Gegenwart eines Feindes gehabt – oder die eines Freundes, der sich an ihn heranpirschte.

»Wie hast du mich entdeckt?« Neil trat vor seinen alten Kameraden und streckte ihm die Hand hin.

»Ich war eine Stunde vor dir da, bin auf den Hügel gestiegen und habe anschließend an der zweiten Basis am Bach auf dich gewartet.«

Neil lachte. Rick hatte sich nach demselben Muster durchs Gelände bewegt wie er.

»Schön, dich zu sehen.«

Neil nickte. Ein paar Minuten lang redeten sie über die Fahrt, das Wetter, alles Mögliche. Nur nicht darüber, warum sie hier waren.

»Wenn wir den Kerl kriegen wollen, müssen wir uns an die Arbeit machen«, sagte Neil schließlich.

»Irgendeine Vorstellung, mit wem wir es zu tun haben?«

Neil schüttelte frustriert den Kopf. »Schön wär's. Ich denke, er kommt aus Militärkreisen.«

»Und wusste von Raven.«

»Oder er hat später davon erfahren.« Neil gefiel das ganz und gar nicht. »Was auf einen weiteren Beteiligten schließen lässt.«

»Entweder jemand gibt aus der Ferne die Kommandos oder es sind zwei Kerle hinter uns her.« Rick nickte in Richtung des Zelts. »Verbringen wir hier die Nacht?«

»Einen Teil davon. Wirklich gemütlich machen wir es uns nicht.«

»Das wird es ohnehin erst wieder, wenn wir den Kerl haben.«

Neil stellte seinen Rucksack ab und schälte sich aus seiner Jacke.

»Meinst du wirklich, es sind zwei?«

»Wir sollten damit rechnen. Billy ins Jenseits zu befördern, war garantiert nicht einfach. Selbst wenn sie sich seine Frau geschnappt haben – er war nicht leicht zu erschüttern.«

»Wenn wir hier gewinnen wollen, müssen wir wissen, wie der Kerl tickt«, sagte Rick.

»Ich habe unsere Auslandseinsätze überlebt und werde jetzt nicht in meinem Vorgarten sterben.« Nicht, wo es sich plötzlich zu leben lohnte.

»Was ist mit deinem Mädel?«

»Sie ist an einem sicheren Ort.« Aus Gründen, die ihm nicht ganz klar waren und über die er nicht nachdenken wollte, verriet er Rick keine weiteren Details.

»Dass du überhaupt eins hast, will mir immer noch nicht in den Schädel.« Um Ricks Lippen spielte das typische Lächeln.

»Mir auch nicht.«

Rick klopfte Neil schnaubend auf den Rücken. »Ich weiß nicht, wie das bei dir ist, aber ohne eine Frau in meinem Bett bekomme ich kein Auge zu.«

Neil zögerte. »Kommt mir bekannt vor.«

»Es ist schon besser geworden. Aber die Erinnerungen lassen einen nie ganz los. Ich glaube, das geht uns allen so. Deshalb haben wir die Uniform ja an den Nagel gehängt.«

»Mickey ist geblieben«, gab Neil zu bedenken.

»Mickey war noch blutjung. Ist das nicht sein erster Kampfeinsatz gewesen?«

»Sein zweiter. Zumindest mit einer Spezialeinheit. Er war schon ein paar Monate in Afghanistan, bevor er zu uns gestoßen ist.«

Rick rollte seinen Schlafsack aus und ließ sich darauf nieder. »Mickey war leicht lenkbar. So einen hat der Major sich für das Team gewünscht. Er hat sich das Purple-Heart-Verwundetenabzeichen abgeholt, es in eine Schachtel gesteckt und ist in den nächsten Einsatz gezogen.«

Mickeys Verletzung hatte Neil schon fast vergessen. Ganz blöde Sache.

Neil setzte sich an das abgebrannte Lagerfeuer, an dem er vor ein paar Nächten mit Gwen gesessen hatte. »Auch wir waren lenkbar.«

»Bis wir gesehen haben, wie unsere Kameraden zerfetzt wurden. So was kann die Lenkung nachhaltig blockieren.«

»Und wofür das alles? Der Krieg wurde dadurch nicht beendet. Es gab ja noch nicht mal einen Tag Ruhe an den feindlichen Linien.« Deshalb hatte Neil die Uniform ausgezogen. Er und die verbliebenen Männer aus dem Team waren noch eine Weile in der Basis beschäftigt worden und hatten dann ohne viel Aufhebens verschwinden können.

Ziemlich ungewöhnlich.

»Hast du dich je gefragt, warum Major Blayney uns so einfach hat ziehen lassen?«

»Damals habe ich das nicht hinterfragt. Ich habe angenommen, dass er dachte, wir würden nicht mehr so funktionieren, wie er es brauchte. Er war so was wie ein naher Verwandter für uns.« Zumindest für Neil.

»Meinst du, er weiß, wer hinter uns her ist? Er kennt ja auch die hohen Tiere, von denen damals der Einsatzbefehl kam.«

Neil wusste, dass Chuck keine Ahnung hatte. »Glaubst du, einer von den Häuptlingen hat ein Interesse daran, uns über den Jordan zu schicken?«

»Man kann nie wissen.«

»Würde so einer tote Vögel auslegen? Sich an Frauen vergreifen, um die Männer zu kriegen?«

Rick schüttelte den Kopf. »Vermutlich nicht. Es ist was Persönliches. Jemand hat was gegen uns, weil wir überlebt haben.«

»Wenn ich an Gespenster glauben würde, würde ich denken, Boomer, Robb oder Linden wären hinter uns her.« Neil strich über seinen Kinnbart. »Aber weil Kerle wie wir nur an Dinge glauben, die wir sehen, kommen Gespenster nicht infrage.« Und doch wurden sie alle von den Gespenstern aus ihrer Vergangenheit verfolgt. Jeder von ihnen.

»Okay, wie lautet unser Plan?«, fragte Rick.

»Wir warten ab, ob der neue Raven nach dem Köder schnappt und herkommt.«

Rick schaute sich um. »Ein Scharfschütze hätte hier ein leichtes Spiel mit uns.«

Das sah Neil genauso. »Aber unser Mann muss es aussehen lassen wie einen Unfall. Uns eine Kugel in den Kopf zu jagen, ist keine Option. Die wollen nicht, dass Fragen gestellt werden, und wenn es nach einer Hinrichtung aussieht, wird genau das passieren. Im Kampfeinsatz sind wir auch nicht. Wir sind nicht mal mehr beim Militär. Als Kollateralschaden kann man uns also nicht bezeichnen.«

»Und wenn der neue Raven nicht kommt? Oder wenn er kommt, aber nicht allein?«

»Wir sehen ihn, bevor er uns sieht. Ich habe an der Straße Sensoren installiert. Sobald etwas daran vorbeifährt, das größer ist als ein Hund, schlagen sie an. Und wenn er nicht auftaucht, suchen wir nach ihm.«

Rick hob die Augenbrauen. »Du hast dir ein paar von deinen alten Spielsachen unter den Nagel gerissen?«

»Alte und neue.«

»Ich habe auch welche dabei.« Rick zog ein Nachtsichtgerät, diverse Waffen, Sprengstoff und sogar Rauchbomben und Blendgranaten aus seinem Rucksack.

Neil fischte zwei kabellose Headsets aus seinem Gepäck und stellte sie auf dieselbe Frequenz. »Hier, bitte.« Er reichte Rick eines davon. »Damit kann ich dir was ins Ohr flüstern.«

Rick hauchte ihm einen Kuss zu. »Ich habe immer geahnt, dass aus uns beiden was werden kann.«

Neil fühlte sich gleich viel wohler. Es war besser, der Jäger zu sein als der Gejagte. Fehlte nur noch die Beute.

»Du musst etwas tun«, sagte Ruth nach dem ersten Abendessen ohne Neil. »In der Kaserne zu sitzen und auf seinen Mann zu warten, ist nicht leicht.«

»Stimmt, ich brauche eine Beschäftigung.« Zu Hause hätte Gwen jetzt eine rauschende Feier für Neil und sie geplant. Vielleicht hätte sie zusammen mit Eliza und Samantha eine Doppelhochzeit auf die Beine gestellt. Sie brauchte dringend eine Ablenkung, um nicht ständig daran denken zu müssen, dass Neil Jagd auf einen Mörder machte.

»Du kannst mir mit den Blumenbeeten helfen. Vielleicht morgen …«

»O ja, gern. Alles, was du willst.«

Ruth tätschelte Gwens Hand. »Wir können Blumenzwiebeln setzen und Unkraut gibt es immer zu jäten.«

»Im Augenblick ist körperliche Arbeit vielleicht besser als geistige.«

»Filme haben wir auch. Allerdings fast nur Dokumentarstreifen über Kriege. Der Major mag so was.«

»Ich glaube nicht, dass die im Moment gut für mich wären.«

»Dann schau dir meine kleine Bibliothek an.«

Gwens Augen leuchteten auf.

Ruth ging mit ihr zu den Regalen im Wohnzimmer. »Nimm dir, was du willst. Ich lese alles, vom Krimi bis zur Schnulze. Sicher ist auch für dich etwas dabei.«

Es mussten über dreihundert Bücher sein. »Du hast eine schöne Sammlung.«

»Das ist nur ein Teil. Die meisten Bücher sind in Kisten. In unserem nächsten Haus hätte ich gern eine echte Bibliothek. Charles legt großen Wert auf Ordnung und will nicht so viele Bücher herumstehen haben. Aber wenn wir einen extra Raum dafür hätten, könnte er sich nicht beklagen.«

Je länger Gwen Ruth zuhörte, desto herrschsüchtiger erschien ihr deren Ehemann. »Eine Bibliothek ist eine Zierde für jedes Haus. Nicht jeder sieht gern fern«, sagte sie.

»So ist es.«

Gwen nahm ein paar Bücher aus dem Regal, schaute sich die Titel an und las die Kurzbeschreibungen hinten auf dem Einband. Das erste war ein Liebesroman. Normalerweise las sie so etwas gern, aber solange ihre eigene Liebe nicht bei ihr war, wollte sie nicht über die von anderen lesen. Sie stellte das Buch mit dem lila Cover ins Regal zurück und griff nach einem Medizinthriller. Als sie weitere Titel aus dem Regal zog, entdeckte sie etwas, das hinter den Büchern versteckt war: das gerahmte Foto eines jungen Paars. Die beiden standen lächelnd auf der Veranda der Blayneys.

»Oh. Wo hast du das denn gefunden?« Ruth schob sich hinter Gwen.

»Hinter den Büchern.«

Seufzend nahm Ruth ihr das Foto aus der Hand. »Das ist unsere Tochter … und ihr Ex-Freund. Ich dachte, ich hätte es weggeworfen.«

Gwen schaute sich das Foto genauer an. Die Ähnlichkeit zwischen Ruth und ihrer Tochter war nicht zu übersehen. Der Mann hatte einen militärischen Haarschnitt, trug aber keine Uniform, sondern Jeans und ein T-Shirt.

»Sie wirken glücklich«, sagte Gwen.

»Das waren sie auch. Charles und ich dachten, sie würden irgendwann heiraten.«

»Was ist passiert?«

Ruth blinzelte ein paarmal. »Als er von einem Auslandseinsatz zurückkam, war er völlig verändert. Annie hat sich von ihm getrennt. Charles war monatelang todunglücklich darüber und hat versucht, sie umzustimmen. Aber sie ließ nicht mit sich reden.«

»Und wie ging es dir mit der Trennung?«

»Ich wollte, dass meine Kleine glücklich ist. Dass sie ihr Leben nicht mit einem Soldaten verbringen wollte, der von seinen Stimmungen beherrscht wird, habe ich verstanden. Mit so einem Mann hat man es nicht leicht.« Ruth schlug erschrocken die Hand vor den Mund. »Oh … entschuldige bitte. Neil ist sicher ganz anders.«

Gwen grinste. »Klar, ist er. Dass er nicht immer dieselbe Laune hat, macht ihn für mich liebenswert und auch ein bisschen verletzlich. Mach dir keine Gedanken.«

»Wie dem auch sei – Annie wollte etwas anderes.« Ruth schob das Foto wieder nach hinten ins Regal und räumte die Bücher davor. »Vielleicht hat Charles es hier versteckt. Ich werde einfach so tun, als hätte ich es nicht gesehen.«

Gab es noch weitere Dinge, die Ruth nicht sehen wollte?

Ein paar Vogelkadaver würden sie nicht länger von den Teens fernhalten. Außerdem musste sie den Jugendlichen erklären, warum die Polizei in ihren Privatangelegenheiten herumstocherte. Sonst würde sie ihr mühsam erworbenes Vertrauen verspielen.

Karen versuchte, den menschlichen Schatten zu ignorieren, den Michael und Dean ihr verordnet hatten. Tagsüber fuhr er sie herum wie ein Kind und abends ging er erst, wenn Michael zu Hause war. Wenn Michael nicht kam, schliefen der Schatten oder sein Kollege im Gästezimmer.

Der Mann war nicht so riesenhaft wie Neil, hatte aber dasselbe sonnige Gemüt. Seine finstere Miene und sein düsterer Blick folgten ihr auf Schritt und Tritt. Was Gwen daran gefiel, ständig von einem Mann begleitet zu werden, verstand sie nicht.

Dabei war ihr klar, dass Gwen nicht Neils Beruf attraktiv fand, sondern den Mann selbst. Sie wünschte ihrer Freundin von Herzen fantastischen Sex. Und falls die beiden Turteltäubchen irgendwann den Kopf zwischen den Laken hervorstreckten, merkten sie vielleicht, dass sie nicht in Gefahr waren, und kamen zurück. Karen freute sich schon auf einen langen Plausch mit der sittsamen jungen Dame von Adel.

»Versuchen Sie, den Kids keine Angst zu machen«, sagte Karen zu ihrem Leibwächter.

Er ließ den Blick umherschweifen und folgte ihr in den Club.

Drinnen schaute Karen sich nach Juan um. Sie konnte ihn nirgends entdecken, versuchte aber, sich die Enttäuschung darüber nicht anmerken zu lassen.

»Miss Jones!« Amy kam angerannt und schlang die Arme um sie.

Karen drückte sie und lächelte. Sie liebte die Teens und vermisste sie.

»Wie geht's dir, Süße?«

»Ich war Klassenbeste im Algebratest.«

Karen klatschte Amys hochgerissene Hand ab. »Gut gemacht!«

Ein paar andere Jugendliche kamen zu ihnen, umarmten Karen und sagten ihr, wie sehr sie ihnen fehlte. Sie legte ihre Handtasche beiseite und schaute sich die Aufgaben auf dem Mathetisch an. Der Leistungsstand der Kids war sehr unterschiedlich, aber alle schienen in ihrer Abwesenheit etwas dazugelernt zu haben.

»Kommen Sie jetzt wieder regelmäßig her?«

»Ja.« Es sei denn, der Vogelmann schlug wieder zu. Aber das behielt sie für sich.

»Kürzlich war ein Polizist im Club und hat wegen Ihnen Fragen gestellt.«

Bedauernd hob Karen die Schultern. »Ja, er ist ein Freund von mir. Tut mir leid, dass er herkommen musste.«

»Ist alles in Ordnung?«, fragte Steve, der bislang nichts gesagt hatte.

»Anscheinend will mir irgendwer Angst einjagen.«

Die Mädchen hörten auf zu lächeln, die Jungen spitzten die Ohren.

»Haben die deswegen Juan abgeholt und mit ihm geredet?« Steves Stimme klang gereizt.

Teenagertratsch verbreitete sich rasend schnell. »Die Polizei hat mit vielen Leuten gesprochen. Es tut mir leid, dass die sich auch im Club umsehen mussten.«

»Sie sind ja oft hier. Vielleicht haben die gedacht, dass jemand von uns etwas gesehen hat.« Amy war wie ein mittleres Kind, das immer nach vernünftigen Erklärungen suchte und sich vermittelnd zwischen die Konfliktparteien in der Familie stellte.

»Und wer ist der Gorilla an der Tür?«, fragte Steve verdrossen. Er war mit Juan befreundet und nicht glücklich darüber, dass sein Freund zur Polizei gemusst hatte.

»Mein Bodyguard.«

»Im Ernst?«

»Es ist nur für eine Weile. Nur bis man den Kerl hat, der mir nachschleicht.«

»Wow, Miss Jones. Haben Sie denn gar keine Angst?«

»Anfangs war mir schon ziemlich mulmig, Amy. Aber jetzt bin ich einfach nur wütend. Wie kommt jemand dazu, mich fertigmachen zu wollen?«

Steve starrte den Mann an der Tür düster an. »Hier brauchen Sie keinen Bodyguard. Wir passen schon auf Sie auf.«

Karen lächelte. »Meinst du, du kannst Juan überreden, wieder herzukommen?«

Steve zuckte die Achseln. »Vielleicht.«

Im Augenblick musste sie sich damit begnügen.

# Siebenundzwanzig

Gwen streckte den Rücken und versuchte, nicht auf die Schmerzen von der Gartenarbeit zu achten. Wenigstens würde sie heute Abend müde sein und konnte vielleicht ein bisschen schlafen. Sich nach ihrem Mann zu sehnen, sich hin und her zu wälzen und darüber nachzudenken, wo er wohl war und was er machte, war kein Rezept für eine erholsame Nacht.

Und zu allem Überfluss war sie jetzt fast ganz allein. Kurz nachdem sie angefangen hatten, das Blumenbeet neu zu bepflanzen, war ein Anruf gekommen. Es ging um Annie. Ruth hatte zu ihr nach Florida fliegen müssen. Anscheinend war Annie krank – zumindest behauptete das Charles.

Jetzt war sie mit Charles allein im Haus und fand das ziemlich unangenehm. Der Mann schaute ihr nie in die Augen, beobachtete sie aber ständig. Als sie sich zum Haus umdrehte, sah sie ihn am Fenster stehen und zu ihr hinausstarren. Er ließ die Gardine los, blieb aber, wo er war.

*Er will Neil nur helfen.*

Neil war seit fast vierundzwanzig Stunden weg. Seit vierundzwanzig langen, einsamen Stunden.

*Du schaffst das.*

Charles beobachtete sie noch immer.

*Du bekommst das hin. Es sind nur ein paar Tage.*

Gwen wühlte in der Erde und zerrte an einem hartnäckigen Unkrautbüschel.

»Wenigstens regnet es nicht«, raunte Rick ihm aus dreihundert Schritten Entfernung ins Ohr.

Neil schaute zu, wie sich die Bäume in dem Wind wiegten, der urplötzlich aufgekommen war. »Sag lieber nichts übers Wetter.« Es kam durchaus vor, dass die Sommerstürme erst nach kräftigen Regenfällen weiter nach Osten zogen. Als ehemalige Marines waren sie auf alles vorbereitet.

Im Zelt, wo keiner von ihnen die Nacht verbringen würde, lag eine Attrappe, die nur mit einer Wärmekamera zu orten war. Wer über die entsprechende Ausrüstung verfügte, würde die im Lagerfeuer erhitzten Steine im Schlafsack für eine schlafende Person halten. Die Anhöhe, auf der Neil Stellung bezogen hatte, bildete den Fuß einer hundert Meter hohen Felswand. Wer ihn von hinten angreifen wollte, musste sich schon abseilen. Sie befanden sich in einem Canyon mit nur zwei Zugängen. Rick behielt den nordöstlichen Zugang im Auge, während Neil nach Aktivitäten im Südosten Ausschau hielt.

»Ist dir schon mal der Gedanke gekommen, dass wir vielleicht umsonst hier warten?«

»Glaubst du, Billy hat sich umgebracht?«

»Nein, verflucht.« Ricks raues Flüstern kratzte in Neils Ohr.

»Raven wird kommen.«

»Aber er ahnt sicher, dass er erwartet wird.«

Neil richtete sein Nachtsichtgerät auf Rick und suchte das Terrain um ihn herum ab. Nichts. »Er wird davon ausgehen, dass *ich* ihn erwarte. Du bist vermutlich erst der Nächste auf seiner Liste.«

»Und du bist immer noch überzeugt, dass er nicht wild ballernd hier aufkreuzt?«

»Das macht er nur, wenn er keinen Wert mehr darauf legt, die Sache wie einen Unfall aussehen zu lassen.«

Die hohe Tanne über ihm ächzte.

*Verfluchter Wind.*

Die dunkle Nacht war mondlos. Vor gar nicht langer Zeit hatte er mit Gwen die Sterne betrachtet und ihr von seinen

Kindheitsträumen erzählt. Er hatte sie äußerst ungern zurückgelassen, aber das war tausendmal besser, als wenn sie jetzt ebenfalls hier gewesen wäre.

»Glaubst du, du bekommst jetzt ein Auge zu?«, fragte Rick.

»Vielleicht.«

»Dann wechsle ich die Position und halte Wache.«

Neil suchte sich einen Platz zwischen den Felsen. Ab und zu eine Stunde Schlaf – mehr war auch bei ihren Einsätzen nie drin gewesen. In der letzten Nacht hatte er keine Ruhe gefunden, weil er Gwen vermisst und sich Sorgen um sie gemacht hatte. Aber auch weil die Frage an ihm genagt hatte, ob Rick vielleicht mehr wusste, als er zugab. Inzwischen sah es aber ganz so aus, als stünde Rick genauso auf der Abschussliste wie er selbst. Wenn Rick ihm etwas Übles wollte, hätte er längst zuschlagen können. Er musste ihm vertrauen. Und verdammt, er brauchte dringend etwas Schlaf.

*Gebeugt rannten sie durch den Wind der Rotorblätter. Billy und Rick hoben Lindens schlaffen Körper zu den Männern an Bord des Hubschraubers und kletterten ihm nach. Dann zogen sie Mickey hinein. Er hinkte, hatte sich aber aus eigener Kraft bis hierher geschleppt.*

*Mac drehte sich zu dem Feuerball um, dem sie gerade entkommen waren. Seine Ohren klingelten von der Explosion, die seine Männer zerrissen hatte. Irgendetwas war gegen seinen Hinterkopf geprallt und er war gestürzt. Aber er war nicht verletzt. Er lebte.*

*Rick zog ihn in den Hubschrauber und schon waren sie in der Luft.*

*Münder öffneten sich, aber Neil konnte nicht hören, was sie sagten. Er hörte nur das Dröhnen des Hubschraubers. Seine Brust tat weh und er konnte nicht aufhören zu husten.*

*Billy kniete neben Linden am Boden. Zwei Männer, die Neil nicht kannte, schnitten Lindens Kleider auf und legten die Wunde frei, die der Sprengsatz ihm in Bauch und Oberschenkel gerissen hatte. Überall Blut.*

*Neil packte die Decke, die jemand ihm über die Schultern gelegt hatte, und drückte sie gegen Lindens Seite.*

*»Stirb jetzt bloß nicht, verdammt!«*

*Aber Lindens Gesicht war aschfahl geworden und noch bevor die Sanitäter die Wunde versorgen konnten, wurde sein Blick glasig und er tat den letzten Atemzug.*

*Der Hubschrauber drehte ab und Neil musste sich festhalten.*

*Die Stille in seinen Ohren schärfte seinen Blick.*

*Billy saß mit hängendem Kopf neben Linden. Auf Ricks Gesicht spiegelten sich Wut und Schuldgefühle. Mickey hatte sich zusammengekrümmt.*

*Neil arbeitete sich zu ihm vor und schaute ihm in die Augen. Fragend hob er die Hände und Mickey schüttelte den Kopf.*

*Erst jetzt entdeckte Neil das Holzstück, das aus Mickeys Leiste ragte. Er blutete kaum und es war besser, den Fremdkörper stecken zu lassen, bis sich ein Arzt um Mickey kümmern konnte. Mit einem Kopfschütteln signalisierte Neil Mickey, dass er nicht versuchen sollte, das Holzstück herauszuziehen. Mickey neigte hin und wieder zu unbedachten Handlungen, aber im Augenblick schien er keinerlei Bedürfnis zu haben, etwas Unvernünftiges zu tun.*

*Neil sank gegen die Wand des Hubschraubers und hustete sich die Seele aus dem Leib.*

Blake bat seine Sekretärin, ihm für den Morgen einen Wagen zum Flughafen zu bestellen. Er wollte sich in Colorado an Neils Fährte heften. Für seinen Geschmack war es viel zu ruhig. Dass er weder von seinem Security-Mann noch von seiner Schwester etwas hörte, zerrte an seinen Nerven.

Inzwischen war er überzeugt, dass sein Telefon sauber war. Wanzen waren genauso wenig entdeckt worden wie weitere tote Vögel. Carter war mit dem Versprechen nach Sacramento zurückgeflogen, wenn nötig ein paar Leute in Washington anzurufen.

Jetzt hoffte Blake, dass Neil und Gwen zur Vernunft kommen würden und nicht mit geladenen, entsicherten Waffen durch die Gegend rannten.

Er zog sich die Krawatte vom Hals und griff nach dem Telefon, um wie jeden Abend bei Sam anzurufen. Das Telefon klingelte unter seinen Fingern und jagte ihm einen Riesenschreck ein.

*Reiß dich zusammen, Blake.*

»Hallo?« Die Nummer auf dem Display kannte er nicht.

»Mr Harrison?«

Blake warf die Krawatte aufs Bett und setzte sich. »Am Apparat.«

»Entschuldigen Sie bitte die späte Störung, Mr Harrison. Es tut mir leid, dass ich Sie überhaupt anrufen muss.«

Blake hatte gerade die Schuhe abstreifen wollen. Er hielt inne und setzte sich auf. »Wer sind Sie?«

»Oh, Entschuldigung. Ich bin Bernard, der Manager von First Class Services.«

»Dem Fahrservice?«

»Ja. Ja, genau.«

Blakes Anspannung legte sich ein wenig, seine Schuhe plumpsten nacheinander zu Boden. »Was kann ich für Sie tun, Bernard?« Und warum rief der Mann ihn um diese Zeit an?

»Wir haben Ihre Reservierung für morgen früh erhalten.«

»Gibt es damit ein Problem?«

»Nein. Alles in Ordnung, Sir. Der Wagen wird für Sie bereitstehen.«

Blake knöpfte sein Hemd auf und legte die Manschettenknöpfe ab. »Weshalb rufen Sie dann an?«

Bernard atmete viel zu schnell. Anscheinend war er ziemlich aufgeregt. Blake hätte ihm gern gesagt, dass er im Augenblick vermutlich die größeren Sorgen hatte – hörte sich stattdessen aber weitere Entschuldigungen an.

»Es tut uns wirklich sehr leid. Das möchte ich Ihnen im Namen von First Class Services versichern.«

»Was tut Ihnen leid?«

»Ich habe nachgesehen, wer Sie diese Woche gefahren hat. Wir versuchen, immer dieselben Fahrer für einen Kunden einzusetzen.

Wie Sie wissen, ist uns die Privatsphäre unserer Kundschaft überaus wichtig. Und Sie sind ein sehr geschätzter Kunde …«

Blake verdrehte die Augen. »Bernard, könnten Sie bitte zur Sache kommen und mir sagen, warum Sie anrufen? Ich habe morgen einen harten Tag.« *Und keine Lust, die halbe Nacht mit dem armen Mann zu telefonieren.*

»Tut mir leid. Also. Der Fahrer, der sie abgeholt hat: Wir wissen nicht, wer er ist.«

»Was soll das heißen, Sie wissen nicht, wer er ist?«

»Die Reservierung ist bei uns eingegangen und eines unserer Fahrzeuge war unterwegs. Aber es saß keiner unserer Mitarbeiter am Steuer.«

Blake hörte auf, sich auszuziehen. »Aber verdammt, mich hat jemand abgeholt.«

»Ja. Nur leider niemand von uns.«

»Er hat gesagt, er sei von First Class Services.«

»Ich kann Ihnen versichern, das war nicht der Fall, Mr Harrison. Die Aufzeichnungen der Überwachungskameras zeigen einen Mann in unserer Uniform. Er fährt mit einem Firmenfahrzeug vom Hof und ist ein paar Stunden später wieder zurück.«

»Wenn er keiner Ihrer Leute war, wer war er dann?«

»Wir wissen es nicht. Ihre Privatsphäre ist uns überaus wichtig, aber wir mussten die Polizei einschalten. Jemand kommt her und sieht sich die Aufzeichnungen an. Sicher wird die Polizei mit Ihnen sprechen wollen. Dafür möchte ich mich entschuldigen.«

»Wie konnte so was passieren, zum Teufel?« Auf dem Rücksitz von Limousinen wurden mehr Geschäfte abgeschlossen als in den Vorstandsetagen.

»Das ist mir ein Rätsel, aber ich möchte Sie bitten, sich in Erinnerung zu rufen, mit wem Sie auf der Fahrt gesprochen haben und worüber. Vielleicht wollte jemand an die Informationen kommen, die Sie dabei ausgetauscht haben.«

Er und Dean hatten im Wagen geredet, weil Neil glaubte, das Haus sei verwanzt.

»O verflucht.«

»Es tut uns aufrichtig leid.«

»Ja. Ja, schon gut. Ich bin in einer Stunde mit Detective Brown bei Ihnen. Ich will die Überwachungsfilme sehen.«

»Sehr gern, Sir. Wir stehen zu Ihrer Verfügung.«

Blake schlüpfte wieder in seine Schuhe und rief Dean an.

Eine Dreiviertelstunde später saßen sie mit einem nervösen Bernard und einem halben Dutzend Polizisten in Uniform im Büro von First Class Services.

Blake musste sich anhören, wie ein Wildfremder aufs Grundstück marschiert und an die Schlüssel eines Firmenwagens gekommen war, wie der Mann den Wagen unbehelligt vom Parkplatz gefahren und ihn vom Flugplatz abgeholt hatte.

»Wir hatten an dem Wochenende außerordentlich viel zu tun. Einige Fahrer waren von ihren Nachtfahrten noch nicht zurück und es kommt durchaus vor, dass wir Leute aus anderen Niederlassungen unserer Firma einsetzen.« Bernard beschrieb weitschweifig, wie der Betrieb organisiert war. Weder die Filiale in Orange County noch die in San Diego hatte einen Fahrer nach L. A. abgeordnet. Deshalb konnte der Unbekannte kein Mitarbeiter aus diesen Zweigstellen sein.

Ein Beamter fertigte ein Protokoll über Bernards Aussage an, ein anderer holte die Bilder von dem mysteriösen Fremden auf den Monitor. Die Überwachungskameras waren zwischen dreißig und hundert Meter von den Fahrzeugen entfernt. Der Mann schaute nie direkt in eine Linse, was Blake darauf schließen ließ, dass er von den Kameras wusste. Zu der üblichen Uniform trug er die Mütze, auf die viele andere Fahrer verzichteten. Weil manche sie trotzdem immer aufhatten, war sie Blake nicht weiter aufgefallen.

»Können Sie ihn ranzoomen?«

Das Bild wurde größer, die Bildqualität schlechter. Der Mann hatte wie in Blakes Erinnerung kurzes Haar und glatt rasierte Wangen. Er war weiß, etwa eins achtzig groß und von mittlerer Statur.

Er kam Blake bekannt vor, aber das war nicht verwunderlich. Blake hatte kurz mit ihm gesprochen und ihm ein großzügiges Trinkgeld gegeben.

»Wir können die Bilder auf der Wache aufarbeiten und sie mit unserer Sammlung abgleichen.« Dean trat vom Monitor zurück und schaute in den Raum. »Irgendjemand muss doch mit dem Kerl geredet haben.«

Bernard trat von einem Fuß auf den anderen. »Ich habe meine Fahrer befragt. Er ist niemandem aufgefallen.«

»Was ist mit Ihrer Einsatzzentrale?«

»Wir operieren nicht wie ein Taxiunternehmen. Unsere Fahrer sehen online, ob einer ihrer Kunden sie angefordert hat. Wie ich Mr Harrison bereits erklärt habe, versuchen wir, für jeden Kunden immer möglichst dieselben Fahrer einzusetzen. Mr Harrison bucht nur gelegentlich ein Fahrzeug bei uns und wir hatten auch keine Anfrage nach einem bestimmten Mitarbeiter.«

»Nach welchem System suchen Sie die Fahrer aus, die Sie losschicken?«

Bernhard zerrte an seinem steifen Hemdkragen. Der Mann tat Blake fast leid.

»Wir schauen nach, wer eine Fahrt braucht und wer mit der Strecke und dem Protokoll am besten vertraut ist. Es gibt unterschiedliche Sicherheitsstufen, je nachdem, ob wir jemanden vom Flughafen abholen oder ob wir Prominente zum roten Teppich fahren. In die Auswahl fließen viele Gesichtspunkte ein.«

»Zeigen Sie mir, wie die Fahrer einen Wagen aus- und einchecken«, sagte Dean.

Der Polizist machte den Monitor frei und Bernard übernahm seinen Platz. Er öffnete ein Programmfenster und klickte auf ein Fahrzeugsymbol. Eine Liste von Namen und Fahrzielen öffnete sich. Daneben befand sich eine Spalte, in die die Fahrer ihre Namen anklicken konnten.

»Die Namen links sind unsere Stammkunden. An den Schriftfarben erkennen Sie, welche Fahrer welchen Stammkunden zugeordnet sind. Es gibt eine eigene Liste für Gelegenheitskunden, die nur zu bestimmten Anlässen bei uns buchen. Neben den Namen sehen Sie Symbole. Das Martiniglas steht für eine Party oder Feier. In dem Fall sorgt unser Service dafür, dass die Kunden unbesorgt ein paar Gläser trinken können. Dafür nehmen wir am liebsten männliche Mitarbeiter. Es sei denn, es handelt sich um eine Junggesellinnenparty …« Bernards Schilderung war unnötig detailliert. Er war offenbar stolz auf das Zuordnungssystem. »Hier haben wir das Flughafensymbol. Ein Fahrer, der gerade frei ist und es sieht, weiß, dass er die Fahrt nur bekommt, wenn er die notwendigen Sicherheitschecks durchlaufen hat.«

»Zeigen Sie uns den Tag, an dem Mr Harrison abgeholt worden ist.«

Bernhard klickte auf ein Datum in dem Kalender. Blake beugte sich vor. Er sah seinen Namen, seine Adresse, die Zeit und das Flughafensymbol und war dankbar für das Fehlen eines Martiniglases. Als er den Namen des Fahrers sah, gefror sein Grinsen. »Mac.«

Blakes Faust knallte auf den Computertisch. »Verdammter Mist.«

»Keine voreiligen Schlüsse, bitte«, sagte Dean.

»Was heißt hier *voreilig*?«

Dean nahm ihn am Arm und zog ihn aus dem Raum. »Bis jetzt wissen wir gar nichts.«

»Was zum … Wir wissen, dass Mac alias Neil nicht gefahren ist. Wir wissen, dass ein Fremder das Gespräch belauscht hat, das wir beide wohlweislich während der Fahrt geführt haben, weil Neil denkt, mein Haus ist verwanzt. Wer immer der Kerl war – wir wissen, dass er in der Lage ist, sich in das System von First Class Services einzuhacken, mit einem Fahrzeug zu verschwinden und es wieder zurückzubringen, ohne dass jemand Fragen stellt. Wir wissen, dass Neil glaubt, jemand, der mit Abhör- und Überwachungstechnik vertraut ist, sei hinter ihm und meiner Schwester her. Ich muss nicht erst ins Wasser springen, um herauszufinden, ob es nass ist, Dean.« Und falls es Neil gelungen war, seinen Aufenthaltsort vor dem Dreckskerl geheim zu halten, hatten Blake und Dean es vermasselt, indem sie ihm mit ihrem Gespräch wertvolle Hinweise gegeben hatten. Was auch den weiteren toten Vogel in Karens Wagen erklärte. Der Scheißtyp hatte sie belauscht und die Vogelleiche abgelegt, um sie auf eine falsche Spur zu locken und sie glauben zu lassen, Neil hätte nicht mehr alle Tassen im Schrank.

»Wir haben uns an der Nase rumführen lassen und Neil ist weder paranoid noch verrückt.« Neil war in Gefahr und Blake hatte seinen Feind vermutlich direkt zu ihm geführt.

# Achtundzwanzig

Das Abendessen war eine ziemlich verkrampfte Angelegenheit gewesen. Dass es plötzlich windig geworden war und nach Regen aussah, trug nicht zu Gwens Entspannung bei. Sie sorgte sich um Neil. Mit der lahmen Ausrede, sie habe Kopfschmerzen, hatte sie sich früh in ihr Zimmer zurückgezogen. Alles war besser als weitere mühsame Unterhaltungen mit ihrem Gastgeber.

Sie wusste nicht, was sie an Charles mehr störte: die berechnenden Gedankengänge, die sich hinter seinem undurchsichtigen Blick abzuspielen schienen, oder das Lächeln, das sie an einen Zirkusclown erinnerte. Beides machte jemanden nicht unbedingt sympathisch. *Aber sicher stehen immer alle gleich stramm, wenn er auftaucht.*

Gwen schlich buchstäblich auf Zehenspitzen durchs Haus. Sie war absichtlich in ihrem Zimmer geblieben und hatte die Zeit fürs Frühstück verstreichen lassen. Das Haus war so still, dass sie überlegte, ob sie allein war. In der Küche stellte sie eine Tasse Teewasser in die Mikrowelle. Das Wetter hatte sich zum Glück gebessert.

»Pass gut auf dich auf, Neil«, flüsterte sie.

Als die Mikrowelle klingelte, wandte sich Gwen um und wollte sich die Tasse nehmen. Charles stand direkt hinter ihr. Sein Mundwinkel war leicht hochgezogen. Sie schrie auf, machte einen kleinen Sprung und stieß sich die Hüfte an der Arbeitsplatte.

»Herrje«, schnaufte sie.

»Ich wollte Sie nicht erschrecken.« Sein aufgesetztes Lächeln wich einem Ausdruck von Besorgnis.

*Nein, ganz bestimmt nicht.* »Ich habe Sie nicht hereinkommen gehört.« Sie rieb sich die Hüfte und hoffte, dass ihr Puls bald aufhörte zu jagen.

»Ich wollte nur nachsehen, ob Sie alles haben, was Sie brauchen.« Charles entfernte sich ein paar Schritte von ihr, aber nicht weit genug. Sie wünschte sich ihn hinter die Rocky Mountains. Der Mann war immer gleich gekleidet. Die Sachen waren sauber und gebügelt, wirkten aber fast wie eine Uniform. Charles ging nie aus dem Haus und bekam keinen Besuch. Bei einem Offizier seines Rangs hatte Gwen ein wenig mehr Publikumsverkehr erwartet.

»Ihre Frau hat mir gezeigt, wo ich alles finde.«

Charles zog sich einen Hocker an die Arbeitsplatte.

*Na wunderbar, Gesellschaft.* Gwen fand den Tee und nahm den Teebeutel bedächtig aus der Papierverpackung. Offenbar hatte Charles nicht vor, ein Gespräch zu beginnen.

»Haben Sie etwas von Ruth gehört?«

»Sie ist in Florida angekommen.«

Gwen tauchte den Teebeutel in die Tasse und wartete auf eine ausführlichere Antwort. »Wie geht es Ihrer Tochter?«, schob sie schließlich nach.

»Die freut sich, dass ihre Mutter bei ihr ist.«

Gwen fiel ein, dass auch Neil ihr immer nur kurze, präzise Antworten gegeben hatte. Erst die Zeit, die sie allein miteinander verbracht hatten, hatte das geändert. »Es tut gut, von der eigenen Mutter umsorgt zu werden, wenn man krank ist.«

Charles zog wieder die Mundwinkel hoch. »Ja, so was können Frauen.«

*Man kann nicht lächeln, während man mit den Zähnen knirscht.* »Haben Sie viele Frauen unter Ihrem Kommando?«

Sein Lächeln fiel ab. »Ein paar.«

»Klingt, als fänden Sie das nicht gut.« Das war ihm deutlich anzusehen.

»Frauen gehören ins Haus. Sie sollten Tee kochen und nicht draußen im Feld eine Zielscheibe abgeben.«

Gwen durchquerte die Küche. Sie wollte den Raum verlassen können, ohne an ihm vorbeizumüssen. »Dass es bei der Truppe überhaupt Frauen gibt, muss für Sie schwer zu ertragen sein.«

Er zuckte die Achseln. »Ich bin Soldat. Ich befolge Befehle.«

»Aber als Major geben Sie sicher mehr, als sie befolgen.« Sie pustete in ihren Tee.

Charles' rechte Hand lag auf der Arbeitsplatte. Sein Zeigefinger begann, langsam und unregelmäßig zu trommeln. »Auch als Major hat man Vorgesetzte.«

Sie dachte an das Foto, das Neil ihr gezeigt hatte. Von seiner Einheit oder wie immer sie sich nannten. *Freunde.* »Ja, sicher. Und Untergebene, die leider manchmal bei Einsätzen sterben. Das muss schlimm sein.« Es musste ein schreckliches Gefühl sein, wenn man hörte, dass Leute, die man in den Kampf geschickt hatte, nicht zurückkommen würden. Das überstieg ihre Vorstellungskraft. Wünschten sich nicht alle Menschen dasselbe? Eine glückliche, gesunde Familie? Genug zu essen? Ein Dach über dem Kopf? Eine Welt, in der man seine Kinder aufziehen, sie nach Kräften fördern und dann miterleben konnte, wie sie selbst Familien gründeten? Was wollte man denn mehr? Warum einander bekriegen? Für sie ergab das keinen Sinn.

»Kollateralschäden sind leider nicht immer zu vermeiden.« Sein Finger trommelte schneller. »Ein Kommandeur kann nicht über den Tod nachsinnen. Nicht hier.«

Gwen konnte sich vorstellen, dass Charles tatsächlich nicht nachsann. Vermutlich radierte er die Namen der Gefallenen aus und schrieb fein säuberlich neue auf die Liste. Eiskalt.

Da war jemand wie ihr Neil ihr lieber, der die Kameraden, die ihm in den Kampf gefolgt waren, nie vergessen konnte.

In diesem Augenblick wurde ihr klar, dass sie einen Mann, den der Krieg nicht erschütterte, gar nicht erst kennenlernen wollte.

Gwen starrte durchs Küchenfenster zu einem Baum hinaus. Er bog sich im Wind. Der innige Wunsch, sich nicht weiter mit dem Major unterhalten zu müssen, lenkte ihre Gedanken zum

Garten. Sie hatte furchtbaren Muskelkater, sonst hätte sie sich entschuldigt und ein Blumenbeet gejätet.

»Ich fürchte, ich wäre kein guter Soldat. Ich kann nicht mal einer Fliege was zuleide tun.«

»Insekten kann Neil für Sie zerquetschen.«

Gwen grinste kurz. *Nein, Neil trägt Insekten vor die Tür und entlässt sie in die Freiheit.*

»Macht es Ihnen etwas aus, wenn ich mir Ihre Bücher noch mal ansehe? Das Buch, das ich mir ausgesucht hatte, ist doch nicht so unterhaltsam, wie ich dachte.« In Wahrheit dachte sie an die Fotoalben, auf die Ruth sie hingewiesen hatte. Vielleicht half es, sie sich einmal anzusehen. Möglicherweise war Charles nicht schon immer so kalt und abgestumpft gewesen.

»Nur zu.«

»Danke.« Gwen bemühte sich um einen halbwegs eleganten Abgang. Die Küche hungrig zu verlassen, war ein deutlich kleineres Übel, als die Gegenwart dieses Mannes noch länger ertragen zu müssen.

Anstatt sich von seinem Piloten nach Colorado fliegen zu lassen und damit Neil seinem Feind womöglich auf dem Silbertablett zu präsentieren, rief Blake von seinem Büro in der Stadt aus Carter an. Er hoffte, dass auf dieser Leitung niemand mithörte. Nachdem Blake seinen Freund auf den neuesten Stand gebracht hatte, bat er ihn um einen großen Gefallen.

»Kennst du jemanden im Pentagon? Jemanden, der herausfinden kann, wo Neil ausgebildet worden ist und von wem? Wer die Männer in seinem Team waren? Irgendwas?« Langsam wurde ihm wirklich flau. Die Fäden nicht selbst in der Hand zu halten, war Blake zuwider, aber noch mehr hasste er die Ungewissheit. Wo war Neil und wo hatte er seine Schwester versteckt, um sie zu schützen? An den Diamantring und was er zu bedeuten hatte, wollte Blake im Augenblick gar nicht denken.

»Im Pentagon habe ich nur ganz entfernte Bekannte«, sagte Carter. »Aber wir kennen beide jemanden, der vielleicht an die Informationen kommt, die wir brauchen.«

Blake schloss die Augen. »Du sprichst von deinem Onkel.«

»Ja.«

Senator Maxwell Hammond stand schon seit seiner Highschoolzeit auf der politischen Bühne. Blake traute dem Mann nicht über den Weg. Nach außen hin hatte Max eine reine Weste, aber Blake zweifelte nicht daran, dass der Senator notfalls durch Morast waten würde, um zu bekommen, was er wollte. Sicher, der Dreck ließ sich abwaschen. Aber ein klein wenig blieb doch immer haften. Der Gedanke, in der Schuld eines solchen Mannes zu stehen, erfüllte Blake mit Unbehagen.

Aber hatte er eine Wahl?

»Bist du bereit, dieses Fass aufzumachen?«, fragte Carter.

»Wir müssen rauskriegen, wer der Vogelmann ist. Wir müssen Neil und Gwen finden. Sonst werde ich meines Lebens nicht mehr froh. Wir haben Neil die erbetene Zeit gelassen und jetzt … wie lange nichts von ihm gehört? Drei oder vier Tage? Es könnte alles Mögliche passiert sein.«

»Wonach soll Max für uns suchen?«

»Neil wollte, dass wir uns an den Präsidenten wenden und dabei den Codenamen Raven nennen. Die Sache hat etwas mit einer geheimen militärischen Mission zu tun. Ich weiß, dass Neil eine Zeit lang auf einer Basis in Colorado stationiert war. Allerdings gibt es dort mehrere Basen, unter anderem in Colorado Springs. Da fangen wir an. Hat er Gwen bei einem Kameraden versteckt? Hat er einen alten Freund um Hilfe gebeten? Braucht er für die Jagd auf seinen Feind etwas, das er nur in einem Militärdepot findet?«

»Du hast anscheinend eingehend darüber nachgedacht.«

»Ich habe nichts anderes mehr im Kopf. Außer vielleicht, wie sehr ich meine Frau und meinen Sohn vermisse.«

»Hast du das Foto aus Neils Zimmer?«

Blake öffnete seine Schreibtischschublade und nahm Neils Akte heraus. »Jepp.«

»Scan es ein und schick es mir. Vielleicht erkennt jemand Neil oder einen anderen auf dem Bild.«

Blake legte das Foto auf den Scanner und drückte auf Start. »Ich wünschte, ich hätte mich öfter mal ausführlich mit Neil unterhalten.«

»Ausführlich? Was heißt das bei Neil? Mehr als zwei Sätze am Stück?«

Blake grinste. »Aber er ist der verdammt beste Sicherheitsexperte, den ich mir vorstellen kann.«

»Dann mach dich schon mal drauf gefasst, Hoheit, dass er demnächst auch noch dein ›verdammt bester Schwager‹ wird.«

»Danke, dass du mich daran erinnerst, Gouverneur. Gwen hätte eine schlechtere Wahl treffen können.« Jetzt wo er wusste, dass Neil kein Fall für den Psychiater war, hatte er nicht mehr so viele Bedenken.

»Okay, das gescannte Foto ist gerade bei mir angekommen. Ich rufe Max an und frage, was er für uns tun kann. Sag mir Bescheid, wenn es was Neues gibt.«

»Du wirst der Zweite sein, der es erfährt. Gleich nach Dean.«

Sie verabschiedeten sich und legten auf.

Blake betrachtete das Foto und prägte sich die Gesichter ein. Wie die meisten Marines waren alle Abgebildeten sehr muskulös. Einer grinste breit, ein zweiter hielt in jeder Hand ein Gewehr und trug mehrere Patronengürtel quer über der Brust. Zwei der Männer sahen so frisch und unbekümmert aus, als kämen sie direkt von einer Farm in Kentucky, und einer trug das Haar so kurz, dass man unwillkürlich auf seine Ohren starrte. Oder aber seine Ohren waren einfach sehr groß.

In Blakes Tasche klingelte das Handy. Blake schaute aufs Display. Es war Dean. »Schon was gehört?«

»Von Neil? Nein. Ich bin mit Neils Sicherheitsleuten auf Ihrem Anwesen. Ken Sands hat einen Spezialisten dazugeholt. Der

Mann kennt sich mit der hochmodernen Abhörtechnik aus, mit der heutzutage Politiker bespitzelt werden.«

Blakes Haut begann zu prickeln.

»Wollen Sie raten, was wir gefunden haben?«

»Die Wanze, von der Neil gesprochen hat?«

»Hundertprozent Hightech. Absolut geheimdiensttauglich und für Präsidententelefone geeignet. Sands hat ein paar Leute nach Tarzana geschickt. Die schauen sich dort das System an. Die Kollegen wollten die nackten Toten aus dem Whirlpool nun doch als Unfall zu den Akten legen. Ich sage ihnen, sie sollen die Militärpolizei informieren und die Sache noch mal neu aufrollen.«

Blake betrachtete das Foto in seiner Hand. »Ist der Fahrer schon identifiziert?«

»Noch nicht. Ich wünschte, wir hätten Fingerabdrücke. Die Abdrücke von Militärangehörigen haben wir im Computer, dazu ihre Blutgruppe und Fotos. Die Aufnahme aus der Überwachungskamera konnten wir allerdings nur ein klein wenig verbessern.«

»Schicken Sie mir ein Scan. Ich stelle Neils Haus noch mal auf den Kopf. Vielleicht finde ich ein Foto, auf dem der Kerl zu sehen ist.«

»Sie glauben, er kennt Neil?«

»Oder jemand hat ihm Neil genau beschrieben.«

Dean zischte einen Fluch. »Die Sache stinkt zum Himmel.«

»Wie die Pest.«

Raven hatte ein Stück abseits der Straße geparkt und volle vier Stunden geschlafen. Er hatte sich nicht einmal die Mühe gemacht, seinem Boss zu sagen, dass er angekommen war. So übermüdet, wie er war, konnte er es mit Mac nicht aufnehmen. Es war besser zu warten, bis Mac erschöpft war und er etwas ausgeruhter.

Er stieg aus dem Wagen in die kühle, feuchte Luft der Rocky Mountains. Ein paar Meter weiter stand eine hohe Tanne. Er pinkelte an den Stamm und wischte sich die Hände an den Jeans ab. *Schön hier draußen*. Eine Hütte im Wald, weit weg von jedem und allem wäre genau das Richtige für ihn und sein Mädel. Er konnte auf die Jagd gehen und sie sich um das Haus kümmern. Wenn er seine restlichen kleinen Probleme beseitigt hatte, würde alles wieder in Ordnung kommen.

Die Kälte machte sein linkes Bein steif – eine ständige Erinnerung an die Qualen, die er erlitten hatte. Und alles nur, weil Mac den Schießbefehl nicht rechtzeitig erteilt hatte.

Und Billy, dieser Idiot, hatte gehorcht, statt das einzig Vernünftige zu tun und abzudrücken. Billy hatte gekniffen. Wegen eines Kindes. Wegen eines verfluchten blöden Kindes, das sie später sowieso gehasst hätte.

Aber Schwamm drüber. Er hatte es Billy heimgezahlt. Und Billys Mädchen hatte er es auch gezeigt, bevor er sie mit Plastiksprengstoff vollgestopft und ins Jenseits geballert hatte.

Netter Anblick.

Sein Boss musste das nicht erfahren. Den Mann auf die Idee zu bringen, dass es ihm Spaß machte, Leute in die Luft zu sprengen, war nicht schlau. Nach seinem Auslandseinsatz hatte er mit so vielen Seelenklempnern geredet, dass er inzwischen alle ihre Fragen kannte. Und – was noch wichtiger war – die Antworten, die sie erwarteten.

Raven ging zum Wagen zurück und warf sich ein paar saure Drops in den Mund. Dann schaltete er sein Handy an und schaute nach, wo sein Auftrag auf ihn wartete.

# Neunundzwanzig

»Und wenn er nicht kommt?«

Die Frage, die Rick stellte, wollte Neil nicht hören. Sie waren schon den dritten Tag im Gebirge. Mit einem verwanzten Funkgerät von Blakes Anwesen wollte er Raven anlocken. Der Mann musste nur die richtige Frequenz einstellen.

Das Warten machte Neil rasend. Dass er keinen Kontakt mit Gwen aufnehmen und nachfragen konnte, wie sie in dem fremden Haus klarkam, machte die Sache nicht besser. Falls Raven ihn und Rick beobachtete, wartete er sicher nur darauf, dass sie aufgaben und nach Hause fuhren. Und ihn zu Gwen führten. Kein guter Gedanke.

Er und Rick umkreisten das Camp und wechselten ständig die Positionen. Falls Raven irgendwo da draußen war, würden sie nicht zulassen, dass er es sich gemütlich machte.

»Ich habe nachgedacht«, sagte Rick in Neils Ohr. »Raven will uns doch umbringen, oder?«

»Davon gehen wir aus.«

»Aber er will, dass es aussieht wie ein Unfall … oder nach Selbstmord wie bei Billy.«

Durchs Fernglas sah Neil in einiger Entfernung eine Schar Vögel von einer Tanne auffliegen. Er richtete das Fernglas auf den Fuß der Tanne, um zu sehen, was die Vögel aufgeschreckt hatte.

»Kein Mensch würde glauben, dass ich mich umgebracht habe.«

»Und in meinem Fall erst recht nicht. Was bleibt dann noch übrig? Ein Jagdunfall? Ein Verkehrsunfall?«

»Im Augenblick fahren wir nirgendwo hin.« Unter dem Baum stand ein Hirsch und hielt die Nase in die Luft. Neil suchte mit dem Fernglas die Umgebung ab.

»Wo hast du deinen Wagen geparkt?«, fragte er.

»O verdammt. Glaubst du, er jagt ihn in die Luft?«

»Würdest du es anders machen?«

Rick fluchte. »Ich hätte ihn beim Zelt abstellen sollen.«

»Aber dann hätte der Typ sofort gewusst, dass wir zu zweit sind. So wie es jetzt aussieht, kann er sich nicht sicher sein.«

»Aber meinem Baby hilft das nichts. Ich habe gerade eine Cat-Back-Auspuffanlage einbauen lassen. Tolles Teil. Scheiße. Ich glaube, ich sollte mal nachsehen.«

Neil lachte leise auf. »Klar. Und direkt in seine Falle laufen. Prima Idee.«

Rick ließ eine ganze Salve Flüche los. »Ich habe keinen Geldsack unterm Bett, um mir einen neuen Wagen zuzulegen, wenn wir hier fertig sind. Und die Versicherung zahlt so was nicht.«

»Hast du keinen Job?«

»Keinen festen. Man kann nicht einfach vom Marine zum Sesselpupser umschulen.«

Das wusste keiner besser als Neil. »Lass uns erst mal diese Sache hinter uns bringen. Aber ich kann immer Verstärkung für mein Team gebrauchen.«

»Private Sicherheitsfirma?«

»Klingt vielleicht öde. Aber hinter den Leuten, für die ich arbeite, ist immer irgendwer her.«

»Mal sehen.«

»Überleg's dir. Das Angebot steht.« Mit Rick zu arbeiten, würde sich anfühlen, als hätte er einen Bruder im Team.

»Wenn dieser Scheißtyp meine Karre sprengt, habe ich vielleicht keine andere Wahl. Verdammt, daran hätte ich denken sollen.«

Neil machte ein paar Schritte aus seinem Versteck und schaute sich um.

Nichts.

»Ich gehe zum Camp und mache Feuer. Mal sehen, ob der Rauch etwas anlockt.«

»Verstanden.«

Neil schlich durch den Wald bis zum Zelt. Er hatte bereits ein paar Blätter mit Öl besprengt, um mehr Rauch zu produzieren als Flammen. Jetzt zündete er die Blätter an, schichtete grüne Zweige darüber und sorgte dafür, dass das Feuer nicht sofort wieder ausging. Dann zog er sich in sein Versteck zurück.

»Erinnere mich bitte daran, nie mit dir campen zu gehen.«

»Leck mich.«

»Rrrr Cowboy … ich kann's kaum erwarten«, säuselte Rick.

Neil musste lachen, obwohl ihm eigentlich nicht danach war. Sein Lachen wurde von einem lauten Knall nördlich ihres Standorts übertönt.

»Scheiße, was ist das?«

Neils Haut prickelte. »Bleib unten.«

Das Geräusch verhallte. »Das war ein Ablenkungsmanöver.«

Der Meinung war Neil auch. »Wo stand noch mal dein Wagen?«

»Scheiße, Mann.«

Neil hätte es nicht treffender ausdrücken können.

Positiv betrachtet hieß das aber, es ging endlich los.

Die Fotos konnten aus jeder x-beliebigen amerikanischen Familie stammen. Grillpartys im Garten, Urlaubsaufnahmen und etliche Bilder von Ruth, Charles und ihrer Tochter Annie bei Ausflügen in Nationalparks. Aus den älteren Fotos ging hervor, dass Charles früher gelegentlich gelächelt hatte, aber ab einem bestimmten Zeitpunkt wurden die Bilder zu Momentaufnahmen aus einem Leben ohne Emotionen.

Ein Foto von Annie und ihrem Ehemann fand Gwen nicht. Charles passte die Verbindung zwar nicht, aber irgendeine

Beziehung musste es doch geben. Selbst wenn sie angespannt war. Wenigstens ein gemeinsames Weihnachtsessen würde doch wohl mal stattgefunden haben.

Gwen legte die Alben beiseite und beschloss nachzusehen, ob hinter Ruths Büchern noch weitere Fotos versteckt waren. Sie begann mit dem Bild, von dessen Existenz sie bereits wusste, das von Annie und ihrem Soldaten-Exfreund. Das Paar wirkte recht glücklich. Der Mann hatte besitzergreifend den Arm um Annie gelegt und für die Kamera ein Lächeln aufgesetzt. Dieses Bild kratzte an Gwens Erinnerung, aber sie wusste nicht, warum. Sie nahm ein paar Bücher von einem Regalbrett, spähte in die Lücke und stellte sie zurück. Systematisch arbeitete sie sich vor, bis sie auf ein zweites Foto stieß. Darauf war Annie etwas jünger. Sie saß mit einem Mann in Uniform in einem Pub. Er war nicht derselbe Mann wie auf dem ersten Bild. Gwen stellte das Foto zurück und suchte weiter.

Sie wollte gerade aufgeben, als sie bemerkte, dass einige Buchrücken ein Stück weit aus der Reihe ragten. Und tatsächlich, hinter diesen Büchern steckte ein weiteres Bild. Es war nicht gerahmt und schien auch nicht besonders pfleglich behandelt worden zu sei. Gwen faltete es auf und erkannte es sofort.

Es war eine größere Version des Fotos aus Neils Geldbörse. Hier waren die Gesichter der Männer, die an dem schicksalhaften Einsatz teilgenommen hatten, leichter zu erkennen.

Gwen sah sich die Mienen der Soldaten genau an. Es musste einen Grund geben, warum das Foto hinter den Büchern versteckt war, statt auf einem Ehrenplatz am Kamin zu stehen.

Neil hatte versucht, für das Foto zu lächeln. Obwohl es nur ein Bild war, wurde ihr bei seinem Anblick wärmer ums Herz. Doch ihre Augen wanderten immer wieder zu einem bestimmten Gesicht. Und plötzlich wurde ihr klar, weshalb.

Sie suchte nach dem ersten Foto, das Ruth ihr erklärt hatte, und zog es aus dem Regal. Tatsächlich, der Mann darauf hatte zu Neils Einheit gehört. Wusste Neil, dass Annie mit einem seiner Kameraden zusammen gewesen war?

Gwen trug die Bilder zu einem Schreibtisch, setzte sich und schaute zur Tür. Sie wollte sie nicht schließen, um keinen Verdacht zu erregen. Stattdessen machte sie die Augen zu und konzentrierte sich auf die Geräusche im Haus. Die Klimaanlage sprang brummend an. Aus der Küche kam das leise Summen des Kühlschranks. Den Fernseher hörte sie auch. Vermutlich saß Charles davor.

Sie öffnete die Augen und betrachtete die Fotos.

Ruth hatte gesagt, Annie hätte sich von dem Soldaten getrennt, weil er sich nach dem Auslandseinsatz sehr verändert hätte. Möglicherweise war es derselbe Einsatz gewesen, der Neil so sehr zu schaffen machte.

Ruth hatte auch gesagt dass Charles über die Trennung sehr unglücklich gewesen sei. Er hatte versucht, seine Tochter dazu zu bringen, sich von ihrem jetzigen Ehemann abzuwenden und sich einen Soldaten zu suchen.

Gwens Schädel fing an zu pochen. »Wie unglücklich warst du wirklich?«, flüsterte sie. Sie wollte nicht schlecht über ihren hilfsbereiten Gastgeber denken, auch wenn er ihr unheimlich war.

Auf dem Schreibtisch stand ein Telefon. Es war zum Greifen nahe und schrie förmlich nach ihr. Nur ein kurzer Anruf bei Eliza … um ihr zu sagen, dass sie noch lebte. Vielleicht konnte sie auch etwas über Major Blayney herausfinden. Was sollte schon passieren? Schließlich war Charles ihr Beschützer. Und wenn nicht? Dann durfte sie sich auch nicht in Sicherheit wiegen.

Gwen trommelte mit den Fingern auf die Tischplatte, streckte die Hand nach dem Telefon aus und zog sie wieder zurück. Sie stand auf und legte die Fotos in ihr Versteck im Regal zurück. Ihre Füße hatten sie schon fast aus dem Zimmer getragen, da drehte sie sich noch einmal um und griff nach dem Hörer.

Es gab kein Freizeichen.

Sie drückte ein paarmal auf den Knopf.

Nichts.

Ihre Handflächen wurden feucht.

Ich habe gleich einen Termin, aber das hier wollte ich dir kurz sagen.«

Blake hörte Carter mit angehaltenem Atem zu. »Spann mich nicht auf die Folter, Gouverneur.«

»Das Foto von Neils Einheit war ziemlich ergiebig. Keiner der Männer darauf ist noch beim Militär. Stell dir das vor, Blake. Die waren alle noch jung und die meisten Soldaten bleiben ihr ganzes Berufsleben lang bei der Truppe.«

»Von Neil weiß ich, dass einige seiner Kameraden bei einem Einsatz umgekommen sind.«

»Interessant. Drei von den Jungs auf dem Foto sind angeblich bei einer Übung tödlich verunglückt. Das kann alles Mögliche bedeuten.«

Blake war nicht übermäßig überrascht. Er holte sich das Foto aufs Handydisplay und betrachtete es. »Okay. Und was noch?«

»Einer hat sich vor Kurzem umgebracht.«

»Selbstmord?«

»Ja. Anscheinend hat er sich von einer Felswand gestürzt, weil seine Frau ihn verlassen hat.«

»Von einer Felswand? Würde ein Ex-Soldat sich nicht eher erschießen?«

Carter seufzte. »Das war auch mein erster Gedanke. Außerdem habe ich erfahren, dass alle Männer ihre Entlassungspapiere im selben Monat erhalten haben.«

»Wurden sie unehrenhaft entlassen?«

»Nein. Einfach so.«

»Passiert das öfter?«

»Im Gegenteil. Das ist völlig unüblich.«

»Wer hat die Entlassung angeordnet? Wissen die Häuptlinge etwas?«

»Max kümmert sich darum.«

Blake griff nach dem Foto des Fahrers, dann sah er sich das Foto auf seinem Handy noch einmal an. »Heilige Scheiße!«

»Was ist?«

»Der Typ … der Typ, der den Fahrer gemimt hat. Er ist auf dem Foto mit Neil.«

»Wie bitte? Bist du sicher?«, fragte Carter.

»Ja. Der zweite von rechts. Große Ohren. Warum ist mir das nicht gleich aufgefallen? Ich brauche seinen Namen. Das ist unser Mann. Neil hat vermutlich keine Ahnung, dass einer seiner alten Freunde hinter ihm her ist.«

»Ruf Dean an. Vielleicht kann er dir weiterhelfen. Wir müssen zu Neil.«

»Colorado ist riesig. Er könnte überall sein.«

»Du hast selbst gesagt, dass er nicht immer weiter fliehen wird. Sobald er einen geeigneten Ort findet, geht er zum Angriff über.«

»Ich mache mich auf den Weg nach Colorado Springs. Dort gibt es fast ein Dutzend Militärbasen. Auf einer davon wird man sicher etwas über Neil wissen.«

»Ich wünschte, ich hätte eine bessere Idee.«

»In den letzten Tagen habe ich mehr graue Haare gekriegt als in der ganzen Zeit mit meinem Sohn. Wir müssen endlich weiterkommen«, sagte Blake.

»Wir wissen heute schon deutlich mehr als gestern. Es geht voran.«

»Aber verdammt langsam.«

»Bleib dran und ruf mich an, wenn du etwas erfährst.«

Nachdem sie aufgelegt hatten, rief Blake seinen Piloten an, dann Dean.

Gwen versuchte, völlig ungerührt zu wirken, als sie das Zimmer betrat, wo Charles vor dem Fernseher saß. In einer Nachrichtensendung erklärte ein bildschönes Moderatorenpaar die Welt. Das Plastiklächeln der beiden wirkte genauso falsch, wie ihres sich anfühlte. *Du schaffst das!*

»Haben Sie ein Buch gefunden?«, fragte Charles.

»Ähm … ja, habe ich«, log sie. »Sogar mehrere.«

Er warf ihr über die Schulter einen kurzen Blick zu, sah ihr aber nicht in die Augen.

»Ich dachte, fürs Abendessen wäre Pizza ganz nett und wollte beim Lieferservice auf der Basis welche bestellen. Aber das Telefon scheint kaputt zu sein.«

Betont langsam drehte Charles den Kopf in ihre Richtung. »Pizza?«

Sie lächelte unschuldig. »Ja.«

»Ich glaube, Ruth hat Tiefkühlpizza im Gefrierschrank.«

»Ähm, ja. Auch gut. Gibt es ein Problem mit dem Telefon?«

Er wandte sich wieder dem Fernseher zu. »Das Telefon ist in Ordnung.«

»Ich habe kein Freizeichen gehört.«

»Ich dachte, Neil wollte nicht, dass Sie jemanden anrufen, solange er weg ist.«

Ihre Haut fing an zu prickeln. »Ich kann mir nicht vorstellen, dass mir hier jemand gefährlich werden könnte.«

Charles starrte ausdruckslos auf den Bildschirm. Einen Augenblick lang glaubte sie, er würde nichts weiter sagen.

»Frauen sind einfach nicht fähig, Befehle zu befolgen«, sagte er.

»Neil wollte, dass ich eine Weile hier warte, ohne Kontakt nach außen aufzunehmen. Aber er ist seit drei Tagen weg und ich mache mir langsam Sorgen.«

»Das ist die Aufgabe einer Frau. Schön zu wissen, dass das auch bei Ihnen so ist.« Seine Finger trommelten auf die Armlehne des Sessels.

Gwen schluckte die schneidende Bemerkung hinunter, die ihr auf der Zunge lag. Der Mann hatte nicht alle Tassen im Schrank. Seine Einstellung zu Frauen zeigte eindeutig, dass er kein guter

Beschützer für sie war. Irgendwann würde er zu dem Schluss kommen, sie sei unnütz oder hätte einen Mann wie Neil nicht verdient und würde sie ans Messer liefern, wenn jemand ihr Böses wollte.

Sie trat den Rückzug an. »Ich mache mir furchtbare Sorgen. Ich gehe jetzt in den Garten und nehme Ihrer Frau ein bisschen Arbeit ab.«

Er nickte Richtung Fernseher. »Sieht nach Regen aus.«

»Ein kleiner Schauer kann eine Engländerin nicht erschüttern.« Sie versuchte zu lächeln.

»Ich dachte, Sie wollen Pizza.«

*Mir ist der Appetit vergangen.* »Später.« Sie machte auf dem Absatz kehrt, verließ den Raum und spürte, wie sein Blick ihr folgte.

# Dreißig

Nachzusehen, was der Knall zu bedeuten hatte, wäre einem Selbstmord gleichgekommen. Sie hatten rings um das Camp Fallen gestellt und sie regelmäßig überprüft. Alle waren unberührt. Neil wusste, dass Raven sie mit seiner Zermürbungstaktik dazu bringen wollte, etwas Unüberlegtes zu tun. Das Katz-und-Maus-Spiel konnte sich noch eine Weile hinziehen.

»Und?«, fragte Neil.

»Viel zu ruhig, verdammt.«

»Ich gehe rauf.« Neil ließ Rick damit wissen, dass er zu seinem Aussichtsposten auf der Anhöhe steigen würde. Er nahm nie zweimal denselben Weg. Fünf Schritte vor seinem Ziel entdeckte er eine Ansammlung von schwarzen Federn. Er setzte die Wärmebildbrille auf. Auf Sichthöhe gab es nichts, was eine Körpertemperatur hatte. Weil aber die Lufttemperatur sank, sah er die Wärmespur, die er hinterlassen hatte. Und wenn er sie sehen konnte, bestand die Möglichkeit, dass auch sein Feind sie sah.

Was bedeutete, dass er in Bewegung bleiben musste.

»Bleib in Bewegung.«

»Bin dabei.«

Neil schaute sich den Ausguck erst genau an. Als er nichts Verdächtiges bemerkte, nahm er seinen Platz ein. Er suchte den Waldboden nach weiteren Federn ab, fand aber nur Blätter und Zweige. Mit der Felswand im Rücken betrachtete er das unter ihm liegende Terrain. Im Osten entdeckte er einen Wärmefleck. »Bist du das?«

Der Fleck hob einen Arm und winkte. Das Überwachungsgebiet war verdammt groß. Überall Bäume, hinter denen sich jemand verstecken konnte. Hinter denen Raven sich verstecken konnte.

In Neils Headset kreischte plötzlich ein Alarm. »Bewegungsmelder«, sagte er zu Rick. Er schaltete sein Handy an und schaute nach, welcher Sensor angesprochen hatte. »Süden.« Dort führte die Straße durch den Wald. Sie mussten sich vorsehen, sonst konnte es passieren, dass ein argloser Fremder in ihren Privatkrieg hineinstolperte und etwas abbekam.

»Du hältst die Stellung, ich sehe nach«, sagte Rick.

Über ihnen zogen sich die Wolken zusammen und verschluckten den letzten Rest Tageslicht. Der Geruch, der in der Luft lag, verriet Neil, dass sie in den nächsten Minuten nass werden würden. Kaum war ihm der Gedanke durch den Kopf geschossen, schon hörte er den ersten Donner.

»Na großartig«, hörte er Rick murmeln.

Neil schaute zu, wie Rick sich vorwärts arbeitete, dann entdeckte er eine weitere Bewegung. »Rechts von dir. Knapp zweihundert Meter.« Das Wärmebild war schwach, aber wer immer es abstrahlte, ging nicht im Wald spazieren, schien aber auch kein bestimmtes Ziel anzupeilen.

Rick blieb stehen und duckte sich. Neil konnte ihn fast nicht mehr sehen.

Raven bewegte sich Richtung Norden … langsam.

Neil ging ihm an der Felswand entlang entgegen, aber um ihm den Weg abzuschneiden, musste er vom Hügel absteigen.

»Ich sehe ihn«, sagte Rick.

»Ich setze mich vor ihn.« Sie flüsterten nur noch.

Nach ein paar Schritten hörte Neil Rick sagen: »Er ist stehen geblieben.«

Neil spähte durch die Brille und bemerkte eine verschwommene Wärmespur hinter einer Baumgruppe. Er wusste nicht, ob es sich um Rick oder um Raven handelte.

»Bist du in Bewegung?«

»Ja.«

Dann musste dieser Fleck Rick sein. Neil schaute nach Norden. Die Zielperson erschien, dann verschwand sie.

»Zum Kotzen.«

»Was?«

»Er ist weg.«

»Ich habe Sichtkontakt«, sagte Rick.

Neil setzte die Wärmebildbrille ab und schaute durchs Fernglas. Der Gesuchte verbarg sich hinter einem Baum. Er war so gut getarnt, dass Neil ihn kaum erkennen konnte. Tarnkleidung ließ Körperwärme hindurch. Das hieß, der Mann trug jetzt vermutlich einen Spezialumhang.

Vorsichtig bewegte sich Neil weiter durchs Gelände. Er positionierte sich so, dass er und Rick Raven zwischen sich hatten. »Er beobachtet dich«, sagte Neil zu Rick.

»Das spüre ich.«

Neil nahm das Sturmgewehr vom Rücken und entsicherte es. Wieder grollte der Donner. Dicke Regentropfen prasselten nieder. Neil nutzte die Geräuschkulisse, um sich näher an Raven heranzuschieben.

Einen Moment lang verharrten sie alle reglos.

Als ein Blitz vom Himmel zuckte, wandte sich Raven nach Osten. Nicht dahin, wo Neil ihn haben wollte.

Neil kauerte sich nieder und zog eine Fernbedienung aus der Kampfweste. »Achtung. Ich treibe ihn zurück.«

Per Knopfdruck löste er die Rauchbombe aus, auf die Raven zusteuerte.

Raven warf sich zur Seite und brach in nordöstlicher Richtung durch. Neil sprintete los, um vor ihn zu gelangen. Hinter sich hörte er Rick.

Als Raven sich einer weiteren Rauchbombe näherte, ließ Neil sie hochgehen. Trotz des heftigen Regens breitete sich der Rauch aus.

Neil konnte Raven nun nicht mehr sehen.

»Wo ist er?«, fragte Rick.

»Keine Ahnung.«

Neils Suche mit dem Fernglas blieb ergebnislos. In solchen Momenten wünschte er sich, er könnte wie ein Eichhörnchen an einem Baumstamm emporwuseln und von oben herunterschauen.

Er vollführte eine halbe Drehung. Möglicherweise versuchte Raven, unbemerkt an ihm vorbeizulaufen. Gerade als er glaubte, Raven sei tatsächlich verschwunden, bemerkte er etwa fünfzig Meter weiter westlich eine Bewegung.

Jemand steuerte auf die Felswand zu. *Perfekt!*

»Er sitzt in der Falle.«

Gwen zog sich das Sweatshirt über, das sie gekauft hatte. Der weite Schnitt kaschierte, dass sie mehrere Lagen Kleidung darunter trug. Neil hatte sicher keine Ahnung, wie durchgeknallt sein Freund Chuck war. Sie musste eine Möglichkeit finden, vom Haus wegzukommen, und von einem der Geschäfte auf der Basis aus einen Anruf machen. Ihr Bruder und Carter würden dafür sorgen, dass ihr nichts passierte.

Das war sicherer, als hierzubleiben.

Auf dem Weg durchs Haus steckte sie ein paar Müsliriegel ein. Schließlich wusste sie nicht, wie lange sie auf ihren Bruder warten musste. Jedes Geräusch ließ sie innehalten. Der Fernseher war aus, die Stille trieb ihr Schauer über den Rücken.

Im Garten ging sie zu der Stelle, an der sie am Vortag zuletzt gearbeitet hatte, und tat, als würde sie Unkraut jäten und harken. Nach einer Viertelstunde tat ihr der Rücken wieder weh, aber sie ließ sich nichts anmerken. Charles sollte glauben, sie wäre die nächsten Stunden mit Gartenarbeit beschäftigt.

Sie musste sich gar nicht erst vergewissern, ob er sie beobachtete. Diesmal stellte er sich zwar nicht auffällig an ein Fenster, aber seine Blicke spürte sie dennoch. Als sie einen kleinen Haufen Unkraut zusammenhatte, nahm sie das Grünzeug in die behandschuhten Hände und gab vor, nach einem Abfalleimer zu suchen. An dieser Seite des Hauses stand keiner, das wusste sie bereits. Dafür gab es hier ein Tor zum Vorgarten. Sie ließ das Unkraut fallen und öffnete es. Zügig marschierte sie durch das Tor. Der Weg war frei. Sie musste sich beherrschen, um nicht loszurennen. Nur das Knirschen der Steinchen unter ihren Füßen und das leise Trommeln der Regentropfen begleiteten sie. Sie lächelte trotz der Kälte.

Am Ende der Einfahrt schlug sie den Weg zur Hauptdurchfahrtsstraße der Basis ein und bog um die Ecke. Sie warf einen Blick über die Schulter, konnte aber nicht sehen, ob Charles ihr folgte.

Mit einem kurzen nervösen Lachen strebte sie weiter der Straße zu.

Dann stand plötzlich Charles in triefenden Kleidern vor ihr. »Wohin wollen Sie denn?«

Sie schaffte es, einen Schrei zu unterdrücken. Hören konnte sie sowieso niemand. Aber was sollte sie sagen? »Ich mache einen Spaziergang.« Mit schmutzigen Gartenhandschuhen an den Händen.

Mit ausdrucksloser Miene ging er auf sie zu. »Allein?«

»Dieses Wetter erinnert mich an zu Hause«, sagte sie. »Sie müssen mich nicht begleiten.«

Seine Augen verengten sich.

»Für einen Spaziergang sind Sie nicht passend angezogen.«

»Ich bleibe nicht lange weg.« Damit wollte sie um ihn herumgehen.

Er verstellte ihr den Weg. »Nein. Sie bleiben hier.« Er packte sie am Arm und drehte sie zum Haus.

»Was soll das?« Sie wollte sich losreißen, doch sein Griff war wie ein Schraubstock. Selbst durch mehrere Lagen Kleidung gruben sich seine Finger in ihr Fleisch. Der Schmerz durchzuckte ihren Arm.

Wortlos zerrte Charles sie die Einfahrt entlang zurück ins Haus.

»Loslassen«, zischte sie, als er die Haustür hinter ihnen geschlossen hatte.

Er schloss die Tür ab und hängte die Kette vor, ohne den schmerzhaften Griff um ihren Arm zu lockern.

»Mr Blayney, für Gewaltanwendung habe ich kein Verständnis. Lassen Sie mich sofort los.« Die feuchte Kälte und ihre wachsende Angst vor dem, was der Mann mit ihr anstellen würde, sorgten dafür, dass sie anfing zu zittern.

Statt sie loszulassen, stieß Charles sie vor sich her den Flur entlang und zur Speisekammertür in der Küche. Dahinter gab es noch einen Flur, den sie noch nicht kannte. Von dort führte eine Treppe in den Keller.

Gwen stemmte die Beine in den Boden und die Hände gegen den Türrahmen. »Was tun Sie da?«

»Genau das, was mir für den Fall, dass Sie einen Fluchtversuch machen, aufgetragen wurde.«

»Was?« *Was dir aufgetragen wurde?* Wovon redete er?

Charles löste ihre Finger unsanft vom Türrahmen. »Dass ich Sie zum Wohle unseres großartigen Landes auch gegen Ihren Willen hier festhalten soll.«

»Das ist lächerlich. Ich stelle keine Bedrohung für Ihr Land dar.« Das Wohl des Mannes zu bedrohen, der sie festhielt, konnte sie sich aber durchaus vorstellen.

»Das sehe ich anders. Sie schnüffeln in meinem Haus herum, suchen nach vertraulichen Informationen …«

Was denn für Informationen? Sie hatte sich nur Fotos angeschaut.

»Und da Sie quasi eine US-Bürgerin sind, ist es mein Recht, Sie auch gegen Ihren erklärten Willen festzuhalten.«

Sie dachte an Neil. Wusste er, dass Major Blayney sie so behandeln würde? Ihr Gesichtsausdruck musste sie verraten haben.

Charles stieß ein höhnisches Lachen aus. »Sie glauben doch nicht etwa, er hat sie geheiratet, weil er es wollte?«

Ihr Herz blieb eine Sekunde lang fast stehen. »Natürlich wollte er das.«

»Machen Sie sich ruhig weiterhin etwas vor.«

Wortlos schob er sie die Treppe hinunter. Unten im Keller war es feucht und es roch modrig, aber sie befand sich nicht in einem Erdloch, sondern in einem düsteren Raum mit dunklen Hartfaserwänden. In der Mitte des Kellers stand ein altes Sofa, an einer Wand waren Kisten aufgestapelt. Über ihrem Kopf gab es eine Leuchtröhre, ein Fenster sah sie nicht.

»Sie können mich nicht einfach hier reinstecken.«

»Sie haben gerade bewiesen, dass es nicht anders geht.«

Charles drückte sie aufs Sofa und drehte ihr die Arme auf den Rücken. Staub aus den alten Polstern stieg ihr in die Nase. Sie musste husten.

»Loslassen.« Sie wehrte sich gegen seinen Griff, hatte aber keine Chance gegen ihn. Plötzlich spürte sie einen Metallring um ihr Handgelenk. »Das ist nicht nötig. Sie sind sowieso stärker als ich. Und Neil wird das sicher nicht gefallen.« Sie griff nach Strohhalmen. »Außerdem könnte Ihre Frau nach Hause kommen und mich so finden.«

»Meine Frau sucht in Florida nach einem Haus für unsere Rente, in dem sie nie wohnen wird. Als sie festgestellt hat, dass niemand sterbenskrank ist, musste ich ihr einen Grund geben, noch etwas länger wegzubleiben. Sie glauben doch nicht etwa, dass sie aus purem Zufall hier wegmusste?«

Die Handschellen klickten, doch Charles drückte ihr weiterhin das Knie in den Rücken, sodass sie sich nicht rühren konnte.

»Warum tun Sie das?«

»Ich habe meine Gründe.«

Beschützen wollte er sie jedenfalls nicht – so viel stand fest. Sie versuchte, ruhig zu bleiben, und hielt erst einmal still. Sie musste einen kühlen Kopf bewahren, einen Fluchtplan schmieden.

Er ließ sie mit dem Gesicht nach unten in Handschellen auf dem muffigen Sofa liegen.

Gerade als sie mit einiger Erleichterung an die Vorsichtsmaßnahme dachte, die sie getroffen hatte, lieferte Charles ihr den

Beweis für ihre schlimmsten Vermutungen. »Keine Sorge, *Lady Harrison*. Sobald ich erfahre, dass Neil ausgeschaltet ist, sind Sie an der Reihe. Ich brauche Sie nur noch, falls Ihr Gatte schlauer ist als der Mann, den ich auf ihn angesetzt habe. Sie sind mein Druckmittel. Ein kluger Mann sorgt vor.«

Gwen schnappte nach Luft, aber Charles stopfte ihr etwas zwischen die Zähne, damit sie nicht schreien konnte.

Sein Kommandeur war Major Charles Blayney. Der Major wohnt zusammen mit seiner Frau immer noch in Fort Carson. Angeblich hätte er längst seinen Abschied nehmen können, zögert ihn aber hinaus.«

Blake drückte in über siebentausend Metern Flughöhe das Handy ans Ohr und hörte sich an, was Carter zu sagen hatte. Weil ein Unwetter über den Rocky Mountains den Flugverkehr behinderte, flogen sie über Utah. Sein Pilot hatte ihm mitgeteilt, sie würden vielleicht in südlicher Richtung nach Santa Fe oder in nördlicher nach Cheyenne ausweichen müssen.

»Glaubst du, Neil ist dort?«

»Schon möglich. Ich versuche zu arrangieren, dass man dich auf die Basis lässt und du mit dem Mann reden kannst. Offenbar hat er für die Entlassung von Neils Einheit gesorgt.«

»Glaubst du, er weiß, wer der Killer ist?«

»Killer?«

»Dean hat mich vor meinem Abflug angerufen. Anscheinend wurden die Nachbarn doch ermordet. Das hat die Untersuchung durch einen Experten vom Militär ergeben.«

»Weißt du, was ich denke, Blake? Das klingt nach einer Verschwörung. Modernste Spionagetechnik, Tote in einem unter Strom gesetzten Whirlpool, Vogelkadaver als Ablenkungsmanöver – was hat das zu bedeuten? Max kommt nicht an Informationen über eine Operation Raven. Das wirft die Frage auf, wer davon wusste. Und wer die beteiligten Soldaten zum Schweigen bringen will.«

»Du glaubst, jemand ist hinter allen her?«

»Im Polizeibericht über den Selbstmord von Neils Freund steht etwas von einem toten Raben bei der Leiche. Ich habe den zuständigen Sheriff in Tennessee informieren lassen. Er soll sich die Sache noch mal ansehen.«

»Hat man die Frau des Toten gefunden?«

»Nein. Ihre Mutter hat eine Vermisstenanzeige aufgegeben, aber bislang fehlt jede Spur.«

Das Flugzeug wurde von Turbulenzen geschüttelt und sackte um mehrere Meter ab. Blake blieb angeschnallt in seinem Ledersessel sitzen. »Major Blayney müsste doch etwas über Raven wissen, oder?«

»Müsste. Aber vermutlich wird er dir nichts darüber sagen.«

»Ich frage ihn trotzdem. Verdammt, das ist die einzige Spur, die wir haben.«

»Ruf mich an, wenn du gelandet bist.«

Als Blake auflegte, war er besorgter denn je.

# Einunddreißig

Rick näherte sich aus südlicher Richtung, Neil von Norden.

Der unbarmherzig prasselnde Regen machte die Situation noch trostloser. Sie kamen ihrem Feind schnell näher. So schnell, dass es Neil verdächtig vorkam.

»Tempo drosseln«, sagte er zu Rick.

»Er macht es uns zu leicht.«

»Genau.« Neil gefiel, dass er und Rick häufig denselben Gedanken hatten.

»Er kommt hier nicht raus. Der einzige Weg führt an uns vorbei.«

Neil blickte zum tausendsten Mal über die Schulter. »Glaubst du, er hat einen Helfer?«

»Ich habe niemanden gesehen.«

Neil auch nicht. Trotzdem drehte er sich noch einmal um die eigene Achse.

Nichts.

Das Klatschen der Regentropfen übertönte alles andere. Nach der langen Zeit im trockenen Kalifornien freute sich Neil normalerweise über Regenwetter. Nur nicht gerade heute.

»Wir müssen trotzdem darauf gefasst sein, dass noch jemand hier herumschleicht.«

»Der Gedanke könnte von mir sein«, murmelte Rick.

Oder aber Raven hatte ein Ass im Ärmel. Mit größter Vorsicht rückten sie näher an die Felswand heran.

Die sinkenden Temperaturen machten Neils Finger steif. Er stützte das Gewehr auf den Boden und schaute sich noch einmal um. Sein Blick fiel auf einen kleinen lilafarbenen Gegenstand auf dem Boden. Er ging einen Schritt darauf zu. Daneben lag ein ähnlicher Gegenstand in Gelb. Neil sah genauer hin. Saure Drops. Sein erster Gedanke war, dass irgendwer sie vor einiger Zeit hier verloren haben musste.

Er zögerte.

Saure Drops? Er kannte jemanden, der auf dieses Zeug stand. Der die kleinen Bonbons immer in der Tasche hatte.

*Der Hubschrauber war noch zehn Meilen vom Ziel entfernt. Jemand hatte Linden mit einer grünen Armeedecke zugedeckt. Auch sein Gesicht. Rick hielt sich an einer Halteschlaufe fest und starrte unverwandt aus der offenen Tür. Billy hatte den Kopf in die Hände gestützt.*

*Mickey griff in die Tasche, zog die unvermeidlichen Drops hervor und warf sich ein paar in den Mund. Trotz der Schmerzen, die er wegen seiner Wunde ganz sicher hatte, machte er seinem Namen alle Ehre. Mickey Mouse – große Ohren und immer was Süßes in der Tasche.*

Neil ging in die Hocke. Sein Magen zog sich zusammen.

Mickey.

*Warum?*

»Rick … warte.«

Ein paar Sekunden vergingen. »Was ist?«

»Lass dich zurückfallen.«

»Er ist direkt vor mir.«

Neil schluckte. »Ich weiß, wer er ist.«

*Verdammte Scheiße, ich weiß es genau.*

Gwen drehte sich auf den Rücken. Sie lag auf ihren Händen. Oben wurde die Tür mit einem scharfen Klicken geschlossen. Falls es ihr gelang, ohne einen Sturz die Treppe hinaufzukommen, würde sie sicher vor einer verschlossenen Tür stehen.

Der Knebel schnitt ihr in die Wangen und trocknete ihren Mund aus. Aber das war ihre kleinste Sorge.

Gwens Herz schlug so schnell und heftig, als wollte es platzen. Ihr Feind handelte in Charles' Auftrag. All ihre Vorbehalte gegen ihn waren begründet gewesen, doch dieses Wissen half ihr im Augenblick nicht weiter.

Obwohl ihr klar war, dass sie sich ohne Schlüssel nicht von den Handschellen befreien konnte, drehte sie die Hände hektisch hin und her. Als das Adrenalin in ihren Adern abebbte, kam die Angst. Dass sie in einem muffigen Keller lag, war schlimm. Aber noch viel schlimmer war, dass nur ein einziger Weg hinaus führte. Mit Tränen in den Augen kämpfte sie weiter gegen die Handschellen. Die Metallfesseln schnitten in ihre Haut und der Schmerz verjagte die Tränen. Sie konnte in Selbstmitleid zerfließen und in der Opferrolle aufgehen. Sicher würde es Charles riesig freuen, wenn er sie bei seiner Rückkehr als hilfloses Häufchen Elend vorfand.

Aber diesen Gefallen würde sie ihm nicht tun. Sein Gefasel darüber, wozu Frauen gut waren und wozu nicht, sagte ihr, dass er das weibliche Geschlecht unterschätzte.

Das Licht hatte er angelassen, so konnte sie sich wenigstens nach nützlichen Gegenständen umsehen. Sie stand auf und erkundete den Raum. Über ihrem Kopf zogen sich Rohre und Kabel über die Decke. In einer Ecke hing ein Boiler, daneben befand sich der Sicherungskasten. Leider kannte sie die Dinger nur aus dem Fernsehen und hatte noch nie im Leben einen öffnen müssen. Aber mit ihren gefesselten Händen konnte sie sowieso nichts ausrichten.

An einer Wand waren unzählige Kisten aufgestapelt. Einige trugen den Schriftzug *Weihnachten*, auf andere war der Name Annie gekrakelt. Gwen trat gegen eine unbeschriftete Kiste. Als die sich kaum bewegte, drückte sie das Knie dagegen.

*Schwer.*

Mit einer kleinen Verrenkung drehte sie die Hände zu der Pappschachtel und öffnete sie mit den Fingerspitzen.

*Bücher. Anscheinend habe ich Ruths Bibliothek gefunden.*

Dass die Bücher ihr nützen würden, konnte sie sich nicht vorstellen. Mit freien Händen hätte sie Charles vielleicht damit bewerfen können, aber im Moment war das keine Option.

Gwen wandte sich den Kisten mit Annies Namen zu. In einer davon befand sich eine größere Sammlung von Kinderzeichnungen. Bilder, wie sie Kinder aus der Grundschule mitbrachten und die dann an den Kühlschrank geheftet wurden. Gwen schob die Schachtel beiseite und öffnete die nächste. Sie war mit Gegenständen aus einer anderen Zeit gefüllt, mit Plüschtieren und einer Babydecke. Nichts Brauchbares dabei.

In den Weihnachtskisten fand sie, was zu erwarten war. Lichterketten, Christbaumschmuck und Krimskrams, den man den Dezember über abstauben musste und dann wieder wegpacken konnte. Beim Gedanken an die Feiertage fing sie an zu frösteln. Wenn sie keinen Weg aus diesem Keller fand, würde Weihnachten in Zukunft ohne sie stattfinden.

Und Neil? Er glaubte, sie sei hier sicher. Dabei wollte der Mann, den er zu ihrem Beschützer erkoren hatte, ihn sterben sehen. Ihre Kehle zog sich zusammen.

*Er kann auf sich aufpassen.*

An diesem Gedanken hielt sie sich fest.

Gwen beendete die Inspektion der Kisten und lehnte sich an das staubige alte Sofa.

*Denk nach, Gwen. Was kann dir nützlich sein?*

Die Kisten standen für die Frauen in Charles' Leben. Für Ruths Bücher hatte er offenbar nichts übrig. Aber wie stand es mit der Kindheit seiner Tochter? Einer Tochter, über die er nicht glücklich war. Anscheinend hatte er ihre Vergangenheit eingepackt und weggestellt. Aus den Augen, aus dem Sinn. So ähnlich hatte es auch Gwens Vater gehalten. Trotzdem hatte Gwen immer gewusst, dass er sie auf seine Art lieb hatte.

Und Charles? Hatte der schon immer so viel an Annie auszusetzen gehabt? Oder würden die Sachen aus den Kisten lieb gewonnene Erinnerungen in ihm wecken? An einen schönen

Urlaub vielleicht? Charles hatte ihr angedroht, sie umzubringen. Ihn auch noch zur Eile anzustacheln, war nicht klug. Aber vielleicht konnte sie ihn zum Nachdenken bringen, wenn sie ihm zeigte, was er zu verlieren hatte.

Wenn sie es schaffte, dass er zögerte …

Ans Sofa gelehnt zog Gwen das linke Bein zu ihren auf den Rücken gefesselten Händen hoch. Sie wollte testen, ob sie an das herankam, was sie sich vor dem Verlassen des Hauses an den Knöchel geschnallt hatte.

Den Revolver gleich von ihrem Bein zu nehmen, wäre verfrüht. Aber dass sie ihn erreichen konnte, beruhigte sie. Sie wusste zwar nicht, wie sie mit den nach hinten gefesselten Händen auf den Mann feuern sollte, aber bei Gott – wenn es nötig war, würde sie es versuchen.

Neil arbeitete sich bis zu Rick vor. Zum ersten Mal seit drei Tagen standen sie sich gegenüber. Sein Freund sah ihn fragend an. Seine Entdeckung laut aussprechen zu müssen, brachte Neil fast um. »Es ist Mickey.«

Rick wurde leichenblass. »Was zum …«

Neil öffnete die Hand und zeigte ihm die Bonbons, die er auf dem Waldboden gefunden hatte. »Kennst du sonst noch jemanden, der sich dieses Zeug reinhaut wie andere Crack?«

Rick schnappte sich die Drops, starrte sie an und warf sie angewidert zu Boden. »Verdammt. Warum? Warum macht er so was?«

»Keine Ahnung. Aber wenn wir es rausfinden, haben wir vielleicht eine Chance, ihn lebend hier wegzubringen, und er kann sich helfen lassen.«

»Der Arsch hat Billy gekillt. Von mir aus kann er zum Teufel gehen.«

Rick wollte sich abwenden, aber Neil packte ihn am Arm. »Es ist Mickey, Rick. Komm schon. Er hat von uns allen am meisten verloren. Der Mann hat nicht mal mehr Eier.« Seit der Verwundung war Mickey impotent. Das war Neil erst in dem Moment wieder eingefallen, als er entdeckt hatte, wer hinter ihnen her war.

»Meinst du, er gibt uns die Schuld dafür?«

Rick strebte nicht mehr weg und Neil ließ ihn los. »Wer kann das schon sagen? Vielleicht. Ich weiß, dass er vor der Operation Raven eine Freundin hatte. Danach hat sie sich von ihm getrennt.«

»Wir waren alle im selben Boot. Keinen trifft Schuld.«

»Ein kranker Geist sieht das vielleicht anders. Aber dass wir es mit einem Elitesoldaten zu tun haben, erklärt die Militärausrüstung und die hochwertige Abhörtechnik. Zu unserer Zeit hat es diese Weiterentwicklungen noch gar nicht gegeben.«

Rick drehte sich um die eigene Achse, dann starrte er auf die Felswand. »Als ich mich nach ihm erkundigt habe, hieß es, er sei in einem geheimen Einsatz.«

»Wer hat dir das gesagt?«

»Der Major.«

Neil wurde kalt. »Der Major?«

»Ich habe ihn angerufen. Du weißt schon: Hallo, wie geht's denn so? Ach und übrigens, wissen Sie zufällig, was aus Mickey geworden ist? Ich wollte den Mann nicht beunruhigen. Er hat versprochen, sich zu melden. Ein paar Tage später hat er mich angerufen und gesagt, in Mickeys Akte stünde was von einer Mission.«

Neil atmete tief durch. »Und was hat dich darauf gebracht, dass Mickey verdeckt operiert?«

Rick schüttelte den Kopf. »Ich habe die Telefonnummer seines Vaters rausgekriegt. Der meinte, sein Sohn sei in geheimer Mission unterwegs. Väter geben nun mal gern mit ihren Kindern an. Und ich habe eins und eins zusammengezählt.«

»Aber Mickeys Geheimmission sind wir.«

»Müssten seine Vorgesetzten es nicht merken, wenn er sich unerlaubt von der Truppe entfernt?«

»Blayney weiß von nichts«, sagte Neil.

»Warum bist du dir da so sicher?«

Neil knirschte mit den Zähnen. »Weil ich Gwen bei ihm gelassen habe.«

Rick starrte ihn an. »Zu ihrem Schutz?«

»Ja. Wer könnte meine Frau besser schützen als die US-Marines?«

»Deine Frau?«

»Ich habe sie kurz vor unserem Treffen hier im Wald geheiratet.«

»Verdammt, Neil. Warum hast du nichts gesagt? Das ist eine Riesensache.«

Ja, schon. Aber für kumpelhaftes Schulterklopfen und ein paar Gläser Bier war jetzt nicht der passende Zeitpunkt. »Chuck hat gemeint, es wäre einfacher, sie zu beschützen, wenn sie meine Frau sei. Falls sie Angst bekommen würde und wegwollte. Ich wollte verhindern, dass Raven … Mickey … sie findet und mich mit ihr unter Druck setzt, wie er es mit Billy und dessen Frau gemacht hat.«

Rick kniff die Augen zusammen. »Dann hast du sie nur geheiratet, damit sie sicher ist?«

Neil schüttelte den Kopf. Er liebte sie. Oh, und wie er sie liebte. »Das hätte ich sowieso getan.«

»War das ein Vorschlag von Chuck?«

»Nein. Auf die Idee bin ich selbst gekommen. Chuck hat den Geistlichen angefordert und war Trauzeuge.«

Neil schaute zur Felswand. Er hätte gern gewusst, ob Mickey sie von einem Versteck hinter den Bäumen aus beobachtete.

»Die Sache ist komplizierter, als wir denken«, sagte Rick. »Wenn Mickey hier ist, weiß irgendwer, dass er sich nicht bei der Truppe befindet. Oder man hat auf unsere Köpfe eine Belohnung ausgesetzt.«

Auch Neil hatte ein äußerst ungutes Gefühl. »Wir müssen rausfinden, mit wem Mickey zusammenarbeitet. Er war immer ein guter Soldat, aber eben kein Einstein.« Mickey war der

Jüngste in der Einheit gewesen. Was ihm an Erfahrung fehlte, hatte er durch schiere Kraft und Einsatzbereitschaft mehr als wettgemacht. Ständig warf er seine Zuckerdroge ein und trieb das Team zu Höchstleistungen an. Als Neil erfahren hatte, welcher Art Mickeys Verletzung war, hatte er seinem Kameraden nur wünschen können, dass er ein Ventil für seine Energie fand und nicht den Verstand verlor. Die Marines konnten fähige Leute wie ihn gut brauchen.

Er würde klarkommen.

Aber Neil hatte sich getäuscht.

»Wir müssen ihn aus seinem Versteck locken. Zum Reden bringen.«

»Aber wie?«, fragte Rick.

»Wir rücken näher und versuchen es einfach. Er muss unsere Gesichter sehen, statt uns nur als Zielscheiben zu betrachten. Falls er einen Auftraggeber hat, kriegen wir es vielleicht raus. Und wenn das alles seine Idee war … darüber können wir später noch nachdenken.«

Rick nickte. »Ich pirsche mich von Süden aus an.«

»Pass auf dich auf.«

Rick zwinkerte ihm zu und verschwand im Unterholz.

# Zweiunddreißig

Im Zimmer umherzugehen, hielt sie warm. Es war ihr gelungen, ein paar bunte Lichterketten aus einer Schachtel zu zerren und sie in die einzige Steckdose im Raum zu stöpseln. Die blinkenden Lichter verliehen dem schäbigen Keller etwas Glanz. Wenn ihr Mund nicht so wattetrocken gewesen wäre, hätte sie über den grotesken Anblick schrill aufgelacht.

Hin und wieder hörte sie Charles über sich rumoren, dann wartete sie still ab. Sie wollte ihn nicht in den Keller locken, bevor sie alles so hergerichtet hatte, wie sie es sich vorstellte.

Psychologische Kriegsführung war die einzige Möglichkeit, Charles aufzurütteln. Sie verteilte so viele Gegenstände aus Annies Kindheit im Zimmer wie möglich und stellte die Weihnachtsdekorationen dazu. Vielleicht konnte sie damit Erinnerungen in dem Mann heraufbeschwören, die nichts mit dem Hass zu tun hatten, der seine Seele zerfraß. Und falls die Kinderzeichnungen und die Babydecke die erhoffte Wirkung verfehlten, hatte sie wenigstens jede Menge Spuren hinterlassen, die zeigten, dass sie gegen ihren Willen hier festgehalten wurde. Sie hatte absichtlich eines der bunten Lichter zerbrochen und sich daran die Finger aufgeritzt. Jetzt berührte sie mit der blutigen Hand so viele von Annies Sachen wie möglich, dann die Wände, das Treppengeländer und die Unterseite der Treppenstufen. Die Idee hatte sie aus einem von Ruths Büchern, in dem sie in den letzten Tagen gelesen hatte. Seltsam – aber manchmal wurde die Kunst zum Vorbild für die Realität.

Wenn Charles durch das Chaos im Zimmer abgelenkt war, konnte sie sich den Weg vielleicht freischießen. Das war ihre einzige Hoffnung. Ihn überreden, sie gehen zu lassen, konnte sie mit dem Knebel im Mund sowieso nicht.

Mit Fingern und Füßen drehte sie die Kisten um und verteilte Grundschulkunstwerke überall im Raum, und das alles beim Blinken der Weihnachtslichter, die in einem wirren Haufen auf dem Boden lagen.

Neil schüttelte sich kalte Tropfen vom Kopf. Das Gewitter hatte sich verzogen, aber der Regen prasselte weiter. Er wusste nicht, was er schlimmer fand: dass er und Rick jetzt einen Mann jagten, den sie einmal als Freund bezeichnet hatten, einen Mann, den Neil mit seinem Leben verteidigt hätte und der ihm einmal leidgetan hatte. Oder dass ihn etwas umgab, das den Wolken über ihren Köpfen ähnelte. Etwas Großes, Bedrohliches, das man riechen konnte, aber nicht greifen.

Mithilfe der Wärmebildbrille entdeckte er Mickey in der Nähe seiner zweiten Basis. In Neil brannte der innige Wunsch, die Sache schnell zu Ende zu bringen, damit er endlich zu Gwen zurückkehren und sich vergewissern konnte, dass es ihr gut ging.

»Ich bin in Stellung«, sagte Rick in seinem Ohr.

Neil huschte von einem Baum zum anderen und achtete darauf, in Deckung zu bleiben. »Wir wissen immer noch nicht, was er vorhat.«

»Bleib in Deckung.« Dazu brauchte er keine Aufforderung.

Im Rücken den Baum und vor sich ein Gebüsch, fixierte Neil ihren Feind. »Ich bin so weit. Überlass mir das Reden und zeig ihm nicht, wo du bist. Sieh zu, ob du noch näher rankommst.«

»Verstanden.«

Neil holte tief Luft und stieß sie zwischen kalten Lippen wieder aus. Er hob das Fernglas an die Augen, weil er sehen wollte, ob seine Worte wirkten. »Warum machst du das?«, schrie er über das Geprassel des Regens hinweg.

Nichts regte sich, keine Antwort.

»Wir waren mal Freunde.«

Im Unterholz bewegte sich etwas.

»Verdammt, Mickey … rede mit mir. Wir waren alle Brüder.«

Das funktionierte.

»Ich habe keine Brüder.«

Mickeys Stimme traf Neil mitten in die Brust. Einen Moment lang hatte er noch gehofft, sie hätten es doch nicht mit Mickey zu tun, aber jetzt gab es keinen Zweifel mehr. »Einmal Marine, immer Marine.«

»Ich bin der Einzige, der noch dabei ist. Du bist gegangen. Scheiße, ihr seid alle gegangen.«

Neil sah Bewegungen im Unterholz. »Er kommt auf dich zu«, sagte er zu Rick.

»Ich sehe ihn«, antwortete Rick.

»Unser Einsatz war zu Ende, Mickey.« Der Major hatte sie bis zum Ablauf ihrer Dienstzeit beurlaubt. Es war, als hätte er befürchtet, dass jeder weitere Tag sie den Verstand kosten könnte. So wie es bei Mickey passiert war.

»Für mich gibt es nichts anderes.«

»Und warum willst du dir das jetzt kaputt machen? Dir muss doch klar sein, dass du dich in etwas verrennst. Du hast dich unerlaubt von der Truppe entfernt. Das wird auffallen.«

Mickeys Lachen klang wie das Kratzen von Fingernägeln auf einer Schultafel. Es riss an Neils Ohren.

»Unerlaubt entfernt? Du glaubst, ich würde mein Land im Stich lassen? Und *er* hält dich für schlau. Dabei bist du ein verdammter Idiot, Mac.«

Neil zog sich ein Stück zurück und wechselte zu einem Baum fünf Schritte weiter nördlich. »Wer ist *er*?«

»Ich glaube, es ist spannender, wenn du das selbst rausfindest. Danach wirst du nicht mehr lange leben und mit deinen letzten Atemzügen wird dich auch die Hoffnung verlassen. So wie sie mich verlassen hat.«

»Wovon redet er?«, flüsterte Rick Neil ins Ohr.

»Keine Ahnung.« Aber was Mickey sagte, brannte wie Säure auf Neils Haut.

»Es gibt immer Hoffnung, Mickey. Auch für dich.«

»Was weißt *du* denn? Hast du schon mal gesehen, wie das Strahlen in den Augen einer Frau erlischt? Hast du erlebt, was mit dir passiert, wenn sie dich dann stehen lässt?«

Neil schob den Gedanken an Gwen beiseite. Er musste Mickeys Worte an sich abprallen lassen. Die Gewissheit, dass Mickey Gwen als Druckmittel gegen ihn einsetzen wollte, hatte er jetzt. Er durfte nicht in die Falle tappen. »Es gibt noch andere Frauen.«

»Nicht wenn dein Schwanz nur noch zum Pissen taugt.« Mickeys Wut war fast greifbar.

Neil fröstelte. »Sex ist nicht alles im Leben.« Dabei wusste er nicht, was er an Mickeys Stelle getan hätte. Aber seine Freunde hätte er sicher nicht umgebracht.

»Sagt der Mann, der die kleine Blondine vögelt.« Mickey lachte bitter auf. »Wie geht es eigentlich Lady Gwen?«

Neil biss sich auf die Zunge und schmeckte Blut. Er nahm das Sturmgewehr wieder vom Rücken und schob sich näher an Mickey heran.

»Das hier hat nichts mit ihr zu tun.«

Mickey bewegte sich lachend auf ihn zu. Seine Deckung gab er dabei nicht auf.

»Das hättest du gern, oder?«

»Er provoziert dich, Neil. Geh ihm nicht auf den Leim.« Neil hörte Ricks Worte, aber sie besänftigten ihn nicht.

Rick schob sich auf die Felswand zu und verringerte den Abstand zu Mickey.

»Gwen ist an einem sicheren Ort. Du kriegst sie nicht.«

Mickeys Lachen klang jetzt höhnisch. »Das muss ich auch nicht, Mac. Das ist ja das Schöne. Der Mann, der *mir* den Rücken freihält, macht seine Sache besser als Rick.«

Neil erstarrte. Seine Nasenflügel blähten sich, vor seinen Augen tanzten rote Schleier.

»Arschloch.« Rick schlich näher.

»Verdammt, Smiley, bleib weg«, zischte Mickey.

»Sonst …?«, fragte Rick.

»Sonst drücke ich einen Knopf und Lady Gwen erleidet einen tragischen Unfall.«

Neils Hände begannen zu zittern.

»Er blufft«, flüsterte Rick.

Neil schüttelte die Regentropfen von seinem Kopf und zwang sich zur Ruhe. Major Blayney?

*Nein.*

»Du warst nie ein guter Lügner, Mickey«, sagte Rick.

»Ach ja?«

Neil schloss die Augen. Plötzlich hatte er rasende Kopfschmerzen. *Blondine? Blondie? Wer hat das kürzlich gesagt?*

»Wisst ihr, wen ich vor der Operation Raven genagelt habe? Vor dem Einsatz, den Mac und Billy vermasselt haben?«

Obwohl Neil wusste, dass es Schwachsinn war, verliehen die Worte ihm einen Stich.

»Warum soll uns das interessieren?«

Neil atmete tief durch und öffnete die Augen. Mickey war knapp zweihundert Meter von ihm entfernt und Rick weniger als hundert Meter von Mickey.

»Sagt euch der Name Annie etwas?«

*Annie?*

Blondie … Plötzlich fiel Neil Chucks Frage ein. *»Und wie ist es Ihnen gelungen, Blondie zum Mitkommen zu überreden?«*

*»Ich habe ihr gesagt, dass jemand aus meiner Vergangenheit ihr etwas antun will, um mich zu treffen.«*

Im Geist lief die Szene noch einmal vor ihm ab. Kein Staunen, keine Überraschung auf Charles' Gesicht. Die Selbstverständlichkeit, mit der er alles aufgenommen hatte. Wie er ihn zum Aufbruch gedrängt hatte. Und verdammt, Gwens Haar war bei ihrer Ankunft in Fort Carson braun gewesen. *Braun, verflucht. Nicht blond.*

»Er blufft nicht«, sagte Neil zu Rick.

»Woher weißt du das?«

»Annie ist Chucks Tochter. Der Major will, dass wir sterben. Und er hat meine Frau.«

»Scheiße«, sagte Rick.

Sie mussten die Sache hier zu Ende bringen.

»Ist dir gerade ein Licht aufgegangen, Mac?«

»Wenn du ihr auch nur ein Haar krümmst, bist du ein toter Mann.«

»Halb tot bin ich sowieso schon.«

*Vielleicht kann ich dir mit der anderen Hälfte behilflich sein.* Neil legte sich auf den Boden und robbte näher heran.

»Bleib, wo du bist, Mac. Mein Finger liegt schon auf dem Knopf. Wenn er zuckt, ist das das Signal für Blayney, dass er deine Frau ausknipsen soll.« Mickey wedelte mit einem Gegenstand in der Luft herum.

Neil stand vorsichtig auf, konnte aber nicht erkennen, worum es sich handelte.

»Was hat er in der Hand?«, fragte er Rick.

»Schwer zu sagen. Eine Art Fernbedienung. Könnte eine Signalvorrichtung sein, oder ein Auslöser für einen Sprengsatz.«

»Was willst du, Mickey?« Zeit für einen Strategiewechsel. Mickey sollte glauben, sie wären verhandlungsbereit.

»Langsam fangen wir an, uns zu verstehen. Wie wär's, wenn ihr beide, du und dein treuer Gehilfe, zu eurem Ausguck hochsteigt? Zu der Stelle, von der aus ihr mich seit drei Tagen beobachtet.«

»Und dann?«

»Und dann rufe ich den Boss an und frage ihn, was ich mit euch machen soll.«

Neil bewegte sich langsam auf die Position zu, an der Mickey ihn haben wollte.

»Könnte eine Falle sein«, flüsterte Rick. Das lag auf der Hand. »Eine Sprengfalle vermutlich. Sieh dich vor.«

»Warum will Blayney, dass wir sterben?«, schrie Neil.

»Los, weiter, Mac. Ich sehe deinen Arsch noch nicht oben auf dem Hügel.«

Neil blieb stehen, schaute nach oben. Wen Mickey sie schon seit drei Tagen belauerte, hätte er sich längst an sie heranmachen können. Aber bislang waren keine Schüsse gefallen. »Glaubst du immer noch, er will, dass es wie ein Unfall aussieht?«, fragte Neil Rick.

»Mehr denn je.«

»Vorwärts, Soldat.« Mickeys Stimme übertönte das Klatschen der Regentropfen auf den Blättern.

»Sag mir, warum, Mickey.«

»Woher soll ich das wissen? Er will euch loshaben. Und Annies Mann auch. Dann ist mein Platz wieder frei.«

Neil erschauerte. Blayney würde mit Mickey kurzen Prozess machen. Sobald Mickey ihn und Rick erledigt hatte, würde Charles ihn umbringen.

»Du verdammter Idiot«, schrie Rick. »Glaubst du, Blayney überlässt seine Tochter einem hirnlosen Trottel wie dir?«

Ricks Worte lösten etwas aus. Mickey fuhr herum und feuerte ein paarmal in Ricks Richtung. Die Luft um sie explodierte, der Lärm riss an jeder testosterongefluteten Zelle in Neils Körper.

Neil ging in Deckung, spannte die Waffe.

»Ich habe dich noch nie gemocht, Smiley.«

»Und zielen kannst du auch nicht.« Rick lachte.

»Ruf deinen Wadenbeißer zurück, Mac. Leider kann ich dich nicht laufen lassen. Aber deine Frau … Wenn sie denkt, du bist durch einen Unfall gestorben, lässt Blayney sie vielleicht gehen.«

Neils Gedanken rasten. Würde der Major Gwen töten? Neil wollte nicht glauben, dass Chuck hinter der ganzen Sache steckte. Es musste etwas laufen, von dem Mickey keine Ahnung hatte.

Aber eines wusste Neil ganz genau. Gwens Leben war Chucks einziges Druckmittel, falls Mickey seine Aufgabe nicht erfüllte. Und Mickey würde scheitern.

»Lock ihn aus der Deckung«, sagte Neil zu Rick. »Ich hole ihn mir.«

# Dreiunddreißig

Das Gewitter hatte sich verzogen und Blake konnte in Colorado Springs landen. Sein Pilot kümmerte sich um die Sicherheitskontrollen und ließ den Jet auftanken. Blake hatte ihm gesagt, sie müssten vielleicht bald weiter.

»Ich bin in Colorado Springs«, sagte er am Telefon zu Carter, während er in der Ankunftshalle nach dem bestellten Fahrer Ausschau hielt.

»Ich habe mit ein paar Leuten telefoniert, damit man dich in Fort Carson reinlässt. Jetzt bist du an der Reihe.«

Blake winkte dem Mann zu, der ein Schild mit seinem Namen in die Höhe hielt.

»Weißt du, ob Major Blayney gerade dort ist?«

»Das habe ich leider nicht herausfinden können. Die Wachen werden dich nach dem Grund deines Besuchs fragen. Sag ihnen, du musst mit Blayney sprechen.«

»Und wenn er nicht da ist?«

»Dann lassen sie dich vermutlich auch nicht rein.«

Blake deckte das Mundstück des Telefons ab und sagte zu dem Fahrer: »Ich muss nach Fort Carson. Wissen Sie, wo das ist?«

»Ja, Sir.«

Blake nickte und wandte sich wieder Carter zu. Er folgte dem Fahrer aus dem Flughafen.

»Und dann?«

»Weiß ich nicht. Setz dich in eine Bar, frag die Einheimischen. Neil war eine Zeit lang dort stationiert. Irgendjemand wird ihn sicher kennen. Vielleicht hat jemand eine Idee, wo er sich aufhalten könnte.«

»Die Nadel im Heuhaufen.«

Der Fahrer hielt Blake die Tür der Limousine auf und Blake stieg ein.

»Danke, Carter. Wir finden sie.« Es musste klappen.

»Viel Glück.«

Das würde er brauchen.

Die Basis war keine zwanzig Minuten vom Flughafen entfernt. Zwei Wachen in langen Regenmänteln standen mit Gewehren bewaffnet vor dem Tor. Von einem Wachhäuschen aus beobachtete ein weiterer Soldat, wie sie vorfuhren.

Der Fahrer öffnete sein eigenes Fenster und das von Blake. Die Wachen näherten sich mit abweisenden Mienen. »Was können wir für Sie tun?«

»Ich bin auf dem Weg zu Major Blayney.« Am besten er tat so, als würde der Major ihn erwarten. Blake reichte dem Soldaten seine Visitenkarte. »Gouverneur Carter Billings hat um die Genehmigung ersucht.«

»Warten Sie hier, Sir.«

Blake lehnte sich zurück. Der Soldat im Wachhäuschen griff zum Telefon. Während des Gesprächs verengten sich seine Augen. Der zweite Wachsoldat ging um den Wagen herum und notierte sich das Kennzeichen.

Blake trommelte mit den Fingern auf den Sitz neben ihm.

Der Mann, der telefoniert hatte, verließ das Wachhäuschen und kam zum Wagen. Sein Gesichtsausdruck war nicht zu deuten.

»Tut mir leid, Mr Harrison. Major Blayney empfängt heute niemanden.«

Blakes Kiefer spannte sich an. »Es geht um Leben und Tod. Können Sie ihn noch mal anrufen und ihm sagen, ich sei wegen Neil MacBain hier?« Das konnte doch nicht wahr sein. Sein Ziel war zum Greifen nahe. Er würde sich nicht schnöde abweisen lassen.

Die Wachen warfen einander Blicke zu, machten aber keine Anstalten, noch einmal zum Telefon zu greifen.

»Es tut uns leid. Heute können wir nichts mehr für Sie tun. Am besten, Sie vereinbaren über Major Blayneys Sekretariat einen Termin.«

Blake überlegte, ob er aus dem Wagen steigen sollte. Aber dann würde er genauso aggressiv wirken, wie er es im Augenblick war. Und er wollte die Nacht nicht in einer Zelle verbringen und noch mehr Zeit verlieren.

Zähneknirschend fragte er: »Haben Sie die Nummer?«

Der Wachsoldat ging ins Häuschen und kam mit der Telefonnummer zurück.

»Ach, eins noch: Wer ist Major Blayneys Vorgesetzter?«

»Hier auf der Basis? Niemand.«

*Großartig!*

Glaubst du wirklich, Annie nimmt dich zurück?«, fragte Rick Mickey höhnisch, während er sich durch die Bäume auf die Felswand zuarbeitete.

»Annie hat mich geliebt.«

»Sicher kommt es nicht gut bei ihr an, wenn du ihren Ehemann tötest.«

Neil rückte langsam näher.

»Sie wird nie erfahren, dass ich es war.« Mickey drehte sich um, Neil duckte sich.

»Blayney muss völlig übergeschnappt sein, wenn er dich auf seinen Schwiegersohn ansetzt. Wie kommst du darauf, dass Blayney dich am Leben lässt, wenn du uns erledigt hast?«

Mickey drehte sich hektisch um die eigene Achse, weil er Neil aus den Augen verloren hatte.

»Wo bist du, Mac? Das hier ist kein Spiel. Ein Knopfdruck und Blayney pustet deiner Lady das Licht aus.«

Darauf nichts erwidern zu können, brachte Neil fast um. Schweigend schlich er auf Mickey zu.

»Blayney lässt sich von dir nichts befehlen, Mickey. Das solltest du inzwischen wissen.« Rick redete weiter.

»Ich bin seit Jahren Blayneys rechte Hand. Ich habe für ihn jede Menge Probleme aus der Welt geschafft.«

*Und wir gehören auch dazu.* Der Regen half Neil, ungehört näher zu rücken. Mickey drehte ihm den Rücken zu und Neil schlich sich hinter ihn. Dann ließ er eine weitere Rauchbombe los. Mickey feuerte kopflos Richtung Norden.

»Er ist nervös«, sagte Rick in Neils Ohr.

Neil zündete seine letzte Bombe. Er wollte das gesamte Gebiet vernebeln.

Er hörte, wie Mickey mit einem leisen Fluch direkt in seine Richtung rannte. Neil wartete bis zur letzten Sekunde und riss dann das Gewehr hoch. »Waffe weg.«

Mickey fuhr mit erhobenem Gewehr zu ihm herum.

Neil zielte auf seine Schulter und drückte ab. Zwei weitere Schüsse hallten durch den regennassen Wald.

Mickey stolperte rückwärts, die Waffe glitt aus seinen Händen. Wie im Adrenalinrausch sprang Neil seinen ehemaligen Kameraden an und riss ihn zu Boden. Seine Faust prallte in Mickeys Gesicht. Einmal, zweimal. Aus Mickeys Oberarm sprudelte Blut – zu viel für eine Fleischwunde.

Neil entwaffnete ihn und drückte ihn zu Boden. Er spannte all seine Muskeln gegen die Wut, die in ihm tobte. Am liebsten wollte er den Mann umbringen. »Du hast Billy auf dem Gewissen.«

Mickeys Mund verzog sich zu einem irren Lächeln. »Seine Frau habe ich auch in die Luft gesprengt.«

Neils Faust flog in sein Gesicht.

»Ich sollte dich gleich hier erledigen.«

Mickey hustete. Ein gurgelndes Geräusch füllte seine Brust. Neil sah, wie sich Mickeys Kampfweste mit Blut vollsog.

*Warum, verdammt?* So schlecht hatte er doch nicht gezielt.

»Für so was haben dir schon immer die Eier gefehlt«, presste Mickey hustend hervor. Aus seinem Mund kam Blut.

Sein Feind war kampfunfähig. Neil warf das Gewehr beiseite und riss Mickeys Hemd auf. Überall Blut.

»Hat es ihn erwischt?«, fragte Rick in Neils Ohr.

»Ja.« In Mickeys Brust klaffte eine Austrittswunde. Rick hatte ihn von hinten getroffen. Mickey würde sterben.

Er starrte mit glasigem Blick an Neil vorbei. »Sie hätte mich wieder genommen. Meine Annie.«

Neil brachte es nicht fertig, Mickey jetzt noch zu widersprechen.

»Wo ist Gwen?«

Mickey schaute ihm in die Augen, hustete und hörte auf zu atmen.

Neil drückte ihm die Augen zu. »Du irres Arschloch.« Er rappelte sich hoch und hielt Ausschau nach Rick.

»Rick?«

»Ich bin hier.« Die Stimme seines Freundes klang seltsam.

»Wo?«

»An der Felswand. Haben wir ihn erledigt?«

Neil schaute den Toten an, den Mann, den er früher als Freund bezeichnet hatte. Er dachte an das Foto ... aus glücklicheren Tagen. »Ja.«

»Gut.«

»Wo bist du?« Neil konnte Rick nirgends entdecken.

»Hab eine Kugel abbekommen. Aber es ist nicht schlimm.«

Neil rannte durchs Unterholz. Er achtete nicht auf die Zweige, die ihm gegen die Beine und den Bauch schlugen. Rick lehnte an einem Baum und presste die Hand auf seinen rechten Oberschenkel.

»Wie schlimm ist es?«

»Ein Bauchschuss wäre schlimmer.«

»Wie schlimm, Rick?« Eine zerrissene Beinschlagader konnte das Leben eines Mannes genauso beenden wie eine Kugel im Herzen.

Rick versuchte, sein Smiley-Lächeln aufzusetzen. Aber die Grübchen wollten nicht herauskommen. »Könnte besser sein.«

»O verdammt.«

»Mach dir keine Sorgen. Hol jetzt lieber dein Mädchen, bevor Chuck mitbekommt, was hier passiert ist.«

Neil sah zu seinem Wagen und dann Rick an. »Ich kann dich nicht hier liegen lassen.«

»Das kannst du sogar verdammt gut. Ich komme klar, Neil. Geh. Ich habe ein Telefon. Wenn du weg bist, rufe ich Hilfe. Außerdem glaube ich, dass der Hügel bald hochgeht. Mickey wollte uns unbedingt dort rauf lotsen.«

Neil betrachtete die Felswand über ihnen. Riesige Gesteinsbrocken ragten aus ihr hervor. Groß genug, um einen Menschen zu begraben. Rick in Sicherheit zu bringen, Sprengsätze zu entschärfen, Polizeifragen zu beantworten … All das würde Zeit in Anspruch nehmen. Wertvolle Zeit.

»Geh«, sagte Rick noch einmal. »Deinen Namen nenne ich erst, wenn ich wieder von dir gehört habe. Ich will Blayney nicht warnen.«

Neil wollte sich Ricks Wunde ansehen, sich vergewissern, dass sein Freund nicht in Lebensgefahr schwebte.

Rick stieß ihn weg. »Geh. Sieh zu, dass du hier wegkommst, verdammt.«

Neil stand auf und steckte die Hand in die Tasche. »Wenn es Probleme gibt, rufst du Blake an und erklärst ihm alles.«

»Geh und hol Gwen und sag es ihm selbst.«

Neil drückte Rick die Visitenkarte trotzdem in die Hand. »Verschwinde, Lieutenant.«

Neil nickte und legte seinem Freund die Hand auf die Schulter. »Mach bloß keinen Mist. Du stirbst jetzt nicht.« Tränen brannten hinter Neils Lidern.

»Verzieh dich, verdammt.«

Neil brauchte keine weitere Aufforderung.

Blake saß ein paar Meilen von der Basis entfernt auf dem Rücksitz der Limousine. Der Regen war zu einem tristen Nieseln geworden und passte zu seiner Laune. Er konnte sich nicht erinnern, wann er zuletzt irgendwo abgewimmelt worden war.

Sein Anruf im Sekretariat des Majors landete auf dem Anrufbeantworter. Er hinterließ eine dringende Nachricht, in die er ungeniert die Namen diverser hochstehender Persönlichkeiten einfließen ließ. Aber Blake hätte sich auch auf die Queen oder den Präsidenten persönlich berufen, wenn das seine Chancen verbessert hätte, etwas über den Verbleib seiner Schwester oder von Neil zu erfahren.

Die Minuten vergingen und Blake war schon ganz kribbelig vor Ungeduld. Er wartete auf einen Anruf von Carter und hoffte, sein Freund würde ihm sagen, dass Max ihm eine Audienz beim Major verschafft hatte.

Als das Telefon klingelte, schaute er gar nicht erst aufs Display.

»Carter?«

»Blake?«

Nicht Carter. »Neil?« Blakes Haut prickelte, seine Gedanken setzten aus. »Neil?«

»Hör zu, Blake. Ich habe nicht viel Zeit.«

»Wo bist du? Wo ist Gwen?«

Neil ignorierte seine Fragen. »Du musst dir etwas notieren. Hörst du mir zu?«

So eindringlich hatte Neils Stimme noch nie geklungen. »Ich höre.«

»Ruf einen gewissen Major Blayney in Fort Carson in Colorado Springs an. Rede mit ihm. Halte ihn am Telefon.«

»Neil?«

»Du musst ihn ablenken, verstehst du?« Neil klang gestresst, hörte nicht zu.

»Ich bin nur drei Meilen von Fort Carson entfernt.«

»Du bist was?«

»Die lassen mich nicht rein. Carter hat rausgefunden, wer dein letzter Kommandeur war, und ich wollte auf der Basis nach dir suchen.«

Neil seufzte. »Schreib dir die Nummer auf.« Er rasselte zehn Ziffern herunter. »Das ist sein privater Anschluss. Ruf an, zieh das Gespräch in die Länge. Wie du das machst, ist mir egal ...«

Blakes Magen wollte sich umdrehen. »Wo ist Gwen?«

Neil zögerte. »Ruf ihn an.«

Blake wurde eiskalt.

Charles ging im Zimmer über ihr auf und ab – mit schweren Schritten, mal schnell, mal langsam. Manchmal so langsam, dass sie schon überlegte, ob außer ihm noch jemand im Haus war. Aber als das Telefon klingelte, hörte sie nur eine Stimme.

Umgeben von Annies Kunstwerken und der Weihnachtsbeleuchtung der Blayneys lehnte Gwen an der Kellerwand. Sie wusste weder, wie spät es war, noch was oben vor sich ging. Um es ihr noch unangenehmer zu machen, hatte Charles das Licht im Keller ausgeschaltet. Wenn es ihr nicht gelungen wäre, die Weihnachtslichter anzuknipsen, hätte sie im Dunkeln gesessen. Sie freute sich, dass sie ihm ein Schnippchen geschlagen hatte. Das gelegentliche Fiepen einer Maus erschreckte sie nicht. Sie fand es eher tröstlich, schließlich war sie am Leben und hatte einen Plan.

Sicher würde Neil irgendwann merken, dass etwas nicht stimmte. Hinter ihrem Rücken drehte sie den wunderschönen Ring, den er ihr angesteckt hatte. Sie dachte daran, wie Neil ihr seine Seele geöffnet hatte. Er musste noch am Leben sein.

Er musste einfach.

Den Gedanken, dass ihm etwas zugestoßen sein könnte, verbot sie sich. Sie wartete darauf, dass Charles den nächsten Zug machte.

Die Stunden vergingen und hin und wieder fielen ihr für einen Moment die Augen zu. Ein Teil von ihr wollte, dass etwas geschah, ein anderer, dass alles ruhig blieb. Aber mit jeder Minute, die sie im Keller festsaß, erhöhte sich die Wahrscheinlichkeit, dass Neil etwas Schreckliches passierte.

Für sie war das wie Psycho-Folter. Dabei war es schon schlimm genug, dass ein offenbar Verrückter sie eingesperrt hatte.

Sie hatte die Augen geschlossen und hörte plötzlich wie von fern das Türschloss oben an der Treppe klicken. Die Leuchtröhre über ihr flackerte auf und einen Moment lang blinzelte sie verwirrt in das gleißende Licht.

»Was zum …?« Charles stand im Keller, bevor sie die verborgene Pistole an ihrem Knöchel erreichen konnte. Sie schaffte es gerade noch, sich hochzurappeln. Mit großen Augen schaute sie zu, wie er den Blick über ihre Dekorationen schweifen ließ.

»Was soll der Mist?«

»I abe esch mi ei bischen gemülisch gemasch«, nuschelte sie um den Knebel herum.

Charles war in Sekundenschnelle bei ihr. Er schlug ihr so heftig ins Gesicht, dass sie zu Boden stürzte. Der Schmerz versetzte ihr Gehirn in höchste Alarmbereitschaft.

Charles stand über ihr, fuhr sich bedächtig über den Nacken und streckte den Hals. Nur seine bebenden Nasenflügel und die hektischen Atemzüge deuteten noch auf den Wutausbruch hin.

Er riss Gwen mit einer Hand vom Boden hoch und stieß sie gegen die Wand.

Vor ihren Augen tanzten Sterne.

»Gefällt dir das?«

Gwen wollte seinem bohrenden Blick ausweichen, aber er ließ es nicht zu. Sie gab nach und starrte ihn hasserfüllt an. Wenn der Knebel sie nicht daran gehindert hätte, hätte sie ihn angespuckt.

Er packte sie grob am Kinn. »Dein Bruder kommt gleich her.«

Ihr Herz fing an, wild zu hämmern.

»Was weiß er?«

Sie murmelte etwas in den Knebel hinein. Charles schob einen Finger zwischen den Stoff und ihre Wange und zerrte ihr den Knebel aus dem Mund.

»Was?«

Die Lippen endlich wieder normal schließen zu können, fühlte sich himmlisch an, obwohl der Teufel persönlich sie gegen die Wand drückte. Ihre trockene Zunge suchte an ihrem Gaumen nach etwas Feuchtigkeit.

»Was weiß er?«

»Ich habe keine Ahnung.«

Er schlug ihr erneut ins Gesicht. Die Feuchtigkeit, nach der sie sich gesehnt hatte, kam in Form von Blut. Ihre Lippe war aufgeplatzt.

Der Schmerz trieb ihr Tränen in die Augen, aber weinen würde sie auf keinen Fall.

»Was weiß er?«

»Ich habe nicht mit ihm gesprochen.«

Charles rückte näher an sie heran. Sie war sich nicht sicher, glaubte aber, Zigarettenrauch in seinem Atem zu riechen. »Er weiß, dass du hier bist.«

Was sollte sie sagen? Sie hatte keinen Schimmer, wie Blake sie gefunden hatte. »Wo ist er?«

Charles packte sie an der Kehle. Er zeigte ihr, wie leicht er sie ins Jenseits befördern konnte, wenn er es wollte.

»Auf dem Weg hierher.«

Hoffnung keimte in ihr auf.

»Wenn du nur den kleinsten Mucks machst, solange er hier ist, bringe ich ihn um. Verstanden?«

Sie nickte. Blake würde ihr so nahe sein. Vielleicht würde er etwas spüren.

»Nur einen Mucks.«

Charles steckte ihr den Knebel wieder in den Mund, verschnürte ihn aber nur nachlässig. Dann stieß er sie zu Boden und verließ den Raum.

Das Licht ließ er an.

# Vierunddreißig

Neil kannte sich auf der Basis besser aus als jeder andere Marine. Mit zunehmender Dunkelheit wurde es leichter, über altbekannte Pfade aufs Gelände zu gelangen. Seit er als Junge mit seinem Vater hier gewohnt hatte, hatte sich nicht viel verändert. Teenager fanden immer eine Möglichkeit, sich aus der Kaserne zu schleichen. Wer hätte geahnt, dass er sich so viele Jahre später hineinschleichen würde?

Ein einziger Gedanke trieb ihn an.

*Gwen.*

Er wollte zu ihr, wollte sie beschützen. Die schreckliche Vorstellung, dass ihr bereits etwas zugestoßen sein könnte, wollte sich in seinem Kopf einnisten. Aber er weigerte sich, es zuzulassen.

*Es geht ihr gut,* sagte er sich.

*Alles bestens.*

Nach zwanzig Minuten hatte er das Areal durchquert und den Fuß des Hügels erreicht, auf dem Blayneys Haus stand. Einen Moment lang hielt er inne und schaute zu den dunklen Fenstern hinauf.

War der Major überhaupt da? Und wo war Gwen?

Neil nahm an, dass Chuck Mickey abgeschrieben hatte, weil er nichts von ihm hörte. In diesem Fall würde er Gwen als Geisel betrachten. Oder aufgeben.

Aber einen Marine, der aufgab, musste Neil erst noch kennenlernen. Und Chuck war dafür vermutlich der Falsche.

Im Haus flackerte ein Licht auf. Anscheinend war jemand da.

Neil schlich sich zur Rückseite, sprang über den Zaun und duckte sich unter das dunkle Küchenfenster. Er zog einen kleinen Spiegel aus seiner Kampfweste und spähte damit ins Hausinnere.

In der Küche war niemand, im Flur brannte Licht.

Mit angehaltenem Atem wartete Neil darauf, dass das Telefon klingelte. Er hatte Blake gesagt, er bräuchte vierzig Minuten, um sich in Position zu bringen. Fünf Minuten musste er sich noch gedulden.

Fünf lange untätige Minuten voll entsetzlicher Angst, dass sie Gwen das Leben kosten könnten.

Bei der Vorstellung, Charles könnte ihr etwas antun, ballte Neil die Fäuste und knirschte mit den Zähnen. Zitternd vor Anspannung kauerte er unter dem Fenster. Als das Telefon endlich klingelte, überhörte er es beinahe.

Erst das zweite Klingeln drang zu ihm durch. Es war sein Startschuss.

Das Schloss der Glasschiebetür zur Terrasse war leicht zu knacken. Allzu große Sorgen um seine Sicherheit schien der Major sich nicht zu machen.

*Dumm von ihm.*

Neil schob die Tür so weit auf, dass er den Major sprechen hören konnte.

»Mr Harrison? Ja, ich habe gehört, dass Sie am Tor waren.« Chucks Stimme klang angespannt. Neil hörte es, aber Blake würde das nicht auffallen. Neil schlüpfte ins Haus, zog die Tür leise zu und schloss sie ab. Er duckte sich hinter die Kochinsel, dann schlich er sich in den Flur.

»Nein«, hörte er Chuck sagen.

Jedes Mal, wenn Chuck sprach, erklomm Neil eine Treppenstufe.

»Woher haben Sie meine Nummer?«

Neil zögerte.

»Ach so. Ja. Die waren hier.«

Neil nahm die letzten Stufen und schob sich in das Zimmer, in dem er und Gwen geschlafen hatten. Das Licht war aus. Ein Teil von ihm hatte gehofft, sie hier zu finden.

Sie war nicht da.

Leise ging er umher und suchte nach Hinweisen, dass sie hier gewesen war.

Nichts … Kein einziger persönlicher Gegenstand.

Gwen war weg.

Im Haus war es still geworden. Er hörte den Major nicht mehr sprechen und auch keine andere Person. Auf Zehenspitzen schlich Neil zum Schlafzimmer des Majors. Kein Licht. Für Neil sah alles so aus, als wäre Ruth nicht zu Hause.

Unten wurde eine Tür geschlossen, dann breitete sich Stille aus. Neil lauschte angestrengt.

Ein dumpfes Geräusch ließ ihn zusammenzucken, kurz darauf hörte er eine Tür zuschlagen.

Als Neil die halbe Treppe hinunter war, hörte er Chucks Stimme. »Ja. Ich erwarte einen Besucher.«

Neil wartete einen Moment, bevor er drei weitere Stufen hinabstieg. »Mr Harrison. Ja. In zwanzig Minuten. Nein, er wird nicht lange bleiben.«

Neil erstarrte. Blake war auf dem Weg hierher?

Er stieg den Rest der Hintertreppe hinunter und überlegte sich seine nächsten Schritte. Blake musste wegbleiben. Das Letzte, was Neil jetzt brauchte, war ein Zivilist, der sich in Gefahr brachte und alles vermurkste. Und das, wo er noch nicht einmal wusste, wo Gwen war.

Neil zog seine M9 und hielt sie auf Brusthöhe. Dann schob er sich zu Chuck ins Büro.

Chuck stand vor dem Schreibtisch. Im Aschenbecher lag eine qualmende Zigarette. Dass der Major rauchte, war Neil neu.

Konnte dieser Mann, der Mann, der ihn während seiner Militärlaufbahn begleitet hatte, für so viele schreckliche Taten verantwortlich sein? Für Mickeys Tod? Für Billys?

Chuck stand mit dem Rücken zu ihm und starrte aus dem Fenster. »Wollen Sie mich erschießen, Soldat?«

Neil ließ die Waffe nicht sinken. Seine Kiefermuskeln spannten sich. Er dachte an bessere Zeiten und schüttelte den Kopf.

»Wo ist Gwen?«

Chuck griff zu seiner Zigarette, nahm einen tiefen Zug und stieß den Rauch zwischen den Zähnen aus. »Ich weiß gar nicht, warum ich mal damit aufgehört habe. Gibt es eine einfachere Möglichkeit, mit dem Leben zu spielen?« Er betrachtete die Glut der Zigarette, dann füllte er seine Lunge erneut mit Nikotin.

Neils Finger lag am Abzug. »Wo ist sie?«

Chuck sah über die Schulter zu Boden. »Lassen Sie die Waffe fallen, Mac.«

»Wo ist meine Frau?«

Chuck lachte. Das Geräusch zerrte an Neils zum Zerreißen gespannten Nerven.

Der Major wandte sich um, nahm die Zigarette aus dem Mund und blies den Rauch über seinen Kopf, als wäre er völlig unbekümmert.

Er reizte Neil damit bis aufs Blut.

»Wo ist sie?«

»Lassen Sie die Waffe fallen.«

Neil fixierte ihn. »Warum sollte ich?«

»Wollen Sie sie wiedersehen? Dann weg mit der Waffe.« Der arrogante Dreckskerl nahm wieder einen Zug. Er wusste genau, dass Neil nicht abdrücken würde, solange er nicht wusste, wo Gwen war. Neils Feind kannte seine Schwachstelle und verwendete sie gegen ihn.

Neil machte zwei Schritte auf den Major zu, dann sicherte er die Waffe und warf sie so weit weg, dass Chuck sie nicht erreichen konnte.

Lächelnd sah Chuck zu, wie sie über den Boden schlitterte.

»Und die anderen?«

Neil schluckte. Es war sinnlos, so zu tun, als wüsste er nicht mehr, was der Major ihm beigebracht hatte. Neil hob das rechte Bein, schnallte den kleineren Revolver ab und ließ ihn fallen.

Chuck beobachtete die Entwaffnung scheinbar gelangweilt. Er machte eine kleine Drehbewegung mit einer Hand und Neil zog die dritte Waffe aus dem Hosenbund in seinem Kreuz. Jetzt hatte er nur noch sein Handy und ein Messer.

Major Blayney griff lässig in eine Schreibtischschublade.

Neil war zu weit entfernt, um sich auf ihn zu stürzen. Er konnte nur abwarten, was als Nächstes passieren würde.

Der Major zog eine Militärpistole hervor.

Keine Überraschung.

Instinktiv drehte Neil ihm die Seite zu. *Ein übergroßes Ziel muss ich ihm nicht bieten.*

»Zurück, Mac.«

Neil wich zwei Schritte zurück. »Wo ist sie?«

Chucks Blick huschte zur Küchentür.

Er wedelte mit der Pistole. »Hinten.«

»In der Küche war ich schon. Da ist sie nicht.«

Chuck lächelte. »Sie haben nicht richtig nachgesehen, Soldat.« Er wedelte erneut mit der Waffe.

Neil nahm es als Aufforderung und wich zurück, bis er mit dem Rücken an die Kochinsel in der Küche stieß. Chuck ging um ihn herum und öffnete die Tür zur Speisekammer. Er deutete mit dem Kinn hinein.

»Da rein.«

Neil vermutete, dass das kleine Kabuff sein Gefängnis sein sollte. »Vergessen Sie's.«

»Gwen ist da drin.«

Neil zögerte. Er konnte sie weder hören noch sehen. »Sie reden Mist.«

»Sie ist da drin, Mac. Warum sollte ich jetzt lügen?«

Neil schüttelte sich. Grauenhafte Bilder von Gwens zerrissenem Körper jagten ihm durch den Kopf. Konnte Chuck sie getötet und in der Speisekammer versteckt haben? Es gab nur eine Möglichkeit, das herauszufinden. Aber wenn sie nicht mehr lebte … was blieb ihm dann? Könnte er ihren Tod überleben? War das Leben noch lebenswert ohne ihr strahlendes Licht?

Er schob sich in die Speisekammer und entdeckte eine Tür.

»Aufmachen.«

Als Neil die Hand auf den Türknauf legte, wollte sich sein Magen umdrehen. Der Knauf ließ sich fast mühelos drehen. Dass es kein Schloss gab, ließ Neil mit dem Schlimmsten rechnen. Eine lebende Person hätte Chuck doch sicher eingeschlossen, oder?

Neil hielt es nicht mehr aus. Er riss die Tür auf und starrte auf eine wackelige Holztreppe. Unten blitzten Lichter auf.

»Runter.«

Neil stellte einen Fuß auf die erste Stufe, dann den anderen auf die nächste. Und plötzlich hörte er sie. Die gedämpfte Stimme. Die hohe Stimme.

Mit wenigen Sprüngen setzte er die Stufen hinab und sah sie.

*Sie lebt.*

Noch nie zuvor hatte er vor Freude geweint, aber jetzt konnte er die Tränen nicht zurückhalten. Er stürzte zu ihr, schob sich zwischen sie und Chuck. Als er die Hand nach dem Knebel in ihrem Mund ausstreckte, bemerkte er die roten Striemen in ihrem Gesicht und die Schwellung an der Wange.

Sie sah ihn an und ihre Augen füllten sich mit Tränen.

»Verzeih mir bitte«, sagte er leise. Es war seine Schuld. Wenn er Chuck nicht vertraut hätte, wäre sie jetzt nicht hier.

»Du bist da«, presste sie zwischen den aufgeplatzten Lippen hervor, als er ihr den Knebel abgenommen hatte.

»Wie rührend. Die Frischvermählten sind wieder vereint.«

Neil drehte sich zu dem Mann um, den er einmal als Freund betrachtet hatte. »Warum, Chuck? Warum wollen Sie uns vernichten?«

Chuck kniff die Augen zusammen. »Ihre Aufgabe war es, Raven ohne Aufsehen zu eliminieren. Nicht seine ganze Scheißfamilie in die Luft zu sprengen.«

»Die Sprengsätze haben nicht wir gezündet.«

»Sie wussten, wozu er fähig ist. Sie sollten eine einzelne Zielperson ausschalten und sich zurückziehen. Washington wäre glücklich gewesen. Die mussten nicht erfahren, wer den Befehl gegeben hat. Das war nicht nötig.«

Neil kniff die Augen zusammen. »Washington wusste nichts von der Operation Raven? Das Ganze war Ihre Idee?«

»Sesselpupser haben keine Ahnung, wie man einen Krieg gewinnt. Man muss die Anführer eliminieren und die Wahnsinnigen, die nicht davor zurückschrecken, für ihre Sache die eigenen Kinder zu töten. So funktioniert das.«

Neil wurde immer klarer, was passiert war. »Aber Sie stehen kurz vor Ihrem Abschied. Keiner hätte je erfahren …«

»Vor so einer Verabschiedung gibt es Gespräche. Die hatten Billy schon einbestellt, um ihn über mich zu befragen. Eine unbedachte Bemerkung und vierzig aufopferungsvolle Dienstjahre wären umsonst gewesen. Das konnte ich nicht riskieren.«

Neil hätte fast bitter aufgelacht. Er hätte mit Sicherheit nichts gesagt. Ebenso wenig wie Rick oder Billy.

»Mickey ist tot«, sagte Neil. Er suchte in Chucks Gesicht nach einer Regung.

Chuck zuckte die Achseln. »Kollateralschaden«, erwiderte er. »Und jetzt zurück.«

Neil schob Gwen hinter sich und drängte sie rückwärts von Chuck weg. Jetzt erst bemerkte er die blinkenden Lichter und die Kinderzeichnungen, die auf dem Boden verteilt waren. Offenbar war Gwen nicht untätig gewesen. Kluger Schachzug. Chucks Augen wanderten durchs Zimmer, die Hand mit der Waffe wankte.

»Wir kennen uns schon ewig, Chuck. Und meinen Dad haben Sie auch gekannt.«

Gwen presste sich zitternd an Neils Rücken. Er griff hinter sich und drückte sie mit einem Arm an sich.

Chuck kniff die Augen zusammen. »Ich habe viele Soldaten gekannt, und viele von ihnen sind gestorben. Auf einen mehr oder weniger kommt es nicht an.«

Gwen machte hinter Neil eine Drehbewegung. Er hielt sie am Arm fest, um zu verhindern, dass sie sich vor ihn schob. Seine Finger berührten etwas Hartes in ihrer Hand. Es dauerte einen Augenblick, bis ihm klar wurde, worum es sich handelte.

Erleichterung durchflutete ihn. Er wollte sie für ihre weise Voraussicht loben, aber das musste er noch aufschieben. Neil nahm die Waffe und behielt die Hand hinter dem Rücken. »Sie wollen mich und Gwen umbringen. Und dann? Sie glauben doch nicht, dass ich zurückgekommen bin, ohne jemandem Bescheid zu sagen?«

»Er hat gesagt, Blake sei unterwegs hierher«, sagte Gwen. »Und dass er ihn umbringt, wenn ich einen Mucks mache.«

Chuck blinzelte. Seine Augen sprangen zwischen den Lichtern und Neil hin und her.

»Blake weiß, dass ich hier bin. Und er wird nicht allein kommen.« Neil trat einen Schritt vor. »Es ist vorbei, Chuck. Aus dieser Nummer kommen Sie nicht mehr raus.«

Neil fixierte die Mündung der Waffe, die auf ihn gerichtet war. Er hielt den Atem an und spannte bei jeder Bewegung, die Chuck machte, die Muskeln.

Als die Pistolenmündung sich in Richtung Boden senkte, ergriff Neil die Chance und riss Gwens Pistole vor seine Brust. »Waffe weg.« Neils Stimme klang tödlich. Er wollte den Major nicht erschießen, aber wenn es sein musste, würde er nicht zögern. »Tun Sie jetzt das einzig Richtige, Chuck. Lassen Sie die Waffe fallen.«

Chucks Augen hingen an der Pistole, die Gwen mit in den Keller gebracht hatte. Das kurze, bellende Lachen, das er ausstieß, zeigte, wie es um seinen Geisteszustand bestellt war. Er ließ seine Waffe sinken.

»Sie waren immer der Klügste von allen, Mac. Ich hätte dafür sorgen müssen, dass Mickey Sie als Ersten erledigt.« Ohne ein weiteres Wort, ohne Vorwarnung, drückte Major Chuck Blayney sich die Waffe an die Schläfe und schoss.

# Fünfunddreißig

Gwen sah, wie der Major die Hand mit der Waffe hob, ahnte, was er vorhatte, und schloss die Augen. Ihr Schrei vermischte sich mit dem Hall des Schusses. Dann wurde es still und ihr ganzer Körper bebte.

Neil schlang die Arme um sie. Sie taumelte gegen ihn, vergrub das Gesicht an seiner Schulter.

»Es ist vorbei«, raunte er ihr ins Ohr. »Ich bin bei dir.«

Ihre Beine gaben nach. Neil hielt sie fest und hob sie hoch wie ein Kind. Daran hinderten ihn auch ihre auf den Rücken gefesselten Hände nicht. Sie hielt die Augen fest geschlossen und weigerte sich, sie zu öffnen, bis Neil sie die Treppe hinaufgetragen und behutsam auf ein Sofa gesetzt hatte.

Er richtete sich auf, aber sie drängte sich an ihn. »Bleib hier. Geh nicht weg.«

»Keine Angst«, flüsterte er. »Ich bleibe bei dir.«

Zögernd öffnete sie die Augen. »Ist er …?«

»Ja.«

Ihr Magen zog sich zusammen.

Neil griff nach der Decke auf dem Sofa und legte sie ihr um die Schultern. Die tiefe Besorgnis in seinem Blick trieb ihr Tränen in die Augen. »Ab dem Moment, wo du gegangen bist, hat er sich immer seltsamer benommen und als Ruth nach Florida geflogen ist, ist es noch schlimmer geworden. Ich habe versucht, wegzulaufen.« Ihr Körper zitterte unkontrolliert.

Neil rieb ihr die Arme. »Ich hatte keine Ahnung, dass Chuck hinter allem steckt. Ich dachte, du wärst hier sicher.«

Gwen versuchte zu lächeln. »Ich weiß. Es ist nicht deine Schuld.«

»Er hätte dich töten können.«

Sie wollte Neil streicheln, ihn beruhigen, aber die Handschellen hinderten sie daran. »Kannst du mir die abnehmen?«

Er nickte und schaute sich die Metallfesseln an. »Du blutest.«

»Das sind bloß Kratzer. Die bringen mich nicht um.«

Er betastete die Handschellen. »Hast du gesehen, wo der Schlüssel ist?«

Sie schüttelte den Kopf.

Neil legte ihr die Hand auf die Wange. »Die Militärpolizei hat sicher einen. Die muss ich sowieso verständigen.«

Wenn er den Vorfall meldete, würde es im Haus in kürzester Zeit von Polizisten wimmeln. »Ruf an.«

Neil stand auf.

»Neil.« Er sah sie an. »Danke, dass du zurückgekommen bist.«

Er beugte sich zu ihr und legte seine weichen Lippen auf ihre aufgesprungenen. Dann wischte er die Träne ab, die sich unbemerkt aus ihrem Augenwinkel gestohlen hatte, und griff zum Telefon.

Die Militärpolizei war schon nach zwei Minuten da. Jemand schloss die Handschellen auf und drückte Gwen ein Glas Wasser in die Hand. Das Wasser rann ihr durch die Kehle wie flüssiges Feuer und sie konnte sich nicht vorstellen, dass sich ihre Hände je wieder ganz normal anfühlen würden.

Sergeant Piper, eine Militärpolizistin, setzte sich während der Befragung zu Gwen. Sie und Neil mussten ihre Aussagen getrennt voneinander machen. Sicher wollte die Polizei überprüfen, ob sich ihre Antworten deckten. Gwen sagte sich immer wieder, sie hätten es überstanden. Es war vorbei, sie waren am Leben und unverletzt.

Ein Soldat kam zu ihr. »Miss Harrison?«

»Seit Kurzem Mrs MacBain«, korrigierte sie den Mann.

»Draußen ist ein ziemlich aufgebrachter Mann. Er sagt, er sei Ihr Bruder. Wir haben noch weitere Fragen und können Sie nicht gehen lassen. Aber er will Sie kurz sehen.«

»O ja, bitte.«

Jemand half ihr auf die Füße. An der Tür schüttelte sie die helfenden Hände ab. »Es geht schon. Wenn er glaubt, dass mir etwas fehlt, wird er darauf bestehen zu bleiben.«

Blake stand von einem Soldaten bewacht neben einem Militärjeep und hatte das Handy am Ohr. Als er sie sah, drängte er sich an seinem Wächter vorbei.

»Mir geht's gut.«

Er brach ihr mit seiner Umarmung fast die Rippen. »Ich bin fast gestorben vor Angst, Gwendolyn.«

»Ich auch.«

Blake trat einen Schritt zurück und schaute ihr ins Gesicht. Zum Glück war es dunkel und die Beleuchtung war schlecht. Sie vermutete, dass sie noch schrecklicher aussah, als sie sich fühlte.

»Ist Neil da drin?«

»Ja. Er redet mit der Militärpolizei.«

Blake schüttelte den Kopf. »Er hätte dich beschützen müssen.«

»Das hat er. Ich bin noch am Leben.«

Blakes Blick blieb skeptisch. »Ich muss dich nach Hause bringen. Alle machen sich riesige Sorgen.«

»Sag ihnen, es geht mir gut. Uns beiden geht es gut.« Es fing wieder an zu regnen und Gwen strich sich das Haar aus dem Gesicht.

Dabei stach Blake ihr Ring ins Auge. Er griff nach ihrer Hand.

»Was ist das?«

»Man nennt es Ehering, Blake. Neil und ich sind verheiratet.«

Blake starrte an ihr vorbei zum Haus.

»Hör zu.« Sie legte ihm die Hand auf die Schulter. »Sag einem der Soldaten, in welchem Hotel du bist. Wir kommen nach, sobald es geht.« Sie rieb sich die Arme. »Ich möchte nicht im Regen herumstehen. Gefroren habe ich in diesem Leben schon genug.«

Blake streifte seine Jacke ab und legte sie ihr über die Schultern.

»Mrs MacBain, wir haben noch Fragen an Sie.«

Gwen wandte sich zu Sergeant Piper um. »Ich komme gleich.«

Sie küsste ihren Bruder auf die Wange. »Geh und sag Samantha, dass es uns gut geht. Sie soll sich keine Sorgen machen.«

Erst kurz vor der Morgendämmerung sagte Sergeant Piper ihr, sie könne jetzt gehen. »Für den Augenblick ist das alles, Mrs MacBain.«

Gwen rieb sich die müden Augen und beobachtete durchs Erkerfenster der Blayneys, wie es am Himmel hell wurde.

»Wo ist Neil?« Sie hatte ihn seit Stunden nicht gesehen. Vor ein paar Minuten war der Leichenwagen gekommen und sie wollte nicht dabei sein, wenn Charles aus dem Keller getragen wurde.

»Er ist in einer Nachbesprechung.«

»Er ist gar nicht mehr hier?«

Sergeant Piper schüttelte den Kopf. »Die Militärpolizei hat ihn vor einer Weile mitgenommen.«

»Er steht unter Arrest?« Gwen konnte sich nicht vorstellen, dass er freiwillig das Haus verlassen hatte, ohne ihr etwas zu sagen. Nicht nach allem, was sie durchgemacht hatten.

Sergeant Piper wich ihrem Blick aus. Gwen stand auf und stemmte die Hände in die Hüften. »Was wird ihm vorgeworfen?«

»Ich habe nicht gesagt, dass er unter Arrest steht.«

»Aber Sie haben es auch nicht bestritten. Wer führt hier das Kommando?« Gwen wollte mit dem Boss sprechen.

Sergeant Piper nickte Richtung Küche. »Der ranghöchste Offizier der Basis liegt dort unten in seinem Blut und sein Stellvertreter, Major Gilmor, steht im Augenblick nicht zu Ihrer Verfügung. Mr MacBain muss bei uns bleiben, bis wir genau wissen, was passiert ist.«

»Das ist lächerlich. Neil hat sich nichts zuschulden kommen lassen. Ich habe Ihnen gesagt, was Charles Blayney mit mir gemacht und was er mir angedroht hat. Sie glauben doch nicht im Ernst, dass Neil und ich lügen.«

»Das will niemand behaupten, Mrs MacBain. Wir müssen Lieutenant MacBain aber leider noch eine Weile hierbehalten.«

»Er ist kein Soldat mehr.«

»Sobald er gehen kann, setzt er sich mit Ihnen in Verbindung.«

»Das genügt mir nicht. Ich verlange, zu meinem Mann vorgelassen zu werden, bevor ich hier weggehe.« Zur Bekräftigung verschränkte sie die Arme vor der Brust. Sergeant Piper hatte sicher keine Vorstellung davon, wie wenig Kontrolle sie in den letzten Wochen über ihr Leben gehabt hatte. Gwen hatte keine Lust mehr, sich sagen zu lassen, was sie tun konnte und was nicht. Die Militärpolizei würde jetzt erfahren, mit wem sie es zu tun hatte.

»Das wird nicht möglich sein.«

»Ach ja?«

Sergeant Piper lächelte. Sie hatte sich das Haar so straff aus dem Gesicht gebunden, dass Gwen schon vom Hinsehen Kopfschmerzen bekam. Dabei war die Militärpolizistin trotz der Uniform und auch ohne viel Make-up eine attraktive Frau. Ihr Fehler war, dass sie Gwen unterschätzte.

»Kann ich meinen Bruder anrufen?«

Sergeant Piper lächelte müde, als wollte sie sagen: *Endlich.*

Gwen wählte die Handynummer ihres Bruders und wartete, bis er sich meldete.

»Blake?«

»Gwen? Bist du hier im Hotel?«

»Noch nicht.« Sie drehte sich so, dass Sergeant Piper jedes Wort hörte. »Hör mal, kannst du eine Pressekonferenz einberufen? Ich möchte ein paar Informationen über die Operation Raven und einige Morde …«

Sergeant Piper grapschte nach dem Telefon und warf ihr einen vernichtenden Blick zu.

»Das sind vertrauliche Informationen. Sie können nicht …«

Gwen hielt das Handy so, dass Blake mithören konnte. »Ich bin britische Staatsangehörige, Sergeant Piper. Mein Mann mag glauben, dass ich durch unsere Heirat automatisch Bürgerin der Vereinigten Staaten geworden bin. Aber ich weiß, dass ich die Staatsbürgerschaft beantragen und denselben langwierigen Prozess durchlaufen muss wie jeder andere auch.« Im Keller der

Blayneys hatte sie Zeit gehabt, über solche Dinge nachzudenken. Sie hatte vor Jahren einmal mit Blake über die Einbürgerung gesprochen. Mit einem US-Bürger verheiratet zu sein, konnte den Prozess zwar beschleunigen, verschaffte einem aber nicht über Nacht einen US-amerikanischen Pass. »Ich bitte lediglich um ein paar Minuten mit meinem Mann. Dann sind meine Lippen versiegelt. Sollte es nicht möglich sein, mir diesen Wunsch zu erfüllen, wird mein Bruder, der Herzog von Albany, werden unsere Freunde – darunter Gouverneure und Senatoren …«, sie dachte an die Kunden von Alliance, »… bekannte Anwälte, Diplomaten, diverse Polizeiangehörige sowie Schauspieler, die sich gern in den Medien präsentieren – die Geschichte so laut und ausführlich in die Welt hinausposaunen, dass Ihre hochgeschätzten Marines schon den nationalen Notstand ausrufen müssten, um einen Skandal zu verhindern. Sollte Ihnen allerdings daran gelegen sein, internationales Aufsehen zu vermeiden, dann werden Sie mich jetzt mit Neil sprechen lassen. Allein.«

Sergeant Piper starrte düster auf das Telefon in Gwens Hand. »Ich sehe mal, was ich für Sie tun kann.«

Lächelnd drückte Gwen das Handy ans Ohr. »Wenn ich mich in einer halben Stunde nicht gemeldet habe, kommt ziemlich viel Arbeit auf dich zu.«

»Alles, was du willst, Gwen.«

Neil musste sich von der Militärpolizei zu einem Van bringen und zu einem Verhörzimmer fahren lassen.

»Eine Operation Raven hat es nie gegeben.« Colonel Montgomery aus dem Pentagon war nach der Nachricht von Major Blayneys Selbstmord sofort nach Colorado geflogen. Der Colonel war eine beeindruckende Erscheinung und mindestens so muskulös wie Neil. Für einen Mann seines Rangs war das ungewöhnlich. Führungsoffiziere überließen das Hanteltraining normalerweise dem Fußvolk, aber offenbar wollte der Colonel mit seinen Männern mithalten. Zu jeder anderen Zeit hätte Neil ihn dafür bewundert.

Korrekt und makellos bis in die grau melierten Haarspitzen saß der Colonel jetzt vor Neil und fixierte ihn.

Neil beugte sich vor. Er war bereit, sämtliche Einzelheiten genau darzulegen. »Die Person, die das Protokoll schreibt, muss absolut vertrauenswürdig sein. Es wäre bedauerlich, wenn zu diesem späten Zeitpunkt noch etwas durchsickern würde.«

Montgomery verließ den Raum. Neil hörte ihn draußen Befehle bellen. Dann kam er mit einem anderen Mann und einem Aufnahmegerät zurück. Als der Assistent alles vorbereitet hatte, fing Neil an zu erzählen.

»Der Anfang des Kriegs … der Einsturz der Türme … hat bereits über ein Jahr zurückgelegen, als Blayney mir den Auftrag gegeben hat, ein Team zusammenzusuchen. Ich habe nur Männer ausgewählt, mit denen ich bei früheren Einsätzen zusammengearbeitet habe. Blayney hat uns auf die wichtigste Mission unserer Militärlaufbahn vorbereitet. Im Vorfeld hat er uns dreimal gemeinsam in Einsätze geschickt: Operation Erdrutsch, Operation Flutwelle, Operation Sturm. Wie bei solchen Missionen üblich, sind wir angerückt, haben unseren Job erledigt und uns danach zurückgezogen.« Inzwischen hoffte Neil von Herzen, dass die anderen Operationen offiziell abgesegnet und legal gewesen waren. Er wollte lieber nicht wissen, wie lange Major Blayney die Einheit bereits für seine Zwecke eingespannt hatte. »Als Operation Raven anstand, waren wir einsatzbereit. Uns war klar, dass es sich um eine große Sache handelt. Wir sollten Raven eliminieren. So lautete der Befehl. Und wir dachten, er käme direkt aus Washington.« Neil nannte dem Colonel den Namen der Zielperson, dann fuhr er fort. »Die Kollateralschäden sollten wir so gering wie irgend möglich halten.«

Montgomery hörte schweigend zu.

»Aber der Einsatz ist nicht nach Plan gelaufen. Die Hubschrauber haben uns abgesetzt, wir haben unsere Position

eingenommen. Raven war da – aber nicht allein. Als wir vorgerückt sind, hat er das Undenkbare getan. Er hat seinen Kindern befohlen, auf uns zuzulaufen. Wir hatten keine Ahnung, dass sie Sprenggürtel trugen. Boomer und Robb waren sofort tot. Linden konnten wir noch bis zum Hubschrauber tragen, aber er ist kurz darauf gestorben. Offiziell hieß es, die Männer seien bei einer militärischen Übung tödlich verunglückt. Innerhalb von sechs Monaten sind wir alle entlassen worden oder auf eigenen Wunsch ausgeschieden. Verabschiedet von Major Blayney. Alle außer Mickey, wie wir erfahren haben. Mickey ist geblieben.«
Neil erzählte, was mit Billy passiert war, welche Rolle Rick spielte und wie Major Blayney Mickey benutzt hatte, um die verbliebenen Mitglieder der Einheit zu töten, damit die Wahrheit über die Mission nicht ans Licht kam.

Neil redete stundenlang, bis er bei der vergangenen Nacht angekommen war.

Montgomery hörte mit undurchdringlicher Miene zu.

Als Neil fertig war, stellte der Colonel seine Fragen. »Wer waren die Piloten?«

»Keine Ahnung. Auf dem Langstreckenflug saßen wir im Frachtraum einer Maschine. Dann sind wir in einen Hubschrauber umgestiegen und am Ziel haben wir uns abgeseilt. Die Piloten haben ihre Helme nie abgenommen. Ich weiß nicht, wer sie waren.«

Montgomery schickte seinen Assistenten aus dem Zimmer. Neil schaute zu, wie der Colonel auf und ab ging. So wenig Neil seine augenblickliche Lage behagte – mit dem Colonel wollte er nicht tauschen.

»Ist Ihnen klar, in welchem Dilemma ich mich befinde, Lieutenant?«

»Ex-Lieutenant, Sir.«

Montgomery legte den Kopf schief. »Das sehe ich anders. Bis wir alle Einzelheiten kennen, sind Sie offiziell wieder im Dienst.«

Neil richtete sich auf. »Und wenn ich mich weigere?«

Montgomery starrte ihn an. »Das wäre nicht schlau.«

Ein aufgeregter Wortwechsel vor der Tür ließ Neil aufspringen.

»Sie sollten sie in ein Hotel bringen. Nicht hierher!« Plötzlich hörte Neil die Stimme eines Engels. »Ich habe ihr keine Wahl gelassen, Soldat. Und jetzt seien Sie so freundlich und sagen Sie mir, wo mein Mann ist.«

Bevor Neil dem Colonel erklären konnte, wer gleich hereinkommen würde, stand Gwen schon in der Tür. »Da bist du ja.« Sie warf sich in seine Arme und brachte seine Welt ins Lot. »Die wollten, dass ich ohne dich hier weggehe.«

»Gwen Harrison, nehme ich an?«, fragte der Colonel.

Gwen streckte ihm die Hand hin. »Gwendolyn MacBain«, erwiderte sie. Ihren Namen in Verbindung mit seinem zu hören, war Musik in Neils Ohren.

»Mrs MacBain, in fünf Minuten müssen Sie Ihren Bruder anrufen.« Eine nervöse Militärpolizistin betrat den Raum und wedelte mit ihrem Handy. Als sie den Colonel bemerkte, salutierte sie.

Gwen machte eine ablehnende Geste. »Ich rufe erst an, wenn sicher ist, dass ich meinen Mann mitnehmen kann.«

Neil schob Gwen ein Stück von sich weg, damit er ihr in die Augen schauen konnte. Die Schwellung an ihrer Wange machte ihn wütend. Er versuchte, gelassen zu bleiben. Gwen war zäher und stärker, als sie aussah.

»Mein Bruder beruft eine Pressekonferenz ein. In genau … vier Minuten. Nicht wahr, Sergeant Piper?«

Die andere Frau nickte. Ihre rechte Hand lag immer noch an ihrer Stirn. »Ich habe versucht, sie davon abzuhalten.«

»Pressekonferenz?« Montgomery erwiderte den Gruß seiner Untergebenen und gestattete ihr, bequem zu stehen.

»Ja, richtig«, sagte Gwen. »Sie wissen schon. So eine Versammlung, bei der ich der ganzen Welt erzähle, wie ein Major der US-Streitkräfte mich als Geisel genommen hat, nachdem er einen Soldaten mit dem Mord an meinem Mann und mir beauftragt hatte. Und wie eben diese Streitkräfte jetzt meinen Mann gefangen halten.«

Neil legte Gwen sanft einen Finger auf die Lippen und bremste damit ihren Redefluss. »Wartet Blake auf deinen Anruf?«

Gwen lächelte unschuldig. »Ja. Aber nur noch etwa vier Minuten lang. Stimmt's, Sergeant Piper?«

»Colonel, Sir. Das ist leider richtig. Ich kenne ihre Familie nicht. Aber wenn nur die Hälfte von dem, was sie behauptet, wahr ist, Sir, dann sollten wir vielleicht ... Es sieht nicht gut aus, Sir.«

Montgomery schaute Gwen und Neil düster an. »Lieutenant?«

Neil konnte ein selbstgefälliges Grinsen nicht unterdrücken. »Lady Gwen und ich haben etliche sehr einflussreiche Persönlichkeiten in unserem Bekanntenkreis. Kennen Sie einen gewissen Carter Billings? Er ist der Gouverneur von Kalifornien. Oder seinen Onkel, Senator Maxwell Hammond?«

Gwen platzierte ihren kleinen Hintern auf seinem Schoß und legte ihm den Arm um die Schultern.

»Colonel? Das ist ein hoher Rang, oder?«, fragte sie unschuldig. Neil wusste, dass sie nicht annähernd so naiv war, wie sie sich gab.

»Ja, so ist es.« Er küsste sie auf die Wange.

»Verzeihen Sie mir, wenn mich das nicht sehr beeindruckt, Colonel. Aber Ihr Major Blayney hat mich fast zwei Tage lang gegen meinen Willen festgehalten. Er hat mich mit Handschellen gefesselt, mich geknebelt und geschlagen, mir nichts zu essen und zu trinken gegeben. Von seiner Drohung, mich umzubringen, ganz zu schweigen.« Sie berührte ihre Wange. »Darum sollten Sie sich kümmern. Aber lassen Sie den Mann in Ruhe, der mich gerettet hat.«

Montgomery musterte Gwen und Neil. »Wie kann ich sicher sein, dass Sie nicht mit den Medien sprechen?«

Gwen starrte in ihren Schoß. »Ich mag Ruth, Charles' Ehefrau, sehr gern. Sie muss nicht unbedingt erfahren, was für ein Mistkerl ihr Mann war. Und eigentlich will ich nur zusammen mit *meinem* Mann nach Hause fahren.«

Neil sah Montgomery in die Augen. »Gwens Familie hat viel Erfahrung im Umgang mit den Medien.«

»Ich lasse mich ungern erpressen«, sagte Montgomery.

Neils Nackenmuskeln spannten sich. »Und ich bin ungern in Geiselhaft.«

Einen Augenblick lang herrschte gespanntes Schweigen.

Dann sagte Sergeant Piper: »Eine Minute.«

Gwen saß auf Neils Schoß und ließ die Beine baumeln wie ein Schulmädchen an einer Bushaltestelle. Er musste daran denken, wie sie in billigen Stöckelschuhen und Mikro-Shorts vor dem unsäglichen Motel gestanden hatte.

*Die guten alten Zeiten.*

Neil wusste, dass sie den Colonel am Haken hatten. Aber er wusste auch, dass das US-Militär Drohungen nicht schätzte.

»Rufen Sie Ihren Bruder an. Sie können beide gehen.«

Lächelnd nahm Gwen Sergeant Piper das Telefon aus der ausgestreckten Hand. Sie wählte und wartete. »Besetzt.«

Alle hielten die Luft an.

»War nur ein Scherz.«

Neil wollte laut auflachen, hielt sich aber eisern zurück.

»Hi Blake. Nein. Wir sind in einer Viertelstunde da. Ja, beide. Ja. Und ein warmes Bad, bitte. Ein Königreich für eine Badewanne … und etwas zu essen. Du bist ein Schatz.«

Gwen sprang von Neils Schoß und gab Sergeant Piper das Handy zurück. »Schön, Sie kennengelernt zu haben, Colonel.« Sie machte sich auf den Weg zur Tür. »Ach und übrigens: Im Bücherregal der Blayneys finden sie ein Foto von Charles' Tochter und dem Mann, der vermutlich Mickey ist. Ein Foto von Neils Einheit und von einem anderen Mann gibt es auch. Ich weiß nicht, ob Ihnen das bei Ihren Ermittlungen hilft, aber ich dachte, ich sage es Ihnen.«

Neil streckte dem Colonel die Hand hin.

»Ganz schön forsch, Ihre Frau«, sagte Montgomery.

Neil schaute zu Gwen. »Ja … ja, das ist sie.«

»Wir melden uns bei Ihnen, Lieutenant.«

»Sir.«

Neil nahm Gwens Hand und marschierte mit ihr aus dem Raum.

Ein Fahrer brachte sie zu Blakes Hotel. Die Welt draußen wachte gerade auf. Der Regen vom Vortag hatte sich verzogen und am blauen Himmel standen weiße Schäfchenwolken.

Gwen wollte Neils Hand gar nicht mehr loslassen.

»Weißt du, wem du gerade den Marsch geblasen hast?«

Sie kicherte. »Nein.«

»Du hast Eier, Prinzessin.«

»Ganz sicher nicht. Ich bin bloß müde und hungrig und fühle mich ohne dich nicht wirklich sicher. Bis in zwanzig Jahren oder so wird sich das vermutlich legen.« Sie wartete auf eine Antwort. Vielleicht wollte er jetzt, da die Bedrohung vorbei war, ihre Ehe auflösen. Aber sie wollte das nicht.

Kein bisschen.

»Wenn es länger dauert, ist es auch nicht schlimm.«

Sie biss sich auf die Unterlippe und schmiegte sich an ihn. »Dann ziehen wir es also durch? Dieses Ehe-Ding?«

Er hob ihre Hand mit dem Ring, den er ihr angesteckt hatte. »Unter einer Bedingung.«

Sie drückte sich an ihn. Ihr Herz quoll über vor Liebe. »Und die wäre, Lieutenant?«

»Wir heiraten noch mal richtig. Auf Aruba, mit dem Kleid, von dem du träumst. Und mit Trauzeugen, an die wir uns gern erinnern.«

Tränen stiegen ihr in die Augen. Sie war so unendlich müde und so unendlich glücklich. »Ich liebe dich, Neil MacBain.«

Er küsste sie so heftig, dass ihr schwindlig wurde. Ihre Lippen verschmolzen in einem Strudel der Gefühle. Gwen wollte lieber nicht daran denken, wie grässlich sie aussah und schmeckte.

Aber Neil küsste sie, als wäre sie süßer Nektar, und sie brachte es nicht fertig, den Kopf wegzudrehen.

»Ich liebe dich«, sagte er nach dem Kuss.

Und in ihr rückte alles an seinen Platz und fügte sich zu perfekter Harmonie.

# Epilog

Neil brachte Gwen zu Blake ins Hotel und machte sich schon kurz darauf auf die Suche nach seinem Freund Rick. Gwen ließ ihn nur ungern ziehen, aber sie verstand, dass Neil zu seinem Kameraden musste.

Ein paar Stunden später rief er sie vom Krankenhaus aus an und erzählte, Rick würde gerade operiert. Gwen wollte zu ihm fahren, aber er bat sie, mit ihrem Bruder nach Kalifornien zurückzukehren. Er wollte das letzte verbliebene Mitglied seiner Einheit jetzt nicht allein lassen. Bis es Rick besser ging, würde es noch ein paar Tage dauern.

»Das ist wichtig für ihn«, sagte Blake. »Alle anderen hat er verloren.«

»Er hat jetzt mich.«

Blake tätschelte ihr den Rücken. »Er kann sich glücklich schätzen. Aber lass ihm jetzt Zeit. Er muss das allein tun. Und wenn er nach Hause kommt, bist du für ihn da.«

Eineinhalb Wochen lang telefonierten sie täglich. Einstweilen organisierte sie die Hochzeitsfeier am Strand von Aruba. Samantha quälte sich mit Morgenübelkeit und hatte andere Sorgen, als noch einmal »Ja, ich will!« zu sagen. Sie war schon froh, wenn sie ihr Frühstück bei sich behielt. Karen und Eliza halfen Gwen gern dabei, für sie und Neil eine schöne Zeremonie zu planen. Für den Fall, dass er das Krankenhaus denn tatsächlich irgendwann verließ.

Am Tag der Feier wachte Gwen in einem Hotelzimmer auf. Allein. Ihren Ehemann hatte sie seit jenem Morgen in Colorado Springs nicht mehr gesehen. Sie zog die Rollos hoch und ließ die Morgensonne herein. Eine tropisch warme Brise streichelte ihre Haut. Blake hatte ihr versichert, Neil würde da sein, wenn sie zum Altar schritt, aber ein kleiner Teil von ihr hatte immer noch Angst, dass sie nur träumte. Und dass dieser Traum bald enden musste.

Karen war die Erste, die zu ihr kam. »O mein Gott, du stehst noch im Bademantel herum? Jetzt aber hopphopp! In drei Stunden musst du fertig sein.«

Gwen lachte. »Ist Neil da?«

»Er wird kommen.«

Das hieß, er war nicht da. »Bist du sicher?«

»Ich bitte dich. Hab ein bisschen Vertrauen. Und jetzt ab unter die Dusche. In einer Stunde kommt die Friseurin.«

Die nächsten drei Stunden vergingen wie im Flug. Vorn ließ Gwen sich das Haar aufstecken, aber am Hinterkopf durfte es ihr wellig über die Schultern fließen. Leicht und locker. So hatte sie es sich für ihren Festtag vorgestellt. Als Eliza den Reißverschluss an ihrem Kleid zugezogen hatte, fühlte sich Gwen wie eine echte Braut. Samantha trat hinter sie und drückte ihr einen bunten Blumenstrauß in die Hand. »Du siehst umwerfend aus.«

Gwen lächelte.

»Und *wir* müssen nicht in grässlichen gelben Brautjungfernroben schmoren wie in Texas«, sagte Eliza.

»Wie lange werde ich mir das wohl noch anhören müssen?«

»Ewig«, antworteten Sam und Eliza wie aus einem Mund.

Die Brautjungfern sahen in ihren Kleidern aus grauer Seide zauberhaft aus.

»Danke, dass ihr hier seid.«

»Ach Süße, wir sind ja so froh, dass es für dich ein Happy End gibt.« Eliza umarmte Gwen. Samantha gab sich alle Mühe zu lächeln, aber ihr Magen stemmte sich dagegen.

»Könnte eine von euch jetzt so lieb sein und einen Blick nach draußen werfen? Ich will nachher nicht allein vor dem Altar stehen.«

Karen verließ lachend das Zimmer. »Ich mache das.«

»Er hat gesagt, er kommt. Also kommt er auch.«

»Aber keine von euch hat ihn gesehen.«

»Blake würde ihn umbringen«, sagte Samantha.

»Nicht ganz einfach bei jemandem wie Neil«, murmelte Eliza. »Ich meine ja nur.«

Nach kaum fünf Minuten war Karen zurück. Den Mann, den sie mitbrachte, hatte Gwen noch nicht persönlich kennengelernt. Aber sie wusste, wer er war.

Neils Freund Rick marschierte ins Zimmer und versuchte, dabei nicht allzu offensichtlich zu humpeln.

»Heiliger … Alle Achtung, Neil. Er hat gesagt, dass Sie schön sind. Aber … na ja, das behauptet jeder Mann.«

Gwen kicherte. »Sie müssen Rick sein.«

»Sind Sie sicher, dass Sie den alten Knacker da unten haben wollen? Ich wäre ein paar Jahre jünger.« Rick grinste.

Rick war ein gut aussehender Kerl, hochgewachsen und seine Grübchen konnten Frauenherzen schmelzen lassen.

»Tut mir leid. Ich bin vergeben.«

»Man kann's ja mal versuchen.« Rick trat einen Schritt vor. »Rick. Ich freue mich, Sie kennenzulernen.«

»Und ich freue mich, dass es Ihnen so gut geht.«

»Und ich erst. Dabei waren die Krankenschwestern schlimmer als unsere Feldwebel in der Grundausbildung.« Rick lächelte die Frauen an.

Eliza lachte. »Mir kommen die Tränen.«

»Danke für Ihr Mitleid. Ach ja, Neil hat mich gebeten, Ihnen das hier zu geben.« Rick drückte Gwen einen Umschlag in die Hand. »Und Ihren Ring will er auch haben.«

Lächelnd zog Gwen den pinkfarbenen Diamanten von ihrem Finger. »Den will ich zurück.«

»Ich glaube, so ist es geplant. Bis gleich.«

Gwen saugte an ihrer Unterlippe, öffnete den Umschlag und zog eine Karte hervor. Mit einer Ballerina darauf. Sofort traten ihr Tränen in die Augen. *Er hat es nicht vergessen.*

*An meine Prinzessin!*
*Mit Worten tue ich mich schwer. Es gibt sogar Leute, die behaupten, ich hätte den Wortschatz eines Drittklässlers. Aber ich verspreche dir, dass ich immer die richtigen Worte finden werde, damit du dich geliebt und sicher fühlst.*
*Bevor es dich gab, war ich verloren. Mit dir bin ich vollständig.*
*Und jetzt komm bitte herunter und heirate mich vor unserer Familie und unseren Freunden, damit sie wissen, dass du mir gehörst.*
*Ich liebe dich.*
*Neil*

»O verdammt, sie weint. Schnell! Ein Taschentuch!«

»Ist es schlimm?« Karen eilte an Gwens Seite und betrachtete die Karte in Gwens zittrigen Fingern. »Oh … Oh!«

Die Karte ging von Hand zu Hand. »Wer hätte das gedacht?«, flüsterte Sam.

»Alle Achtung, Neil«, lachte Eliza.

Gwen trocknete ihre Tränen und lächelte. »Und dann ist er auch noch bestückt wie ein Bär.«

»Ahhh!« Karen platzte laut heraus.

Eliza blieb der Mund offen stehen und Samantha hielt sich vor Lachen den Bauch. »Herrje. Du hattest gar keine Junggesellinnenparty.«

Karen wedelte mit der Hand. »Kein Problem. Das holen wir anlässlich meiner Scheidung nach. Michael und ich planen sie bereits.«

»Ihr trennt euch jetzt schon?«

»Nein, das dauert noch mindestens ein Jahr. Aber er plant nun mal gern alles genau und liebt Feste.«

Gwen verdrehte die Augen. »Jetzt kommt. Lasst uns nicht von Trennung reden, während unten ein Mann auf mich wartet.«

Die warmen Wellen der Karibik plätscherten an den Strand. Gwen schritt hinter ihren Gästen her zum Altar. Die Musikgruppe aus Aruba wechselte zu einem schwungvolleren Rhythmus, als sie um die Ecke bog und ihrer Zukunft entgegenging.

Neil erwartete sie. Er trug einen grauen Anzug, wie sie es sich ausgemalt hatte. Breitschultrig und hoch aufgerichtet stand er da, seine Augen hielten ihre fest. Neben ihm stand Rick und neben Rick standen Blake und Carter. Perfekt.

Neil sah nervös aus. Als müsste er sich jetzt noch Sorgen machen. Sie gehörte ihm doch bereits, auch ohne Schwur und ohne Ringe. Sie war schon seit Monaten die Seine, auch wenn er es nicht gewusst hatte.

Lächelnd trat Gwen vor den Priester.

»Du bist wunderschön«, flüsterte Neil.

Sie kaute an ihrer Unterlippe.

Und plötzlich – als hielte er es einfach nicht mehr aus – küsste er sie.

Neben Neil räusperte sich jemand. »Ähm, Mac … dieser Teil kommt erst später.«

Gwen kicherte, drehte sich zu dem Geistlichen und sagte Ja fürs ganze Leben. Noch einmal.

# Danksagungen

Ein Riesendankeschön geht an Elaine McDonald von Elaine McDonald Photography. Was als Online-Fan-Freundschaft begonnen hat, ist zu einer beruflichen Verbindung geworden. Schöne Cover entstehen aus spektakulären Bildern, und dieses ist eines davon. Ich danke dir.

Vielen Dank, Chad und Caitlin Kutz, dass ich euer Hochzeitsbild für Neils und Gwens Geschichte verwenden darf. Danke!

Ein Dank geht an meine Cheerleadertruppe bei der RT-Booklovers-Konferenz und bei der Romance-Writers-of-America-Konferenz, weil ihr an meiner Seite gestanden und genauso große Augen gemacht habt wie ich. Und an TJ McKay, weil sie dafür sorgt, dass ich am Boden bleibe.

Caridad Pinero: Danke für deine Unterstützung, immer und zu jeder Zeit. Jennifer Probst, H P Mallory, Katharine Ashe und Megan Mulry – ich danke euch für den Erfahrungsaustausch und dafür, dass wir gemeinsam über dieselben Witze lachen können.

Ein Dankeschön geht an alle Fans, die dafür sorgen, dass die Teilnahme an Konferenzen so viel Spaß macht.

Danke, Robin: Lass dir den Wein schmecken und sei glücklich. Und Felizia mit dem Chicagoer Akzent – ich danke dir!

Ein Danke geht an Sheryl, die ihre Mahlzeiten lieber fotografiert, als sie aufzuessen. Und eines an Bernie, die fröhliche Leserin! Ich liebe euch.

Ich danke den Teams von Dystel & Goderich Literary Management und Montlake.

Sandra Stixrude – immer wieder danke!

Und last but not least danke ich Crystal Posey, der dieses Buch gewidmet ist. Du bist der lebende Beweis dafür, dass nicht jeder, den man online kennenlernt, ein Spinner ist oder einem Übles will. Ich kann gar nicht sagen, wie sehr ich schätze, was du tust. Ein Dank geht auch an deine Familie, die deine Arbeit unterstützt und dich mit mir teilt.

Hab euch lieb!

Catherine

15565882R00209

Printed in Poland
by Amazon Fulfillment
Poland Sp. z o.o., Wrocław